Les infâmes

Jax

MILLER

Les infâmes

Traduit de l'anglais (États-Unis)
par Claire-Marie Clévy

J'AI LU

Titre original :
Freedom's Child

Éditeur original :
HarperCollins Publishers, 2015

Pour Babchi et le boss de la ville.
Et pour Pat Raia, Robin de mon Gotham.

Prologue

Je m'appelle Freedom Oliver et j'ai tué ma fille. C'est surréaliste, et je ne sais pas ce qui me fait le plus l'effet d'un rêve : sa mort ou son existence. Je suis coupable des deux.

Il n'y a pas si longtemps, ce champ ondoyait et murmurait encore dans la brise tiède, de l'or dansant sous les éclats du soleil de midi. Les pur-sang, figures emblématiques de Goshen, caracolaient à la lisière de Whistler's Field. En tendant l'oreille, on devine presque le rire des enfants de fermiers qui s'entremêle encore aux épis de blé, moisson regorgeant de secrets innocents d'une jeunesse qui cherchait à s'enfuir mais n'avait nulle part d'autre où aller. Comme ma Rebekah, ma fille. Mon Dieu, qu'elle devait être belle.

Mais quelques semaines, ça paraît long quand on est embarqué dans un périple comme le mien. On pourrait presque y voir quelque chose de magnifique. Presque.

Je retiens mon souffle quand je me souviens. Les morceaux de ma fille sont éparpillés dans ce champ.

Goshen, ainsi nommée d'après le pays de Goshen du Livre de la Genèse, quelque part au milieu des célèbres routes du bourbon du Kentucky, sur la ceinture évangélique de l'Amérique. Le galop des pur-sang qui hante ce pâturage mort cède place au martèlement dans ma cage thoracique. La boue craque sous mes pieds tandis que je traverse le champ gelé, mes pas déchirant la terre à chaque souvenir fugace. Le ciel a pris cette teinte argentée annonçant une tempête de neige ; désormais, la couleur de mon âme dégueulasse.

Je reprends conscience du shérif derrière moi, le doigt chatouilleux sur la détente d'un Remington braqué entre mes omoplates. Je reprends conscience de mon propre poing crispé sur mon pistolet.

Traitez-moi de ce que vous voudrez : meurtrière, tueuse de flic, fugitive, ivrogne… Vous croyez que ça me fait encore quelque chose ? À cet instant ? Le froid glacial me comprime les poumons comme si j'allais vomir. Mais non. Toujours hors d'haleine, je me sers de ma robe crasseuse pour essuyer le sang sur mon visage. Je ne sais même pas si c'est le mien. J'ai suffisamment d'adrénaline dans les veines pour ne pas le sentir, de toute façon.

« C'est fini, Freedom », annonce le shérif, avec son accent traînant du Sud. Les larmes tracent des sillons tièdes sur ma peau froide. Elles engourdissent mon visage, mes lèvres qui me brûlent. Une boule dans ma gorge m'empêche de respirer. *Mais qu'est-ce que j'ai foutu ? Comment est-ce que je me suis retrouvée là, bon sang ? Qu'est-ce que j'ai fait de si mal dans la vie pour que Dieu refuse de m'accorder un seul putain de truc bien ?* Je n'en sais rien. J'ai toujours été du genre à avoir beaucoup de questions, mais des réponses, jamais.

Première partie

1

Freedom et les pauvres types

Deux semaines plus tôt

Je m'appelle Freedom, et c'est une soirée comme les autres au bar. Il y a une nouvelle fille, une blonde, seize ans peut-être. Elle a encore les yeux pleins de couleur ; ça ne fait pas assez longtemps qu'elle bosse. Ça viendra. Elle aurait bien besoin de manger un morceau, de se remplumer un peu. Je sais qu'elle est nouvelle parce qu'elle a les dents blanches, un joli sourire. Dans un mois ou deux, ses gencives seront tachées de débris noirs, et elle n'aura plus que la peau sur les os. C'est comme ça que ça se passe dans ce métier. Tout ce qu'il y a de beau dans la jeunesse est bousillé par le désir sordide des hommes et l'asservissement à la came. Ainsi va la vie.

Un motard la tire par ses boucles dorées en direction du parking. L'endroit est trop bondé pour que les gens s'en aperçoivent. L'homme se fond parmi le reste des blousons en cuir et des cheveux gras noués en queue de cheval, foule compacte de l'entrée à la sortie du bar. Mais je m'en aperçois, moi. Je la vois. Et elle me voit aussi, le regard voilé par une expression suppliante, une étincelle d'innocence qui pourrait bien survivre si je fais quelque chose. Mais il faut que je le fasse maintenant.

« Occupe-toi du bar », dis-je, sans m'adresser à personne en particulier. Ma propre agilité me surprend quand je bondis par-dessus le comptoir pour m'engouffrer dans la mêlée, poussant, jouant des coudes et des pieds, criant. Je les retrouve au sillage de parfum laissé par la fille. J'arrache le bouchon rouge du Tabasco d'un coup de dent et le recrache. Le motard ne peut pas me voir arriver derrière lui tandis qu'il essaie de quitter le bar ; il fait bien deux têtes de plus que moi. Je verse une bonne dose de sauce piquante au creux de ma main.

Je possède toujours les vêtements que je portais quand on m'a violée. Qu'est-ce que vous voulez que je vous dise ? Je suis complètement maso. Je m'appelle Freedom, Liberté, même s'il est rare que je me sente libre. C'est le marché que j'ai passé avec les pauvres types : je n'accepterais le programme de protection qu'à condition de prendre ce nom. Freedom McFly, même s'ils n'ont jamais voulu que je garde le McFly. Ça faisait trop Burger King, d'après eux. Trop années quatre-vingt. Putains de pauvres types.

C'est Freedom Oliver, du coup.

J'habite à Painter, dans l'Oregon, un patelin noyé sous les déferlantes de sable, de pluie et de meth, où je travaille dans un bar rock appelé le Whammy Bar. Mes habitués sont des gros lards issus des gangs de motards de la côte Ouest comme les Hell's Angels, les Free Souls ou les Gypsy Jokers, qui en pincent pour ma solide carcasse tatouée et en profitent pour me mettre la main au panier.

« Viens voir que j'tâte ton p'tit cul. »

« Viens faire un tour sur mon gros engin. »

« Et si je te croquais, l'Olive ? »

Je cache mon dégoût derrière un sourire qui convainc la foule et bombe un peu plus la poitrine ; ça fait rentrer les pourboires, même si ça me donne la chair de poule. Ils me demandent où j'ai pêché mon accent, et je leur réponds Secaucus, dans le New Jersey. En fait, c'est celui d'une banlieue pourrie de Long Island, Mastic Beach. Aucune chance que ces péquenauds fassent la différence, de toute façon.

Je défonce mon parapluie au petit matin après la fin de mon service et la fermeture du bar. Je plisse les yeux dans la pluie d'octobre et la fumée d'une Pall Mall. Je vous jure, il a plu tous les jours depuis que je suis née. À ma gauche, attenant au Whammy Bar, se trouve l'Hôtel Painter. L'enseigne en néon grésille sous la pluie, mais à cause de quelques lettres claquées, on lit « Hôtel Pine ». Pas mal trouvé, vu que c'est un de ces motels glauques avec chambres louées à l'heure offrant un toit branlant à quiconque veut se payer une chatte pas chère. Ces dames sont blotties sous l'auvent de la réception pour s'abriter de la pluie, et me crient au revoir. J'agite la main en retour. Boucles d'or n'est pas là. *Tant mieux*. Les affaires n'ont plus l'air d'aller fort à cette heure-ci.

Merde à ce parapluie, s'il n'a pas envie de fermer. Je le jette par terre avant de grimper dans un vieux break rouillé jusqu'à l'os. J'enlève mon piercing au nez et écrase mon mégot dans un cendrier plein à ras bord.

« Bordel de Dieu ! » je crie, effrayée par un coup sur la vitre. La condensation m'empêche de voir à l'extérieur, alors je baisse la fenêtre d'un centimètre pour tomber sur deux costards-cravates. « Trouducs de pauvres types. » Ils me regardent comme si j'étais cinglée, mais j'imagine qu'ils s'y attendent. Les gens ont un mal de chien à comprendre ce que je dis la plupart du temps. « Il est pas un peu tard pour vous ?

— C'est toi qui nous obliges à nous déplacer toutes les deux minutes, rétorque un des hommes.

— C'était un accident, dis-je avec un haussement d'épaules en descendant de la voiture.

— Essayer d'aveugler quelqu'un au Tabasco, tu appelles ça un accident ?

— Question de sémantique, Gumm, dis-je en jouant avec mon trousseau de clés. Le type maltraitait une des filles, alors je lui ai mis une gifle. Sauf que j'ai mal visé et que je lui ai touché les yeux. C'est vraiment un hasard si on venait de me renverser du Tabasco sur la main une minute plus tôt… De toute façon, il ne va pas porter plainte, alors je suis désolée que vous ayez fait tout ce trajet depuis Portland pour rien.

— Tu joues avec le feu, dit Howe.

— Le Tabasco n'a jamais rendu personne aveugle. » Je secoue mes cheveux trempés par la pluie. « Ça fait juste un mal de chien et ça empêche de dormir.

— En tout cas, il était assez remonté pour appeler les flics. Tu serais dans une cellule à l'heure qu'il est, si on n'était pas intervenus, dit Gumm.

— Bah, ça lui irait bien, le bandeau de pirate. » Je les emmène dans le pub fermé, remets le courant et attrape trois Budweiser. Ils reluquent les bouteilles. « On se détend. Je dirai rien », je leur promets.

L'éclairage est faible, presque en mode salle d'interrogatoire, au-dessus du comptoir planté au milieu d'un grand parquet vermoulu où trônent quelques tables de billard. L'air est imprégné d'une odeur de tabac froid, incrustée dans les sillons du bois comme une chanson gravée sur un vinyle. La stéréo s'allume au son de Lynyrd Skynyrd. Les marshals Gumm et Howe récupèrent chacun un tabouret retourné sur le bar, puis s'assoient.

« Tu connais le tarif », dit l'agent Gumm, cheveux poivre et sel, moustache en guidon de vélo et bajoues flasques. Il aimerait mieux être ailleurs, ça se voit. Moi aussi, j'aimerais mieux qu'il soit ailleurs. C'est le tribunal qui les envoie. Merde au système. Qu'on en finisse. On remplira les formulaires, j'aurai droit à un sermon. *Retiens bien cet avertissement*. Ouais, ouais, je le retiens à fond. À côté de Gumm, l'agent Howe, qui parcourt un dossier tiré d'une enveloppe en papier kraft. « Comment ça va le boulot, Freedom ?

— Je vous répondrais volontiers un truc bien senti, mais je suis trop crevée pour ces conneries, dis-je en essuyant ma veste en cuir avec un torchon. Tapez-moi sur les doigts et on pourra tous rentrer chez nous, d'accord ?

— Je demandais, c'est tout », maugrée Howe, beau gosse d'une petite quarantaine d'années aux cheveux de jais et aux yeux verts. Je me le taperais bien. Si c'était pas un connard fini, je veux dire. Quoique, je ne suis pas sûre que ça m'arrêterait.

« Laissez tomber vos conneries. Vous avez pas fait tout ce chemin depuis Portland pour me casser les pieds à cause d'une petite bagarre de rien du tout. »

Ils font rouler leurs bouteilles entre leurs paumes. Gumm se sert de sa manche pour essuyer les gouttes de bière sur le bois. Ils se regardent en haussant les sourcils, l'air de dire : *Tu y vas ou j'y vais ?*

« Vous allez cracher le morceau, oui ou non ? » Exaspérée, je me hisse sur le bar devant eux. J'enlève leurs enveloppes de sous mes fesses et m'assois en tailleur, les genoux à hauteur de leurs yeux.

« Freedom, Matthew a été relâché de prison il y a deux jours. Il a fait appel, et il a gagné », déclare Gumm avec un toussotement forcé.

Mais c'est super chouette, dites donc ! Je pose les coudes sur les genoux, le menton sur les poings. Quelle expression vais-je feindre ? Va pour l'ignorance, comme si je n'avais aucune idée de quel Matthew on parle. Mais je le sais. C'est pour cette raison que je suis un témoin protégé. Relevant du Programme de Traitement et d'Information pour la Protection des Témoins Exceptionnels. PTI-PTE. Pauvres types. Veinarde que je suis, j'ai été libérée sur non-lieu définitif, ce qui signifie qu'on ne peut pas me juger deux fois pour le même crime. C'est ce qu'on appelle avoir de la chance dans son malheur.

« Et ? » Je ne veux pas qu'ils s'aperçoivent que mon cœur bat la chamade et que je commence à transpirer.

« Pour une période qui reste à déterminer, nous allons renforcer ta protection, déclare Gumm en se penchant vers moi. Un de nos agents passera te voir toutes les semaines. On te conseille de faire profil bas.

— Encore plus bas que dans un bar à motards du trou du cul du monde, vous voulez dire ?

— C'est pas si cher payé pour avoir tué un flic, Freedom. » Et revoilà ces regards mauvais et ces rictus que j'ai bien trop l'habitude de voir chez ces types. « Allez, ça ne te coûtera rien de l'avouer une bonne fois pour toutes. Tu ne peux pas repasser devant le juge, de toute façon. On sait que c'est toi qui l'as fait.

— Bonne chance pour le prouver. Et merci de m'avoir prévenue, espèces d'enfoirés. » J'avale ma bière et pointe la porte du menton. « Gaffe à la pluie quand vous rentrerez à la grande ville. Je voudrais pas que vous mouriez dans un horrible accident. » Je termine ma bouteille. « Ce serait trop moche. »

Ils comprennent le message, au moins. Parfois ils s'incrustent. Parfois pas. Il y a des moments où ils s'attardent exprès, juste pour m'énerver. « Au fait… » Howe se lève de son tabouret et ferme son manteau. « Je suis obligé de te poser la question. La procédure, tu sais… » Il parle entre ses dents, comme s'il avait des épines plantées dans le cul.

Je lui épargnerai cette peine, ne serait-ce que pour qu'ils déguerpissent plus vite. Leurs dossiers se collent à mes bottes mouillées quand je saute du bar. Je récupère les papiers trempés et les leur rends. « Vous inquiétez pas, je prends toujours mes médocs. » Un beau mensonge. Et je crois qu'ils le savent, mais qu'ils s'en foutent. « Pas la peine de demander. »

Je pense à Matthew, relâché de prison après dix-huit ans ; dix-huit ans de détention qui ont assuré mes dix-huit ans de liberté.

Seule dans mon appart merdique, j'enlève mes vêtements mouillés et sèche mon corps nu sur les coussins d'un canapé en tweed à l'odeur de moisi. Seule, je pleure. Seule, je regarde une vieille photo de mon défunt mari, Mark, unique rescapée d'un incident impliquant un évier et une boîte d'allumettes il y a vingt ans. Seule, j'ouvre une bouteille de whisky. Seule, je murmure deux prénoms dans le noir.

« Ethan. »

« Layla. »

Seule. Connards de pauvres types.

2

Mason et Violet

Je suis un petit garçon. Les bras de cette femme me protègent de l'immensité de l'océan, bleu à perte de vue jusqu'à l'endroit où il forme une ligne grise parsemée de bateaux. J'enfouis mon visage contre son cou ; son rire secoue mon petit corps. Mais je ne sais pas qui est cette femme. Je regarde le ciel à travers ses cheveux roux ; des poches de soleil brillent d'une lumière hypnotique entre ses boucles mouillées. Son corps, la chose la plus chaude que j'aie jamais connue, une couverture dans la fraîcheur des vagues. Sa peau sent la noix de coco et le citron vert. Les cris des mouettes résonnent dans mes oreilles, et je sais que j'aime cette femme. Je ne sais juste pas du tout qui elle est. « Qui es-tu ? » je demande. Elle ne répond jamais, dans ces rêves ; seule une ligne droite d'un blanc aveuglant sort de sa bouche. Je n'arrive pas à me réveiller, et je ne suis pas sûr d'en avoir envie. Elle se retourne pour que les vagues s'écrasent sur son dos, crie de joie dans mon cou. Je resserre les jambes autour de sa taille. Et dans le calme qui sépare les coups de boutoir des vagues, je suis la trace des tatouages sur ses épaules, j'enlève des grains de sable du bout de ses cheveux et je lui dis que je l'aime.

« Où est ta sœur ? » me demande-t-elle.

Mason Paul se réveille, frissonnant dans sa propre sueur, l'atmosphère de la chambre encore moite alors qu'il y a des heures qu'ils ont fait l'amour, le goût de Violet encore sur ses lèvres. Ce qui fait de ce rêve récurrent un cauchemar, il n'en sait rien. Il saisit doucement le poignet de Violet entre le pouce et l'index, écarte son bras. Il attrape un paquet de cigarettes caché dans son tiroir à chaussettes et se faufile à l'extérieur, marchant sur la pointe des pieds pour ne pas la réveiller.

Il fait encore trop chaud pour une nuit d'octobre à Louisville, dans le Kentucky. Mason se tient nu devant la porte-fenêtre de son balcon, ne sachant pas vraiment si ses épaules restent tendues par la satisfaction que lui a laissée Violet ou l'angoisse provoquée par le rêve. Derrière lui, Violet ronfle, vautrée sur des draps de soie de la même couleur que son nom. Mason tire sur sa Marlboro et regarde les étoiles qui brillent d'une lueur orangée, en corrélation avec l'arrivée prochaine de la Toussaint. Il se prépare un Manhattan au bourbon accompagné d'un soupçon de liqueur au caramel. Ça sent les bonbons au sirop de maïs. Ça sent Halloween. *J'ai l'air d'un malade mental à faire des rêves pareils.* Il se racle la gorge rendue pâteuse par une légère gueule de bois.

De la mousse espagnole se balance au rythme de la brise dans le grand jardin de la maison coloniale ivoire à bordures noires de style Nouvelle-

Orléans, une maison qui devait abriter des maîtres et des esclaves il y a plus d'un siècle. Mason porte son collier en argent à ses lèvres, réchauffant la croix avec son souffle, mais ce n'est qu'un réflexe. Ces dernières années, il a décidé qu'il serait peut-être moins décevant de considérer Dieu comme un nom invoqué à tort et à travers plutôt que comme un concept profond. Mais le geste lui rappelle sa petite sœur, Rebekah, le seul membre de sa famille qui ne l'ait pas rejeté. Elle lui manque terriblement. Le bourbon n'aide pas.

La maison a été bâtie par une vieille fortune du Sud issue des champs de tabac Cavendish qui bordent la propriété, des banquiers prospères ayant réalisé des placements lucratifs au temps où l'économie américaine vivait son âge d'or. Elle est désormais occupée par Mason, jeune homme prometteur de vingt-quatre ans. Il semble destiné à devenir l'avocat pénaliste le plus brillant de l'État depuis qu'il a réussi à se faire une place dans l'un des cabinets les plus florissants du Kentucky, quelques semaines seulement après sa réussite éclatante à l'examen du barreau. Impressionnant, à son âge, mais pas totalement inédit. Avocat junior, il serait en passe de monter en grade, si on en croit les rumeurs qui circulent au cabinet, ce qui en ferait la première personne à décrocher aussi rapidement un poste de senior : résultat de nombreux stages, d'incalculables heures de travail et d'un esprit vif comme l'éclair. Mason jette sa cigarette dans l'herbe quand il entend Violet se retourner dans son sommeil, et fait semblant de ne pas l'avoir remarqué.

Un instant plus tard, elle passe ses longs bras fins autour de sa poitrine nue. « Tu étais en train de fumer, hein ? » Mason devine le sourire qui s'insinue dans sa question. *J'ai toujours su que je terminerais avec une collègue. Évidemment, il fallait que ce soit une avocate d'affaires embarquée dans la croisade contre l'industrie du tabac.*

Les cigales chantent au loin, les grenouilles-taureaux coassent dans les marécages et sous les saules pleureurs avoisinants. « Qui, moi ? » fait Mason avec un sourire en coin. Le Manhattan brille sous la lumière de la lune quand il pose la main sur celle de Violet, le regard toujours tourné vers le jardin.

Elle resserre son étreinte, souffle dans son dos. « Ton cœur bat à toute vitesse, je le sens sous mes lèvres, dit-elle en l'embrassant entre les omoplates.

— Encore un rêve… » Mason prend une longue gorgée de cocktail.

« Ça va aller », dit Violet, mais elle craint que ses paroles de réconfort ne tombent dans l'oreille d'un sourd.

Mason s'écarte d'elle pour rentrer dans la chambre, où il s'assoit sur l'ottomane avec sa bouteille de Maker's Mark, ordinateur portable et papiers à ses pieds. Il se connecte à son faux compte Facebook, Louisa Horn. Des pensées dansent dans les replis de son cerveau à propos de sa sœur Rebekah. Pas de nouvelles depuis plusieurs jours, ça ne lui ressemble pas. *Pourvu qu'elle ait enfin eu la bonne idée de se tirer de là.* Mason tente de se distraire avec l'amoncellement de paperasse qui forme un cyclone autour de lui.

Il parcourt lentement les documents, inhalant des vapeurs de bourbon entre chaque page. Il s'en veut de ne pas pouvoir faire l'amour à sa copine, préoccupé par le silence de sa sœur et le procès pour viol qui doit enfin se clore le lendemain. C'est toujours ce genre de trucs qui le déstabilisent. Qui arriverait à bander en pensant à sa famille et à des procédures légales ?

« Tu n'as toujours pas fini de bosser sur l'affaire Becker ?

— Je vérifie juste que tout est parfaitement en place pour demain. » Il lève les yeux vers Violet, lui sourit. « Sinon, tu peux oublier les îles Turques-et-Caïques.

— Alors là, tu rêves », rétorque Violet, qui s'étire en bâillant.

Mason étudie les photos de l'hôpital St. Mary, l'examen médical de la victime. Les fragiles zones violacées qui marquent ses yeux et l'intérieur de ses cuisses suscitent en lui une émotion qui mérite bien une autre gorgée. Dans son dos, Violet observe les mêmes clichés.

« Combien de fois dois-tu regarder ça ? demande-t-elle.

— Ça ne me plaît pas plus qu'à toi, crois-moi. » Mason suit le contour du papier du bout des doigts. Il aimerait pouvoir s'insensibiliser, parfois, perdre toute compassion envers la victime, comme certains de ses collègues. « Il faut juste que je fasse ça en attendant de passer senior au cabinet, mon cœur. Peut-être même associé d'ici quelques années.

— Que tu fasses quoi ? Que tu vendes ton âme au diable ?

— Je la lui louerais, plutôt. » Mason sort une photo d'une enveloppe et la tend à Violet. Il parle à voix basse, par-dessus le bord de son verre. C'était le seul poste disponible dans un cabinet prestigieux, à l'époque. C'était là qu'on avait besoin de lui. Mais il a l'intention de changer de domaine bientôt, de se lancer dans le droit des affaires ou le droit immobilier, quelque chose comme ça.

Violet examine la photo. « La vache, d'où est-ce que tu sors ce truc ?

— Un tuyau anonyme. » Il lui reprend le cliché, l'étudie. « C'est ça qui va m'aider à remporter le procès. C'est ça qui va me garantir une place d'associé au cabinet.

— Présenter la victime comme une pute… » La voix de Violet s'éteint.

« Je sais, dit Mason, qui se frotte le front avec un soupir.

— C'est parfait. » Violet lui plante un baiser sur le crâne, avant de s'éloigner. « Tu vas être une putain de vedette. »

Il la regarde sortir dans le couloir, savourant la façon dont ses fesses nues se balancent devant lui, semblables aux œuvres d'art qui tapissent les rêves d'un collectionneur. Quand elle s'éclipse dans l'escalier, il efface son image avec une nouvelle gorgée. Ses yeux reviennent à la photo que Violet vient d'approuver : la victime, seins nus et hilare sur les genoux de son client la nuit du viol en question. Le Maker's Mark lui donne de l'assurance, un peu plus d'espoir qu'il n'en aurait à jeun : s'il arrive à remporter ce procès, rien que celui-là, il pourra passer à n'importe quel autre domaine et ne plus jamais avoir à défendre de pourriture.

« *Où est ta sœur ?* » La question de l'inconnue rousse de son rêve résonne encore entre ses oreilles.

« C'est une très bonne question, ma p'tite dame, marmonne Mason en retournant à son ordinateur. Avec un peu de chance, aussi loin de Goshen qu'une fille comme elle peut se retrouver. »

Ça le perturbe, que Rebekah ne l'ait pas contacté. Il sait qu'elle est naïve, un peu crédule, des traits de caractère qui pourraient passer pour de la lenteur d'esprit, mais qu'on peut aussi bien mettre sur le compte de la chaleur des gens du Sud. Mason clique sur la page Facebook de sa sœur. Ce manque d'activité ne lui ressemble pas : elle publie des citations pieuses tous les jours, d'habitude. Son dernier post s'intitule : « Épître aux Galates 5, 19-21. »

Après avoir été forcé d'ingurgiter la Bible pendant des années, Mason se souvient du passage sans avoir à le chercher. « *Or, les œuvres de la chair sont manifestes, ce sont l'impudicité, l'impureté, la dissolution, l'idolâtrie, la magie, les inimitiés, les querelles, les jalousies, les animosités, les disputes, les divisions, les sectes, l'envie, l'ivrognerie, les excès de table, et les choses semblables. Je vous dis d'avance, comme je l'ai déjà dit, que ceux qui commettent de telles choses n'hériteront point du royaume de Dieu.* »

Sous le texte figure une photo de Rebekah avec leur petite sœur, Magdalene. Mais Mason n'a jamais rencontré Magdalene : sa mère venait de tomber enceinte quand il a été banni de leur Église, renié par sa famille.

Mason a créé un faux compte Facebook, au nom de Louisa Horn, pour rester en contact avec sa sœur. Il se demande si ses parents ont fini par s'apercevoir que Rebekah communiquait avec lui derrière leur dos. Apparemment, elle avait réussi à endormir les soupçons de son père en lui expliquant que Louisa Horn était simplement intéressée par leur Église. Mason avait entendu parler des nouvelles techniques de recrutement de la congrégation, les prêches à l'entrée des grands magasins et ainsi de suite, pour tenter de guider les brebis égarées vers le salut, un trophée de plus au tableau de chasse des évangélistes... et la fausse Louisa Horn n'était qu'une adepte potentielle parmi d'autres.

S'il avait su que l'idée de devenir avocat, ou ne serait-ce que de quitter la maison, entraînerait une rupture aussi brutale, il se serait montré plus prudent. Mais au fil des années, le système de pensée de son père semble s'être modifié et relâché, passant de celui d'un pasteur évangéliste relativement normal à quelque chose d'autre, quelque chose de plus extrémiste. Tant que les rumeurs n'étaient pas crédibles, Mason pouvait se contenter d'en rire. Mais la mue de son père n'avait commencé qu'à l'époque de son adolescence, et Mason ayant quatre ans de plus que Rebekah, c'est surtout a posteriori qu'il a découvert la plupart de ces dogmes fanatiques, les changements se précipitant après son départ et son exclusion de la famille.

Mason se cale sur le canapé, se frotte le menton et fronce les sourcils. Il serre de toutes ses forces le goulot du Maker's Mark. La pellicule de cire rouge qui recouvre le verre donne l'illusion que ses mains saignent. *Des stigmates*, pense-t-il en se rappelant une vieille femme de la communauté qui était venue demander conseil à son père un jour, persuadée de porter les plaies du Christ. Mais c'était il y a bien longtemps, à Goshen. On ne manque jamais d'illuminés, là-bas. Mason relit la citation de l'épître aux Galates sur son ordinateur. Un frisson le traverse, tandis qu'il pense : *Cours, Rebekah, cours.*

3

Le cafard

Je m'appelle Freedom et j'ai les paupières lourdes. À travers ma gueule de bois, j'étale ma nudité sur le lit défait. Ma bouche a un goût de charogne, le whisky suinte à grosses gouttes de mes pores, j'ai les pommettes saturées d'alcool. Onze heures et demie du matin. Pas mal. J'ai les cuisses endolories, résultat des coups de hanche ; une sensation que je connais bien. Je me retourne vers Cal, affalé sur le ventre, cul à l'air et aussi raide qu'un macchabée.

« Espèce de cafard ! » j'aboie en l'expulsant du lit d'un coup de pied. Il emporte les draps entortillés dans sa chute. « Qui t'a dit que tu pouvais venir me baiser ?

— C'est toi qui m'as appelé au milieu de la nuit et qui t'es jetée sur moi ! » crie-t-il depuis le sol.

Aucune raison d'en douter ; ce n'est pas la première fois. Cal est un cow-boy, et je ne vois pas d'autre mot pour le décrire. Il a cinq ans de moins que moi, même si on dirait plutôt dix, et fait partie de ces rares personnes à pouvoir s'en tirer avec le look santiags et longs cheveux blonds. Je ne l'avouerais jamais à voix haute, évidemment, mais il est bâti comme un dieu et encore mieux monté que le Christ sur sa croix.

Je lui jette son tee-shirt blanc puis en enfile un gigantesque aux couleurs du club CBGB et gagne la cuisine en titubant. Je n'ai aucune idée d'à qui appartient ce tee-shirt. Il pourrait être à n'importe qui. Il est à moi, maintenant.

Je repêche un plat propre dans une pile de vaisselle que je prévois de laver un jour. Je verse de la semoule crue dans le bol ébréché et l'inonde de rhum épicé. Puis je soupire. « J'étais bonne, au moins ? » J'ai tendance à avoir des absences pendant mes galipettes dans le foin. Cal arrive derrière moi, me fait pivoter vers lui. Il me soulève, et je l'entoure de mes jambes sur l'évier crasseux.

« Comme d'habitude, Free-Free », dit-il avec un sourire. J'ai trop mal au crâne pour son sourire. Je le repousse.

« Attention, cow-boy. » Je prends une gorgée de rhum, histoire de soigner le mal par le mal. Ça fait des jours que le bouchon est porté disparu. S'ensuit un silence que certains trouveraient gênant, mais qui ne l'est pas, en tout cas pas pour moi. J'aime le calme, en fait. Je trouve ça bien. Cal avale du jus d'orange à même la brique devant le frigo ouvert. Il souffle pour expulser l'acidité de ses joues comme un dragon cracheur de feu.

« Qui est Mason ? » Il s'en fout. Il lit la liste des ingrédients du jus. Il aime les trucs bios. Un vrai hippie.

« Qui ? » J'observe la cuisine sale. Je n'ai tout simplement pas la force de la nettoyer. Ça fait un bail que je n'ai pas eu la force.

« Quand tu es tombée dans les vapes, dit Cal face à mon frigo tristement vide. Tu as fait un cauchemar, et tu n'arrêtais pas de crier "Mason". »

Je joue les imbéciles, et je les joue bien. Qu'est-ce que vous voulez que je vous dise ? Je vis entourée de débiles mentaux, y compris Cal. Mais ses talents au plumard compensent sa tête pleine d'eau.

« Je crois pas avoir jamais rencontré de Mason. » C'est une double négation, donc ça reste la vérité. Une simple manipulation verbale pour entourlouper Cal. « Je dois avoir entendu ça à la télé. » Le téléphone sonne, et je me mets à retourner les placards de la cuisine. C'est là que je le planque quand les migraines arrivent. Cal me regarde du même air que la plupart des gens : perplexe. Je remonte le cordon jusqu'au combiné, posé sur des boîtes de petits pois au fond du placard. « Ouais ? dis-je. Allô ? » Je colle le téléphone contre ma joue. Puis je fais semblant de raccrocher, couvrant le bouton de ma main. « Un faux numéro. Des abrutis de télévendeurs ou un truc comme ça. » Là, je mens.

« Ton visage dit le contraire, Free-Free. »

J'ai horreur qu'il m'appelle Free-Free. On dirait le nom qu'un gamin donnerait à son hamster. La brique de jus d'orange retourne à ses lèvres plusieurs secondes ; ça doit être le gin que j'y ai ajouté l'autre jour. Et face à ce sourire débile et ces abdos de rêve, je m'imagine en train de regarder une pub pour Tropicana. Je repense à leur slogan : *Tropicana, un parfum qui se lit sur le visage*. Ça oui, si la crétinerie est un parfum.

« Faut que j'aille prendre une douche. » Je démêle le cordon du téléphone et me dirige vers la salle de bains. « J'aimerais que tu sois parti avant que je revienne. »

4

Retour chez M'man

Trois jours plus tôt

Matthew Delaney est assis sur les toilettes métalliques sans couvercle de sa cellule d'isolement. Ossining, État de New York, berceau de la prison de Sing Sing. Un petit tas de papier repose sur ses cuisses nues pendant qu'il s'essuie.

« Allez, on y va, Delaney », l'appelle Jimmy Doyle, le gardien de prison. Avec un sourire poli, Matthew lui demande une minute pour terminer son affaire. Le maton regarde ailleurs. Les matons regardent toujours ailleurs. Une par une, Matthew déchire les pages en petits bouts, qu'il évacue avec son urine et sa merde.

Il embrasse un dernier carré de quelques centimètres, soigneusement découpé avec un coupe-ongles qu'il a fait passer en douce il y a plus d'un an. Sur le fragment, on peut lire : « Nessa Delaney. »

« Nessa, Nessa, Nessa…, murmure Matthew en s'adressant au mur de sa cellule d'un mètre quatre-vingts de côté, où une vieille photo aux yeux grattés a été scotchée au-dessus de sa couchette. Je me demande ce qui me plaira le plus. Quand je t'ai fait l'amour, il y a des années…

— Il faut y aller, Delaney », l'interrompt Doyle en ouvrant la porte métallique.

Mais Matthew s'accorde un dernier instant pour parler à Nessa. « Ou quand je te retrouverai et que je te trancherai les deux bras avant de boire ton sang ? » Son estomac se soulève d'excitation, l'idée de la mort de Nessa provoquant une sensation similaire à celle qu'on éprouve quand on tombe amoureux. La haine et le désir de Matthew se sont confondus en une seule émotion au fil des années, une émotion qu'il ne peut ni combattre ni tout à fait comprendre.

Un rictus se dessine sur son visage tandis qu'il marche dans les couloirs du bloc C. Du côté nord, c'est la zone de sécurité intermédiaire où, contrairement au mitard que Matthew a si souvent fréquenté, on trouve des cellules partagées avec des barreaux.

Matthew balance le sac contenant ses effets personnels sur son épaule en suivant le gardien, un homme qu'il connaît bien. Les détenus de la zone nord beuglent et applaudissent à son passage, martelant les barreaux avec leur gobelet en étain et transformant les emballages de leurs savons en confettis, puisqu'on leur autorise ces démonstrations de joie quand l'un des leurs a purgé sa peine. À la dernière cellule, avant un nouveau contrôle de sûreté, un prisonnier arborant des tatouages à la gloire de la race aryenne jette sa chaussure à la tête de Matthew.

Et le rictus se change en grincement de dents.

D'un mouvement fluide qui semblerait presque chorégraphié, Matthew lâche son sac, passant les deux bras à l'intérieur de la cellule pour coller le prisonnier dos aux barreaux. Il tire sur son poignet droit de la main gauche, le bras passé autour du cou de l'autre, serrant de plus en plus fort. « Y a un problème, connard ? » crache-t-il à l'homme dont les lèvres commencent à se décolorer. Celui-ci est incapable de répondre, la gorge comprimée par le coude de Matthew.

« Ça suffit, Delaney, intervient le gardien en l'attrapant par les bras. Tu es à deux doigts de la liberté. Tu vas tout foutre en l'air à cause de ce connard ?

— La liberté... » Matthew relâche l'homme.

« Allez, viens, dit Doyle, qui tape un code sur un boîtier. Ta famille t'attend. »

Quand ils ont passé la sécurité et qu'ils se retrouvent seuls un instant, Matthew soupire, le sang regagnant son visage et le reste de son corps. Il serre l'épaule du maton. « Je te remercierai jamais assez pour tout ce que tu as fait quand j'étais coincé ici, Jimmy.

— On se connaît depuis qu'on est gamins, Matty. » Mais Matthew sait qu'il n'a bénéficié de l'aide du gardien que parce que sa mère le fournissait en cocaïne premier choix et en repas ici ou là. Ça ne lui fait ni chaud ni froid, il a obtenu les informations qu'il désirait, sur Nessa Delaney, désormais connue sous le nom – si ses renseignements sont bons – de Freedom Oliver. « Je passerai chez vous bientôt. Il faut que j'aille voir ma mère, de toute façon », dit le maton.

Et quand il rejoint ses collègues, il pousse Matthew dans le dos. « Bouge tes fesses, Delaney. »

Mastic Beach, dans l'État de New York : jadis perle cachée de la côte sud de Long Island, émaillée de maisons de vacances et de bungalows pour habitants de Manhattan s'évadant à la plage les mois d'été. Il n'y a pas si longtemps, c'était un havre de paix où chacun connaissait son voisin et où les rues étaient bordées de clôtures d'un blanc étincelant. Mastic Beach avait des couleurs, un ciel limpide, et tout le monde aimait écouter les anciens parler de l'endroit à l'époque où les routes étaient encore faites de terre, bordées de pâturages bucoliques, avant l'invention de l'automobile. Les petits commerces appartenaient à des familles, et des odeurs de pain chaud se répandaient d'un bout à l'autre de Neighborhood Road. Les ports de plaisance débordaient de voiles magnifiques qui s'élevaient de Moriches Bay pour s'élancer vers les cieux.

Et puis l'héroïne s'est infiltrée par les égouts de Brooklyn pour se vider dans les rues de Mastic Beach, et bientôt la criminalité a atteint des niveaux astronomiques. Là où les gens se croisaient en souriant, maintenant ils gardent la tête baissée de peur de se faire agresser. Les attaques au couteau sont aussi banales qu'une virée au supermarché. Les vieux se font dépouiller, et les enfants de Mastic grandissent trop vite. *Enceinte à treize ans ? Mes putains de félicitations.* Et si vous avez la veine d'avoir un carré d'herbe assez grand pour ressembler à un jardin, il y a de fortes chances pour que vous ayez vu plus d'une fois les projecteurs d'un hélico de police traquer un suspect en cavale. À ce moment-là, vous passez en revue tous les fouteurs de merde que vous connaissez dans le quartier jusqu'à avoir une bonne idée de qui est recherché.

Aujourd'hui, Mastic Beach sert de dépotoir aux HLM de l'État et à tous les pervers, maniaques et détraqués fichés comme délinquants sexuels. La ville brille en rouge sur toutes les cartes grâce à eux. Chaque semaine, les habitants reçoivent des lettres de la police les informant de la présence de violeurs et de pédophiles à quelques pas de chez eux. Les petits commerces sont devenus des enclaves pour sans-papiers arabes. Et les gangs ont colonisé le terrain : les Bloods, les Crips, les MS-13. Les Blancs ne sont plus qu'une minorité de nos jours. Enfin, à part les Delaney. Ils forment un gang à eux tout seuls, une espèce à part.

Peter n'a pas besoin de compter pour savoir combien de cubis de vin il faut à Lynn Delaney avant d'être bourrée. La réponse est deux, l'équivalent de six bouteilles. Pas étonnant, quand on sait que la mère des frères Delaney pèse quasiment trois cents kilos.

Lynn s'essouffle à chaque fois qu'elle lève son verre pour prendre une gorgée. Le cabernet entache les fissures de son sourire, difficile à distinguer derrière le quart de tonne de lard étalé sur le lit king size qu'il a fallu installer sur des parpaings à la place des habituels pieds en laiton. D'après les souvenirs de Peter, c'est la première fois que sa mère tente de se faire une beauté ; son rouge à lèvres violet déborde sur ses dents grises et creuses, résultat de trop nombreuses dévitalisations effectuées des années plus tôt, quand elle en avait encore quelque chose à foutre de son sourire.

« Luke ! hurle-t-elle.

— Quoi ? grogne Luke depuis la cuisine.

— Viens me passer la bombe de laque qui est sur la commode ! » Lynn s'étouffe à force de crier.

« Demande à Peter. Il est plus près de toi.

— Peter ne peut pas. C'est un débile mental. » Peter contemple le tas grotesque qu'est sa mère depuis son fauteuil roulant. Lynn continue : « Viens me donner ma laque, merde !

— Bon Dieu, m'man ! » Luke remonte le couloir à pas furieux jusqu'à sa chambre et lui lance la bombe posée à même pas un mètre d'elle.

La graisse des bras de Lynn tremblote quand elle répand un nuage d'Aqua Net, ce bon vieux gaz à briquet d'une durée de conservation de dix mille ans, sur ses boucles grises entortillées. Dans la cuisine, on entend John et Luke hurler à l'unisson devant le match des Yankees, le craquement de cannettes de Heineken sorties du congélateur. Peter sent d'ici l'odeur de poisson de ses frères, qui ont passé la journée à Cranberry Dock.

Ils ne sont pas rares dans le quartier, les hommes adultes à vivre encore chez leur mère. On pourrait mettre ça sur le compte d'une situation économique pourrie, mais ça se résume souvent à des mères castratrices en quête d'allocations logement et (ou) d'hommes paresseux, deux denrées dont on ne manque pas à Mastic Beach.

« Espèce d'ingrat, marmonne Lynn à l'adresse de Luke.

— Hé, M'man, Matthew est là ! crie John.

— J'arrive, putain ! » Lynn pompe les dernières gouttes de vin bon marché de son cubi et farfouille dans une taie d'oreiller bourrée de médicaments jusqu'à dénicher un comprimé de Xanax à gober. Elle tire sur les paquets de mascara accrochés à ses yeux bleus, lisse sa robe de chambre lavande et lâche un rot en éteignant son émission de téléréalité judiciaire.

Titubant et battant des bras, elle se hisse à bord de son M. Mobility, le malheureux scooter électrique qui transporte sa masse débordante jusqu'au couloir. Peter la suit dans son fauteuil roulant. Lynn avance, passant devant les crucifix et les photos de ses garçons, à l'époque où ils méritaient encore ce nom. Au bout du couloir, près de l'entrée du salon, une petite table sert d'autel à son défunt fils, Mark : une photo encadrée où on le voit sourire dans son uniforme du NYPD, entourée de bougies chauffe-plats à moitié fondues. Lynn dépose un baiser sur ses doigts avant de toucher son visage. Elle vénère les morts. Comme beaucoup de gens dans cette ville sordide. Ils versent les premières gouttes de leur verre par terre, portent des toasts à la gloire de leurs chers disparus à chaque mariage, même si c'étaient des raclures. C'est comme ça. On glorifie les morts, on transforme les raclures en héros. À côté de la photo de Mark, trois bougies rouges, une pour chaque fausse couche de Lynn. Et bien qu'elle les ait perdues avant qu'on puisse déterminer leur sexe, elle sait, d'instinct, que c'étaient toutes des filles, et les a baptisées respectivement Catherine, Mary et Joséphine.

Catholique irlandaise, Lynn gagne très bien sa vie en profitant éhontément des aides sociales et de cinq fils nés de cinq pères différents, qui ont préféré prendre son nom plutôt que celui de l'oncle Sam. Delaney, un patronyme associé au grabuge et à la haute tolérance au whisky. Dans le quartier, la blague veut que même le postier distribue le courrier de la famille au commissariat, parce qu'ils finiront toujours par y échouer. Alors que la voiture se gare devant la maison, Peter regarde Lynn inspecter ses fils, alignés à côté de la porte d'entrée.

Il y a d'abord le petit dernier, Luke, le plus séduisant et le plus libidineux des Delaney. Même quand toutes les filles du coin ont su qu'il avait refilé la chlamydia à une partie des voisines, elles ont continué à le trouver irrésistible. Avec ses cheveux blonds, ses yeux verts qui vous transpercent l'âme et un engin auquel la rumeur attribue des dimensions dignes d'une star du porno, il a vaguement envisagé de devenir mannequin il y a quelques années. Mais il n'est jamais allé jusqu'au bout et a préféré passer sa vie à monter des cloisons en plaques de plâtre et à semer des rejetons partout dans Long Island. Six, au moins, d'après ce qu'il en sait. Peter grimace devant l'odeur pestilentielle de son eau de Cologne, qui tente en vain de masquer des relents de sueur et de poussière.

Vient ensuite John, un gars robuste porteur de tous les gènes récessifs : yeux verts, cheveux roux et tempérament à faire trembler les murs. Il arbore une fausse dent en argent à la place d'une incisive et son visage est couvert de poils roux.

Il parle très peu, depuis toujours, et semble porter des vêtements chauds en permanence, gardant ses chemises en flanelle même en été. Usurier en chef de Mastic, John ne se déplace jamais sans sa batte de baseball. Si vous pouvez le rembourser, il n'y a pas meilleur prêteur. Sinon, changez de nom et quittez la ville. Tout le monde a beau savoir qu'il n'est pas muet, personne en dehors de la famille ne se rappelle l'avoir entendu parler. Lynn lui gratouille la barbe. « Pourquoi faut-il toujours que tu caches cette jolie frimousse ? »

Enfin arrive Peter, le fils en fauteuil roulant atteint d'infirmité motrice cérébrale que tout le monde prend pour un débile, y compris, parfois, sa propre mère. Peter est l'excuse toute trouvée de Lynn pour toucher une pension d'invalidité versée par les services sociaux. Contrairement à ses frères, il préfère rester dans sa chambre à regarder des films piratés et à lire des livres sur Internet, évitant les ennuis, pour ainsi dire. Peter déteste sa mère. Elle lui parle comme s'il avait cinq ans plutôt que quarante, le force à manger des choses dont elle sait pertinemment qu'il a horreur et lui vole tout l'argent qu'il reçoit de l'État, l'utilisant pour se goinfrer pendant que Peter doit se contenter des restes comme un chien galeux. Et galeux est le mot juste, vu les habitudes hygiéniques de la maison.

Sa mère tire sur son large tee-shirt Spider-Man, recoiffe ses cheveux noirs avec un peu de salive et fait semblant de ne pas remarquer son geste de recul. Peter lui dit d'aller se faire foutre, mais personne ne l'entend, ou bien les autres s'en moquent.

D'un seul mouvement, comme un barrage qui se rompt, ils sortent sur la terrasse pour accueillir Matthew. Hilare, il se précipite en criant dans les bras de ses frères après être descendu d'une vieille Buick avec un sac plastique transparent contenant ses affaires. Les prises de catch, les coups de poing aux bras et aux cuisses constituent les salutations traditionnelles chez les Delaney. Et, évidemment, quel genre de réunion de famille serait-ce sans les regards indiscrets des voisins, ceux-là mêmes qui appellent les flics à chaque fois que les Delaney font un peu trop de boucan au milieu de la nuit ? Luke est le premier à ouvrir un pack de bières.

« On va fêter ça à la maison ! » crie Lynn pardessus le vacarme.

Matthew lève sa bière face à la lumière d'un ciel nuageux. « Bon Dieu, après dix-huit ans de tôle, j'attendais plus que ça.

— Ça fait quoi de ne pas baiser pendant dix-huit ans ? » ricane Luke. Lynn lui donne une claque sur le bras.

« Ça vaut presque le coup, quand je pense à ce soir, répond Matthew avec un rire en pénétrant dans la maison. Désolé, M'man. »

À l'intérieur, Metallica résonne en arrière-fond pendant qu'ils passent la matinée à rattraper le temps perdu. Mais l'heure est venue d'aborder le sujet qui obscurcit leur existence depuis tant d'années : Nessa Delaney.

La retrouver.

Retrouver ses enfants, la nièce et le neveu qu'ils n'ont jamais connus.

Les ramener à la maison.

Que la famille soit réunie à nouveau.

L'échine des frères Delaney se hérisse d'ondes électriques en présence de Matthew et de leur mère. Avec sa porte-fenêtre ouverte menant sur un petit jardin, la cuisine sent les feuilles d'automne mouillées et la marijuana. Impossible de dire où commence la brume d'octobre et où finit la fumée.

« Dix-huit ans, ça fait beaucoup de temps pour penser. Pour réfléchir. Pour rêver », dit Matthew entre deux gorgées de Heineken. Il penche la tête de côté. « Je mentirais si je disais que je n'avais pas envie que cette salope crève. » Sa voix est toujours suave et veloutée, comme un chant funèbre. Quand il prononce ces paroles, il jurerait déceler l'odeur de Nessa. Comment pourrait-il expliquer à sa famille l'amour qu'il ressent pour elle ? Qui le comprendrait ? Et même s'il a passé près de la moitié de sa vie en cage comme un animal, ses yeux pétillent encore, comme s'il rêvait de révéler au monde tous les secrets de l'univers. Les autres garçons remuent sur leurs chaises autour de la table de la cuisine. Ils hochent la tête et font semblant de comprendre, parce qu'ils ont peur.

« Elle assassine Mark. Ton frère. Mon fils, commence Lynn, shootée au cabernet-Xanax. Elle enlève mes petits-enfants et les planque on ne sait où pour nous empêcher de les voir. Les enfants de Mark. » Distraitement, Lynn gratte le vernis rouge sur ses ongles. Son sang se fige peu à peu dans ses veines. Elle sent ses pieds gonfler, commencer à faire de la rétention d'eau maintenant qu'elle est sortie du lit, décide qu'elle a besoin de sucre et se fourre aussitôt un cupcake industriel à l'orange dans la bouche. « Et puis elle se débrouille pour te faire porter le chapeau, mon innocent Matthew, et t'envoie en prison pour dix-huit putains d'années. » Lynn secoue la tête avec un rictus, des miettes citronnées tombent dans les replis de son cou. Elle croise les doigts, petites saucisses obèses aux extrémités rouges, comme si elle venait de labourer la chair de quelqu'un. « Nessa Delaney, reprend-elle en grimaçant, langue tirée, pleine de rancœur à l'idée qu'elles aient partagé le même nom de famille un jour. Quand je pense au culot de cette petite conne... elle doit payer. » Lynn commence à transpirer, fatiguée à force de mastiquer et d'avaler. « Et on doit retrouver ses enfants. C'est à ça que sert la famille, non ? » Ses fils reconnaissent l'étincelle qui s'allume dans ses yeux, les flammes de son regard s'embrasant de malice, une expression qu'on lui voit souvent au moment où elle s'apprête à chaparder quelque chose dans un magasin, à arnaquer quelqu'un sur Craigslist ou à envoyer ses fils chercher une chose qu'elle veut mais ne peut pas avoir. « On aurait dû le faire il y a dix-huit ans.

— Oui, M'man, mais j'ai droit à ma vengeance aussi, dit Matthew en posant la main sur la sienne. Autant que toi.

— On devrait me canoniser pour avoir patienté aussi longtemps.

— Oui, M'man. Et savoir que tu as attendu que je sorte pour m'offrir cette vengeance me touche plus que tu ne pourras jamais l'imaginer. » Lynn bat des cils, flattée.

Peter tente de protester, mais bute sur ses mots. Matthew lui jette un regard si violent et si haineux qu'il le paralyse sur son fauteuil. D'un ton plat, sans âme, il continue : « Et on est tous ensemble sur ce coup-là. »

Pour la première fois, Peter a l'occasion d'observer Matthew de près. Les minces liserés blancs qui bordent ses cheveux noirs ne font qu'accentuer sa monstruosité, comme une crinière qui commencerait à geler. Ses yeux bleus sont toujours trop clairs pour le reste de son visage, ces yeux qui virent presque au blanc quand Matthew fait quelque chose de mal. Il ressemble plus que jamais à Lynn, sauf qu'il est mince et fort. Fortifié par la prison.

« Mais comment on est censés les retrouver, elle et ses gosses ? On sait qu'elle est sous protection depuis qu'elle a tué Mark, dit Luke en se roulant un nouveau joint.

— Homme de peu de foi. En prison, on a accès à tout quand on y met le prix. Y compris aux infos. » Matthew se tapote le crâne. « Tout ce que vous avez besoin de savoir sur Nessa et ses gosses est là. » Il regarde sa mère, sourit.

De toute sa vie, Lynn Delaney n'a jamais été aussi fière de ses fils. En regardant Matthew, l'interminable attente lui paraît presque justifiée. Ainsi, son aîné pourra guider les autres, être ses yeux et ses oreilles pendant leur périple pour tuer son ex-belle-fille. « Tout ce que je vous demande, c'est de faire à Nessa des choses qu'une mère n'a pas envie d'entendre, jusqu'à ce qu'elle vous supplie de l'achever. Et inutile de vous dire que tout ça ne doit jamais retomber sur cette famille, hein ? » Elle soupire. « Quant à votre nièce et votre neveu, vous n'aurez qu'à… leur annoncer la nouvelle en douceur. Soyez affectueux avec eux.

Dites-leur que leur grand-mère a attendu patiemment pendant vingt ans, et qu'elle a hâte de les serrer dans ses bras. » Lynn prend une cigarette à John, tire une bouffée. Elle a les dents grises.

« Elle se fait appeler Freedom Oliver, maintenant, dit Matthew.

— Freedom ? ricane Lynn. C'est bien trouvé, putain.

— Et ses gamins ont été adoptés par des bigots à Goshen, un trou paumé dans le Kentucky.

— On n'aura qu'à partir demain matin, dit John, souriant à la perspective du bain de sang.

— Non, bordel ! crie Lynn en donnant un coup de pied dans le bas du frigo depuis son scooter. J'attendrai pas une seconde de plus ! » On croirait que de la vapeur lui sort des oreilles, au risque d'enflammer l'Aqua Net si elle continue à s'énerver. Lynn époussette des poils de chat noir sur ses manches, reprend contenance avec un raclement de gorge et écrase son mégot à même le comptoir de la cuisine, sans cendrier ni rien. « Mes garçons, mes garçons… » De sa manche, elle sort deux sacs de cocaïne à cinquante dollars et prépare cinq lignes devant ses fils avec son permis de conduire, périmé depuis longtemps, étant donné que ça fait plus de trois ans qu'elle n'a pas quitté la maison. Les garçons redressent un peu plus le dos. Quand elle a terminé, Lynn lèche le bord du permis avant de rouler un billet de vingt dollars en forme de paille. Peter ne peut s'empêcher de se demander comment cette cocaïnomane se débrouille pour être aussi obèse. « Vous ne voulez pas faire attendre votre mère, hein ? » Lynn sniffe une ligne par une narine puis tend le billet de vingt à Matthew. Sa mâchoire oscille de droite à gauche, ses petits doigts se rétractent à ce goût mécanique.

Matthew regarde droit devant lui avant de s'attaquer à la ligne suivante. « Non, on ne te fera jamais attendre. » Les autres hochent la tête, prêts à tout accepter tant qu'ils peuvent goûter à la coke. Ils regardent le sang couler du nez de leur mère, comme d'habitude, dégoulinant sur son visage pour atterrir sur le dernier cupcake à l'orange dont le glaçage blanc se teinte de rouge. Mais le sang tiède qui tache son dessert ne dérange pas Lynn, qui le gobe quand même. Elle regarde chacun de ses fils dans le blanc des yeux. « John conduira, dit-elle en jetant un trousseau de clés sur la table. La plaque d'immatriculation est fausse et le badge de télépéage volé, vous n'aurez pas à payer les ponts et les autoroutes. Vous feriez mieux d'y aller si vous voulez éviter l'heure de pointe. »

Le cœur tambourinant sous l'effet de la drogue, de l'excitation et du désir d'obéir, ils partent.

Lynn regarde Matthew, Luke et John s'éloigner derrière la fenêtre. *Ça, c'est pour Mark, pauvre conne*, dit-elle à son reflet. Elle est une reine qui lâche ses loups dans la nature, prêts pour la traque. Alors que la voiture quitte l'allée, Lynn aperçoit le voisin. C'est un vieux Portoricain, qui marche en rond, vêtu d'une vieille robe verte usée à pois noirs. Elle se rappelle que sa fille lui a dit qu'il commençait à devenir sénile. *Est-ce qu'il y a encore des gens normaux ?*

Lynn lèche le sang sur ses lèvres, entend le grincement du fauteuil roulant de Peter qui se tourne vers elle. Son fils balbutie, comme si ses cordes vocales essayaient de s'arracher de son corps.

« T... t... t'es qu'une s-s-salope. »

Du dos de la main, Lynn essuie le sang sur son visage, l'étalant sur ses joues comme une peinture de guerre. Avec un regard perfide, elle rétorque : « Et moi qui pen-pen-pensais que tu voudrais m-m-m-manger aujourd'hui... »

5

Besoin de savoir

Aujourd'hui

Je m'appelle Freedom, et l'expression de cette femme me tape sur le système. Ouais, c'est un neuroleptique, file-le-moi que je me casse. La pouffiasse botoxée de la pharmacie Walkers, c'est comme ça que je l'appelle. Trop de collagène dans les lèvres. Peut-être qu'elle ne me regarde pas de travers, dans le fond. Peut-être que c'est juste sa tête qui est comme ça.

Ce n'était pas mon idée, de consulter un psychiatre. C'est les marshals qui m'ont forcée. Une fois par semaine depuis dix-huit ans. Ça fait cent trente-six heures. Et tout ça pour quoi ? Je récupère mes médicaments et je m'en vais.

Je m'appelle Freedom et je serai contente le jour où je n'aurai plus à écouter de ZZ Top. Comme toujours, je me laisse une demi-heure pour traîner dans l'arrière-boutique avant le début de mon service. Je m'assois dans le bureau où on entrepose les coffres, les ordinateurs, les caméras de sécurité, les registres de compte et d'inventaire, des tas de manuels et des magazines. C'est là que je profite des joies d'Internet, vu que je n'ai pas d'ordi chez moi et que le réseau de mon portable est aussi naze qu'une prostituée vietnamienne en bout de parcours.

Carrie se poste derrière moi, mais elle n'est pas du tout du genre fouineuse, elle se contente d'inspecter le bureau.

« Qu'est-ce que tu fais ? » je demande. Je connais déjà la réponse, et la dis en même temps qu'elle : *Je déplace des choses dans ma tête.* Carrie est toujours en train de réorganiser des trucs. Carrie est ma patronne, mais une bonne patronne. C'est une lesbienne baraquée et une de mes seules amies dans l'Oregon. Elle est brute de décoffrage, mais elle a un cœur gros comme ça et n'essaie jamais de me faire du gringue, à part un « Ah si t'étais lesbienne, j'te jure ! » de temps en temps. Elle est du genre militante gay, aussi, avec des tatouages d'arcs-en-ciel et de pin-up à poil partout sur ses bras épais.

Je retourne à mon écran d'ordinateur et ouvre trois fenêtres après m'être connectée sur Facebook. Sur une page, Mason Paul, avocat. Sur la deuxième, Rebekah Paul. La troisième correspond à une jeune fille appelée Louisa Horn, mais je la soupçonne d'être un faux profil : une seule amie, et son unique activité consiste à poster un message ici ou là sur le mur de Rebekah. Je mise sur Mason, vu que sa sœur et lui ne sont pas amis sur Facebook. Quand on consulte les cartes du site, les différentes localisations de Louisa coïncident avec celles de Mason. Et il semble qu'il ait gardé peu de liens, voire aucun, avec sa famille adoptive, pas plus qu'avec l'Église.

Je cherche l'épître aux Galates 5, 19-21 dans un nouvel onglet. Au-dessus de la citation, un message de Louisa Horn, daté d'hier : « Ma sœur en Christ, où es-tu passée ? Tu me manques. » Rebekah n'a rien publié depuis plusieurs jours ; il n'y a aucune activité sur son compte. Ça ne lui ressemble pas. « Ça fait un moment qu'elle n'a rien posté », dis-je à Carrie. Je ne suis pas censée parler de mon ancienne vie, ma vie d'avant Freedom Oliver. Mais je le fais quand même. Carrie sait qui je suis, qui j'étais, qui je regarde en cet instant. Je lui fais confiance. Rien de ce que je lui révèle ne ressort d'ici. Elle est même au courant de choses que je ne peux pas dire aux marshals.

« Tu sais comment sont les gamins, dit-elle en rangeant des magazines qui n'ont pas besoin de l'être.

— Non, il y a un problème, dis-je, les yeux toujours fixés sur l'ordinateur.

— Tu n'en sais rien, Freedom. » Elle se tourne vers moi.

« Je le sens. » C'est vrai, il y a quelque chose qui cloche. « Je déteste ce nom, Rebekah, dis-je en tapotant l'écran de mon ongle. Ses foutus parents amish…

— Ils ne sont pas amish.

— Non, mais c'est tout comme. » On a toutes les deux un petit sourire aux lèvres quand Carrie quitte la pièce pour aller bosser.

Je parcours les photos. Il y a une certaine pureté chez Rebekah ; et je ne dis pas ça juste parce que c'est ma fille biologique. J'ai beau me répandre en sarcasmes sur son éducation, je suis contente de la façon dont on l'a élevée. Elle a grandi dans une famille bien, avec des valeurs chrétiennes. Je passe ses photos au crible : de longs cheveux roux bouclés, des taches de son sur l'arête du nez. Elle a un sourire resplendissant qui s'étire entre deux fossettes craquantes, seul éclat de lumière dans une tenue très pudique : longues jupes en jean sur de vieilles baskets en toile blanche, chemises à manches longues et volants.

Quant à Mason, on voit bien qu'il a trouvé sa propre voie, en dehors de la grâce divine. Les filles, les bars, la fumette, une forme de rébellion inoffensive, des bêtises typiques de la jeunesse. Avec sa tignasse brune, Mason est incroyablement beau, comme le prouvent les photos où l'a tagué Violet. Virées à Gatlinburg dans les Smoky Mountains, tequila sunrise, abdos en béton. Dieu tout-puissant, c'est le portrait craché de son père, ce salopard.

Mason et Rebekah ont été élevés par un honorable pasteur de Goshen, Virgil Paul, et sa très obéissante femme, Carol. J'ai vu ses prêches sur Internet ; un homme particulièrement charismatique dont le sourire semble dissimuler d'atroces souffrances. Il débite ses discours en suant et soufflant comme un bœuf, avec un accent du Sud profond. C'est un type de taille moyenne, aux cheveux noirs et à la tête carrée. Bronzé, comparé aux enfants et à l'épouse pâles aux côtés desquels il se tient après l'office pour souhaiter bon vent aux chrétiens convertis, aux âmes reconnaissantes et régénérées. Mais merde, ça vaut mille fois la vie qu'ils auraient menée avec moi, si j'avais essayé de les récupérer. Remarquez, je ne pense pas que je serais dans un état aussi lamentable si je les avais eus avec moi.

Rebekah a l'habitude de publier un message chaque soir à dix-neuf heures tapantes. Toujours des citations de la Bible. Toujours accompagnées d'un lien vers le site Internet de l'Église familiale. Et, chanceuse que je suis, je fais partie des plus fidèles abonnés aux webdiffusions des Adventistes du Troisième Jour. Mon nom d'utilisatrice est FreedomInJesus et chaque dimanche, sans faute, je suis le service. À plusieurs reprises, un privilège que j'attribue au fait d'être un des plus anciens membres de la communauté Internet, j'ai eu l'occasion de parler par Skype à Virgil et Carol Paul, *un putain d'honneur de faire votre connaissance, les barjos, je suis votre plus grande fan.* À chaque fois je m'épanche sur le pardon, l'obéissance, la miséricorde et tout le tralala. *Je prêche la bonne parole dans l'Oregon, loué soit Jésus.* Tout pour tenter d'avoir un aperçu de Mason et Rebekah.

Il y a quelques semaines, je leur ai écrit une lettre à tous les deux. J'en ai déjà un sacré tas chez moi, pour tout dire, mais je n'ai jamais eu le cran de les envoyer. Je le ferai un jour, quand le moment sera venu, j'imagine. C'est juste qu'ils semblaient si heureux, si merveilleusement innocents… Je ne voulais pas être la tornade qui bouleverserait leur précieuse existence. La première fois que je leur ai écrit, j'ai apporté les lettres au travail, et je n'ai plus pensé à les reprendre chez moi. Quand enfin je l'ai fait, j'ai dû mélanger les enveloppes avec mes factures sans m'en rendre compte. Évidemment.

Dès que le postier les a récupérées, j'ai compris mon erreur. Je me suis même lancée à sa poursuite, manquant de le faucher avec ma voiture pour remettre la main sur ces lettres. Je lui ai arraché sa sacoche et j'ai déversé le courrier dans la rue, j'étais folle. Je savais que mon immeuble se trouvait assez tôt sur son trajet pour qu'il me reste une bonne chance de les retrouver. Quand le postier s'est mis à crier et a essayé de m'arrêter, je lui ai aboyé dessus. Littéralement : je lui ai aboyé dessus en grondant comme un chien enragé. Quand il a voulu appeler les flics, je l'ai mis au défi de le faire. « Vas-y, appelle-les, ces cons de flics, qu'est-ce que ça peut m'foutre ! » Mais quand les témoins ont commencé à apparaître aux fenêtres, j'ai tourné les talons sur un dernier : « Je t'emmerde, connard » avant de m'éloigner.

Quand on travaille au Whammy Bar, les rixes générales entre motards déglingués à la meth ne sont pas tellement rares. Dans ces cas-là, je monte sur le comptoir, je sors des pétards de mes bottes et je les balance sur ceux qui dépassent, les plus baraqués.

J'ai retrouvé le postier neuf pâtés de maisons plus loin.

Je l'apercevais dans Lindsey Street, avec ses chaussettes hautes, son short et sa sacoche. Je me suis glissée au fond de sa camionnette en passant par l'avant et je me suis mise à farfouiller dans une quantité infinie de courrier, mais rien n'était organisé, ça n'avait aucun sens. Je levais la tête toutes les deux minutes pour vérifier que ce crétin ne revenait pas. Et puis il a fini par revenir. Mais je n'avais pas trouvé les lettres. Et je ne risquais pas de passer inaperçue, vu que je ne pouvais sortir qu'en enjambant le siège du conducteur, placé du côté normalement réservé au passager. C'était le moment. Il suffisait de courir plus vite que lui. Pas trop difficile, a priori. Il fallait juste que je bouge.

J'ai sorti les pétards de mes bottes, où je les garde toujours au chaud, et j'ai allumé les mèches. D'habitude, je les coupe pour que les pétards explosent dans la seconde, mais cette fois je les ai laissées intactes pour gagner un peu de temps. J'ai allumé trois mitraillettes de vingt pétards et je les ai jetées à l'arrière avant de décamper. J'ai failli tout faire foirer quand mon pied s'est pris dans la ceinture du conducteur. Le type m'a vue. Il s'est mis à courir. Je ne me rappelle pas combien de jardins j'ai traversés dans ma cavale.

Arrivée dans ma rue, j'ai pu respirer un peu mieux ; j'ai allumé une cigarette en reprenant mon souffle. Je m'étais accroupie, appuyée à un arbre au bord de la route, quand devinez qui déboule au coin de la rue… et par débouler, je veux dire qu'il filait à cinquante kilomètres à l'heure, mais c'était déjà assez rapide pour que le moteur de la camionnette paraisse épuisé par cette vitesse de dingue. Mais je n'ai pas bougé. J'ai souri en le regardant foncer vers moi. Et j'ai agité la main. *Connard de tête de pioche.*

Le fourgon est parti dans une série d'embardées quand les détonations des pétards ont retenti dans le coffre. Et l'espace d'une seconde, je me suis imaginée dans une scène de film de l'époque de la Prohibition. De la fumée s'échappait à l'avant et à l'arrière du véhicule, d'un gris assorti aux nappes de brouillard qui planaient sur Painter.

Le seul ennui, c'est que je venais sûrement d'enfreindre un million de lois fédérales.

Il a fallu un tas de paperasses du côté des marshals et un bon paquet de sermons énervés de leur part pour que je m'en sorte. Rien qu'une ou deux fausses larmes et un soutien-gorge pigeonnant ne puissent arranger, mais j'ai retenu l'avertissement.

Plus tard cet après-midi-là, une fois les restes fumants de la camionnette de la poste déblayés, je suis revenue dans les parages avec une bouteille de Johnnie Walker sur le chemin de Sovereign Shore, mon endroit préféré pour me planquer. En passant, j'ai trouvé une enveloppe égarée par terre. J'ai ramassé la lettre pour Mason dans une flaque et je l'ai glissée dans mon soutien-gorge.

Je n'ai jamais récupéré l'enveloppe de Rebekah. Mais j'avais signé les deux lettres « Nessa Delaney » plutôt que « Freedom Oliver » et je les avais envoyées à l'adresse personnelle des Paul, de sorte que si elles ne leur parvenaient pas, leurs parents n'auraient aucune raison de soupçonner leur fidèle servante FreedomInJesus.

Au Whammy Bar, je fais craquer mon cou en pensant que j'aurais dû me battre davantage pour garder mes enfants, que je ne me suis pas assez démenée. Mais c'est mieux comme ça – en tout cas pour eux. C'est ce que je me répète sans arrêt. Pourtant le chagrin me rend encore malade, même vingt ans après. Toutes ces étapes de leur vie que j'ai manquées. Au moins, d'autres personnes ont eu cette chance de voir deux enfants formidables grandir devant leurs yeux. C'est ce qu'il faut se dire.

6
La musique du diable

Deux jours plus tôt

L'obscurité envahit les toilettes de l'aire d'autoroute à la sortie de Goshen, où Rebekah Paul pleure devant un miroir sale à chaque touffe de cheveux qui tombe dans le lavabo. Ses coups de ciseaux maladroits lui arrachent des gémissements qui se répercutent dans les cabines sombres et crasseuses derrière elle. « *Mon Dieu, reste avec moi* », répète-t-elle encore et encore, les rugissements assourdis des moteurs de camions à l'extérieur grondant dans ses oreilles. Le bruit des ciseaux qui tranchent ses cheveux résonne près de ses joues, son cœur bat à tout rompre comme s'il allait jaillir de son sternum.

Les lampes jaunies au-dessus de sa tête bourdonnent d'insectes mourants qu'elles brûleront à deux heures du matin. Rebekah ne reconnaît pas son propre reflet, cheveux décolorés et taillés au ras du crâne. Dans la pénombre des toilettes, les taches de sang sur son col paraissent noires, semblables aux taches sur son journal intime quand ses stylos fuyaient à la maison.

Elle baisse les yeux, mal à l'aise en jean et tee-shirt Jack Daniel's moulants. Elle dépose un dernier baiser de ses lèvres fendues sur la croix qu'elle porte autour du cou, et la glisse sous son tee-shirt pour que personne ne la remarque. Puis elle attrape son sac à dos. « *Seigneur, pardonne-moi.* »

L'air frais soulage ses paupières quand elle émerge sur le parking, au milieu d'odeurs de feuilles mortes et de gasoil. Dans un coin du terrain, Rebekah se dirige vers le Bluegrass, un vieux pub miteux, tandis que plusieurs semi-remorques passent dans un grondement de tonnerre. Elle ne reconnaît pas la musique, un air de blues à la guitare, le genre de morceau qu'on lui interdisait d'écouter, la musique du diable.

Elle doit s'aider de ses deux bras pour ouvrir les portes en bois du pub ; elle est accueillie par un rideau de fumée et des pécheurs abjects. Des hommes barbus avec des bretelles et des bocks pleins de mousse se retournent pour regarder la jeune fille menue qui garde la tête baissée et palpe la croix sur sa poitrine à travers son tee-shirt. Elle avise autour d'elle, repère une table vide vers le fond et s'y dirige immédiatement, les yeux braqués sur ses lacets tout au long du chemin. Elle entend déjà les murmures, les allusions aux choses épouvantables qu'ils veulent lui faire, des mots qui font rougir le Seigneur et leur assurent une place en enfer à côté de Satan lui-même. Avec sa manche courte, elle essuie délicatement les larmes sur son visage, le contact du coton enflammant sa peau meurtrie.

« Je sais qu'ça fait plus mal qu'on dirait », fait une voix inconnue. Rebekah lève les yeux vers un homme maigre et débraillé à la barbe et à la moustache tachées de nicotine et aux longs cheveux gras coincés sous une casquette noire des New Orleans Saints, avec une fleur de lys dorée. « Tiens, ma biche, ça devrait t'aider. » Il pose un grand verre de bière devant elle.

Rebekah le renifle. « Je n'ai pas le droit de boire, dit-elle au verre. C'est contraire à la volonté de Dieu. » Elle ne se doute même pas que c'est interdit par la loi avant vingt et un ans ; le sujet n'a jamais été abordé chez elle.

« Mais non, bichette, pas la peine de t'en faire pour ça, dit l'homme en s'asseyant si près d'elle dans le box qu'elle est obligée de se décaler. En fait, Dieu m'a envoyé ici pour m'occuper d'toi. Une prophétie, tu vois ? » Ce genre de propos n'est pas tellement rare, à Goshen.

Rebekah sent son haleine chargée d'alcool et se recule avec gêne, mais elle l'écoute quand même. « Vous êtes prophète ?

— Oui, m'dame, dit-il avec un sourire troué. Not' sauveur m'a dit qu'tu serais là, et qu'il fallait que j'vienne te récupérer pour t'aider à abandonner ta mauvaise vie et t'ramener sur le droit chemin. C'est ce qu'il m'a dit.

— C'est vrai ?

— Ça oui. » L'homme jette un œil par-dessus son épaule. « Pourquoi t'as fugué ? Dieu m'a dit que tu faisais une fugue. » Rebekah le contemple avec effarement – peut-être est-ce bien Dieu qui l'envoie, après tout. Mais elle baisse la tête et ne répond pas. « Où t'essayes d'aller, bichon ?

— Sur la côte Ouest.

— Ça alors, c'est là où j'vais aussi ! » Il n'arrête pas d'enfoncer sa langue dans les cavités laissées par les dents qui manquent à son sourire. « J'peux t'emmener si tu veux. »

Rebekah commence à avoir un mauvais pressentiment, scrute la pièce. L'homme se rapproche d'elle, pressant son corps contre son flanc, et lâche une exhalaison assez chargée pour lui mouiller l'oreille. Il lui frotte le genou. « Viens avec moi, ma biche. »

Rebekah tourne la tête, mais ne peut pas lui échapper quand il commence à lui embrasser le cou, le relent d'alcool est sur le point de la faire vomir. *Dieu, si tu veux envoyer quelqu'un, envoie quelqu'un d'autre. Je t'en supplie, Dieu*, pense-t-elle. « Vous êtes trop près, monsieur. » Elle essaie de le repousser, mais il est trop lourd pour elle.

« Hé ! » crie un autre homme derrière le type. Rebekah respire un peu mieux quand on l'écarte d'elle. « T'as intérêt à la laisser tranquille. » Elle découvre un jeune homme avec un tablier crasseux qui a dû être blanc, debout dans une posture laissant entendre qu'il est prêt à se battre. « Je plaisante pas, Joe, tu dégages, compris ?

— C'est pas c'que tu crois, on faisait que discuter tous les deux, dit l'autre en levant les mains.

— Je t'ai assez vu discuter, alors. » Le cuistot arrache la casquette de l'homme et la lui colle sur le torse. « Maintenant tu ferais mieux de partir, c'est pas une blague.

— D'accord, d'accord. Je m'en vais », dit le type qui récupère sa casquette en traînant des pieds. Rebekah voit quelques clients du bar se rassembler autour du cuisinier. « Mais on n'en restera pas là, gamin. » Sous le regard d'une bonne dizaine d'autres camionneurs apparemment décidés à prêter main-forte au cuistot, l'homme sort. Une fois qu'il a passé la porte, les camionneurs retournent à leur alcool. Et Rebekah se remet à pleurer, seule avec le grand verre de bière qu'il a abandonné. Elle ne sait pas ce qui lui prend, mais elle porte la mousse à ses lèvres pour la goûter. L'amertume lui rougit les joues. *Pardonne-moi, Seigneur*. Elle rejette la tête en arrière et avale la première bière de sa vie, ne respirant que par la bouche entre deux lampées pour ne pas sentir le goût. Le liquide ruisselle le long de son visage et de son cou jusqu'à ce qu'elle repose brutalement le verre sur la table. Elle se sert à nouveau de sa manche pour éponger la bière, aspirant de grandes goulées d'air pour reprendre son souffle. Puis elle se lève, et la pièce tangue sous ses pieds. Elle cherche l'homme au tablier, mais il n'est pas là. Elle est incapable d'expliquer ce qui lui passe par la tête, ce besoin qu'elle a de poursuivre cet inconnu. Peut-être est-ce lui que Dieu a envoyé.

« Vous avez vu le cuisinier avec le tablier sale ? demande-t-elle à une barmaid.

— Ton héros est sorti s'en griller une dehors », répond la femme avec un sourire moqueur, pendant qu'elle essuie des verres.

Mettant trop de force dans son geste, Rebekah manque de passer à travers la porte à moustiquaire qui sépare la cuisine de l'arrière-cour. Dehors, le cuisinier est assis sur des cagettes en plastique rouge empilées près de sacs-poubelle pleins à craquer. Les bouches d'aération de la cuisine vrombissent au-dessus d'eux. « Merci », lâche Rebekah. Brusquement, elle se sent bizarre, avec des intervalles de lucidité entre deux vertiges.

« C'est rien », répond-il avec un sourire. Un frémissement au creux de son ventre, elle ne sait pas trop s'il vient de la bière ou du fait qu'elle n'a jamais parlé à un garçon aussi beau de toute sa vie. Il attrape une cagette dans son dos et la pose devant lui, l'invitant à s'asseoir. « Où est-ce que tu vas, au fait ? »

Rebekah croise les bras, trop timide pour le regarder en face. « Sur la côte Ouest. Ou le plus loin possible, en tout cas.

— Le plus loin possible de la personne qui t'a fait ça ? » dit-il en désignant son visage.

Elle se racle la gorge et baisse les yeux. « Je l'ai mérité.

— Aucune femme ne mérite ça, réplique-t-il avec une grimace de colère. Tu n'y es pour rien.

— Si. » Rebekah le dévisage un instant. « Parce que j'ai péché.

— Tout le monde pèche. » Sa cigarette s'éteint, il la rallume. « Ça ne justifie rien.

— Je m'appelle Rebekah. » Elle serre les bras, essayant en vain de cacher son corps dans ses vêtements moulants.

« Gabriel », répond-il en lui tendant la main.

Elle la regarde avec hésitation. « Comme l'archange », dit-elle avant de la prendre.

« Ouais. » Il tire avec force sur sa cigarette. « Comme l'archange. »

Rebekah le regarde délivrer ses cheveux du filet en secouant la tête, une masse de boucles noires et soyeuses au-dessus d'yeux de jade. Il défait son tablier, révélant un maillot de corps blanc et des bras couverts de tatouages. « Et donc, tu es cuisinier ?

— C'est un petit boulot. J'aide mon vieux à poser des cloisons le week-end. Ça m'aide à payer la fac à Louisville et mon loyer.

— Mon frère aussi est allé à Louisville ! s'exclame Rebekah avec ravissement. Tu connais Mason Paul ? C'est un avocat célèbre, maintenant.

— J'ai jamais croisé de Mason Paul, mais l'école est sacrément grande. Remarque, le nom me dit quelque chose... Ah, attends... Mais oui, je sais. C'est l'avocat de la défense pour le procès Becker, qu'on voit tout le temps à la télé. Ce Becker, il a de l'avenir dans le football, c'est sûr. Je savais bien que j'en avais déjà entendu parler.

— À quoi ça ressemble, l'école ?

— T'es jamais allée à l'école ? » Rebekah secoue la tête. Tout à coup, Gabriel comprend à quel genre de fille il a affaire. Sûrement une mormone ou une baptiste, couvée par sa famille. Et maintenant elle fugue, elle se rebelle, naïve. Ces filles-là, on en croise à la pelle à la fac. « Tu loupes pas grand-chose. » Sa pureté l'attire, et il n'a pas envie d'arrêter de la regarder. Il voit bien que ses os fragiles et sa peau tendre n'ont jamais été touchés comme ils auraient dû l'avoir été à son âge. C'est comme s'il regardait le sable d'un rivage qui n'aurait jamais été découvert par l'océan. Mais il a peur qu'elle se noie ici, dans le monde réel, loin de son existence protégée. « Tu ne devrais pas essayer de traverser le pays en stop avec des camionneurs. C'est dangereux, pour une fille comme toi.

— Je n'ai pas le choix. » Elle frotte le bout de ses chaussures dans la terre. « Tu crois en Dieu ?

— Je crois en quelque chose… » Il détourne les yeux, ne voulant pas paraître bizarre quand il remarque qu'elle évite son regard. « Ça fait combien de temps que tu n'as pas mangé ?

— Depuis hier, je crois. »

Gabriel lui fait signe d'attendre et retourne dans la cuisine. Il revient avec une barquette en polystyrène contenant un burger et des frites.

« Je ne peux pas payer ça.

— T'en fais pas. » Il la regarde inspecter la nourriture, comme si elle n'avait jamais rien vu de pareil. « Il faut que tu manges. » Rebekah se sert de ses deux mains en même temps pour fourrer les aliments dans sa bouche. « Ça te dirait que je t'emmène quelque part un jour ? Un vrai rendez-vous… avant que tu partes pour la côte Ouest, je veux dire. »

Elle le regarde avec de grands yeux. « Je n'ai pas le droit de sortir avec des garçons.

— Tu as quel âge ?

— Vingt ans.

— Tu es assez grande pour prendre tes décisions toute seule et arrêter de faire ce que tes parents te disent.

— Je fais ce que Dieu me demande. » Rebekah continue à se bourrer de nourriture. Gabriel prend son tablier et veut l'approcher de son bras, où du ketchup a coulé. Mais elle se replie, craintive, comme un oiseau paralysé, brisé sous le soleil et encerclé de vautours.

Gabriel la contemple avec étonnement, et bien qu'elle n'ait décroché que quelques mots, le mystère qui l'entoure le fascine. Il veut mieux la connaître ; il doit mieux la connaître. Il a repéré sa vulnérabilité du premier coup d'œil et ressent le besoin d'envelopper son innocence dans une couverture et de la tenir à l'écart de la cruauté d'un monde qui veut la lui arracher. « Je t'emmènerai sur la côte Ouest. » La phrase le surprend lui-même. Mais Rebekah est un alibi, l'excuse qu'il cherchait pour tout laisser tomber et partir voir le monde. « Tu ne me connais pas, je sais, mais tu peux me faire confiance. » Quelque part, il s'attendait à une réaction plus extatique.

« Merci, marmonna-t-elle, les yeux baissés, une moitié de cheeseburger dans la joue.

— Je te ramène chez moi. On pourra partir demain matin. » Il ne ment pas, ses intentions sont pures. « Je te laisserai le lit, et je dormirai sur le canapé, OK ?

— D'accord. » Rebekah est convaincue que son vœu vient de se réaliser, que Dieu a envoyé Gabriel pour la sauver de l'homme qui s'est frotté contre elle et qui voulait l'emmener. Elle laisse échapper un sourire quand il prend son tablier et le jette dans la benne à ordures derrière lui.

« Allons-y. » Il la mène dans l'allée, vers le parking à camions. « Je suis garé juste là. » On croirait presque qu'il sautille en avançant. Il tend les bras en l'air, lève les yeux vers la nuit. « Partage ce moment avec moi.

— Quoi ? »

Gabriel virevolte autour de Rebekah, goûtant à ce qui pourrait bien être la liberté pour la première fois de sa vie. « Crée-toi des souvenirs. »

Rebekah presse le pas pour le rattraper, ses frites tressautant dans la barquette. « De quoi tu parles ? » Son sourire lui fait mal aux joues.

Gabriel l'arrête dans son élan et la regarde dans les yeux. « En dehors de ta famille, tu as déjà tenu la main d'un homme ?

— Non, dit-elle en riant.

— Bien. » Il lui prend la main, entrelace ses doigts avec les siens. « Comme ça, on n'oubliera jamais ce moment. Qu'on n'arrive nulle part ou qu'on voie tout ce qu'il y a à voir, on se crée des souvenirs. » Rebekah n'a jamais rien entendu d'aussi extravagant et stupéfiant à la fois. Elle se sent flageolante, son cœur commence à battre la chamade. Et toutes les choses affreuses qui sont arrivées, à cet instant, semblent à des années-lumière de distance.

Mais ce qui se passe ensuite est fragmenté. Des bruits d'os qui se brisent. Gabriel qui hurle son nom. Le goût de la terre dans sa bouche. Son souvenir le plus prégnant restera celui d'atterrir sur le dos dans le coffre d'une voiture, mains liées devant elle. Elle voit l'immensité du coffre retomber, comme une lame de fond s'abattant sur elle. Elle replie les genoux vers le menton et se sert de ses pieds pour l'empêcher de trembler. Mais ça ne marche que la première fois. Après ça, elle se rappelle la terreur qui la dévore dans le coffre. Et l'éclat rouge des feux arrière vus de l'intérieur quand la voiture freine.

Seigneur, reste avec moi.

7

Amour de lycée

Chers Mason et Rebekah, même si autrefois vous vous appeliez Ethan et Layla,

Reprenons où je m'étais arrêtée… Ah, voilà, le bal de promo. 1989. Si vous vous souvenez de ma dernière lettre, je crois que j'étais toujours sur un petit nuage depuis l'invitation de Mark Delaney, le fauteur de troubles du lycée William Floyd à qui on m'avait demandé de donner des cours de soutien en anglais pendant l'étude. Il n'était pas bête – loin de là, en fait ; il passait juste trop de temps à fumer sous les gradins du stade au lieu d'aller en classe. Je me souviens que ma mère se moquait de moi parce que je restais plantée à côté du téléphone sur le tabouret de la cuisine, m'attendant à ce que Mark m'appelle pour annuler d'une minute à l'autre. J'aurais tellement voulu que vous la connaissiez, ma mère : on ne pouvait que l'aimer. Sauf son cancer. On ne peut pas aimer le cancer.

Mais passons. Oh, mon Dieu, je l'avais presque oubliée, cette robe, un truc tout en soie rose et dentelle noire ; je crois que je visais un croisement entre Material Girl *de Madonna et* Recherche Susan désespérément. *J'aurais dû la garder, cette vieillerie. C'est la dernière robe que ma mère m'ait cousue. Estimez-vous heureux d'avoir échappé à la plus grande honte de notre génération : la mode vestimentaire des années quatre-vingt. J'en frémis encore.*

Quand Mark s'est présenté à la porte, il a tout de suite déplu à ma mère. Il portait un de ces tee-shirts noirs avec un motif de smoking imprimé sous une veste en cuir et empestait la clope. Ses cheveux blonds étaient teints en noir. Et puis, quel homme respectable mettrait de l'eye-liner ? Ma mère a secoué la tête avant de se replonger dans son numéro de Vogue *; c'était Estelle Lefébure qui faisait la couverture ce mois-là, je me rappelle. Ma mère était dingue de mode – un gène qu'elle ne m'a pas transmis, apparemment. Croyez-moi, on a utilisé beaucoup de mots pour me décrire ; « élégante » n'en a jamais fait partie.*

Je me suis assise à l'avant de la Dodge Colt pendant que Matthew, Luke et John s'entassaient sur la banquette arrière, prêts à prendre le bal de promo d'assaut et à assaisonner les cocktails de fruits à l'Absolut. Never Let Me Down Again *de Depeche Mode passait sur l'autoradio. Ce n'était pas rien, à l'époque, d'être encore au lycée et de conduire une voiture autre que celle de sa mère, avec un lecteur de cassettes.*

Ma mère avait peur que Mark cherche seulement à profiter de mes bonnes notes et de mon statut de première de la classe pour décrocher une place à l'université, et me répétait en permanence que s'il me mettait en cloque, elle me tuerait, trancherait la queue de Mark et le tuerait à son tour. Une menace qui revenait souvent sur le tapis.

Sur le chemin du lycée, les frères ont fait circuler un joint. J'ai décliné l'offre, sur quoi ils ont décrété que je n'étais qu'une sainte-nitouche, que j'avais sûrement les genoux collés, que Mark aurait mieux fait de rester avec Donna, la pom-pom girl que tout le monde s'était tapée. Aujourd'hui encore, je ne peux pas sentir l'odeur de la marijuana ou du parfum Love's Baby Soft *sans repenser à cette soirée-là. Depuis la banquette arrière, Matthew n'arrêtait pas de tirer sur mes boucles (rappel : les choucroutes étaient de rigueur). Matthew me tirait tout le temps les cheveux. Il avait un look à la Billy Idol à l'époque, avec les clous, le cuir, les mitaines. Les cheveux peroxydés. Il s'entraînait même à faire la moue dans le rétroviseur et à imiter l'accent anglais. Dix-sept ans, le bel âge…*

Entre deux commentaires de ses frères, Mark me regardait depuis le siège du conducteur avec un air particulier, un air qui me disait qu'il n'arrivait pas à détacher les yeux de moi, un air qui me disait qu'il pensait qu'il était en train de tomber amoureux, un air qui me rendait toute chose. Mon cœur battait si fort que j'en étais presque physiquement malade. Et à cet instant, j'ai su que je regardais le plus bel homme de la Terre.

À notre arrivée, The Flame *de Cheap Trick résonnait dans le parking. Les autres se sont faufilés vers l'entrée secondaire du gymnase, ne faisant pas partie des futurs diplômés comme nous. Mark trouvait ça plus romantique de rester dehors, fidèle à son personnage de rebelle. Quand il m'a serrée contre lui et s'est mis à danser lentement, mon corps est devenu léger comme une plume. Vers la fin de la chanson, il a posé son doigt sous mon menton pour me faire lever la tête. C'était mon premier baiser – oui, à dix-sept ans, la honte totale, je sais. Mais c'était une autre époque.*

Et même si j'aimerais vous dire qu'on est allés au bal et qu'on a dansé jusqu'au bout de la nuit, la vérité, c'est qu'on n'a jamais mis un pied dans la salle.

8

La tirelire à suicide

Aujourd'hui

Je m'appelle Freedom et je revois sans cesse des images d'il y a vingt ans, des images de la cervelle de Mark étalée sur le mur de la cuisine à Mastic Beach.

À part ça, j'ai prévu de me suicider bientôt. Pas tout de suite, mais bientôt. J'attendrai que mon bocal de médocs soit plein à ras bord. Je sors les cachets qu'on m'a prescrits d'un sac plastique blanc. Je ne les prends jamais. Ils me rendent encore plus cinglée que je ne le suis déjà. Je n'arrive même pas à prononcer leur nom, pourquoi je les avalerais ? Je vis très bien avec les voix dans ma tête. Disons que la perspective du bocal rempli de pilules y contribue. Je le soulève pour essayer d'estimer combien j'en ai déjà. Deux cents ? Trois cents ? Aucune idée. Le calcul mental n'a jamais été mon fort. Mais quand je passerai à l'acte, quand je serai fin prête, j'enverrai les lettres à Goshen, à mes enfants.

Le soleil se cache derrière les édredons que j'ai punaisés aux fenêtres. Le bruit tonitruant des programmes télé de la journée traverse les murs, en provenance de l'appartement de Mimi Bruce. La chaîne météo, j'ai l'impression. À quoi bon se renseigner sur le temps ? Mimi ne sort jamais de chez elle. Je regarde l'horloge. Neuf heures treize du matin. Ça fait vraiment tout ce temps que je suis là, assise à table dans le noir ? J'ai le bout des ongles émoussé à force de les avoir tapotés au même endroit pendant six heures. Je marche jusqu'à l'évier de la cuisine, m'asperge le visage d'eau et étale les fragments coupants de sommeil de mes yeux jusqu'à la peau de mes joues et les ailes de mon nez. À côté de l'évier gisent les restes de la photo rescapée, celle de mon défunt mari, Mark. S'il était vivant à l'heure qu'il est, je le tuerais. Une fois de plus. En tout cas c'est ce que je me dis.

Les détecteurs de fumée se mettent à sonner, et je sais déjà pourquoi. Mimi. Quand une alarme incendie se déclenche dans l'immeuble, elles s'y mettent toutes. Je me précipite vers la porte, le soleil m'aveugle, je déboule en courant sur le balcon que je partage avec Mimi Bruce, qui habite l'appart à côté. La porte est verrouillée. Je prends de l'élan et l'enfonce d'un coup de pied, surprise par ma propre force. On se croirait dans un épisode de *New York, police judiciaire*. J'aperçois la fumée au fond de l'appart. Mimi continue de regarder la télé en sirotant son café dans le salon. Elle me sourit. Pourquoi sourire à quelqu'un qui vient d'enfoncer votre porte ? Elle perd de plus en plus la tête. Je cours vers le fond de la pièce, où se trouve la cuisine.

Des œufs écrasés dans leur coquille brûlent dans une poêle que des flammes tentent de réduire en cendres. J'attrape une manique accrochée à la porte du four. De la fumée noire s'agglutine sur les murs et le plafond au-dessus de la gazinière. Je balance la poêle dans l'évier et ouvre le robinet ; ça aurait pu être pire. Mais quand viendra le pire ? Voilà la question. Sur un coin du plan de travail bleu ciel, du café dégouline sur la plaque chauffante ; la cafetière n'est pas à sa place.

« George Clooney m'a appelée. » Mimi entre dans la cuisine comme si de rien n'était. Elle prononce le nom de la star avec un air de gamine malicieuse. Sauf que c'est une femme de quatre-vingts ans et des poussières, abandonnée par le gouvernement dans cet endroit minable parce qu'elle n'a pas les moyens de se payer une résidence médicalisée ni quoi que ce soit d'autre. L'économie a dévoré sa retraite en même temps que sa sécurité sociale et sa mutuelle. Le rêve américain dans toute sa putain de splendeur.

« Qu'est-ce qu'il t'a dit ? je lui demande en récupérant un couteau à beurre pour gratter les fœtus de poulet calcinés dans la poêle au-dessus de l'évier.

— Qui ? m'interroge-t-elle, oubliant déjà ce qu'elle m'a raconté il y a dix secondes.

— George Clooney. Qu'est-ce qu'il t'a dit quand il t'a appelée ? » Mimi reste là, perplexe, en sous-vêtements. Elle lève les mains en l'air sans raison, la peau flasque de ses bras pendouille et elle se met à chanter… je vous le donne en mille, elle se met à chanter *Somewhere Over the Rainbow*. Il n'y a pas de chansons que je déteste plus au monde. Des poils très blancs se dressent sous ses aisselles, des taches de vieillesse dansent au rythme de la mélodie. Et même à travers la chanson, j'entends la pile de son sonotone siffler.

Je laisse tomber la poêle et l'aide à baisser les bras. « On va t'habiller, Mimi. » Elle me suit jusqu'à sa chambre, bien rangée, avec des photos de son défunt mari et d'autres membres de la famille, ceux qui ne viennent jamais la voir. Je choisis des vêtements propres dans sa commode et les enfile sur sa peau parcheminée. Elle fredonne pendant que le tissu lui recouvre le visage.

« Est-ce que George Clooney est l'homme qui tourne la *Roue de la Fortune* ? demande-t-elle.

— Oui, dis-je en alignant ses boutons comme il faut. Il est canon, hein ?

— Je ne discute jamais de mes amants. » Elle me fait un clin d'œil, que je lui rends. Je décide de ne pas lui expliquer pourquoi il faut mettre la verseuse de la cafetière dans la machine quand elle l'allume. Pourquoi il faut s'habiller quand elle se lève. Pourquoi il faut éviter de laisser les poêles et les casseroles sur le feu. On ne peut expliquer ces choses qu'un certain nombre de fois avant d'abandonner. Je pourrais me plaindre auprès du gardien de l'immeuble, mais ce type ne sert à rien. Appeler sa snobinarde de fille servirait encore moins ; ses jupes de femme d'affaires sont tellement serrées qu'elles empêchent apparemment le sang d'irriguer sa conscience.

« Est-ce que j'ai des enfants, Freedom ? » Elle se souvient de mon nom, aujourd'hui. Ça me rend triste. Je pense à son fils et à sa fille, qui ne passent que pour dévaliser ses armoires à pharmacie et piller ses boîtes à bijoux. Je leur ai fait la leçon une fois, croyant rendre service à Mimi, mais ça a eu l'effet inverse. Maintenant, ils ne viennent plus.

« Non, Mimi. Tu n'as pas d'enfants. » J'envie son ignorance. Il y a un piano dans sa chambre, la seule pièce de l'appartement assez grande pour le recevoir. Et Mimi a beau être sénile, elle se rappelle toujours les notes à jouer. Je la conduis jusqu'au tabouret, tentant d'apaiser son esprit chaotique avant qu'elle ne se mette à parler comme une actrice porno, avant que les démons de la folie ne s'emparent de sa tête.

« Tu as des enfants, Nessa ? » Je ne lui ai jamais dit que je m'appelais Nessa. Elle feuillette un recueil de partitions, comme s'il était rédigé en hiéroglyphes.

« Nessa… Pourquoi m'as-tu appelée Nessa ? » Je m'installe à califourchon sur la banquette à côté d'elle.

« Qui est Nessa ? Tu t'appelles Freedom. » Plus la peine d'insister. Mimi a la capacité de concentration d'une mouche tsé-tsé, elle n'y peut rien. Mais je croyais avoir été plus prudente que ça avec elle. Quand ma langue a-t-elle fourché ? Je vous parie vingt dollars que c'est arrivé une nuit où je faisais les cent pas sur le balcon, abrutie par l'alcool. *Je suis Nessa Delaney !* Je ne m'attarde pas sur le sujet. Le sifflement qui émane de la tête de Mimi m'interpelle à nouveau. Je détache le sonotone de la base de son crâne et lui parle à voix forte.

« J'irai chercher des piles à la pharmacie cet après-midi. » Je tourne les pages jusqu'à la *Sonate au clair de lune* de Beethoven. Je mets la partition à l'envers sur le pupitre, juste pour m'amuser un peu, égoïstement. Mais Mimi m'impressionne. Elle joue d'oreille, et je me demande si elle entend la moitié de ce qu'elle joue. Je profite de la mélodie lugubre et de sa surdité.

« Tu sais, Mimi… un jour, je partirai, et mon jour viendra avant le tien. Je ne serai plus là pour gratter les œufs sur la gazinière et t'acheter de nouvelles piles de sonotone. Et ça m'attriste de t'imaginer en train de mourir dans cet appartement parce que tu ne sauras pas reconnaître l'alarme incendie. » Je regarde ses mains créer des sons parfaits. Dans ma tête, je demande à Dieu de laisser Mimi emporter l'immeuble entier avec elle. Et puis je me tourne vers son profil. « Et quand j'agoniserai dans l'appart d'à côté après avoir gobé ma tirelire à suicide, je te promets que je penserai à toi. Parce que tu étais quelqu'un de bien, quelqu'un de bien qui méritait mieux que ce que cette vie t'a apporté. Une bonne âme, voilà. Au fond, je crois que tu devrais considérer le fait de devenir sénile comme une bénédiction… tu n'imagines pas tout ce que je donnerais pour ne plus me souvenir de ma vie. Et ça me console de me dire que quand les secours m'auront emmenée, tu ne penseras plus jamais à moi, même si je suis ta seule amie au monde. » La musique s'éteint sur quelques notes répétées qui interrompent le silence. Les mains de Mimi se referment faiblement sur ses genoux.

« Ça te dirait de prendre un café avec moi, Freedom ? » dit-elle en souriant. Je suis sensible à son charme. « On peut dénicher ce George Clooney sur la chaîne météo, en cherchant bien.

— Ça serait chouette. »

9

Freedom et Passion

Je m'appelle Freedom, et il reste à peine assez de place au Whammy Bar pour que je bombe le torse. De longues barbes grises maculées de mousse de bière dépassent des blousons de motard en cuir noir. Des tatouages de taulard dessinés à l'encre de Chine virent déjà au vert. Des pintes d'ale débordent de leur bock. Des dents rongées par la meth décorent le bar quand les hommes vocifèrent par-dessus les Allman Brothers et Pantera. Un nuage de tabac Pall Mall enfle entre les murs. Et à ma gauche, au bout du comptoir, se tient Passion ; les prostituées qui utilisent leur nom de baptême ne sont pas légion.

Passion s'attire les regards hostiles des bikers, et pas parce que c'est une pro, mais parce qu'elle est noire ; il y a un paquet de motards qui ne peuvent pas saquer les Noirs. Mais Passion fréquentait l'endroit bien avant que ce soit un bar à bikers. Elle est arrivée avec l'Hôtel Pine, où elle tient boutique dans la chambre 12. Et on est de nouveau à cette période de l'année où le vent devient glacial et où les tapineuses viennent profiter d'un peu de chaleur. Elles se cachent dans les recoins du bar, pas bien longtemps, une fois que les hommes ont tiré quelques coups. Elles grelottent dans leurs bas résille et s'attardent autour de gamelles de soupe à l'oignon et de tasses de café.

C'est quelqu'un de bien, Passion. À cinquante ans, c'est une femme mûre, une vraie mère poule avec les autres fugueuses et accros à la coke qui font le trottoir. Une dent en or plantée au milieu de son sourire m'attire l'œil à chaque fois qu'elle apparaît dans mon champ de vision. Ses cheveux courts et bouclés et ses longs ongles bleus émergent d'un grand manteau élimé en fausse fourrure blanche. Et même avec cette musique assourdissante, et je parle de décibels à peine tolérables pour l'oreille humaine, je jurerais l'entendre claquer de la langue contre sa dent en or. Passion sourit tout le temps. Elle a toujours l'air de connaître un secret qu'on meurt d'envie d'apprendre. Elle est de bonne compagnie, maligne, au courant de tout ce qui se passe en politique, science, littérature et ainsi de suite, alors je suis toujours contente de la voir ; ça me fait quelqu'un avec qui avoir une conversation intelligente à Painter. Oui, la seule personne sensée dans tout l'État de l'Oregon est une putain. La vie est marrante, des fois.

J'ai une minute pour souffler. Je m'appuie à côté de Passion depuis mon côté du bar. Elle étudie un journal en remuant une cuillère en plastique dans son bol. Elle sent le chewing-gum à la menthe, le latex et la soupe à l'oignon. Elle a collé une petite boule de chewing-gum mâchouillé au bout de son ongle le temps de manger.

« Obama par-ci, Obama par-là... » Elle replie son journal. Passion doit être la seule Noire en Amérique qui déteste Obama. Quelque part, ça me la rend encore plus sympathique, ce côté anticonformiste. Je passe et repasse un torchon sur un coin du bar pendant qu'on discute politique.

« Évidemment, ils mettent ces tueries en première page pour encourager l'interdiction des armes à feu. Et à quoi ça servira ? C'est pas les flingues, le problème. » Passion souffle sur sa soupe avec ses lèvres argentées, hausse le ton pour provoquer l'assemblée. « C'est ces cinglés de Blancs de merde qui ont le droit de se balader avec. » Quelqu'un d'autre pourrait se vexer en entendant ça ; mais je sais bien que Passion n'a aucun préjugé.

« Je vais vous dire un truc. » Un gros motard surnommé Pétard, au crâne blond dégarni, abat violemment sa chope sur le bar. « Ce sale nègre d'Obama m'enlèvera jamais mes droits.

— Détends-toi, chouchou, j'ai pas voté pour lui non plus. » Passion lève son verre à la santé de Pétard, mais il détourne le regard. Nous échangeons un sourire. Je récupère la chope du blond pour la mettre sous la tireuse. De la mousse tombe du robinet Pabst Blue Ribbon.

« Passion, tu veux bien garder un œil sur la caisse ? » Passion fait quasiment partie de l'équipe, ici. « Faut que j'aille changer les fûts à la cave.

— Pas de problème, ma belle. »

Je me fraie un chemin dans la foule à l'aide de quelques coups de coude bien placés jusqu'à la porte annonçant « Réservé au personnel » à côté des toilettes. Le hall sent l'urine, les antibiotiques et le crack, une odeur de paradis. Non, j'ai jamais goûté au crack, mais on va pas être naïfs.

Je retiens mon souffle. Derrière la porte, un couloir s'enfonce dans les ténèbres. Au-dessus de ma tête, des lampes grillagées tremblotent, tombeaux obscurs de moucherons morts ayant échoué à remonter les douces vapeurs d'alcool jusqu'au bar. La musique de l'intérieur est étouffée par les murs. J'avance lentement. Je déteste les couloirs, je les ai toujours détestés, surtout quand ils sont plongés dans le noir. Je me concentre sur les lampes, qui me rappellent une salle d'interrogatoire à New York. Le couloir s'élargit. L'endroit s'assombrit. La musique s'éloigne. Et brusquement, je me retrouve dans cette salle d'interrogatoire, vingt ans plus tôt. Avant Freedom Oliver. Avant les pauvres types. Avant que je devienne folle. Quand je m'appelais Nessa Delaney.

« Sois maligne, Nessa », me dit un agent. Son partenaire et lui décrivaient des cercles autour de moi, comme des rapaces. Leurs sourcils formaient un V, leurs visages étaient cramoisis d'énervement. À chaque heure qui passait, les manchettes de leur chemise remontaient un peu plus sur leurs bras. « Je sais que tu ne veux pas avoir ce bébé en prison, hein ?

— Allez cramer en enfer », grognai-je, menottée à une chaise métallique avec une patte trop courte, le genre de chaise qui rend les suspects mal à l'aise et nerveux. J'avais regardé assez d'épisodes de New York Police Blues *pour connaître le truc. L'agent m'envoya une volée de gifles. La douleur devenait*

de plus en plus cuisante à chaque revers, jusqu'à ce que les oreilles finissent réellement par me brûler.

Mais le pire, c'était le sourire de l'autre flic qui se tenait dans un coin de la pièce, les bras croisés. « L'enfer est beaucoup plus agréable que ce qui t'attend. »

« Freedom. » Je sursaute quand Carrie me tire du flash-back. « Ça va ? » Je me concentre sur une femme nue tatouée sur son avant-bras. Je me concentre sur tout ce qui peut m'arracher à mes souvenirs.

« Oui, désolée. » Je plonge les mains dans mon décolleté pour essuyer la sueur. Je prends de grandes inspirations d'air infesté de crack, tentant de me ressaisir. J'essaie de me dire que c'était il y a des années, que c'est fini, maintenant. « Il faut que j'aille changer les fûts de PBR à la cave.

— Je vais le faire. » Elle me serre l'épaule pour m'apaiser. Si seulement ça marchait. « Prends une nuit de repos. Je m'occuperai du bar.

— Tu es sûre ?

— Ouais. » Elle me congédie d'un geste. « Je m'en charge. Rentre chez toi. »

10

Chez les Delaney

Chers Mason et Rebekah, même si autrefois vous vous appeliez Ethan et Layla,

Reprenons là où je m'étais arrêtée : je soignais les pieds de ma mère sur son lit de mort. C'était le mois d'août suivant ma sortie du lycée – major de promo, soit dit en passant. C'était le jour où j'avais découvert ma grossesse en faisant un test dans les toilettes d'un fast-food. C'est le jour où ma mère est morte.

« Vanessa, j'ai peur. » Avant qu'elle ne parle, je n'étais pas certaine qu'elle sache que j'étais là. Tellement de choses n'y étaient plus. Ses cheveux épais. La chair qu'elle avait sur les os. Sa volonté de vivre. Mais moi, j'étais là. Et je suis restée jusqu'à la fin.

« Ne t'inquiète pas, maman. » J'essayais de ne pas me noyer dans mes propres paroles, d'être forte. « Je n'oublierai pas de couper les cuticules, cette fois. »

Et puis voilà. Pfuit, elle était partie. Elle n'a jamais su que j'étais enceinte. Ça valait peut-être mieux. Elle n'avait jamais apprécié les frères Delaney.

C'est à peu près à la même époque que votre père a décidé d'entrer au NYPD. L'idée que cet homme qui passait son temps à voler des voitures et à descendre de la mauvaise bière devienne tout à coup flic me laissait dubitative.

« Pense à toute la came que tu pourrais récupérer à chaque arrestation », insistait Lynn. Oh, oui, votre grand-mère était une vraie perle. Lynn, ce tonneau sur pattes avec des dents pourries et une grande gueule… mais bref. Je ne devrais pas dire du mal de votre grand-mère. C'est à vous de vous forger une opinion, sans que je vous fasse une démonstration. Vous aurez peut-être l'occasion d'aller constater la chose par vous-mêmes un jour, si elle est encore en vie.

En tout cas, les chiens ne font pas des chats. Je crois que c'était ce que Mark avait en tête depuis le début : devenir flic pour se remplir les poches de came, pour imposer le respect. Il a toujours été le genre d'homme à estimer qu'on lui devait le respect, sans avoir rien fait pour le mériter.

Après la mort de ma mère, on a passé quelques mois chez les Delaney avant de s'installer dans notre propre maison, un pavillon de Huntington Drive acheté avec l'argent dont j'avais hérité – et qui m'avait valu l'amitié instantanée de toute ma belle-famille. Mais un soir où je me trouvais encore chez eux, enceinte d'environ quatre mois, Mark n'est pas rentré à la maison.

Vous savez, on n'était que des gamins à l'époque, votre père et moi, excités à l'idée de jouer au papa et à la maman, sans avoir aucune idée de ce que ça signifiait vraiment. Lynn Delaney étant le seul parent que Mark ait jamais connu, les ingrédients de base étaient déjà toxiques. Simplement, j'étais trop jeune pour m'en rendre compte.

Mark devait sortir diplômé de l'école du NYPD le jour suivant, et le quartier se préparait déjà à la fête. Ça ne pouvait pas faire de mal d'avoir un contact chez les flics, estimaient les délinquants du coin. Tous les Delaney dormaient à poings fermés, à part votre oncle Peter, le seul frère de votre père que j'appréciais. Peter était un homme brillant et gentil, coincé dans un fauteuil roulant, et probablement le meilleur ami que j'aie eu de toute ma vie. Il me manque, parfois, et l'envie me prend de l'appeler de temps en temps. Mais ce serait contraire au marché que j'ai passé avec les pauvres types. On discutait de tout et n'importe quoi, Peter et moi, de nos désaccords avec les Delaney aux changements désagréables de la grossesse, de politique et de science aux films et aux comics.

Bref, il était quasiment quatre heures du matin quand Mark a débarqué en titubant, un tampon de boîte de nuit sur la main, une odeur de liqueur à la menthe et d'eau de Cologne sur la peau. Précisons que pendant ces quelques mois à l'école de police, l'eye-liner et le cuir avaient cédé la place au déodorant CK One et aux chemises. Il a renversé une table basse au passage, envoyant voler de la cendre et des mégots par terre.

« Mark, qu'est-ce que tu foutais ? ai-je chuchoté. Ta remise des diplômes est dans quelques heures.

— Et si tu t'occupais de tes oignons, traînée ? a-t-il rétorqué, la bouche encore humide d'alcool, les yeux vitreux. Qui t'a fait ce gosse, d'ailleurs ?

— Tu devrais p-p-pas lui p-p-parler comme ça, est intervenu Peter.

— Ah ouais ? » Alors, pour la première fois, j'ai vu votre père avec cette expression si particulière, une expression qui lui assombrissait le regard, une expression qui m'a glacée jusqu'aux os. Il s'est penché vers le fauteuil de Peter. Il voulait l'humilier, et il est parvenu à ses fins en tirant un sac noir de sous son siège, un sac plein de poches urinaires. Il a sorti ses clés de voiture et a commencé à en percer une. La poche a explosé sur les genoux de Peter. Votre père a éclaté de rire.

« Mais ça va pas ! me suis-je écriée en le frappant à l'épaule.

— Dégage. » Il m'a poussée si fort que je suis tombée à terre.

J'aurais dû partir à ce moment-là. Suis mon conseil, Rebekah : dès l'instant où un homme lève la main sur toi, prends tes jambes à ton cou. Mais j'étais une gamine stupide, une gamine stupide qui a choisi de rester. Ma mère était morte, je n'avais nulle part où aller. Et dans ma tête, à cette époque, je pensais que rester avec un salaud valait mieux que d'élever ses enfants sans père.

Quand Mark a disparu en vacillant dans sa chambre, j'ai aidé Peter dans le noir ; mais je sentais ses joues brûlantes, écarlates dans la nuit. « Comment peux-tu vivre avec un monstre pareil ? m'a-t-il demandé, retenant ses larmes. Comment as-tu pu laisser un type comme ça devenir le père de ton enfant ? »

11

Le flic

Je m'appelle Freedom, et j'ai du sable dans les veines. C'est comme ça que je me sens dans mes phases de surexcitation, quand j'ai la tête qui tourne et que je n'arrive pas à l'arrêter. Il faut s'attendre à des effets secondaires quand on essaie de suivre le mouvement de la Terre qui tournoie sur son axe, un point c'est tout. Les docteurs me prennent pour une malade mentale. Moi, je dis que je suis excentrique. Y a pas de mal à ça. Et j'ai pas besoin de prendre ces médocs à la con. Je les garde. Je me dirige vers le dernier placard à gauche de ma cuisine, attrape ma tirelire à suicide.

« Quasiment remplie. » J'avale ma salive, me mords la lèvre jusqu'à sentir un goût de ferraille. « Encore un ou deux jours, peut-être. » Je revisse le bouchon du vieux bocal à mayo et le range dans sa cachette, entre les boîtes de petits pois et de thon.

Je me force à me rasseoir. J'ai encore trop la gueule de bois d'hier pour me remettre à boire, alors à la place, j'écoute *Over the Rainbow* de Judy Garland. Cette chanson me donne la chair de poule, me retourne l'estomac. C'était la préférée de mon fils. Je l'écoute en boucle, jusqu'à ce que je me sente au bord du suicide. Quand je serai dans le bon état d'esprit, prête à attraper un couteau de cuisine émoussé pour m'ouvrir les veines du poignet, j'appellerai Cal pour me distraire. Il a l'habitude.

Quelle heure il est ? Minuit ? Une fois que Carrie m'a autorisée à rentrer chez moi, j'ai eu un petit accrochage avec le gang des Vipères, une poignée d'habitués qui se prennent pour des terreurs. Tout ce qu'ils faisaient, c'était asphyxier les autres clients du bar avec leurs cigares cubains et se vanter de leurs bagnoles... Des vipères, tu parles. Ça doit être le seul truc qui les aide à choper. L'un d'eux m'a ceinturée par-derrière et m'a brûlé l'épaule avec le cigare qu'il tenait entre les dents. Enfoiré. Passion a essayé de s'interposer, mais elle sait que je peux me débrouiller. Je lui ai mis un coup de boule arrière, alors tout est pardonné. Il aura oublié d'ici demain. Je prends une pommade antibiotique pour en mettre sur la brûlure, mais elle est hors d'atteinte, entre mes omoplates. Je me sers de l'extrémité d'une brosse à dents. Ça marche.

Me revoilà assise sur le plan de travail, téléphone toujours dans le placard. *Pourquoi tu réponds pas, Cal ?* Après une dure journée de labeur, je commence à empester, Cal ne décroche pas et Judy Garland n'arrive pas à me pousser au suicide. Quelle connasse. Puisque c'est comme ça, je vais me promener. Attendez, faudrait pas oublier Johnnie Walker Red.

Je m'achemine vers mon endroit préféré, Sovereign Shore, histoire de m'isoler un peu et de tenter d'échapper au carnaval qui bat son plein dans mon cerveau, vu qu'on parle des tas de langues différentes, les voix dans ma tête et moi. Je marche sous les lampadaires en pensant à *L'Exorciste*, et même le thème de *Tubular Bells* ne suffit pas à ramener mon esprit à un niveau de calme supportable pendant que j'avance dans la nuit froide. Ha ! Regardez-moi cet arbre à l'écorce calcinée... Heureusement qu'ils ont changé le facteur, j'aurais horreur de revoir sa tête.

Mais bref... les idées suicidaires vont et viennent comme ça leur chante. Je n'ai aucun contrôle là-dessus, figurez-vous, c'est un job à temps plein. D'être malade mentale, si vous voulez appeler ça comme ça. *J'vous jure, docteur, j'suis juste excentrique.* C'est comme d'organiser une grande fête interminable pour un tas d'invités dont vous n'avez rien à secouer. Vraiment. Des parasites décidés à engloutir toute votre bouffe, qui ignorent les millions de signaux que vous leur envoyez pour qu'ils dégagent de chez vous. Je crois que c'est la meilleure façon de décrire ce qui se passe dans mon crâne. Je suis arrivée à destination.

C'est à cette époque de l'année que le crachin de l'océan est le plus chaud, mais l'air reste froid tandis que je grimpe sur les rochers escarpés dans l'obscurité totale d'une nuit sans lune. On n'entend que le bruit des bulles d'oxygène qui s'élèvent au fond de la bouteille et le fracas du sel en contrebas. Le whisky me brûle, je le recrache en toussant dans les bourrasques qui emmêlent mes cheveux roux.

Je me rappelle le jour où j'ai su que je ne reverrais jamais mes enfants. C'était il y a vingt ans. Le mot « non-lieu » résonnait encore dans ma tête deux semaines après avoir été relâchée de prison. Non-lieu : nom masculin. Abandon des poursuites contre un prévenu, par décision de justice. Nessa Delaney, nous vous accordons un non-lieu définitif quant à l'accusation d'homicide volontaire dont vous avez fait l'objet.

J'étais assise dans un bureau derrière la chambre des affaires familiales, non loin de l'endroit où on m'avait inculpée du meurtre de mon mari deux ans plus tôt. J'attendais Sharon Goodwyn, une femme pâle et grassouillette dénuée de nez ; elle n'avait que deux trous dans le visage qui lui donnaient l'apparence d'un porc aux poils noirs. C'était l'assistante sociale qui s'était occupée de l'adoption de mes enfants après mon inculpation. Et je ne l'avais pas revue depuis. Mais je me souvenais bien d'elle, et je me souvenais d'avoir souhaité qu'un SDF malade et détraqué l'agresse dans une ruelle pour lui faire payer la fierté qu'elle tirait du fait de m'enlever mes enfants, alors qu'on m'avait condamnée à tort.

À l'époque de ma comparution devant le juge, je n'avais pas dit un mot, même quand il m'avait demandé de m'exprimer. Ça n'aurait servi à rien. Et même si j'avais pensé que ça pouvait faire la moindre différence – ce qui, croyez-moi, n'aurait pas été le cas –, j'aurais quand même gardé le silence en guise de bon gros doigt d'honneur au système, réduisant l'auditoire à se demander : « Mais qu'est-ce qui se passe dans la tête de cette cinglée ? »

Je n'avais rien de bien à dire. Rien du tout. On avait interprété mon silence comme une preuve d'indifférence, mais c'était plutôt une réaction à la voix dans ma tête qui répétait : « Ne fais rien, ce serait forcément con. » Elle avait raison. J'étais à deux doigts de briser le cou de mon incapable d'avocat et de lécher le sang sur mes doigts comme si je venais de manger le meilleur poulet frit de ma vie. Mais je me suis abstenue. Au lieu de ça, j'ai gardé le silence. Un silence extérieur. Les gens s'attendaient à ce que je parle. Maintenant que j'y pense, mon mutisme servait à m'élever contre eux aussi. Ah, je me souviendrai toujours de la tête de mon ex-belle-famille, les Delaney.

« Bonjour, Ms Delaney », a dit Mrs. Goodwyn en entrant, sa sacoche rebondissant sur sa panse. Elle ne me regardait pas dans les yeux. Je ne l'aurais pas fait non plus, à sa place. Se retrouver face à la mère des enfants que vous avez confisqués, en sachant qu'elle est innocente ? Il fallait le reconnaître, elle avait des couilles d'acier, même si je parie qu'elle les avait boulottées aussi.

« Vous allez me rendre mes putains de gosses, et tout de suite », ai-je exigé. Elle m'a regardée, l'air prodigieusement outré.

« Ne me parlez pas sur ce ton », a-t-elle rétorqué en ouvrant sa serviette. J'ai poussé un soupir aussi profond que possible, histoire de m'assurer qu'elle l'entende. Je voulais lui faire comprendre que ma patience atteignait son extrême limite. Elle a commencé à griffonner quelque chose dans l'un de ses innombrables dossiers.

« Voudriez-vous avoir l'obligeance, ai-je dit en joignant les mains sous le menton avec un regard

suppliant de chiot, de me rendre mes putains d'enfants, Votre Altesse ?

— Ce n'est pas si simple, Nessa.

— Et pourquoi ? »

Sharon Goodwyn s'est énervée. « Parce que vous avez renoncé à vos droits parentaux. » Elle m'a braqué son stylo en pleine figure, et j'ai dû me retenir très fort pour ne pas l'enfoncer dans son pif de porc.

« On me les a enlevés parce qu'on m'avait accusée de meurtre.

— Il y avait d'autres solutions... » Sa voix s'est perdue dans ses papiers.

« Comme quoi ?

— Comme quoi ? a-t-elle répété, fermant son dossier. Disons les Delaney, déjà.

— Ces toxicos ? » J'ai éclaté de rire avant d'allumer une cigarette. « Je crois que vous ne connaissez pas la famille. Aucune chance que ça arrive, zéro.

— Vous ne pouvez pas fumer ici.

— Faites-moi arrêter, alors.

— Je vais être franche avec vous, Nessa, a-t-elle soupiré. Je n'ai pratiquement aucun pouvoir là-dessus. » Elle a glissé un papier vers moi, avec ma signature en bas. « Dès l'instant où vous avez signé ce papier, on peut dire que vous avez fait une croix sur la possibilité de récupérer vos enfants, même si je n'avais rien à voir là-dedans. » Mais je me souvenais qu'on ne m'avait guère laissé le choix, quand j'encourais la perpétuité, qu'on m'avait répété que c'était la meilleure solution pour eux puisque je passerais le reste de ma vie à croupir en prison. Et si ça avait été le cas, ils auraient eu raison. Mais je ne croupissais pas en prison ; plus maintenant. « La procédure peut prendre des années, Nessa... et de

toute façon, il y a très peu de chances pour qu'elle aboutisse. »

J'ai éteint ma cigarette, parce que l'autre s'efforçait d'être polie. Je ne dis pas qu'elle avait remonté dans mon estime ; je dis juste que j'ai éteint mon foutu mégot. Et même si ça me faisait mal qu'elle assiste à ça, je n'ai pas réussi à retenir mes larmes. « Je ne peux même pas les voir ? ai-je sangloté.

— Je peux faire la demande auprès de la famille qui les a accueillis, mais la décision finale leur reviendra.

— Ils sont ensemble ?

— Oui. On fait le maximum pour ne pas séparer les enfants. » Je me suis essuyé le visage avec mon tee-shirt. Elle m'a regardée avec pitié, la chose que je déteste le plus au monde. « Je suis allée les voir. C'est moi qui ai effectué l'enquête sociale sur eux. Croyez-moi, ils sont avec une famille très bien. Très aimante. »

J'avais énormément de choses à considérer, bien plus que la plupart des gens au cours de toute leur vie. Peut-être que la truie avait raison. Je veux dire, je savais que les marshals attendaient leur tour dans le couloir, puisqu'on m'avait déjà proposé le programme de protection. Quel genre de vie ç'aurait été, pour des enfants ? Et si je refusais leur offre, Dieu seul savait ce qui se passerait si les Delaney nous rattrapaient, maintenant que Matthew avait été mis en examen pour le meurtre de Mark.

Soudain, j'avais désespérément besoin de la peau de mon fils. De son rire. Je voulais entendre le souffle de ma fille, que je n'avais pas revue depuis que je lui avais donné naissance dans un hôpital pénitentiaire. J'avais besoin de leurs petites mains, de leurs doigts minuscules serrés autour des miens. J'avais besoin des battements de leur cœur contre le mien quand ils s'endormiraient sur ma poitrine. Et par-dessus tout, j'avais besoin qu'ils soient heureux.

« Croyez-moi, poursuivait Sharon Goodwyn, ils sont très bien là-bas. Et ils auront une vie formidable avec cette famille. Je vous le promets. C'est vraiment la meilleure chose que vous puissiez faire pour eux. La meilleure chose qu'une mère aimante puisse faire. »

Mais j'avais un plan.

Je me suis levée d'un bond et ai envoyé valdinguer la table qui nous séparait en hurlant quelque chose d'affreux, quelque chose d'inintelligible. J'ai donné des coups de pied dans les murs, forçant l'assistante sociale à se remettre sur ses petites pattes potelées pour se dandiner jusqu'à la porte. Deux marshals que je ne connaissais pas ont tenté de la contourner sur le seuil pour se jeter sur moi. Mais avant qu'ils y parviennent, j'avais déjà enfoncé mon poing dans la fenêtre. Me trancher les veines avec le verre ne faisait pas partie du plan, par contre. Le sang s'est mis à gicler ; les marshals ont blêmi d'horreur.

« J'ai le sida ! » leur ai-je hurlé. C'est la seule chose qui m'est venue à l'idée pour les faire reculer. « J'ai le sida et si vous osez vous approcher de moi, je viserai vos yeux et votre bouche, je le jure sur tout ce que j'ai de sacré ! » Ils sont restés où ils étaient pendant que je m'accroupissais pour fouiller dans les dossiers que Sharon avait abandonnés sur le sol. Et le plan a fonctionné.

J'ai mémorisé les coordonnées : Virgil et Carol Paul, Goshen, Kentucky.

Et puis je me suis évanouie, vidée de mon sang.

« Mattley. » La voix semble me parvenir de loin, à travers des parasites de télé brouillée et des cornes de brume distantes. « Viens m'aider. Cette femme est blessée.

— Quessque..., j'essaie de demander, plutôt furax que ce type me braque une lampe torche aveuglante en pleine poire.

— Elle n'est pas blessée, juste soûle », fait une voix que je ne connais que trop. *Manquait plus que ça.*

« Aaagent Matt... ley... c'est vous ? » dis-je, tentant d'articuler des phrases, des mots, n'importe quoi. Je lutte pour me redresser sur les rochers.

« C'est juste Freedom. Allez. Aide-moi à la relever, soupire l'agent Mattley, qui entreprend de me remettre debout.

— Bas les pattes, sale violent... violeur... viol.

— Elle dit toujours ça, explique Mattley à son collègue. Elle a toujours peur que les flics n'aient rien de mieux à faire que d'explorer les rochers pour violer des femmes soûles. » Les deux policiers m'aident à me relever, mais je ne peux pas rester debout plus d'une poignée de secondes ; mes os se changent en caoutchouc. Ces types sont des prédateurs sexuels redoutables. J'en mettrais ma main à couper, quand je suis bourrée. À jeun ? J'ai le plus grand respect pour l'agent Mattley. En fait, je suis raide dingue de ce mec. Mais essayez un peu de me dire que vous ne voulez pas me violer quand je suis pintée : vous n'arriverez qu'à me faire hurler de plus belle. Et Mattley sait comment je suis pendant mes cuites. C'est l'une des très rares personnes qui sachent me gérer dans cet état. « Oui, Freedom, je veux… tu sais. » L'idée le fait grimacer. « Mais seulement si tu montes dans la voiture. »

Le viol que j'ai subi il y a vingt ans ne m'a jamais vraiment quittée. Je n'en parle pas, n'y pense pas tellement. Mais quand l'alcool ranime les zones les plus sombres de mon cerveau, ces recoins où dansent bon nombre de mes fantômes, elles recrachent les parties les plus repoussantes de mon esprit, de ce viol, tout droit par ma bouche. L'alcool dissout tous les filtres que je possédais peut-être à la naissance. Je ne le fais pas exprès. Quand je perds connaissance, les démons surgissent.

« OK », dis-je alors que les policiers m'escortent vers la voiture. Soit dit en passant, Mattley ne ferait jamais une chose pareille ; même pas en rêve. Mais pour une raison ou une autre, ça fonctionne quand je suis bourrée.

« Matt… ley, dis-je en lâchant un filet de bave sur la banquette de la voiture de patrouille. Ce nouveau flic est un bleu, tout frais. Il va me violer aussi ?

— Quoi ? » s'exclame le nouveau collègue, choqué. Ça me fait rire. Je vois Mattley, assis côté conducteur, le pousser du coude.

Il me répond depuis le volant : « Il dit que oui, mais seulement si tu promets d'aller te coucher dès qu'on t'aura ramenée chez toi, d'accord ?

— Ah ben super. » Tout se déforme autour de moi. « Dis-lui que j'aime quand ça fait mal, dis-je dans un marmonnement.

— D'accord, Freedom. » Mattley met le moteur en route. « Essaie de dormir, tu veux ?

— Chef, oui chef. » Je lui adresse un salut militaire avec mes menottes. Puis je me mets à chanter *Somewhere Over the Rainbow*.

« Vite, attrape-lui la tête ! crie Mattley au bleu.

— Quoi ? » fait l'autre. C'est tout ce qu'il sait dire ? *Quoi ?* Mattley s'arrête en dérapant sur la bande d'arrêt d'urgence. Il se tourne vers moi et m'attrape la tête, pile au moment où je m'apprête à la fracasser contre la fenêtre. Ne me demandez pas pourquoi je fais ce que je fais quand je suis soûle, c'est comme ça. Je me blesse sans arrêt, je provoque les gens pour qu'on me fasse mal, je pense qu'on devrait me violer, je suis prête à coucher avec n'importe quel type dans l'espoir qu'il soit sadique, juste pour sentir la douleur passer. Toujours mon côté maso, j'imagine.

Après avoir lutté un peu, j'abandonne l'idée de pulvériser la fenêtre avec le front. Je crois que je mords la main de Mattley au passage. Sûrement. Il pousse un soupir las et se tourne vers son collègue.

« La prochaine fois que je te dis de te dépêcher, tu te dépêches et tu discutes après. » Il garde son calme. Vous voyez ? C'est ça que j'aime chez Mattley. Le type le plus calme et le plus posé du monde. « Quand Freedom commence à chanter *Somewhere Over the Rainbow*, c'est qu'elle va se faire mal.

— Bon, et maintenant ? demande le gamin. On la colle en cellule de dégrisement pour la nuit ?

— Non ! » Je hurle à la mort, de tous mes poumons, me contorsionne sur la banquette comme une limace sur une mine de sel. Je me couche sur le flanc pour bourrer le siège avant de coups de pied.

« Non, Freedom, ne t'inquiète pas. Je te promets qu'on ne t'emmènera pas au poste, d'accord ? » Mattley a le chic pour m'amadouer, mais il doit toujours s'y reprendre à plusieurs fois. Il mériterait vraiment d'être canonisé pour sa patience. Saint Mattley. « Ça ne servirait à rien, explique-t-il au bleu. Elle sera dans le même état demain. »

On s'arrête devant chez moi. Tu parles d'une vision déprimante. Mattley me fait monter les escaliers de mon appart miteux.

« Je t'ai déjà parlé de Layla et d'Ethan ? je demande. Sauf qu'ils s'appellent Rebekah et Mason, maintenant, ou un nom à la con comme ça. Qui appelle ses enfants Rebekah et Mason, hein ? J'ai pas raison ?

— Chut, Freedom. Arrête avec ça. Va te reposer, murmure Mattley alors qu'on arrive au premier étage.

— Les quakers ! Y a que des quakers pour appeler leurs gosses comme ça, dis-je en ricanant. Comme le type sur les boîtes de flocons d'avoine Quaker Oats avec sa perruque blanche à bouclettes. » Sur ce, je me lance dans une splendide imitation de quaker. « Ho ho ho, je suis un putain de quaker, et je nommerai ma progéniture quaker Rebekah et Mason Quaker Walton », dis-je avec une voix de père Noël. Je ne connais absolument rien aux quakers, en fait.

Mattley se tourne vers la bleusaille qui suit derrière, au cas où je me casserais la figure – même moi, je suis étonnée de ne pas l'avoir encore fait.

Il sait qu'il ne faut jamais me faire passer par l'entrée principale. Je ne supporte pas la tête de ce toxico de concierge, je déteste l'entendre me dire de la mettre en veilleuse. Parfois, ça tourne au pugilat, quand j'ai assez bu. « T'occupe pas de ce qu'elle dit. Prends la clé sous le pot de fleurs », déclare Mattley en indiquant la plante en plastique posée sur l'escalier de secours en bois à côté de la porte de mon appart, au premier étage du bâtiment. À quoi ça peut bien servir, un escalier de secours en bois, hein ? Mattley me porte jusqu'à mon lit, déblayant le bazar à coups de pied dans le noir.

« Essaie de dormir, Freedom. » Mon Dieu, que j'aime sa voix guindée. C'est du valium pour les oreilles. Je lève les yeux vers l'agent Mattley dans l'obscurité. Ce flic est sévère avec à peu près tout le monde, mais gentil avec moi, allez savoir pourquoi. Je lui fais pitié, et j'ai horreur de ça. Je n'ai pas besoin de pitié. Je ne suis pas une victime. La faible lumière blanche qui émane des stores de ma chambre lui donne une forme reconnaissable. Je sens son chewing-gum à la menthe, aperçois sa tête chauve, mais il est sexy quand même. Mon Dieu, que cet homme est sexy.

Mattley m'aide à poser la tête sur l'oreiller et récupère quelques couvertures sur le sol pour les étendre sur moi. Je fais la morte. Je fais comme s'il m'enveloppait dans un drap pour m'emmener à la morgue. Je ferme les yeux. Au point où j'en suis, je ne me souviendrai de rien demain matin. Mattley est une bonne âme. J'aime vraiment son âme. Dommage que ce soit un mec bien sous tous rapports, dommage que je sois la pochetronne du village, dommage pour un tas de choses.

« Mattley, j'ai un immense service à te demander.

— Quoi, Freedom ?

— Ces lettres dans le salon, dis-je en désignant des enveloppes empilées par centaines. S'il m'arrivait quelque chose…

— On en parlera quand tu auras dessoûlé, ma belle.

— Les Adventistes du Troisième Jour. »

Mattley me caresse le front un bref instant. « Repose-toi, et oublie tout ça. »

12

Le cabinet et l'archange

Des flûtes en verre chargées d'or s'élèvent au son des acclamations et des salutations de l'ensemble du cabinet d'avocats Tyndall, Finn et Moore. Cols serrés, sourires en coin et cravates moches accueillent Mason au bureau après sa victoire retentissante de la matinée, à savoir l'acquittement par le jury d'un champion de la ligue universitaire de football américain accusé d'avoir agressé sexuellement son rencard d'un soir de dix-huit ans. Coupable jusqu'au bout des ongles, innocenté grâce à quelques requêtes déposées au tribunal, saupoudrées d'une poignée d'objections à l'encontre du procureur adjoint et d'un déluge de communiqués de presse et d'exposition médiatique du prévenu, major de promo potentiel et future star de la NFL. La photo de la victime en train de faire un *lap dance* à l'accusé quelques instants avant le prétendu viol a constitué la clé de la victoire, la preuve irréfutable. Mason essaie de ne pas penser au visage horrifié de la victime après la lecture du verdict ; il ne peut pas se le permettre. Serrant les dents, il expulse l'image de sa tête ; il est en veine, à deux doigts de décrocher le poste de senior que tant de collègues se battent pour obtenir, une chance inestimable. Pas question de laisser une chose aussi triviale que la compassion gâcher la fête.

« Bien joué, Mason !

— Mason le champion, bardé de munitions pour remplir sa mission !

— Bon boulot, gamin !

— Oui, oui, oui, dit Mason, qui endure ces accolades désagréables. C'était du gâteau. » Sylvester Moore, alias Sly, lui tend un verre de champagne, que Mason accepte avec dédain. Il voit bien les regards que Sly jette à Violet chaque fois qu'elle passe devant lui, la façon dont il lui touche l'épaule, le dos, à la moindre occasion. Mais Mason laisse couler, fait mine de ne pas avoir remarqué. Il lève son verre avec les autres. « À la santé de la vérité, de la justice, de la méthode américaine… oh, et de vos sales trognes qui m'accompagnent sur le chemin. » Les hommes sourient dans leur flûte de champagne brandies devant leur visage. « J'ai bien besoin de vacances. » Les paroles de Mason résonnent dans son verre. Mais un poids lui pèse encore sur les épaules, le fardeau d'avoir aidé un violeur à s'en tirer à bon compte.

« Tu les mérites, fiston », déclare Sly avant que Rhonda, la secrétaire la plus fiable du monde, ne l'entraîne à l'écart.

Geoffrey Tyndall, l'avocat préhistorique qui a fondé le cabinet dans les années soixante, passe son bras autour de ses épaules. « Je ne t'apprendrai rien en te disant que tu n'es qu'un petit nouveau parmi la dizaine qui a débarqué ici après la fac. Vous êtes tous ambitieux, avec des rêves plein la tête. Mais la vérité, c'est qu'il n'y a qu'un seul poste à pourvoir. Les autres iront tenter de grimper les échelons ailleurs. » Mason ralentit le pas pour que les jambes vénérables de Tyndall puissent le suivre, pendant que leurs collègues remportent le champagne dans leur bureau. Tyndall se penche vers lui. « Mason, es-tu prêt à passer senior au cabinet ? »

Mason avale son alcool de travers. « Sérieusement ?

— Si tu continues à travailler comme tu le fais maintenant, je suis persuadé que tu finiras associé, déclare Geoffrey avec un grand sourire. Va profiter de ton voyage aux Turques-et-Caïques, j'en ai assez entendu parler. L'offre tiendra toujours à ton retour. » Mason lui serre la main un long moment, juste assez fort pour ne pas disloquer les os noueux, rongés par l'arthrite. Quelque part, il a envie de hurler. Quelque part, il a envie de pleurer. Quelque part, il a envie de proférer tous les jurons connus de l'humanité.

« Merci infiniment, monsieur Tyndall », dit Mason, avant d'avaler sa dernière gorgée.

C'est quasiment en sautillant qu'il entre dans son bureau où l'attend Violet avec ses belles jambes posées sur la table, allongées par des talons de huit centimètres. « C'est une soirée privée ? » demande-t-il avec un petit sourire.

Ses lèvres se retroussent tandis qu'elle se cale sur son siège. « Si tu veux. »

Mason appuie les paumes sur les bras du fauteuil, l'inclinant pour que le corps de Violet se cambre sous le sien. Il glisse la main sous sa jupe et remonte vers la chaleur jusqu'à sentir sa chair humide, sans sous-vêtements. En goûtant ses lèvres, il murmure : « Je t'aime plus que tout, espèce de vilaine fille. »

Un bref coup sur la porte, avant que Sly n'entre. « Dites, désolé de vous interrompre… » Mason et Violet reprennent maladroitement contenance derrière le bureau, tentant de réprimer un éclat de rire. Sly leur tourne le dos mais reste sur le seuil avec un toussotement forcé. « Il y a un homme qui s'est fait agresser, il vient juste de sortir du coma… Il a demandé à te parler.

— Je suis en vacances, dit Mason en levant la main, les yeux toujours plongés dans ceux de Violet.

— Je pense que tu voudras prendre cet appel.

— Bon Dieu, Sly… » Mason entreprend de l'envoyer paître avec toute la politesse possible. « File le dossier à un chasseur d'ambulances, ce n'est pas pour moi.

— Celui-là, si.

— Ah oui ? » Mason continue de déshabiller Violet du regard. « Et pourquoi ?

— C'est à propos de ta sœur.

— De quoi tu parles ? »

Sly s'approche de l'ordinateur portable de Mason, sur son bureau, et tape « Rebekah Paul » dans la barre de Google. Après quelques clics, WKLY, la chaîne locale, s'affiche à l'écran, diffusant une conférence de presse en direct de Goshen. Mason reconnaît son père immédiatement ; il a un mouvement de recul en le voyant pour la première fois depuis six ans. Sa mère, Carol, se tient à ses côtés : ils s'étreignent face aux caméras devant l'église qu'ils ont fondée, les Adventistes du Troisième Jour, les yeux pleins de larmes et l'air d'avoir vieilli de vingt ans. Derrière eux, Mason reconnaît le shérif Don Mannix, diacre de la congrégation depuis aussi loin qu'il se souvienne. Il regarde les flashs des appareils photo crépiter sur leur visage, les micros s'aligner devant le couple désespéré.

« Nous demandons à quiconque aurait des informations sur notre fille de se manifester auprès de la police », dit Virgil d'une voix de prédicateur, une bible usée serrée sur la poitrine. Mason voit ses parents s'agripper mutuellement les mains. « En ce qui me concerne, je suis prêt à payer n'importe quel prix pour que Rebekah nous revienne saine et sauve. »

Une journaliste apparaît à l'écran. « C'était Virgil et Carol Paul, parents de Rebekah Paul, qui a disparu la semaine dernière après avoir assisté à l'office du dimanche à l'Église de sa famille, les Adventistes du Troisième jour. » Une photo de Rebekah s'affiche. « Elle a été vue pour la dernière fois vêtue d'une chemise rose pâle, d'une longue jupe kaki et de baskets Keds blanches. Comme vous venez de l'entendre, elle mesure un mètre soixante et a une grande tache de naissance sur le coude droit. Aucun crime n'est suspecté dans l'immédiat, mais la famille affirme que leur fille n'a jamais eu l'habitude de s'absenter de la maison. Quiconque a des informations sur Rebekah Paul peut appeler le 1-800-555-LOST. Tous les appels resteront anonymes.

— Espérons qu'elle rentrera saine et sauve », déclare l'autre présentateur, de retour dans les studios.

Mason referme l'ordinateur avec un long soupir.

« Je sais que le moment est mal choisi, dit Sly. Le médecin qui a appelé s'occupe d'un jeune qui… Enfin, la situation est critique. Il a le cerveau qui saigne de partout, et il n'en aura plus pour longtemps si son état se dégrade.

— Et les Turques-et-Caïques ? demande Violet.

— On peut toujours y aller, la rassure Mason. Je vais juste m'occuper de ça vite fait ; il nous restera bien assez de temps.

— Je t'attendrai en bas », soupire-t-elle.

Après son départ, Sly se racle la gorge. « Le gamin refuse de parler aux flics. Il ne veut parler à personne, sauf toi.

— Il a dit mon nom ? » Mason arrache sa cravate et déboutonne le haut de sa chemise. Il semble respirer un peu mieux depuis le départ de Violet. Sly l'observe sans trop savoir quoi dire, voyant son visage se faire plus grave. Mason décroche le téléphone et compose un numéro. Qui, sur cette planète, ne se souviendrait pas du numéro de son enfance ?

« Merci d'avoir contacté l'Église des Adventistes du Troisième Jour. Naomi au téléphone. En quoi puis-je vous aider ? »

Depuis quand le fixe de la maison est-il devenu le standard de l'Église ? se demande Mason. « J'aimerais parler à Virgil et Carol Paul, s'il vous plaît.

— Puis-je avoir votre nom ?

— Samuel, invente-t-il. Dites-leur que c'est Samuel. » En guise de musique d'attente, la mélodie de *Dieu bénisse les petits enfants*, crachotante comme sur un vieux vinyle, limite angoissante. Mason en a les poils qui se hérissent sur la nuque.

Il lui a fallu autant d'efforts pour décrocher son diplôme de droit que pour se défaire de cette image : celle d'un enfant de pasteur, d'un enfant de Goshen. On colportait un tas de rumeurs sur l'endroit, et beaucoup d'habitants de la ville s'attendaient à ce que la plupart des gens du cru aient des sourires troués et de la paille entre les dents.

« Carol Paul à l'appareil. » C'est la première fois depuis six ans que Mason entend la voix de sa mère. Elle pleure.

« Maman, c'est moi. C'est Mason. Ne raccroche pas. » Aucune réponse. « C'est ton fils. »

Et puis la voix de son père s'élève au bout du fil. « On ne connaît pas de Mason. On n'en a jamais connu. » Un clic.

Mason soupire, sort un paquet de cigarettes du tiroir de son bureau en raccrochant le combiné. Il a envie de hurler. Il a envie de pleurer. Mais surtout, il a envie de proférer tous les jurons connus de l'humanité.

« Bon, ben c'était tranquille », dit-il à voix basse, pour éviter que Sly ne l'entende. Il cherche son briquet. « Comment s'appelle ce gamin ?

— Gabriel. »

Comme l'archange, pense-t-il.

« Je t'attends ici, dit Violet à Mason alors qu'il s'éloigne pour parler au médecin responsable de Gabriel.

— Monsieur Paul, je me souviens de vous avoir vu à la télé, à propos de ce fameux procès, le salue le chirurgien en s'essuyant le front d'un revers de bras. Gabriel a demandé à vous voir, et quand j'ai entendu parler de la disparition de Rebekah Paul, je me suis dit que ça avait peut-être un rapport.

— Vous avez prévenu la police ?

— Oui, et ils ont pris la déposition qu'ils pouvaient. » L'homme tend une carte de visite à Mason. « Ils m'ont demandé de les rappeler quand il reprendrait connaissance. Ils m'ont laissé cette carte, si ça vous intéresse.

— Le garçon a dit quelque chose ?

— Non, mais ce n'est pas faute d'essayer. » Le médecin ôte sa charlotte et ses gants de chirurgien pendant qu'il guide Mason dans le couloir, jusqu'à une salle vide du bloc des urgences. « J'ai encaissé pas mal d'horreurs dans ma carrière, mais là, c'est le pompon. » Il enlève sa blouse et la jette dans un panier de linge sale posé dans un coin de la pièce. « Ça fait cliché, hein ?

— Est-ce qu'il va s'en sortir ?

— Difficile à dire. » Le médecin s'appuie contre l'évier et croise les bras, se concentrant sur une mouche qui vole dans la pièce. « Pour son propre bien, j'espère que non. Pour le vôtre, j'espère que oui.

— Mais il parle ?

— Non, il ne peut pas. Il y a plus de fils de fer dans sa mâchoire qu'à Alcatraz. » Le médecin se lave les mains. « Et puis, il s'est sectionné la moitié de la langue à un moment ou un autre avant que les secours l'amènent ici. Peut-être à cause d'une attaque, je ne sais pas trop. » Il s'asperge le visage d'eau. « Il n'est plus capable d'écrire, parce qu'il a fait un AVC une fois arrivé chez nous, mais il peut montrer des lettres. Il nous a épelé le mot *Matonpaul.* Quand je lui ai demandé s'il voulait dire “Mason Paul”, il a grogné. Et puis il a fait un arrêt cardiaque. On a réussi à le faire revenir à un état stable, et on s’efforce d’atténuer ses souffrances, mais on n’arrive pas à contacter sa famille. » Le médecin soupire, sort une nouvelle blouse d’un placard. « Je peux vous emmener le voir, mais je vous préviens, c’est vilain. Très vilain. On l’a bourré d’autant de sédatifs que possible sans le faire retomber dans le coma. Si par miracle il s’en sort, ce sera avec le QI d’un gamin de huit ans. »

Le médecin conduit Mason à la chambre de Gabriel, non loin de l’endroit où Violet patiente. Comme au ralenti, il tire le rideau blanc qui entoure le patient. Le visage de Gabriel n’a plus grand-chose d’humain. La moitié de sa figure ressemble à du bœuf cru haché ; il lui manque un œil. Son cou et son torse sont rapiécés comme une poupée de chiffon. Son rythme cardiaque fredonne lentement sur les moniteurs ; le bruit de sa respiration douloureuse résonne dans les tubes.

Mason doit se faire violence pour retenir un haut-le-cœur, ne pas se détourner. « Vous avez une idée de qui lui a fait ça ? Ou quoi ?

— Qui, je ne sais pas, répond le médecin. Mais je pencherais pour un démonte-pneu ou une Louisville Slugger, quelque chose dans ce genre-là.

— Un démonte-pneu ou une batte de baseball pourraient déchirer la peau comme ça ?

— On peut déchirer la peau avec un journal enroulé, si on frappe assez fort. Ça fait éclater l’épiderme. » Une infirmière entre dans la pièce avec un tableau rempli d’autocollants représentant les lettres de l’alphabet. Le médecin ferme le robinet de l'intraveineuse reliée au bras de Gabriel, puis injecte une autre substance dans le cathéter à l'aide d'une seringue. « Je le réveille. Faites vite. C'est extrêmement douloureux pour lui. »

Gabriel s'éveille, son œil unique se plissant face aux lumières. L'infirmière les éteint. La panique le submerge, le moniteur cardiaque se déchaîne. Il tente de hurler, dénudant les éclats de verre tranchants comme des rasoirs que sont ses dents, incapable d'ouvrir la bouche à cause des fils métalliques cousus entre ses gencives pour maintenir son visage en un seul morceau. Le médecin et les deux infirmières s'efforcent de l'apaiser. Ils inspirent lentement, profondément, afin qu'il les imite. Quand Gabriel est suffisamment calme, le médecin fait signe à Mason de parler.

« Je suis Mason Paul, dit-il en se penchant vers le garçon, avec l'impression d'être déjà en train de rendre ses derniers hommages à l'enterrement d'un inconnu.

— Clignez des yeux une fois pour “non”, deux fois pour “oui” », dit l'infirmière.

Gabriel bat deux fois des paupières pour montrer qu'il a compris.

« C'est à propos de ma sœur, Rebekah ? »

Deux battements.

« Tu sais où elle est ? »

Un battement.

« Est-ce que tu l'as vue récemment ? »

Deux battements. Gabriel rassemble toutes ses forces pour désigner quelques lettres : F-U-H-U-E.

Le médecin note le mot. « Fugue ? » demande-t-il.

Gabriel bat deux fois des cils pour dire oui.

« Elle a fait une fugue ? » demande Mason.

Deux battements de paupières.

« Tu sais où elle allait ? » Gabriel relève le bras, comme si ses os étaient faits de papier et ses muscles de plomb : C-O-t-E-O-E-S-T. Il lui faut dix bonnes secondes pour pointer les lettres d'un doigt tremblant qui émerge de pansements ensanglantés, les trois quarts de l'ongle arrachés. Blessures défensives. « Côte Ouest, comme l'hôtel ? » Un battement de paupières. « La côte Ouest ? » Deux battements de paupières. Mason respire un peu mieux. « Alors elle va bien ? » Gabriel cligne des yeux. Une fois de plus, il lève le doigt : K-I-D-N-A... « On l'a kidnappée ? » l'interrompt Mason. Deux battements de paupières. « Tu as vu qui c'était ? » Deux battements de paupières. « Tu les connais ? »

Brusquement, la douleur regagne Gabriel. Ses muscles se contractent, ses os se tendent comme des baguettes. Ses yeux roulent dans ses orbites comme s'il essayait de regarder l'arrière de son crâne.

« Il faut arrêter là, Mason. » Le médecin rebranche les intraveineuses.

« Dis-moi qui a fait ça ! hurle Mason. Qui a enlevé ma sœur ? » On l'expulse de la pièce ; Violet le rejoint. Mason sort son téléphone pour chercher sur Internet le numéro du shérif Don Mannix, à Goshen. Récupérant un stylo et un bout de papier au bureau d'accueil des infirmières, il le note rapidement.

Un instant plus tard, le médecin réapparaît. « On a pu le stabiliser pour le moment, mais je ne pense pas qu'il passera la nuit.

— Vous savez où les secours l'ont trouvé ?

— Voyons voir, dit le médecin avant d'aller explorer la caisse des dossiers, derrière le bureau des infirmières. Un bar appelé le Bluegrass, à côté de la station-service de New Grange. »

Mason connaît l'endroit. Il prend la main de Violet, pour lui prouver qu'elle n'est pas complètement invisible à ses yeux. Puis il part pour New Grange.

Sur le chemin, Mason ne peut s'empêcher de penser à sa sœur, son père, sa mère, Gabriel. *Comme l'archange.* Et de la même manière qu'on n'oublie jamais comment faire du vélo, Mason est incapable d'oublier les paroles exactes de la Bible. Et il enrage. Il se souvient du premier chapitre de l'Évangile selon saint Luc, un passage dont l'ironie lui tord le ventre.

L'ange lui répondit : « Je suis Gabriel, qui me tiens devant Dieu ; j'ai été envoyé pour te parler et t'annoncer cette heureuse nouvelle. Et voici : tu seras muet et ne pourras parler jusqu'au jour où ces choses arriveront, parce que tu n'as pas cru à mes paroles, qui s'accompliront en leur temps. »

« Tu fumes trop », remarque Violet, assise à côté de lui.

Mason ne répond pas. Ce devrait être l'un des jours les plus importants de sa vie ; son travail acharné semblait enfin prêt à payer, les vacances qu'il attendait depuis si longtemps se profilaient à l'horizon. Et tandis que la pluie commence à tambouriner sur le pare-brise, au milieu des embouteillages, Mason sent les prémices de la peur monter dans sa poitrine. Plus il inhale de fumée, plus il souhaite qu'elle puisse balayer cette sensation.

Hypnotisé par les lumières rouges devant lui, Mason se rappelle son dernier jour à Goshen.

« Viens avec moi, Rebekah. Je peux t'emmener loin d'ici, je m'occuperai de toi, plaidait Mason tout en jetant ses dernières affaires dans la valise posée sur le lit.

— Mais c'est ici que je dois être, répondit Rebekah, qui ne comprenait pas bien pourquoi il faisait ses bagages. Et toi aussi, tu es ici par la volonté de Dieu.

— Cet endroit est une putain de cage ! »

Avec un hoquet de surprise, Rebekah joignit les mains sous le menton, priant pour le salut de son frère. Mason devait souvent se rappeler que sa sœur avait un handicap, que son QI la plaçait quasiment au niveau du retard mental. Il devait se rappeler qu'elle avait besoin d'un peu plus d'aide que les autres, d'un peu plus de gentillesse. Ses murmures se précipitaient : « Pardonne-lui, Seigneur, car il ne sait pas ce qu'il fait. »

Mason l'attrapa par les épaules, l'arrachant à sa prière. « Quand tu seras prête à partir, tu pourras venir me voir. Toujours. Quand tu voudras. » Il se rendait bien compte que Rebekah le fixait d'un air vide. Elle n'était même pas capable d'appréhender l'idée de quitter la maison ; c'était inconcevable, pour son esprit limité. Mais Mason n'avait pas pitié d'elle. Il enviait son ignorance, admirait son innocence. « Promets-moi seulement que tu te souviendras de moi si tu changes d'avis, si Dieu te dit de partir. »

L'ambiance était devenue étrange, chez eux. Leur père semblait porter plus d'intérêt au recrutement de nouveaux fidèles qu'à sa propre famille ; il prétendait faire des rêves dans lesquels Dieu lui parlait, lui intimant de rassembler des gens dans son église avant une certaine date. Il s'agissait apparemment de la date du retour du Christ, que Dieu lui avait annoncée et qu'il ne pouvait révéler à personne. Et cette conviction contredisait ce que Mason avait appris à l'église : que les anges du ciel eux-mêmes ignoreraient la date du retour du Christ. Mais Virgil estimait que son fils désobéissait délibérément à Dieu en remettant ces visions en cause. Quand il avait découvert une enveloppe de l'université de Louisville destinée aux futurs étudiants dans la boîte aux lettres, il ne lui en avait pas fallu plus pour le chasser de la maison.

Virgil s'était montré inébranlable, affirmant que c'était ce que Dieu attendait de lui – ce qui, pour Mason, n'avait aucun sens. Il lui avait ordonné de ne plus jamais revenir, avait forcé Rebekah à éradiquer son frère de sa vie, comme une cellule cancéreuse. Et Mason avait décidé que Rebekah n'aurait qu'à le rejoindre à son tour quand le moment lui semblerait venu ; d'ici là, il ne regarderait pas en arrière.

Les yeux de Rebekah s'emplirent de larmes lorsqu'elle le regarda. « Tu porteras ta croix, au moins ? »

Pinçant les lèvres, Mason récupéra la croix dans la poche avant de son sac, ne serait-ce que pour que sa sœur se sente mieux. Il leva le collier face à celui de Rebekah, identique au sien. « Tu promets de venir me voir ? »

Rebekah sourit comme si c'était un péché, dissimulant son visage contre son épaule. Puis elle se dressa sur la pointe des pieds pour embrasser Mason sur la joue, avant de s'enfuir.

13

Au sein

Chers Mason et Rebekah, même si autrefois vous vous appeliez Ethan et Layla,

Mason, la première année de ta vie, je t'ai allaité. Tu te réveillais souvent au milieu de la nuit, affamé. J'entendais Lynn dans le salon, qui recevait une visite tardive d'un de ses nombreux habitués, pour une vente de coke. Je savais qu'il fallait que je me tire de là le plus vite possible ; j'attendais juste que les avocats me donnent le feu vert pour l'héritage. Je n'étais pas encore remise de l'accouchement, le corps toujours endolori, les hormones en ébullition.

La pièce était plongée dans le noir quand tu t'es réveillé. J'avais du mal à dormir, comme tu avais toujours faim. Je me suis retournée dans le lit pour allumer la lampe, pas étonnée de constater que Mark n'était pas là. Puis je me suis traînée vers l'autre bout du lit où se trouvait ton couffin. Et sur un fauteuil, dans un coin de la pièce, j'ai été stupéfaite de découvrir votre oncle, Matthew.

« Matthew, mais qu'est-ce que tu fous ?

— Je m'ennuyais. »

J'avais le sentiment que mon intimité, notre intimité, avait été profanée pendant qu'il me regardait dormir. « Je voudrais que tu sortes, ai-je dit en te prenant dans mes bras, pour calmer tes pleurs affamés.

— Mais je veux regarder, a protesté Matthew.

— Non. » Et au moment où je prononçais ce mot, Lynn est passée devant la porte.

« Non, quoi ? » a-t-elle aboyé. Je n'ai pas répondu.

« Oh, maman..., a dit Matthew, les paupières tombant comme s'il était shooté, la voix adoucie par la fumée de sa cigarette. Nessa vient de me dire non. J'ai horreur que des petites connes comme ça me disent non, pas toi, maman ? »

Lynn s'est approchée de moi, me pointant du doigt. « Écoute-moi bien, la sainte-nitouche. J'en ai par-dessus la tête que tu te promènes dans ma maison avec tes airs de propriétaire, avec tes airs de te croire mieux que tout le monde. » Une larme de rage m'a échappé. « Personne ne refuse rien à mes garçons, est-ce que je me fais bien comprendre ? »

Je me suis dit, en entendant cette dernière phrase, que c'était justement pour ça que ses garçons étaient tous des petits cons, à l'exception de Peter, bien sûr. Je voyais bien que Lynn planait ; elle était encore plus agitée que d'habitude, sa lèvre supérieure se retroussant sur ses dents. Mais j'ai hoché la tête. Lynn est retournée vers le couloir. « Et fais taire ce gosse, il me gêne dans mon travail. »

J'avais de plus en plus peur de Matthew – une peur qui se dissiperait au fil des années. Alors je t'ai donné le sein, devant lui : quel autre choix avais-je ?

Quelques jours plus tard, Mark et moi étions seuls à la maison. Je ne me rappelle pas où étaient les autres, à part Peter, qui restait en général enfermé dans sa chambre. « Ness ! » m'a appelée Mark, depuis le couloir. J'étais dans le salon, avec toi dans les bras, en train d'examiner avec mépris un carton de feux d'artifice trafiqués que ton père avait rapporté d'une descente de police. Il rapportait tout le temps des trucs comme ça à la maison. Des feux d'artifice illégaux, des armes, de la drogue, même un boa constricteur, une fois.

« Qu'est-ce qu'il y a ? ai-je crié.

— Pose le bébé deux minutes et viens voir. » Je suis passée dans le couloir, où j'ai trouvé Mark en uniforme, appuyé contre la porte de la chambre de Matthew, les pouces glissés dans la ceinture. On aurait dit un cow-boy. « Qu'est-ce qu'il y a ?

— Je veux que tu arrêtes d'aguicher mon frère, a-t-il dit, d'un ton indifférent.

— Mais je ne... »

Mark m'a attrapée par le haut du bras et m'a serrée si fort que les jours suivants, en le levant devant le miroir, je pourrais suivre la trace des bleus laissés par ses doigts. Il m'a entraînée dans la chambre de Matthew, où, sur un bureau, se trouvaient des photos de moi. Des bougies. Des mèches de cheveux nouées. Un autel, à mon honneur.

Je me suis sentie physiquement mal ; violée. « Je sais que tu l'allumes ! a crié Mark. Je ne laisserai pas ma femme faire la pute, et surtout pas avec mon propre frère. C'est clair ? »

J'ai acquiescé.

Baissant les yeux vers moi, il a rajusté sa chemise, comme si je n'étais qu'une merde sous sa semelle. « Je vais terminer les cartons pour la nouvelle maison. »

14

Mattley

L'agent Mattley embrasse sa mère sur la joue en arrivant chez lui. « J'espère qu'il ne t'a pas trop embêtée.

— Non, c'est un ange. Je viens juste de lui préparer son petit déjeuner. » Assis au comptoir de la cuisine, Richie, sept ans, plonge la tête de ses dinosaures en caoutchouc dans son bol de céréales Lucky Charms. « Tu as l'air fatigué. Je vais te faire du café.

— Merci d'être passée encore une fois, maman. Ces patrouilles de nuit me tuent. » Mattley enlève le haut de son uniforme, gardant le tee-shirt blanc qu'il porte en dessous. Il passe un bras autour de la taille de son fils et lui dépose un baiser derrière la tête. « Salut, champion.

— Je suis pas un champion, rétorque Richie, qui balance ses jouets par la queue. Je suis Spider-Man ! » Et il fait semblant de bombarder son père de toiles d'araignée sorties de ses poignets.

« Tu m'as eu ! » gémit Mattley en titubant vers le mur. Richie retourne à ses dinosaures, à qui il fait boire du lait parfumé à la guimauve avec des bruits de succion.

« La nuit s'est bien passée, chéri ?

— C'est Painter, maman. » Avec un sourire, Mattley s'installe sur un tabouret à côté de Richie. « Rien de palpitant à signaler.

— Tu veux dire que tu n'as pas attrapé de méchants ? intervient son fils, sans détacher les yeux de son tyrannosaure.

— Heureusement, il n'y avait pas de méchant à attraper. Tout allait bien dans le monde !

— À Painter, papa. Tout allait bien à Painter. » Mattley caresse les cheveux bruns coupés au bol de son fils. « Tu as déjà préparé tes affaires pour aller chez ta mère ?

— Je suis obligé ? proteste Richie. Je l'ai vue y a pas longtemps.

— C'est ça, il y a un mois. Allez, dit Mattley, qui descend Richie de son tabouret avant de lui tapoter les fesses. Il ne faut pas qu'on soit en retard.

— Mais maman crie tout le temps, ronchonne l'enfant en s'éloignant à contrecœur vers le couloir.

— Ça, j'ai pas de mal à le croire. » Le divorce a été sanglant. Deux ans de mariage avec une femme affligée d'une incapacité maladive à accorder sa confiance. Une femme qui a fini par se désintéresser d'un homme trop passionné par son travail. Une femme qui n'a pas réussi à s'adapter au fait qu'elle était devenue mère, et n'avait plus sa place en boîte de nuit.

« Tu as prévu quelque chose de spécial aujourd'hui ? demande la mère de Mattley, au milieu des arômes de café torréfié.

— Je vais passer voir mon amie au Whammy Bar, et peut-être boire une bière avant de rentrer me coucher.

— Tu parles de Freedom ? crie Richie depuis sa chambre.

— Qu'est-ce que tu en sais ? s'étonne Mattley.

— Tu ne te rappelles pas ? On l'a croisée à la fête foraine il y a pas longtemps. Tu l'aimes, ça se voit. Tu as passé la soirée à la draguer. Elle est jolie, au moins, pas comme Jennifer la voisine qui est amoureuse de toi.

— Je ne la draguais pas, et Jennifer la voisine n'est pas amoureuse de moi. » Regardant sa mère, Mattley poursuit à voix basse : « D'où est-ce que ce gamin tire un cerveau pareil ?

— Le cerveau, de toi. Les accusations de drague ? De sa mère », répond-elle avec un sourire pendant qu'elle lui prépare son café.

« Ça fait bizarre de te voir sans ton acolyte », avait déclaré Freedom dans un éclat de rire, poussant Mattley du doigt dans le dos. Pour être franc, Mattley trouvait tout aussi bizarre de la découvrir pour la première fois à la lumière du jour, sobre. Loin de la nuit, où il avait l'habitude de la voir, elle était d'une beauté stupéfiante.

La scène se déroulait quelques mois plus tôt, le 4 Juillet. La fête foraine embaumait la crème solaire, la poudre de feux d'artifice et la pastèque. Les stands de hot-dogs et de burgers fumaient, les enfants se faisaient maquiller le visage. « Comment ça va, Freedom ? » Mattley avait les joues un peu roses, un gobelet de bière à la main.

« Je ne savais pas que tu buvais.

— Ça ? rétorqua Mattley en levant son gobelet. Ça doit être la première bière que je m'accorde depuis Noël.

— Et donc, tu es là pour le feu d'artifice ?

— Oui, avec mon fils, répondit-il avant de jeter un œil autour de lui. Il est quelque part par là. Et toi ? Tu es venue partager un élan patriotique avec le reste de Painter en ce jour de fête nationale ?

— Moi ? Non. » Freedom rajusta le bandana rouge sur sa tête. « Je ne fais que passer. Je préfère me soûler seule.

— Bah, tous les flics sont déjà là. Autant leur éviter de se déplacer », déclara-t-il avec un sourire. Puis il releva ses lunettes de soleil sur son crâne rougi. « Mais ce serait mieux que tu ne boives pas.

— Ah oui ? dit-elle, zieutant sa bière.

— On va passer un marché. Je jure, la main sur le cœur, que je ne boirai pas une gorgée de plus si tu en fais autant. » Il inclina sa bière, prêt à la verser sur le sol.

Freedom sourit, pour la première fois depuis vingt ans, peut-être. « Et pourquoi est-ce que je ne devrais pas boire ?

— Parce que… » Mattley se creusait la tête. Freedom voyait qu'il était éméché, et cette facette inédite de l'agent Mattley l'amusait. « Parce que tu as une très belle peau, et que l'alcool est mauvais pour la peau. »

Elle leva les yeux au ciel, éclatant de rire. « On a connu plus subtil.

— Bah, c'est mon jour de congé. » Il se pencha vers son oreille. « Et ça me plaît pas mal de jouer les chevaliers servants. »

Déboulant en courant, Richie s'agrippa à la jambe de son père. « Papa, papa, regarde mon maquillage !

— Dernière chance, annonça Mattley en inclinant de nouveau sa bière.

— Bon, d'accord, d'accord. »

Il passa un bras autour des épaules de Freedom, et vida son gobelet sur l'herbe sèche. « Bravo.

— C'est de la maltraitance d'alcool, tu sais. »

Ils flirtèrent ensemble pendant le reste de la fête, jusqu'à ce que le feu d'artifice vienne clore une soirée en apparence parfaite.

Peu après le bouquet final, alors qu'ils avaient encore les yeux et les oreilles endoloris par les explosions et que le soleil s'était couché depuis longtemps, Richie s'endormit sur les genoux de Freedom, la figure barbouillée de glace fondue. Mattley prit la main de Freedom.

Les spectateurs remballaient leurs couvertures, leurs ballons et leurs cannettes de bière et allumaient leurs derniers cierges magiques. Freedom enfouit son visage dans les cheveux de Richie, et se rappela à quel point ceux de son fils étaient doux, vingt ans plus tôt. L'odeur de son shampoing lui remplissait le cœur de plomb. En regardant l'enfant, dont la tête reposait sur son sein, elle aurait juré qu'il s'agissait d'Ethan. Elle posa la main sur le cœur du petit garçon, sentit sa poitrine se gonfler. Mattley se demanda ce qu'elle faisait, lui caressant le dos du bout des doigts. Puis il se rendit compte que Freedom pleurait dans les cheveux de Richie.

« Qu'est-ce qui ne va pas, Freedom ? » demanda-t-il, remontant la main sur son bras.

Elle redressa la tête, les lumières clignotantes de jouets d'enfants se reflétant dans ses yeux brouillés de larmes. « Excuse-moi, je ne peux pas… je ne peux pas. » Avec précaution, Freedom rendit un Richie endormi à son père avant de courir chez elle, où elle entreprit de boire seule jusqu'à ce que son corps ne réponde plus.

15

Le ventre vide

Je m'appelle Freedom et mon ventre est vide. Je me souviens de cette insulte à Dieu à chaque fois que j'ai mes règles. Ève était une sacrée connasse. Il est dix heures du matin et je suis seule au Whammy Bar, allongée sur une table de billard. La journée est aussi grise que la fumée de cigarette d'une tapineuse de Times Square par un matin glacial de janvier, comme la plupart du temps dans cet État paumé. Carrie a particulièrement bien nettoyé le bar hier soir, alors je passe l'heure qui vient à glander. J'ai les avant-bras appuyés à chaque extrémité de la table, les mains qui pendent dans le vide. Je tiens la boule blanche d'un côté et la boule numéro huit de l'autre pour essayer de voir s'il y a une différence de poids entre les deux. Je m'ennuie comme un rat crevé. Mais je sens les voix approcher. Je prends la télécommande pour pousser le volume de la sono du bar au maximum. *I Hear Voices* de Screamin' Jay Hawkins démarre.

J'inhale une cigarette mentholée par le nez pour expulser les idées suicidaires de ma tête. C'est la gueule de bois qui me met dans cet état, rien de plus, rien de moins. Beaucoup d'idées noires, beaucoup de voix atroces. Je ne sais pas ce qu'elles racontent ; j'ai du mal à les entendre par-dessus le blues du grand Jay Hawkins, un des premiers rockers provocateurs de l'Histoire. Difficile de dire où commence le murmure de mes voix et où finissent les borborygmes et les grognements avinés de ses chansons. Le filtre collé aux narines, je pense aux os vaudous que Hawkins portait dans le nez. C'est ça, comme si je croyais que sniffer une Pall Mall au menthol allait changer quelque chose. Je pose les boules de billard sur mes tempes et me masse le crâne en les faisant rouler, mais rien ne se passe. Je n'aurai qu'à faire la sourde oreille, comme d'habitude. Je vois un faible rai de lumière se dessiner sur le plafond au-dessus de la porte du bar, mais je ne bouge pas. La personne qui entre tente de passer inaperçue, alors je joue le jeu. Ça pourrait être Carrie. Ou Cal. Ou pire...

« Vous, là-bas..., dis-je en levant les billes. J'ai des boules qui peuvent s'avérer fatales si je les écrase assez fort sur votre lobe frontal.

— Si c'est vrai, je ne te verrai plus jamais de la même façon. »

Mattley.

« Je savais que c'était toi.

— Ah oui ? Et comment ? demande-t-il en s'approchant.

— Bacon, donuts, vous sentez tous pareil. » Je me redresse autant que possible, avec ma gueule de bois. « Comment va le petit ? dis-je, même si je m'en fiche un peu.

— Il arrive à l'âge critique, répond Mattley en enlevant son chapeau. Je m'attends à le voir ramener une fille à la maison d'un jour à l'autre. » Et voilà ce sourire que j'adore tellement chez lui. Ça me fait mal de m'asseoir. Je crois que je suis toujours bourrée depuis hier soir, en fait. « Écoute, Freedom, je voulais te parler de quelque chose. » Baissant les yeux, il gratte une tache sur le parquet du bout de sa chaussure. « De tes enfants.

— Qu'est-ce que tu racontes ? » Je ramène les bras contre moi sur la table de billard. « J'ai jamais eu d'enfants.

— Je sais que c'est ce que tu dis quand tu es à jeun, répond-il, tripotant son Stetson. Mais tu deviens très bavarde quand tu bois.

— J'ai une imagination… débordante, quand je bois, dis-je en détournant le regard. Je t'ai déjà parlé de la fois où j'ai fait du saut à l'élastique avec le pape depuis la tour Eiffel ? »

Mattley soupire, le menton baissé vers la poitrine. Il tapote le bord de la table, où il a appuyé les paumes. « Tu n'es pas obligée de me mentir. Je ne te demande pas la vérité, Freedom. Mais je te demande de penser à en parler avec quelqu'un.

— Je parle déjà à quelqu'un. » La colère transparaît dans ma voix.

« D'accord, dit-il avant de se racler la gorge. C'était la suggestion numéro un. » Je lève les yeux au ciel. « Rien qu'une suggestion », reprend-il avec un sourire. Mon Dieu, que j'aime son sourire. « Est-ce que tu as pensé à te faire aider dans d'autres domaines ? Pour ton problème avec l'alcool, par exemple ? »

Seuls quelques centimètres empêchent nos deux visages de se toucher, et à cet instant précis, je dois me raccrocher au peu de décence qui me reste pour ne pas me jeter sur lui. Il se fait du souci pour moi. C'est le seul qui s'en fasse, et je déteste ça plus que tout. Je ne le mérite pas. Mais je veux lui dire que j'éprouve des sentiments forts pour lui, que j'espère sans arrêt que quelque chose de terrible et d'improbable lui arrive pour que je puisse voler à son secours et le réconforter pendant la nuit. Mais je ne le dis pas. « C'est mes affaires. » Je m'écarte de lui. « Maintenant fous le camp et laisse-moi tranquille. »

Ça vaut mieux comme ça : tuer l'histoire dans l'œuf avant qu'elle ait une chance de s'épanouir. Il a un enfant, une belle maison. Je ne peux rien m'autoriser qui se rapproche de la normalité. La normalité et moi, c'est comme la poudre et le feu. Deux choses qui ne devraient jamais se rencontrer.

Une fois dans le bureau, avant que les habitués débarquent, je retourne sur Internet. Toujours rien sur la page de Rebekah. Pas d'activité chez Louisa Horn. Sur le mur de Mason, quelques messages de félicitations concernant un procès remporté ce matin, et un autre publié la veille, un post à propos d'un voyage aux îles Turques-et-Caïques dans lequel Violet l'a tagué.

Sans trop savoir pourquoi, je cherche leurs noms sur Google. Le procès que Mason a gagné ce matin apparaît en premier. Rien de neuf. Je tape le nom de Rebekah.

La pièce tangue. La musique qui retentit à l'extérieur s'éloigne de plus en plus de mes oreilles. J'attrape la poubelle la plus proche, avec un haut-le-cœur. Je crois que je suis en train de faire une crise cardiaque. Je me lève pour tendre la main vers le téléphone, pour appeler à l'aide. Mes genoux fléchissent. Je panique. Je tombe. Les lumières sombrent dans le néant, ça ne ressemble à aucune couleur connue. Comme au ralenti, le sol se rapproche de mon visage. Et c'est la dernière chose dont je me souvienne.

16

Peter

Deux jours plus tôt

Peter sent les gens passer en coup de vent à côté de lui. Les haut-parleurs annoncent des horaires de départ et des numéros de quai inaudibles. Il file sur son fauteuil roulant électrique à travers Penn Station, au centre de Manhattan, son manteau posé sur le dossier pour cacher les autocollants obscènes que ses frères y ont collés au fil des années. En dessous, dans l'espace de rangement du fauteuil, il a emporté l'essentiel : sous-vêtements, savon, une brosse à dents, deux jeans et trois tee-shirts, un déodorant, les restes du gâteau de bienvenue de Matthew dans un Tupperware, son ordinateur portable accompagné de ses accessoires et un téléphone qu'il a volé à sa mère pendant qu'elle ronflait, la tête pratiquement enfoncée dans un pot d'os de poulets. Elle était d'une humeur massacrante parce que sa pension d'invalidité tardait à tomber. Le gouvernement le fait exprès, évidemment, et cette bande de sadiques ne s'en prend jamais qu'à elle. Une conspiration géante de la Maison-Blanche contre

Lynn Delaney. Mais Peter s'en moque ; l'important, c'est qu'il ait pu piquer l'argent qu'elle avait mis dans le tiroir à côté de ses sous-vêtements et de ses sex-toys – une vision qu'il s'efforcera de chasser de son esprit. Et qu'elle ait oublié de laisser le cadenas sur le frigo.

« Je v-v-voudrais un t-t-icket p-p-our Lou-lou-Louisville. » Peter n'arrive quasiment pas à voir au-dessus du comptoir, ses pommettes tressaillent et ses yeux se plissent à chaque consonne qui refuse de sortir.

« Je vais avoir besoin de votre permis de conduire pour vérifier votre identité.

— J'ai une g-g-gueule à savoir c-c-c-onduire ? » Peter sort sa carte d'identité de l'État de New York de sa poche pour la glisser sous la vitre.

Une heure plus tard, alors que les passagers finissent d'embarquer dans le train, Peter récupère le téléphone de sa mère. *Elle devait être camée jusqu'aux yeux pour oublier de cadenasser le frigo et abandonner son portable.* Il lui faut quelques minutes avant de maîtriser suffisamment ses mains pour parcourir la liste des contacts. Il descend jusqu'au numéro de Matthew, à qui il envoie un texto formulé à la manière de sa mère :

Matty, donne-moi le numéro de cette petite conne, tu veux ?

Quelques minutes plus tard, le téléphone vibre, et le numéro apparaît. Peter appelle immédiatement.

« *Ouais ? Allô ? Un faux numéro. Des abrutis de télévendeurs ou un truc comme ça.* » Puis une autre voix : « *Ton visage dit le contraire, Free-Free.* » Peter entend Nessa s'éloigner. « *Faut que j'aille prendre une douche. J'aimerais que tu sois parti avant que je revienne.* »

Lynn Delaney gobe son dernier comprimé de Xanax, descend son vin de cuisine à même le carton puis essuie son menton dégoulinant de cabernet avec le premier chemisier qui lui tombe sous la main. Elle dévale le couloir aussi rapidement que son scooter le lui permet, embrasse sa main et la claque sur la photo de Mark, par habitude. La fureur qu'elle ressent envers Peter l'aide, pour la première fois depuis des années, à se remettre debout, non sans difficulté. Comment a-t-il osé lui faire ça ? Après toutes les années qu'elle a passées à s'occuper de lui ? Elle doit s'appuyer sur le plan de travail pour claquer la porte du frigo laissée ouverte, avant d'attraper un couteau de cuisine. La télé braille une pub pour les Poupées Chia, des Obama et des caniches en terre cuite avec des graines à germer en guise de cheveux. Avec un rugissement qui déclenche les aboiements des pitbulls dans la cour, Lynn poignarde l'écran. *Chi-chi-chi-chia*, le jingle lui vrille les tympans. La lame du couteau se casse en deux, aucune égratignure sur la télé. Lynn arrache le poste du meuble où il est encastré dans l'espoir que l'écran se fracasse en mille morceaux, un mouvement sec alimenté par de l'adrénaline de première classe. Mais au lieu de ça, les câbles raccordés au mur retiennent la télé à quelques centimètres du sol. Lynn a l'impression que son cœur pompe des graviers chauffés à blanc. Elle s'effondre sur le sol quand son poids ne parvient plus à s'équilibrer correctement. Elle hurle, et cette fois ce sont les chiens des voisins qui se mettent à japper en réponse. Elle ne sait pas comment elle va faire pour se relever, se met à appeler les voisins à l'aide tandis que les larmes coulent sur ses tempes. *Mes bébés, mes garçons, mon Peter. Comment as-tu pu me faire ça ? Après Mark, après mes filles, après le petit-fils que je n'ai pas vu depuis des années et la petite-fille que je n'ai jamais connue, comment as-tu pu me faire ça ? Tu es un putain de monstre, Peter. Un putain de monstre !*

Étendue sur le sol, elle se ronge les ongles et les recrache l'un après l'autre à côté d'elle. Le Xanax referme ses conduits lacrymaux et ses sanglots se réduisent à des gémissements d'enfant. Le sang regagne ses veines, de lents courants qui lui apaisent les nerfs.

Son rire ricoche sur les murs et les portes, son abdomen se contracte à chaque gloussement. Au-dessus d'elle, une photo de Peter, prise dans un camp de vacances pour demeurés où elle l'avait envoyé quand il avait huit ans. Lynn lui parle à voix haute : « Ça aurait dû être toi plutôt que Mark. » Ses paupières s'alourdissent sous l'effet des médicaments, son rire est toujours présent, mais étouffé. « J'aurais dû me faire avorter quand j'en ai eu l'occasion. »

DEUXIÈME PARTIE

17

Le Bluegrass

La Mercedes s'engage sur le parking en terre ; un tourbillon de poussière s'ensuit. La carrosserie noire rutilante qui rendait Mason si fier détonne à côté de la rouille des pick-up garés là pour la nuit. Des poids lourds refroidissent en rang, postes de mécaniciens abandonnés en vue de la tempête qui doit frapper d'une minute à l'autre, comme dans un vieux western. À l'intérieur de la voiture, Mason appelle le bureau du shérif Don Mannix sur son kit mains-libres. Il reconnaît la voix de Don dès qu'il décroche.

« Salut, Don. C'est Mason, dit-il en se garant.

— Qui ?

— Mason... Mason Paul.

— Pardon, m'sieur ; je connais pas de Mason Paul. »

Mason se tourne vers Violet, côté passager. Un flot de sang chaud lui monte au visage. « Arrête tes conneries, Don. Il faut que je te parle, réplique-t-il, sûr et certain que le shérif sait qui il est. Bon Dieu...

— Désolé, mais je vous connais pas. Et j'apprécie pas qu'on me dérange comme ça et qu'on invoque le nom du Seigneur en vain. » Don raccroche. Un frisson remonte la colonne vertébrale de Mason ; ses épaules tremblent.

« Mais enfin, qu'est-ce qui se passe, Mason ? demande Violet.

— J'imagine que c'est ce qui arrive quand on est banni, répond-il, le regard perdu dans le vide.

— Mais c'est quoi exactement, l'Église de ton père ? »

Le tonnerre déchire le ciel ; une masse de nuages violets enfle. La radio réglée à bas volume annonce une tempête imminente, un avis de tornade. Comme si Dieu répondait à Violet, un déluge s'abat sur la voiture. Plus loin, Mason aperçoit un panneau « fermé » sur la vitre de la porte du Bluegrass. « Attends-moi là. J'en ai pour une minute », dit-il à Violet. Avant qu'elle puisse le retenir, il court jusqu'à la porte d'entrée et s'abrite sous l'auvent. *Réfléchis, Mason. Réfléchis.* Il met les mains en coupe pour scruter l'intérieur du bar ; l'endroit est plongé dans le noir, à l'exception du juke-box éclairé par des néons. Mason observe les alentours. Pas de caméras, mais il faut dire qu'il ne s'attendait pas à beaucoup de sécurité à l'extérieur de ce bouge sordide.

Il se demande ce qui a bien pu amener Rebekah dans ce repaire décrépit de culs-terreux. Les portes sont fermées. Mason se retourne vers Violet, qui lui fait de grands signes pour lui dire de revenir. Il n'en tient pas compte. Quand des grêlons gros comme des balles de ping-pong commencent à s'écraser sur le sol, il se couvre le visage avec son blazer. Des poubelles en métal et des débris volent à travers le parking. Les avis de tornade sont monnaie courante dans le Kentucky.

Une idée lui vient.

Manteau sur la tête, il sort de son abri en courant, s'empare d'une poubelle et fait demi-tour. *Personne ne s'étonnera de trouver une fenêtre cassée après une tempête pareille. S'il y a des caméras dans le bar, je n'aurai qu'à récupérer les bandes. Un témoin ? Je ne suis qu'un passant qui essaie de se mettre à l'abri de la tempête, non ? Montrez-moi un peu cette fameuse hospitalité du Sud, m'dame.* Violet klaxonne au moment où il soulève la poubelle et l'abat contre une des vitres. Le verre se lézarde, un grand éclat tombe à l'intérieur du bar. Mason enveloppe son manteau autour de son poing pour fracasser le reste de la fenêtre. Dans chaque coup qui lui ouvre le passage, il met toute la rage qu'il éprouve envers ses parents et le shérif Don Mannix, qui ont fait semblant de ne pas le connaître.

À l'intérieur, l'endroit est étrangement dénué de vie. Les rafales de la tempête passent en sifflant dans les fissures du bâtiment en bois ; le martèlement de la grêle sur le sol suit Mason dans le bar, les néons du juke-box grésillent à l'autre bout de la pièce. Il ne sait pas ce qu'il cherche. Il espère simplement le reconnaître quand il le verra. De la musique crachotante résonne à l'étage, où doit se trouver un appartement ou un bureau. Johnny Cash, assourdi par des portes fermées. Mason passe derrière le comptoir pour chercher de quoi se défendre. Appuyée à côté de la caisse, une batte de baseball. Il la soupèse, et son estomac se soulève à la pensée qu'on a pu s'en servir pour tabasser Gabriel jusqu'à le laisser pour mort. Il examine la batte, en quête de sang ; s'il y en a, il ne le voit pas.

L'idée que sa sœur ait pu être défigurée de la même façon que Gabriel le dévore. Il imagine Rebekah à la place de la victime de viol sur les photos du procès. La nausée le gagne, et il se gifle aussi fort qu'il peut. Il inspecte les alentours, attrape la première bouteille qu'il aperçoit sur le présentoir métallique en toc et prend une gorgée. Une porte s'ouvre à l'étage ; la musique de Johnny Cash se fait plus claire, derrière des voix d'hommes qui se dirigent vers l'escalier. Mason se cache sous les marches avec sa batte.

Les pas précipités de cinq à six personnes résonnent au-dessus de lui. Il crispe les doigts sur le bois, retient son souffle. « Descendez dans la cave », dit une voix. Une vitre se brise. À l'extérieur, des gravats s'écrasent sur les portes et les fenêtres. Le courant se coupe. Mason sort prudemment la tête pour observer les hommes. Des skinheads. Ou des néonazis, peu importe comment on veut les appeler. Croix gammées tatouées sur les bras et le crâne, marcels et bretelles rouges, ce qui signifie qu'ils ont fait couler du sang pour défendre ce en quoi ils croient. Mason le sait grâce à une affaire sur laquelle il a travaillé il y a quelques années. Les hommes se dépêchent de passer derrière le bar puis ouvrent une trappe donnant sur la cave du pub. Dès que le dernier s'y engouffre, Mason entend les sirènes pour la première fois. L'avis de tornade. *Violet !*

Il se précipite vers une des fenêtres brisées pour scruter la voiture. Violet a disparu. *Merde.* La vitre à côté de lui vole en éclats, un fragment lui entaille l'oreille, le sang se met à couler sur son visage. Et en dépit de tout bon sens, Mason s'élance à l'étage.

Un petit couloir, d'un noir d'encre. À sa gauche, il découvre une pièce avec un grand drapeau confédéré accroché au-dessus d'une table jonchée de tasses de café et de papiers qui tourbillonnent dans les courants d'air venus de l'extérieur. Sur l'autre mur, un drapeau orné d'une gigantesque croix gammée. *God's Gonna Cut You Down* de Johnny Cash continue de passer sur un tourne-disque à piles.

Derrière la fenêtre, le ciel ressemble à du cuir mouvant sur le dos d'un dieu qui se trémousse d'excitation. Il faut faire vite. Mason récupère une pile de CD sans étiquettes dans l'espoir que l'un d'eux contienne les images d'une caméra de sécurité, même s'il sait bien que c'est peu probable. Le bar tremble sous ses pieds. Il redescend à toute vitesse, évitant les fenêtres. Il file dans la cuisine et s'agenouille près de la gazinière, quand il aperçoit Violet recroquevillée de l'autre côté de la pièce. Il la rejoint, la couvre de son corps. Elle le serre de toutes ses forces, protégeant ses oreilles des rafales assourdissantes de la tempête.

« Il faut qu'on dégage d'ici ! » lui crie Mason, se rappelant le gang de néonazis au sous-sol.

Il l'étreint fermement, l'enveloppe dans son manteau jusqu'à ce que quelques minutes plus tard, la tempête passe. Au-dessus d'eux, du sable s'échappe de la hotte. Les sifflements s'apaisent. La pluie diminue. Le calme après la tempête est une présence qui pèse sur les os. « Je t'expliquerai plus tard, mais ne fais pas de bruit », dit Mason à Violet en lui indiquant la porte de service. Quelque chose tinte, coincé dans la bouche d'aération de la cuisine ; on dirait des pièces de monnaie dans un sèche-linge. Sans évoquer l'amicale des fascistes au sous-sol,

Mason guide Violet vers les bennes à ordures, la batte de baseball toujours vissée au poing. Mais le cliquetis qu'il perçoit du coin de l'oreille l'énerve. Quelque chose lui dit de faire demi-tour.

« Démarre la voiture, j'arrive tout de suite. » Il retourne dans la cuisine et s'approche de la bouche d'aération.

Un objet accroche la lumière qui émerge des nuages au-dessus de l'allée. Mason peut presque l'atteindre. Il coince la batte de baseball entre ses cuisses puis ôte un couteau de cuisine d'une bande magnétique au mur pour faire glisser l'objet brillant vers lui dans le tuyau. Il entend les hommes remonter dans le bar. Des perles de sueur se forment sur ses tempes avant de dégouliner sur son visage, mêlées au sang de son oreille. Mason se dépêche. Il rapproche l'objet de lui, puis le perd. *Je suis sûrement en train de me prendre la tête pour une putain de pièce coincée dans une bouche d'aération.* Mais l'affaire tourne à la vendetta ; une partie de son cerveau refuse d'abandonner. Il retente sa chance, avec succès. Il extirpe une ficelle noire attachée à l'objet. Qui se coince. Les voix des nazis semblent devenir plus fortes. Mason tire sur la ficelle d'un coup sec, et la débloque.

Il ne regarde pas tout de suite l'objet mais se précipite dans l'allée où, sans qu'il le sache, Rebekah s'est forgé des souvenirs avec Gabriel trois jours plus tôt. Où Rebekah a découvert le vertige de la bière. Où, pour la première fois en vingt ans, elle a rencontré un garçon qui l'a troublée. Le portable de Mason vibre dans sa poche. Un message sur son répondeur. C'est un médecin. Gabriel n'a pas survécu.

Mason ouvre la main pour voir ce que la tornade a emporté dans la bouche d'aération. Il contemple la croix. Puis il la lève face à la sienne. Elles sont identiques.

Sauf que celle de Rebekah est éclaboussée de sang.

18

Freedom In Jesus

Je m'appelle Freedom et si cette pétasse ne m'enlève pas cette aiguille tout de suite, je vous jure que je la lui enfonce dans la rétine. J'arrache la poche de perfusion de mon bras et la flanque par terre devant l'ambulance. Peu importe que le sang dégouline. « Tout le monde dégage ! » Autour de moi, deux secouristes, Passion et cinq à six motards. L'un des secouristes tente de me forcer à me rasseoir, mais je lui crache dessus. « Vous avisez pas de me toucher ! » Passion entreprend de calmer le type. Je me retourne vers les motards. « On ouvre dans un quart d'heure, les gars. »

Personne n'essaie de me dissuader. C'était juste une crise de panique. Pas ma première. Pas ma dernière non plus. Elles sont terribles. Imaginez que vous passez sous la glace et que vous n'arrivez plus à remonter à la surface. La terreur vous frappe si fort que vous n'avez même plus la capacité de vous rendre compte qu'il fait un froid glacial. Vous savez que vous êtes censé retenir votre souffle, mais votre cœur affolé vous en empêche. Vous battez des bras, essayant de crever le ventre d'une épaisse couche de glace, en vain. Sauf que maintenant, vous avez perdu la glace de vue, vous ne savez plus où elle est. Le haut est quelque part, le bas ailleurs, vous n'arrivez pas à savoir où précisément. Vous ouvrez la bouche pour aspirer de l'air, sauf qu'il n'y a pas d'air à aspirer. Vous vous noyez. C'est la panique. Une panique primale. Mes crises ? C'est des saloperies du même tonneau.

J'entends les talons aiguilles de Passion crisser sur les graviers tandis qu'elle s'efforce de me rattraper sur le chemin du bar. J'aimerais pas essayer de courir sur ces harpons.

La musique des Rolling Stones résonne faiblement autour de nous, les lampes sont encore éteintes. Des bandes de lumière lacèrent le comptoir en bois, faisceaux de poussière. Je m'assois au bar côté clients et attrape la première bouteille qui me tombe sous la main. De la tequila, ça fera l'affaire. Passion étale son manteau de fourrure sur un des tabourets. Elle claque de la langue contre sa dent en or. « Tu vas me dire ce qui t'arrive ?

— Juste une mauvaise passe, dis-je en prenant une lampée. Je peux gérer. »

Je me représente la lettre que j'ai écrite en train de parvenir à Rebekah, en train de parvenir aux Paul. Brusquement, l'idée horrifiante qu'elle ait pu causer la disparition de ma fille me frappe de plein fouet. Je reprends une gorgée pour tenter de ramener les battements de mon cœur à un rythme plus soutenable.

Passion sort un flacon de médicaments orange de son sac. « Ça ira mieux avec ça, dit-elle en le secouant pour en faire tomber une pilule.

— Je prends pas de médocs.

— C'est du Xanax faiblement dosé. » Elle me le fourre dans la main. « Je vais te chercher de l'eau.

— Je bois pas d'eau. Les poissons baisent dedans. » J'avale la moitié du comprimé, glisse l'autre dans ma poche pour plus tard. Je l'ajouterai à ma tirelire à suicide. Passion me frotte le bras, mais on ne parle pas. Ça ne sert à rien. Les mots n'ont aucun sens à cet instant. Je repense à Rebekah. Je me mets à pleurer. Mais je ne veux pas que Passion s'en aperçoive.

« Ça va aller. » Ses griffes bleues me caressent le bras. Je la trouve réconfortante, c'est une présence apaisante pour mon âme déglinguée. « Dis-moi ce qui se passe. Je peux peut-être t'aider. » J'ai envie de lui parler de mes enfants, de la disparition de Rebekah. Mais je ne le fais pas.

« Passion », dis-je. Je plonge mon regard dans le sien, plein d'inquiétude, d'une intensité noire, attentive. « C'est quoi, ton vrai nom ? »

Elle lève les yeux au ciel, pousse un soupir, puis sourit. Elle me surprend en attrapant la bouteille de José Cuervo pour avaler une gorgée à son tour. C'est la première fois que je la vois boire de l'alcool. « Ann, dit-elle.

— Ann ? » Je pivote sur mon tabouret, sèche mes larmes pendant que j'ai le dos tourné. « C'est bien le dernier nom que j'aurais imaginé.

— M'en parle pas, réplique Passion en me rendant la bouteille. Et le tien ?

— Mon nom ? » Je lâche un long soupir contrôlé. « Vanessa. Mais tout le monde m'appelait Nessa.

— Un bon prénom de petite Blanche, commente-t-elle en souriant.

— Si tu le dis… Ann. » Je repose la tequila sur l'étagère et tapote Passion dans le dos avant de me diriger vers le bureau. « Je reviens dans une minute. Il faut que je m'occupe d'un truc. »

Je ferme la porte à clé derrière moi après avoir rallumé l'ordi d'un mouvement rapide de la souris. La photo de Rebekah s'affiche toujours à l'écran. Je clique sur la page de contact, puis je sors mon portable.

« Merci d'avoir appelé l'Église des Adventistes du Troisième Jour. Naomi à l'appareil. En quoi puis-je vous aider ?

— C'est FreedomInJesus, de l'Oregon. Je voudrais parler au révérend Virgil Paul, s'il vous plaît.

— Un instant. » Naomi transfère l'appel.

« Révérend Virgil Paul, j'écoute », dit la voix avec son accent traînant du Sud. Je le déteste déjà.

« Révérend Paul, c'est Freedom Oliver, FreedomInJesus de l'Oregon, on s'est déjà parlé.

— Freedom, mais oui, bien sûr. » Il n'a pas l'air d'un homme dont la fille vient de disparaître. Il a l'air guilleret. « Qu'est-ce qui me vaut ce plaisir ?

— Eh bien… » Je me cale sur ma chaise, laissant le Xanax naviguer dans mes veines. « Vous trouverez peut-être ça fou, mais j'ai prié, beaucoup prié. Et Dieu m'a parlé. Il m'a dit de venir à Goshen. Vous pensez que je suis folle ? » Il faut que je passe pour une amatrice. Que je lui donne l'impression qu'il est supérieur, pour éviter qu'il se sente menacé. *Je ne suis qu'une fanatique naïve. J'ai besoin de quelqu'un de divin, quelqu'un comme vous, pour me guider sur le droit chemin.*

« Non, Freedom. Je ne pense pas du tout que vous soyez folle. Je pense que c'est la volonté de Dieu.

— Vous croyez ? » Machinalement, je griffonne sur un bloc de post-it jaune fluo : *Trouver Rebekah.*

19

Les Adventistes du Troisième Jour

Virgil Paul relève la tête de sa prière pour contempler ses quatre cents et quelques fidèles. Les femmes le fixent sous leur foulard bleu, les hommes portent des cravates jaune pâle : le bleu liturgique symbolise le paradis ; le jaune représente la divinité. La sueur lui chatouille les aisselles et ruisselle sur ses flancs ; il referme une bible reliée en cuir rouge de ses mains moites. L'assistance sourit. L'assistance hoche la tête. L'assistance regarde droit devant elle, dos tourné à une caméra posée sur un trépied au bout de l'allée centrale, près des portes de l'église.

« En conclusion aujourd'hui, je vous demanderai de prier tout particulièrement pour que notre sœur en Christ, notre fille, Rebekah, nous revienne saine et sauve. Allez en paix, déclare Virgil en traçant le signe de la croix du tranchant de la main. Que le Seigneur vous bénisse et vous protège tous. » Un « amen » uniforme résonne dans la pièce. Virgil attend qu'un membre de la congrégation s'approche de la caméra et lui adresse un signe de tête, un signe indiquant que le podcast s'achève là, que la vidéo s'arrête.

Quelques raclements de gorge résonnent dans un coin. Le bruit d'un nourrisson qui pleure au fond de l'église se réverbère dans tout l'espace.

« Préparons-nous pour notre second prêche. Révélons notre véritable nature au Seigneur. » Les fidèles assemblés se penchent vers leur siège pendant que Virgil disparaît dans les coulisses. Une fois dans son bureau, derrière l'autel, il verrouille la porte. La longue pièce rectangulaire est peinte en blanc cassé, avec une grande affiche représentant le visage de Virgil au-dessus du bureau en acajou. Sur le poster, le révérend sourit, deux rangées de dents nacrées apparaissant entre ses lèvres épaisses et charnues. Un hâle de paysan qu'il a acquis étant enfant dans les champs de soja semble s'être imprimé à jamais sur sa peau. Sa chevelure châtain, étonnamment dénuée de tout cheveu gris, borde une zone plus pâle sur son front dessinée par les chapeaux de paille qu'il porte en été. Sur le rebord de la fenêtre, derrière son bureau, se trouvent plusieurs versions de la crucifixion : certaines en or, d'autres en bois. Le révérend Virgil Paul commence à se masturber.

C'est l'ivresse du pouvoir qu'il tire d'un public de plus en plus nombreux à se soumettre à lui. L'idée d'avoir été choisi par Dieu lui-même pour devenir son loyal serviteur, si haut placé dans les rangs du christianisme. Virgil s'efforce de garder le silence pour que personne ne l'entende. Il pense à Michelle Campbell, la jeune fille en fleur qui vit à côté de chez lui dans le camp, tout au bout de la rue.

Il ouvre une penderie pour en sortir un fouet bricolé avec une vieille ceinture et des punaises fixées au pistolet à colle. Quand il se sent prêt à jouir, il enveloppe la ceinture autour de sa cuisse et tire, les pointes effilées faisant couler le sang jusqu'au sol. Plus il s'approche de l'orgasme, plus il tire, jusqu'à ce qu'il jouisse. Cette mortification de la chair constitue sa punition pour son péché, sa pénitence, son expiation. Il récite : « Si vous vivez selon la chair, vous mourrez ; mais si par l'Esprit vous faites mourir les actions du corps, vous vivrez. »

Il enlève sa veste, reboutonne son pantalon et tire de la penderie une longue robe violette, symbole de la royauté. Il la revêt, affaibli par la jouissance mais plus prêt que jamais à sauver autant d'âmes qu'il le peut, à les préparer au Jour de la Libération.

Il se remémore une époque où il se croyait très bien renseigné sur Dieu. Beaucoup de gens s'imaginent sûrement la même chose en sortant du séminaire, pense-t-il. C'était avant que Gabriel, l'archange, le messager de Dieu, ne vienne à lui en rêve pour lui demander de recruter des ouailles en prévision du Jour de la Libération. Car Dieu lui a révélé l'heure exacte du retour du Christ. Et à présent, Virgil attend avec impatience l'arrivée de FreedomInJesus, Freedom Oliver. Un sentiment de satisfaction l'envahit à l'idée que Dieu lui ait permis d'étendre son influence à travers tout le pays, jusqu'en Oregon. Il est temps de mener à bien l'œuvre du Seigneur, et à travers lui, le Seigneur a fait des merveilles. La mission de Virgil consistait en partie à envoyer des volontaires arpenter les supermarchés, rassembler la populace, augmenter le troupeau. *Visez les fugueurs, les ivrognes, les putains*. Ces gens n'avaient rien à perdre, personne vers qui se tourner. Quelles meilleures ouailles guider vers le Christ, vers cette Église, que celles-là ?

Mais le recrutement a dû cesser : l'archange Gabriel le lui a même ordonné en rêve. Ses méthodes attiraient trop l'attention en ville. Et puis, il ne pouvait pas laisser les membres de la congrégation aller et venir à leur guise, manquer de discipline. Pour les Paul, Virgil a mis fin au recrutement public. Et à part sa famille, personne n'a plus été autorisé à sortir.

Quand il retourne à sa chaire, les fidèles se sont transformés. Ils portent tous des robes blanches. « Car il est écrit au chapitre six du Livre de l'Apocalypse, onzième verset… », crie-t-il à l'assemblée, qui poursuit avec lui : « Une robe blanche fut donnée à chacun d'eux ; et il leur fut dit de se tenir en repos quelque temps encore, jusqu'à ce que fût complet le nombre de leurs compagnons de service et de leurs frères qui devaient être mis à mort comme eux. »

Vingt-quatre diacres, dont le shérif de Goshen, Don Mannix, sont assis au premier rang où ils continuent à réciter le texte, des couronnes en papier aluminium doré sur la tête. « Livre de l'Apocalypse, chapitre quatre, quatrième verset : autour du trône je vis vingt-quatre trônes, et sur ces trônes vingt-quatre vieillards assis, revêtus de vêtements blancs, et sur leurs têtes des couronnes d'or. »

Virgil enchaîne : « Prions. » L'assemblée s'agenouille. Dans les derniers rangs, un homme à la voix sonore se met à crier. Il parle en langues, un dialecte qu'aucun homme ne peut comprendre. Des « halala » et « bababa » se déversent de sa bouche, et les gens prient. Ils écoutent. Ils acquiescent.

À l'avant, une femme qui affirme avoir le don de traduire les langues. Elle déclame : « Le Seigneur apporte ce message à ceux qui hériteront du royaume de Dieu : l'Enlèvement est proche. Nous sommes les élus, les fruits de la vigne. » Les gens murmurent des « amen » et « Dieu soit loué ». Deux autres membres gagnent l'allée, où leurs corps se convulsent et tressautent sur le sol. Des alléluias s'ensuivent, tandis que la femme reprend : « Les tempêtes de cette semaine : elles ont détruit des maisons, des foyers abritant des gens du monde, des gens mauvais. C'était une façon pour Dieu de nous prouver qu'il reviendrait bientôt. » Virgil lance un « amen », poing en l'air. « Et nous avons été épargnés, grâce à tout ce que nous avons fait pour le Seigneur. Mais Dieu nous avertit que nous sommes sur le point de perdre notre place au paradis. » L'homme qui crie en langues cesse ses bafouillis.

« Ce n'est pas fini ! tonne Virgil, provoquant les acclamations de l'assistance. Une autre tempête approche, nous dit le Seigneur. Car il m'a annoncé en rêve : une autre tempête, une tempête bien plus désastreuse, approche, une tempête à laquelle aucun de nous n'est encore préparé. »

Le prêche dure depuis trois heures. Derrière l'assemblée des diacres, au deuxième rang, une vingtaine de femmes visiblement enceintes tentent de dissimuler leurs trémoussements d'impatience.

Derrière elles se tient Carol Paul, une grande femme aux cheveux noirs, courts et bouclés, et aux mains imprégnées d'une odeur de citron qu'aucun savon ne pourrait effacer. D'ailleurs, les cals sur ses paumes ont pris une teinte jaune après des heures passées à préparer de la citronnade maison chaque jour que Dieu fait. Le nœud de son foulard bleu lui irrite le menton à cause de la sueur. Le battement des éventails en papier n'offre aucun répit face à la transpiration nauséabonde de gens qu'on n'autorise à se laver qu'une fois toutes les deux semaines. Mais Carol, en bonne épouse obéissante qu'elle est, ne peut faire que trois choses : chanter des hymnes, prier ou sourire. Elle a envie de faire pipi, mais continue de se retenir. Partir au milieu d'un prêche de son mari… ce serait une erreur de manifester un tel manque de respect envers Virgil.

Elle sent un courant d'air passer sur ses genoux en sueur quand Magdalene, six ans, se réveille de sa sieste. Elle se frotte les yeux, le regard perdu dans le vide, tandis que son père continue son prêche. Carol rajuste le foulard bleu sur la tête de sa fille, resserre ses nattes châtain foncé. « Est-ce que Rebekah a pu venir à l'église aujourd'hui ? demande Magdalene en reposant sa tête fatiguée sur l'épaule de Carol.

— Pas aujourd'hui, ma puce », répond Carol, qui lève les mains pour louer le Seigneur.

Magdalene l'imite, agitant les bras au-dessus de sa tête. « Elle va avoir de gros, gros ennuis. Hein, maman ? » Carol baisse les yeux vers Magdalene et lui sourit, avant d'écarter les mèches de cheveux collées sur son visage.

Carol et Magdalene se mettent comme les autres fidèles à parler en langues pendant que sur leur rang les futures mères remontent leur robe pour dénuder leur ventre, leur peau dure et tendue pleine de membres et de fluides et de tissus vivants qui nagent dans le noir absolu. Le révérend place ses paumes sur leur ventre à mesure qu'il passe devant elles, marmonnant des bénédictions pour les enfants à naître dans une langue que seuls les élus de Dieu peuvent comprendre. Il leur donne l'onction, trempant son pouce dans l'huile pour tracer le signe de la croix avec la main qu'il vient d'utiliser pour se masturber. Certaines des femmes se convulsent en criant des alléluias ; d'autres s'évanouissent. Dieu sait s'exprimer à travers Virgil, c'est certain. Michelle Campbell qui, à l'âge de quinze ans, fait partie des futures mères, se lève brusquement.

Tirant sur la robe de sa mère, Magdalene pointe Michelle du doigt et chuchote très fort : « Regarde, maman. Sœur Michelle a fait pipi dans sa culotte !

— Un miracle nous attend ! » s'exclame Virgil. Les chants deviennent de plus en plus forts, jusqu'à ce que Magdalene doive se boucher les oreilles. Virgil ordonne à Carol de courir chez eux chercher le matériel nécessaire à l'accouchement. « Un don de Dieu est en chemin ! » Carol attrape la main de Magdalene et se précipite hors de l'église.

Les mocassins noirs identiques de Carol et Magdalene dérapent sur la route en terre, leurs pieds se couvrent de poussière. Serrant la main de sa fille, Carol s'éloigne de l'église, la clameur des louanges se muant en vapeurs sirupeuses derrière elles dans l'humidité de la journée. Les allées sont bordées de petits pavillons blancs reconvertis en appartements, des foyers d'une seule pièce qui abritent facilement une demi-douzaine de personnes. Au bout de la route, à l'opposé de l'entrée du camp, se trouve la maison des Paul, une vieille bâtisse d'un étage qu'on verrait bien figurer comme demeure idéale dans un magazine de déco consacré au sud des États-Unis. Une girouette en forme de coq cuivré brille, immobile, dans cette vague de chaleur inhabituelle pour l'automne.

La maison sent le citron et la tarte aux pommes tout juste sortie du four. « Tu te rappelles où sont les affaires de docteur de maman ? » Les nattes de Magdalene rebondissent sous le soleil. « Va les chercher, j'arrive tout de suite. » Carol s'engouffre dans le couloir et claque la porte de la salle de bains derrière elle, se tortillant pour baisser sa culotte avant même d'avoir atteint les toilettes, sur le point d'exploser. Elle gémit de soulagement, elle a un moment d'intimité pour respirer ; elle n'a pas souvent l'occasion d'être seule. Elle entend Magdalene traîner la mallette de médecin dans le couloir avant de frapper à la porte de la salle de bains. Carol arrange ses vêtements, humides de sueur et maculés de terre. Elle ouvre la porte, baisse les yeux vers Magdalene qui sourit, toute fière d'avoir rapporté ce sac pesant la moitié de son poids à sa mère. La fillette s'attend à des remerciements, mais n'en obtient pas. « Attends-moi dehors, j'en ai pour une minute. » Un éclair de déception passe sur le visage de Magdalene, qui baisse la tête. Elle sort sur la terrasse en traînant des pieds.

Carol pose la mallette sur l'évier de la salle de bains puis ouvre la fermeture Éclair. Elle effleure un stéthoscope du bout des doigts, se rappelle l'époque où elle était la meilleure élève du département de médecine de l'université du Kentucky. Elle se rappelle les péchés qui y étaient associés : les clubs où les basses de groupes comme INXS ou les Smiths la faisaient vibrer. Les garçons qu'elle embrassait et dépouillait de leurs cigarettes dans sa chambre d'étudiante. La marijuana que sa sœur et elle fumaient dans le dos de leurs parents. Mais c'était il y a presque trente ans, dans le lointain passé. C'était avant qu'elle ne rencontre Dieu, qui l'a sauvée de sa mauvaise vie. Avant qu'elle ne rencontre Virgil.

Carol se regarde dans le miroir ; c'est une personne totalement différente qu'elle contemple. Les pattes-d'oie se creusent de manière peu flatteuse autour de ses yeux ces derniers temps. Elle se dit que Virgil avait vu juste, toutes ces années auparavant, même si elle ne l'a pas compris tout de suite : les médecins ne guérissent pas ; seul Dieu a ce pouvoir.

Au fond de la mallette se trouve une feuille de papier réglé jaunie, à moitié déchirée.

Chère Carol,

Je ne peux qu'imaginer que tu penses encore à moi, à ta famille, même si cela fait bientôt trois ans que nous n'avons pas été en contact. Mais je suis seule aujourd'hui, je t'ai perdue au profit d'un homme qui n'aime que lui-même, un homme qui se sert de Dieu comme stratégie pour faire le mal. Si seulement tu le voyais comme je l'ai vu. À qui pourrait-on demander de vivre dans une solitude pareille ? Il s'est passé tant de choses, tant de choses dont j'aimerais pouvoir te parler. Mais tu n'es pas là. Et qui sait si tu seras là pour recevoir cette lettre, pour assister à mon enterrement ? Ma sœur me manque. Ma meilleure amie me manque. Dis à maman et papa que je les aime, et que je serai toujours avec eux.

Toujours,

Clare

Carol ne remarque pas la larme qui trace un sillon sur sa joue, dans la poussière accumulée au-dehors. Elle se souvient du moment où elle a reçu cette lettre, il y au moins cinq ans, lorsqu'elle était encore imprégnée du parfum de sa sœur jumelle. Et même si l'odeur avait déjà disparu quelques semaines plus tard, Carol renifle le mot dans l'espoir d'en déceler une trace résiduelle. Mais elle n'en trouve pas. Elle n'en trouve jamais.

« Maman, viens ! crie Magdalene depuis la porte à moustiquaire de la terrasse, tirant Carol de sa transe. Sœur Michelle attend toujours dans son pipi ! »

Carol fourre la lettre au fond de la mallette, puis la referme. « Tu n'es pas avec maman et papa, marmonne-t-elle tout bas. Tu es en enfer, avec le reste des suicidés. » Elle se retourne vers le miroir et continue à parler à sa sœur jumelle morte, la rage au ventre. « Tu brûles pour l'éternité dans un lac de feu, en pleurant et grinçant des dents. »

Sur l'estrade se trouve une piscine pour enfant en plastique bleu ciel décorée de tortues et de dauphins grossièrement dessinés ; en dessous, une grande bâche opaque. Michelle Campbell grimpe à l'intérieur avec l'aide de Virgil. Le reste de l'assemblée se tient à genoux, bras tendus, suivant les mouvements de Virgil d'une manière qui rappelle à Carol la façon dont les tournesols suivent le soleil : les gens suivent Virgil. Les gens suivent la lumière. Pendant que Carol s'approche de l'estrade, Magdalene retourne s'asseoir sur le banc ; le révérend s'agenouille à son tour pour allonger Michelle sur le dos dans la petite piscine. Puis il se relève d'un bond. « Si vous avez entre dix et vingt ans, avancez-vous. »

On dénude Michelle ; Carol comprend immédiatement que la tête du bébé est sur le point de sortir. Du liquide amniotique teinté de sang s'échappe de Michelle pour inonder la piscine autour de ses genoux. Les adolescents se couvrent la bouche de dégoût tandis que Virgil continue son prêche. « Aux jeunes, je dis : voici le résultat du péché d'Ève ! crie-t-il, le nez levé. Et ce supplice sera le vôtre si vous vous convoitez les uns les autres. Quand une partie de votre corps vous fait pécher, mieux vaut l'amputer et la jeter. Mieux vaut que votre main droite aille en enfer plutôt que votre corps tout entier ! »

20

Le nez d'une vipère

Je m'appelle Freedom, et je me tire de Painter. Mon service est terminé. Faisons comme si de rien n'était. Je passerai un appel bidon au commissariat parce que je sais que Mattley travaille ce soir. Je lui demanderai d'aller chercher les lettres chez moi et de les poster, au cas où il m'arriverait quelque chose avant que j'atteigne le Kentucky. L'heure est venue de partir. Il faut que j'aille retrouver la fille que je n'ai jamais connue.

Une sensation pesante me suit alors que je me prépare à quitter le bar en cette soirée froide et pluvieuse. Tout m'apparaît sous un nouveau jour. Ce que les gens diront à partir de maintenant n'aura aucune importance ; ça ne comptera plus quand je traverserai le pays à toute allure. L'endroit est bondé, mais je l'observe avec la certitude de ne plus jamais le revoir. Je ne reverrai plus jamais l'Oregon, Dieu merci. Tandis que je me rapproche de la sortie, j'ai l'impression d'être un condamné à mort effectuant cette dernière marche redoutable qui sépare sa cellule de la salle d'exécution. J'ai un mauvais pressentiment à propos du Kentucky. Ça me terrifie, tout ce qui a pu arriver à ma fille. Et puis j'aperçois le gang des Vipères. *Ben voyons.*

« Freedom ! » crient-ils en chœur. *Dégagez. Me gâchez pas ma putain de dernière marche, connards.* Je les ignore, mais ça ne sert à rien. Le plus gros, celui qui m'a laissé une brûlure de cigare sur l'épaule l'autre soir, renverse des chaises sur son passage en se dirigeant vers moi.

« Qu'est-ce que tu veux ? » dis-je, même si j'en ai rien à cogner. Et puis ça arrive, évidemment, parce qu'il ne faudrait quand même pas que je parvienne enfin à réaliser un plan à la perfection, hein ? L'homme tend ses gros doigts pour m'agripper la chatte à travers mon jean déchiré, violemment. Et tout à coup, le monde vire au rouge, le sang bouillonne derrière mes yeux. Tout ce que j'entends, c'est Carrie derrière moi qui me hurle de lâcher le type. Mais je ne peux pas. Je ne peux pas maîtriser ma fureur. Je vois la bouteille brisée de Corona dans ma main, couverte de sang. Ce n'est qu'à ce moment-là que je me rends compte de ce que j'ai fait. Je regarde autour de moi. Je suis entourée de criminels endurcis et de bikers qui reculent de terreur. Alors je me calme, quand je vois qu'on me craint.

Je baisse les yeux vers la vipère ; il a la moitié du nez tranchée. « Tu as bousillé ma marche ! » je lui hurle, même s'il n'y a aucune chance qu'il comprenne de quoi je parle. Personne ne comprend. Il pleurniche comme un bébé. Lamentable. Je regarde Carrie, puis Passion, qui se tient à côté de son tabouret au fond du bar. Même Carrie ne sait pas quoi dire. Silence, sur une chanson de David Bowie. Je lâche la bouteille. Elle tombe par terre avec un bruit mat. Il faut que je m'en aille. Il faut que je me tire d'ici. Il faut que je bouge. Et puis j'entends les sirènes. « Hé ben, ça n'a pas traîné. » J'essuie le sang sur mon visage et je m'éloigne. Je croise le regard de Carrie. « Désolée », dis-je ; mais je ne regrette pas du tout d'avoir tailladé le visage de cette enflure. Je m'excuse d'avance parce que je ne viendrai pas travailler demain, ni aucun autre jour. Tout le monde en ferait autant, non ? Je me dirige vers la sortie de service, me retrouve dans le couloir sombre qui empeste les cailloux de crack et la pisse aux antibiotiques. Et je sens les souvenirs se rapprocher, je les sens très bien. Ces lampes suspendues du purgatoire des interrogatoires m'entraînent vers les années quatre-vingt-dix. *Pas maintenant, nom de Dieu.*

Je cours dans le couloir. Je cours pour échapper aux souvenirs de mon incarcération à New York. Et puis j'aperçois les gyrophares au bout du passage, comme une lumière au bout du tunnel, semblable au rêve moribond d'un fugitif. Des flashs rouge et bleu balaient les murs autour de moi, et je continue à courir vers eux pour échapper au couloir. Le passage obscur commence à se refermer sur moi ; il y a une silhouette au bout. J'accélère encore pour la rejoindre. Et j'y parviens. Je me suis jetée dans les bras de l'agent Mattley. Je m'effondre.

Il me rattrape alors que je tombe à genoux en sanglotant dans la terre à côté du frigo. La pluie nous entoure, *Hey Joe* de Jimi Hendrix s'infiltre jusqu'à nous depuis le pub. Entre les larmes et la pluie, je sens le sang poisseux couler sur mon visage. Mattley me serre dans ses bras, la bouche contre mon oreille. Il me dit que ça va aller. Si seulement je pouvais le croire. Malgré tout, je me cramponne à sa chemise et barbouille son uniforme de sang et de larmes.

« Ramène-moi chez moi, dis-je en pleurant. S'il te plaît, ramène-moi chez moi.

— Qu'est-ce que tu as fait, Freedom ? » me demande-t-il en m'étreignant comme l'enfant que j'ai l'impression d'être. Je lève les yeux vers lui. Je n'arrive pas à retenir mes larmes.

Je lui montre la bouteille ensanglantée. « Arrête-moi demain. Mais ce soir, ramène-moi. Ramène-moi encore une fois.

— Tu sais que je suis obligé de t'emmener au poste, soupire-t-il.

— Demain, c'est promis. » Je reste immobile, au creux de ses bras. « Ramène-moi chez moi, juste une dernière fois. J'ai quelque chose à faire. » Je pense à ma tirelire à suicide. C'est peut-être la meilleure idée, en fin de compte. Je lui dirai que je dois passer chez moi rapidement. J'avalerai les médicaments. Je le laisserai m'arrêter et m'emmener au commissariat. Je lui dirai tout ce que j'ai toujours voulu lui dire. Et puis je pourrai mourir. Mourir auprès de l'agent Mattley.

Mais une voix m'en empêche. *Ferme ta gueule et retrouve Rebekah !*

« Viens vite. » Mattley se lève et m'entraîne vers sa voiture, où nous nous engouffrons tous les deux. « Avant qu'ils préviennent le central. » Il démarre en trombe.

Le poids des branches de pin mouillées transforme la route en un long couloir noir. Je suis assise à l'avant de la voiture, la vitre baissée de quelques millimètres. Je sens l'automne qui enveloppe les branches et le sel du Pacifique non loin de là. À l'exception des phares des voitures qui nous croisent de temps à autre, Mattley et moi sommes plongés dans les ténèbres. Je lui dis de s'arrêter. Il s'exécute. Les essuie-glaces geignent dans l'averse, sur le bas-côté de cette route de campagne déserte. Il pense que je vais vomir.

« Je suis un témoin protégé », dis-je.

Il secoue la tête. « Freedom, tu ne peux pas m'en parler. » Ça le met dans une posture délicate, je sais. Mais je ne veux pas le lui cacher. À quoi bon, de toute façon ? Il lève les mains pour m'empêcher de poursuivre. *Mais bien sûr, comme si ça allait marcher*.

« On m'a inculpée pour avoir tué mon ex-mari. » Mattley tente de me couper, mais je l'ignore. « L'homme qu'on a fini par condamner, mon beau-frère Matthew, était tout à fait capable de me faire tuer, même depuis la prison. » Je détache ma ceinture pour me rapprocher de Mattley.

« Qu'est-ce que tu fais ? »

Je vois qu'il est nerveux. « Sauf qu'il est sorti de prison, maintenant. » J'observe les alentours. Nous sommes toujours seuls. « Alors il faut que je parte.

— Où ?

— Je n'en sais rien. » Nous nous regardons dans les yeux, et je n'ai pas envie que ça s'arrête. « Quelque part où on ne peut pas me causer d'ennuis. Loin d'ici. Quelque part où on ne me trouvera pas.

— Pourquoi me dis-tu ça ? » Mattley parle de plus en plus vite, ses cordes vocales semblent un peu plus tendues. « Tu ne peux pas me... » Je ne le laisse pas terminer. Je l'embrasse. Là, en plein milieu de nulle part, je l'embrasse. Mon premier et mon dernier baiser avec cet homme. Et pile au moment où je me remets à penser à ma tirelire à suicide, il me rend mon baiser. Mais je le sens résister. Et ça rend la chose encore plus belle. Sa langue se glisse entre mes dents et au fond de moi, mes organes se mettent à chanter.

Dans ses bras puissants, je me sens enfin chez moi. Chez moi, parmi les craquements des sièges en cuir qui bougent sous nos corps. Il me dit qu'il ne devrait pas faire ça, et je le sais bien, évidemment, parce qu'il devrait être en train de m'arrêter. Mais personne n'a besoin de le savoir. Je disparaîtrai bien assez vite, et c'est notre dernière chance. Mattley sera la dernière personne en Oregon à sentir la chaleur de mes lèvres. Et la seule personne au monde depuis vingt ans et des poussières à y goûter sans un rempart de Jack Daniel's. Il tente de me repousser, à moitié convaincu. Il en a envie aussi. Et puis il abandonne toute résistance. J'inspire l'air qu'il inhale profondément par les narines ; son étreinte se resserre.

Et puis je me souviens que je suis censée avoir d'autres priorités. Je dois retrouver Rebekah. Je dois me tenir à l'écart de Mattley, de la normalité. Je retire ma langue de sa bouche et bats en retraite.

« On ne peut pas faire ça », dis-je. Je le sais. Il le sait aussi. Et pourtant, la distance qui nous sépare continue de s'amenuiser, notre souffle embue les vitres. Nous nous embrassons à nouveau. Je glisse mes mains froides sous sa chemise pour sentir sa peau tendue. Je fonds.

« Viens par là », réussit-il à dire entre mes dents. Je passe les mains derrière la boucle de sa ceinture et je me rapproche de lui. Sauf qu'évidemment un message crachotant de la radio vient pourrir l'atmosphère. Mattley tressaille.

« Toutes les unités au 27 Wilson Drive, à Painter. »

« C'est mon immeuble », dis-je.

« Oui, qu'est-ce qui se passe là-bas ? répond Mattley dans la radio.

— Les pompiers sont en route. L'incendie est hors de contrôle. »

Merde, Mimi ! Le reste de l'immeuble peut bien cramer, je m'en fous. Mattley allume sa sirène et fonce dans la nuit.

21

Un service

Je m'appelle Freedom et je suis impuissante et minuscule. Nous arrivons devant l'immeuble, où les flammes luttent contre l'étendue noire du ciel. Toutes les voitures de la police locale, et par toutes je veux dire les deux qu'ils ont en stock, sont déjà sur place. J'aperçois la silhouette du concierge qui hurle sur les flics, les mains en l'air, mais ses cris sont inaudibles au milieu des rugissements de la fournaise. Je me rue sur lui, semant la poussière de ce qui devrait être un jardin derrière mes Doc Martens.

« Où elle est ? » je gueule. Je l'empoigne par le tee-shirt et colle mon visage contre le sien avec un regard sous-entendant que je suis capable de le tuer, et que je le ferai, s'il ne l'a pas aidée. Le type a le visage constellé de cicatrices et de croûtes typiques d'un accro à la meth, les os saturés d'encre de tatouage artisanale. « Où est Mimi, putain ? » Je pensais vraiment que le sort de ma tirelire à suicide ou des centaines de lettres destinées à mes enfants m'inquiéterait un peu plus. Mais non, curieusement.

Je regrette de ne pas avoir rapporté ma bouteille cassée du Whammy Bar, parce que j'adorerais l'enfoncer dans le gosier de ce type. Mais j'ai déjà trop fait parler de moi. « Mimi qui ? » crie-t-il. *C'est ça, retourne à ta pipe à meth, pauvre tache.*

« Mimi Bruce. Où elle est, nom de Dieu ? » Mattley m'attrape par-derrière. Sans le faire exprès, je lui colle un coup de coude dans le nez, qui se brise sous le choc. Le bruit me glace, malgré la chaleur de l'immeuble en flammes. *Merde, j'ai un problème avec les nez, ou quoi ? Qu'est-ce qui va pas chez moi ?* J'enlève mon tee-shirt des Sex Pistols, me retrouvant en débardeur noir, pour tenter d'arrêter l'épanchement de sang. Mais quand j'entends les craquements et les grondements de ce qui m'a tout l'air d'être le premier étage du bâtiment, celui où Mimi et moi vivons, en train de s'effondrer, je me précipite vers l'immeuble. Mattley hurle mon nom derrière moi. Tout le monde hurle. Je me rapproche autant que possible du bâtiment avant que la chaleur n'essaie de fondre mes vêtements sur mon corps. J'appelle Mimi à pleins poumons.

Je sens un brasier s'allumer en moi, de la même manière qu'il s'est allumé dans l'immeuble, recherchant avidement de l'oxygène pour exploser dans toute sa violence. On appelle ça un appel d'air. Chez moi, ça s'appelle la fureur. Je m'avance avec l'intention d'enfoncer à coups de pied la porte la moins dévorée par les flammes, comme j'ai enfoncé la porte de Mimi bien des fois auparavant. Peu importe que ce ne soit pas notre étage, il faut juste que j'entre. Mais au moment où la semelle de ma Doc Martens va se planter à côté de la poignée, quelqu'un me passe un bras autour de la taille et me jette sur son épaule pour m'éloigner de la fournaise, comme un sac de patates. Tout à coup, je me retrouve nez à nez avec le Glock de service accroché à la ceinture de Mattley. Je pourrais pratiquement le goûter. *Je te l'emprunte, si ça ne t'ennuie pas.* J'arrive à déboutonner l'étui du pistolet et à glisser l'arme dans ma culotte, entre mon jean et mes fesses, tout en me débattant et en hurlant à Mattley de me lâcher. Et quand je prends le temps de jeter un œil aux alentours, je vois une centaine de badauds, trop aveuglés et fascinés par l'incendie pour remarquer qu'un flic est en train de se faire voler son matos par la pochetronne hystérique du village. Du moins je l'espère.

Mattley me relâche, et je m'éclipse dans la foule. C'est alors que j'aperçois le petit bleu, la nouvelle recrue qui accompagnait Mattley l'autre soir. Il se tient à l'arrière d'une ambulance avec Mimi, toujours vêtue du chemisier que je l'ai aidée à enfiler l'autre jour. *Bon sang de bois.* Je m'approche pour vérifier qu'elle n'a rien. Elle est en train de distribuer des gifles au bleu qui tente de prendre sa déposition, et ce spectacle m'emplit d'un sentiment de fierté quasiment maternel. « Qu'est-ce que vous espérez en tirer ? dis-je au bleu – je ne connais toujours pas son nom. Elle vous racontera que George Clooney a mis le feu à la baraque dans un foutu justaucorps si vous la cuisinez assez longtemps. »

Puis j'étreins Mimi, soulagée. « Qu'est-ce qu'il y a ? » demande-t-elle. Elle est dans un de ses moments de lucidité. Voyons combien de temps ça va durer, cette fois. J'envoie promener le bleu pour rester un peu seule avec elle.

« Mimi, qu'est-ce qui s'est passé ? Je t'avais pourtant bien dit de ne pas laisser la gazinière allumée ! » Je prends bien soin de ne pas avoir l'air en colère, de lui montrer que je me suis fait du souci, au contraire. Je crache dans ma main pour enlever un peu de suie sur son front, autour d'une entaille large mais peu profonde dont les contours commencent déjà à virer au bleu.

« Mais, Freedom ! » Elle s'énerve. Il faut que je l'apaise. Que je l'aide à rester lucide. « Je n'étais pas en train de cuisiner ! Je croyais que c'était toi qui cuisinais. En tout cas, c'est de là que sont venues les flammes. De ton appartement, pas du mien », dit-elle, haussant de plus en plus le ton. Les démons de la folie se rapprochent. « C'est toi qui as fait ça ! C'est toi qui as fait ça, Nessa Delaney ! C'est elle qu'ils cherchaient ! Nessa Delaney. Tu n'es pas Freedom. Tu es Nessa Delaney ! » Alors je me rends compte que Mimi ne délire pas. Et avant qu'on ne puisse nous entendre dans la foule rassemblée à quelques mètres de là, je ferme les portes de l'ambulance et tire les petits rideaux bleus pour échapper aux regards.

« Qui, Mimi ? Qui me cherchait ? Qui cherchait Nessa Delaney ?

— Trois hommes, je crois. Ils faisaient un boucan de tous les diables dans l'appartement d'à côté. Et puis ils sont venus chez moi. » Elle me montre son front. « Comment tu crois que j'ai récolté ça ? De vraies brutes. »

Je repense à l'autre jour, avec Cal le cafard.

Pendant que Cal se préparait à partir, je démêlai le cordon du téléphone posé sur le comptoir de la cuisine pour l'emporter dans la salle de bains. Je reconnus la voix de Peter immédiatement, à son fort bégaiement et à sa façon de m'appeler Nessa. Les mots me manquaient. Je n'avais aucune idée de ce qui allait sortir de ma bouche. « Merde alors, comment tu m'as retrouvée ?

— Je suis en route pour le Kentucky, mais les gars ont pris de l'avance. Je ne sais pas trop s'ils vont d'abord te chercher dans l'Oregon, ou s'ils vont récupérer les enfants dans le Kentucky… tu te souviens de ma mère.

— Tu parles que je m'en souviens, chuchotai-je pour éviter que Cal ne m'entende, couvrant mes genoux de mon large tee-shirt.

— Ils ne feront pas de mal aux gamins, me rassura-t-il. Mais toi…

— Bah, ils ne me trouveront jamais. Les marshals m'ont bien cachée. » Et Mason et Rebekah n'étaient plus des enfants. Les Delaney n'allaient pas s'amuser à kidnapper des adultes pour les ramener à New York. Qu'ils viennent me chercher. Ce n'étaient sûrement que des paroles en l'air, de toute façon. J'aurais parié que ces gars-là ne savaient même pas lire une carte.

« Tu m'as sacrément manqué, Peter. » Je l'entendis sourire en même temps que moi.

J'appelle Passion. « Passion, j'ai besoin de ton aide. J'ai de grosses emmerdes.

— Je crois que tes emmerdes viennent d'entrer dans le bar, justement. Trois hommes. Avec l'accent de New York. Ils montrent ta photo aux clients.

— Je n'ai pas beaucoup de temps. J'ai besoin que tu me rendes un immense service.

— Quel genre de service ?

— Tu te souviens de Pétard, non ? Celui qui a traité Obama de nègre l'autre fois ?

— Oui, bien sûr.

— Tu voudrais bien lui faire une branlette ? Je te paierai le double du tarif dès que je pourrai. »

Elle s'apprête à me réclamer des explications, mais je lui demande de patienter une minute. Mimi m'appelle au secours, effrayée par les flics qui secouent l'ambulance de tous les côtés. Mattley et le bleu réussissent finalement à débloquer les portes. « Je suis toute nue ! » crie une Mimi habillée de la tête aux pieds. *Bel effort, ma vieille toquée.*

Je lève les mains : « J'allais sortir, les gars.

— Freedom, qu'est-ce que tu fous ? s'exclame Mattley, d'une voix rendue nasillarde par son tarin remodelé.

— Ton abruti de collègue lui a fichu la trouille, dis-je en désignant le bleu. J'essayais juste de la calmer. » Je commence à m'éloigner, entamant une tirade décousue pour que Mattley perde patience et me laisse partir. « Elle a laissé le four allumé, une fois de plus ! J'y peux rien si vous faites votre boulot comme des porcs. La vieille avec le chemisier à fleurs, mais bien sûr... Elle oublie d'éteindre le four : lâchez le flic au rabais dessus ! Vous êtes tous sortis de l'école de police en même temps que Big Bird et Rain Man, ou quoi ? »

Je reprends Passion au téléphone. « Tu peux lui régler son affaire avant que j'arrive ?

— Oui, mais pourquoi ? Et les autres types, alors ? »

Je lui explique mon plan puis regagne ma voiture où, après inspection, je découvre un couteau planté dans le pneu avant gauche. Je fais mine de récupérer quelque chose par terre, dos aux flics. J'observe les environs pour m'assurer qu'aucun d'eux ne me colle au train et je retire le couteau de mon pneu. Puis je marche jusqu'aux deux seules voitures de patrouille de la ville, m'éloignant de l'incendie. Des dizaines de badauds, le dos tourné, font écran entre les flics et moi. « Ils n'auront pas l'occasion de poser les yeux sur moi, répondis-je à Passion.

— Ils sont trop occupés à s'enfiler de la morue, de toute façon. »

Je m'accroupis derrière la voiture numéro un. Adossée au véhicule pour vérifier que personne n'approche, je lacère le pneu arrière. Puis je relève la tête, scrutant les environs.

Je vole la voiture d'à côté. Je vole la voiture de patrouille de l'agent Mattley, et je m'en vais.

Je m'appelle Freedom, et je dois faire vite. Je me gare sous l'enseigne lumineuse de l'hôtel Painter/Pine, au milieu du parking, là où les flics ont l'habitude de se poster pour effrayer les acheteurs de chair fraîche quand ils ne sont pas occupés à sniffer leurs donuts Krispy Kreme chauds. Les tubes fluorescents bourdonnent comme l'électricité qui gagne tapineuses et clients. J'allume le projecteur près du rétro gauche ; les gens tournent la tête, détalent comme des cafards. À l'entrée du Whammy Bar, j'aperçois Luke. Son frère a dû le charger de faire le guet. *Enflure*. Passion me repère, traverse le parking en terre battue pour me rejoindre.

« C'est des gens sacrément vicieux qui te cherchent, Freedom, dit-elle en secouant la tête, le coude appuyé sur le toit de la voiture.

— C'est pas moi qu'ils cherchent. » J'examine les boutons et les interrupteurs à l'intérieur du véhicule, les tripote dans tous les sens. *Ça, c'est la sirène, oups ! Ça, les gyrophares. Ce bouton-là allume la radio. Il me faut un truc comme ça. Tiens, le badge de Mattley ! Ça peut toujours servir.* « Ils cherchent Nessa.

— J'avais compris... » Passion ne développe pas.

« Tu as pu me rendre ce service que je t'avais demandé ? »

Elle baisse les yeux vers moi, un petit sourire aux lèvres. « Tu sais bien que oui, pas la peine de poser la question. » Elle agite les clés de la moto de Pétard. « Une petite gâterie, ça rend tellement distrait.

— Je serais bien allée les récupérer moi-même, mais à la seconde où ces types me repèrent, ce sera une balle dans la tête comme cadeau de Noël anticipé.

— Sovereign Shore ?

— Sovereign Shore. Passe par les petites routes. »

22

Le pays de la liberté

L'agent Mattley n'arrive pas à détacher son regard de l'auréole de sueur crasseuse autour du col du capitaine Banks et du blanc qui s'accumule aux commissures de ses lèvres ; c'est hypnotisant. Ses cheveux blonds dansent devant ses yeux bigleux, continuant de bouger même quand sa tête s'arrête. Mattley n'est pas obligé d'écouter les paroles exactes de son chef pour savoir ce qu'il lui dit tandis qu'il arpente son bureau. Aboyant. Transpirant. Mattley a déjà vu son visage passer par toutes les nuances possibles de cramoisi. *J'ai merdé, je sais*, pense Mattley. *J'ai carrément merdé, chef.* Il a l'impression d'être un gamin d'école primaire qu'on réprimande pour une erreur d'inattention.

« Et Freedom Oliver, en plus ! » tonne Banks dans le bureau fermé, stores tirés, ce qui n'empêche pas le reste des agents et du personnel de tenter d'avoir un aperçu de la déculottée qu'est en train de recevoir ce chouchou de Mattley. « Quand je pense que tu as laissé la pochetronne du coin voler ton arme et ta voiture ! » Banks prend une grande inspiration, se laisse tomber dans son fauteuil.

« Chef…

— Je ne veux rien entendre, Mattley. » Banks baisse la tête, levant les mains. « Tu es suspendu jusqu'à nouvel ordre. »

Mattley pense à Freedom, à ce qui a bien pu lui passer par la tête, et finit par se demander pourquoi il s'intéresse autant à elle, ce qui la sépare de tous les gens qu'il a connus jusqu'à présent. Il pense aux regards qui le mitrailleront une fois qu'il aura quitté cette pièce. Mais surtout, il pense à courir tout droit au Whammy Bar, parce qu'il y a de fortes chances pour qu'elle y soit. *Tu parles d'un désastre.* Mais il se mord la langue ; ne dit rien.

« Donne moi ton badge » dit Banks. Mattley le cherche, en vain. « Merde.

— C'est pas possible, Mattley. »

Même s'il meurt d'envie de baisser le nez, il se force à garder la tête haute quand il sort du bureau. Ses collègues font semblant d'être occupés à on ne sait quoi, les rumeurs s'arrêtant net dès l'instant où il apparaît. Mattley sait qu'elles reprendront dès qu'il sera parti.

Il se donne un coup de pied aux fesses, jure dans sa barbe ; ses pas résonnent sur l'asphalte tandis qu'il se dirige vers son pick-up. Il agrippe le volant en cuir et le secoue, laissant échapper un long beuglement entre ses dents. Et pourtant ce n'est pas contre elle qu'il est furieux, contre Freedom. Non, c'est à lui-même qu'il en veut, pour avoir été aussi stupide, pour avoir laissé ses sentiments envers Freedom s'immiscer dans son travail.

Bien qu'il ait arrêté de fumer des années plus tôt, avant la naissance de Richie, Mattley conserve un paquet de secours dans sa console centrale en prévision des coups durs qui se présentent parfois – une victime de viol, un enfant tué ; mais le moment lui paraît aussi bien choisi qu'un autre pour fumer. Et il déteste le fait que l'odeur de ses cheveux encore présente sur sa peau l'emplisse de joie, que sa langue frémisse encore d'excitation à l'idée de l'embrasser. Il ferme les yeux, appuie le front sur le volant et rejette de la fumée sur ses genoux en attendant que le pick-up se réchauffe. Et puis on frappe à la vitre.

« Agent Mattley ?

— Plus maintenant. » Il relève la tête, puis descend de la voiture pour rejoindre deux hommes en costard. « Ça sent l'affaire fédérale. »

Les deux hommes sortent leur badge de leur veste. « Je suis le marshal Lenny Gumm, et voici le marshal Raymond Howe, de Portland. »

Mattley referme sa portière, joue les imbéciles. « Que me vaut ce plaisir ? »

Howe, avec son demi-sourire perpétuel, désigne le commissariat d'un signe de tête. « Et si on allait discuter à l'intérieur ? On doit parler au patron, de toute façon. »

Mattley tend le bras, se fend d'une révérence théâtrale. « Après vous. »

Même s'il sait que rien de ce qui s'est passé ce soir-là n'est de sa faute, il meurt d'impatience de voir la tête du capitaine quand les agents fédéraux frapperont à sa porte, d'autant plus qu'il est d'une humeur de chien. Tout le monde sait que les flics des petits patelins haïssent les fédéraux. Et comme Mattley, Banks les renifle à des kilomètres, avant même qu'ils aient le temps de dire bonsoir.

« Allons bon, qu'est-ce qui se passe ? demande-t-il en grimaçant.

— Ministère de la Justice, intervient Mattley, que l'absurdité totale de la soirée fait sourire. Ces messieurs sont des marshals. »

Banks referme la porte avec un grognement, et invite les fédéraux à s'asseoir. « Qu'est-ce que le ministère de la Justice a à voir avec un incendie ?

— Vous avez des informations à nous donner là-dessus ? demande Gumm, plissant le front.

— Aucune, tant que le capitaine des pompiers n'aura pas entamé son enquête, répond Banks, qui déboutonne le col de sa chemise. Officieusement... Il y a une femme qui vit là-bas, une vieille sénile. Ce ne serait pas la première fois qu'elle laisserait le gaz allumé, si on en croit les rumeurs qui circulent pour le moment.

— Oui, eh bien, on ne se fie pas aux rumeurs qui circulent, chez nous. Avec tout le respect que je vous dois, monsieur. »

Les narines de Banks frémissent ; il se racle la gorge. Mattley peut quasiment voir la colère monter aux lèvres de son chef avant qu'elle n'éclate. « Désolé, je ne vois toujours pas en quoi ça concerne le ministère.

— On ne s'intéresse pas à l'incendie, capitaine Banks. » Se rapprochant du bord de sa chaise, Howe se penche vers le policier. « On s'intéresse à Freedom Oliver.

— La poivrote ? ricane Banks. Vous ne pensez quand même pas qu'elle aurait déclenché l'incendie, si ?

— Non. On pense qu'elle était peut-être ciblée.

— Ciblée pour quoi ? » demande Mattley, debout près des classeurs à tiroirs, derrière les marshals.

Comme s'ils avaient répété la scène, Gumm et Howe dégainent leur carnet à l'unisson. Ils ont remarqué l'intérêt de Mattley pour l'affaire. « Est-ce que Freedom vous a déjà dit quelque chose qui aurait pu vous alerter ? Quelque chose sur son passé, peut-être ? »

Mattley hausse un sourcil. « Tout ce que dit Freedom se résume aux divagations incohérentes d'une personne décidée à se noyer dans l'alcool.

— Elle ne vous a rien dit, alors ? Rien du tout ? »

Devant leur scepticisme, Mattley serre les dents et répond sèchement : « Non. »

Gumm ouvre un dossier rempli de photos d'identité judiciaire, captant l'attention de Banks et Mattley. « Dites-nous si vous avez vu un de ces citoyens modèles dans les parages. » Un par un, Gumm place les visages des Delaney, y compris ceux de Lynn et Peter, sur le bureau de Banks. Mais ni le capitaine ni Mattley ne les connaissent. « Nous devons retrouver Freedom avant ces gens-là. »

Banks lève la tête vers Mattley, comme si les paroles qu'il s'apprête à prononcer allaient lui faire mal. « Il faut que je vous dise..., commence-t-il en se frottant le front. Freedom vient de voler une voiture de patrouille et l'arme d'un agent. » Il déglutit avec peine. « Elle s'est évaporée.

— Pas étonnant, dit Howe, qui sort son téléphone. Vous ne pouvez pas suivre le signal GPS de la voiture ? »

Une fois de plus, comme si les mots étaient de petits poignards qui lui entaillaient les lèvres : « On ne se sert pas de ça chez nous. »

Mattley devine les pensées des marshals : *pauvres péquenauds*. « J'ai cru comprendre qu'il s'agissait de votre arme ? lui demande Howe, qui affiche un petit sourire suffisant lorsque Mattley détourne la tête. Ne soyez pas trop dur avec vous-même. Ce n'est pas la première fois. Pas pour Freedom. Elle peut séduire n'importe qui. Ça fait des années qu'elle s'entraîne.

— Croyez-moi, il n'y a rien de séduisant chez cette femme », rétorque Mattley. *Mais je sens encore son goût sur mes lèvres*, pense-t-il.

Howe se lève de son siège et se met à arpenter la pièce, ordonnant au téléphone : « Nous avons besoin d'une alerte à toutes les patrouilles concernant une voiture de police volée, et qu'on nous envoie du renfort de Portland pour la capture d'une fugitive armée, à considérer comme extrêmement dangereuse.

— Freedom n'est pas dangereuse ! proteste Mattley, qui tente de s'interposer pour empêcher Howe de finir l'appel. Je veux dire, si elle s'en prend à quelqu'un, ce ne sera qu'à elle-même. Pas la peine de faire venir la police fédérale ici, vous ne réussirez qu'à lui faire peur.

— À qui ? Freedom ? ricane Gumm de sa chaise. Rien ne fait peur à cette femme. Elle a assassiné un flic de sang-froid.

— Quoi ? » La voix de Mattley est sans timbre. « Elle n'a tué personne. » On l'entend à peine. Il sait qu'il s'apprête à se trahir. « Elle a été accusée à tort, elle n'a pas tué son mari. »

Banks en reste comme deux ronds de flan. Et Mattley paierait cher pour arracher ce petit sourire narquois du visage des marshals.

« Alors elle vous a parlé ? » dit Gumm. Mattley secoue la tête, grinçant des dents. « Vous savez tout sur Nessa Delaney ?

— Jamais entendu ce nom-là », gronde-t-il.

Howe sort une vieille photo judiciaire de Freedom. La plaque qu'elle tient sur le cliché indique : « Delaney, Nessa ». Mattley doit observer la femme de très près et étudier son regard pour se rendre compte qu'il s'agit bien d'elle, il y a des décennies, quand elle avait la vingtaine. Gumm commence : « Autrefois, Freedom Oliver était la gentille petite Nessa Delaney de Mastic Beach, dans l'État de New York. » Banks examine la photo à la suite de Mattley. Freedom est méconnaissable. Le marshal reprend la parole, comme s'il lisait un mode d'emploi. La plupart des agents fédéraux s'expriment de la même manière. « Et puis Nessa Delaney a descendu un membre respecté du NYPD. »

Howe leur montre un portrait de l'école de police, tandis que Gumm poursuit : « Voici Mark Delaney, le mari de Nessa Delaney. Et ces gens-là ? dit-il en agitant la main au-dessus du photomontage de criminels, tel un magicien fédéral sorti du Poudlard de l'Oregon. C'est le reste des Delaney, des gens qui souhaitent la mort de Freedom plus que tout au monde.

— C'est un témoin protégé... » La voix de Banks s'éteint.

« C'est ça.

— Alors pourquoi nous en parler ? demande Mattley. Personne n'est censé le savoir.

— Parce que dès l'instant où elle a commis un crime fédéral, comme, disons, voler une voiture de police et une arme de service, déclare Gumm en déchirant le dossier de Freedom en deux, elle a quitté le programme.

— Elle m'a dit que le coupable venait d'être relâché de prison.

— Le coupable, le frère de ce flic, Matthew, a purgé la peine de Freedom, figurez-vous. Exactement comme votre petite copine l'avait prévu.

— Qu'est-ce que ça veut dire, bon Dieu ?

— Ça veut dire qu'elle a tué un homme et qu'elle s'en est tirée ! gueule Howe. Et comme ça ne lui suffisait pas, elle a fait enfermer quelqu'un d'autre à sa place pendant quasiment vingt ans ! Voilà le genre de femme à qui on a affaire. Ce personnage de Freedom, c'est que des conneries. Elle est dangereuse. Elle est rusée, calculatrice, et elle a toujours, je dis bien toujours, dix longueurs d'avance sur tout le monde. » Les paroles du marshal résonnent dans la pièce. « Elle a bénéficié d'un non-lieu définitif... Ce qui veut dire qu'on ne peut pas la juger deux fois pour le même crime.

— Bravo l'Amérique, commente Gumm. Le pays de la liberté. »

Les marshals se lèvent pour partir.

« Comme disait Jésus : la liberté, c'est juste un autre mot pour dire qu'on n'a plus rien à perdre, reprend Gumm en souriant. C'est bien Jésus qui a inventé l'expression, pas vrai, Howe ?

— Il me semble.

— On vous laisse méditer là-dessus, les gars. On vous préviendra si on la retrouve. » Gumm tend sa carte de visite à Mattley, manière pas très subtile de lui faire comprendre que Banks et lui doivent rester en dehors de l'affaire. En réalité, Gumm et Howe sont on ne peut plus ravis que Freedom ait été rayée du programme de protection. Ils en avaient par-dessus la tête de se farcir tout ce trajet depuis Portland pour lui rabâcher des avertissements qui rentraient par une oreille et ressortaient par l'autre. Il y a des gens qui méritent beaucoup plus une nouvelle vie, qui attendent ça depuis une éternité, alors qu'on la sert sur un plateau à des ingrats comme Freedom.

« Où est-ce que vous allez ? demande Mattley en leur emboîtant le pas.

— Au Whammy Bar, répond Howe, qui range le dossier dans sa veste. Si elle n'y est pas, les Delaney devraient y être. »

23

Liberté et sacrifice

La lune tente de percer à travers une canopée brumeuse qui recouvre le paysage pittoresque de l'océan. De minuscules points de lumière argentée perforent les branches de pin et courent sur le corps de Passion tandis qu'elle dévale les routes sinueuses qui bordent la falaise, en route vers Sovereign Shore. Son manteau de fourrure blanc vole derrière elle ; Passion est poursuivie par des lapins. Le froid automnal lui mord les joues, lui fait monter les larmes aux yeux. La moto de Pétard vibrant sous son corps, le nez près du bouchon d'essence, elle chantonne *(Sittin' on) The Dock of the Bay* pour apaiser ses nerfs. La lueur d'un compteur de vitesse se reflète sur son body à paillettes, qui ressemble plutôt à un bikini, pendant que la Harley hurle dans la nuit. L'océan à sa gauche, la paroi de la falaise à sa droite, Passion se concentre sur une double ligne jaune.

Au même moment, sachant qu'ils se dirigent vers le Whammy Bar, Mattley fonce sur les petites routes pour prendre les marshals de vitesse. Il jette un nouveau mégot par la fenêtre. Tâchant de ne pas retomber dans ses vieilles habitudes, il déballe trois chewing-gums à la menthe à cent dix kilomètres heure et les mâchonne. Arrivé au Virage de Belzébuth, tristement célèbre pour se repaître de vies d'ados roulant trop vite et de motards éméchés, il rétrograde en seconde. Mais, attendez… *C'est Passion que je viens de croiser, là, en bikini sur une moto ?* Lorsque l'accotement devient assez large, il fait demi-tour pour se lancer à ses trousses ; et même s'il l'a déjà perdue dans les lacets de la route, il croit savoir où elle va : à l'endroit que Freedom préfère à tout autre pour se soûler. À Sovereign Shore.

Passion tourne à droite, sur un terrain délimité par des poteaux en bois flotté. Le terrain s'ouvre sur le sommet de la falaise, entouré de cordes et de panneaux « danger ». Passion gare sa moto volée près de la voiture de patrouille volée. Et derrière les cordes, au bord de la falaise qui culmine à une bonne trentaine de mètres au-dessus des rochers tranchants du rivage, se tient Freedom.

Je m'appelle Freedom, et j'entends le pot d'échappement de la moto de Pétard plus loin sur la route ; son phare danse le long des courbes de la falaise, réclamant mon attention, ma concentration. Et brusquement, je retiens mon souffle. Parce que je n'ai vraiment pas de plan depuis que le premier a tourné au désastre. Tout ce que je sais, c'est qu'il faut que je reste en mouvement ; que je bouge. Sinon, je sauterai. Je m'écraserai. Je mourrai. Même s'il ne s'agit que de quelques centimètres, de quelques minutes, il faut que je progresse dans la recherche de ma fille.

Passion gare sa moto à côté de la voiture de flics. J'aperçois son ombre, entends ses fameux harpons s'approcher de moi. « J'espère que tu ne penses pas ce que je pense que tu penses ! » crie-t-elle.

Je souris, m'écarte de quelques pas du bord de la falaise. Je parle à voix basse, sans savoir si Passion m'entend avec le vent. « Je ne vais pas sauter. » Nos pas font suinter de l'eau d'un patchwork rouge, jaune et brun de feuilles mortes lorsque je la rejoins. « La voiture est encore chaude, si tu as froid », lui dis-je. Ses doigts me font l'effet d'os gelés enveloppés dans du cuir quand elle me donne les clés de la moto de Pétard. « Je n'ai pas beaucoup de temps. Il va falloir que je me tire d'ici.

— Tu as une idée d'où tu vas ? demande-t-elle, la voix assourdie par le brouillard qui nous entoure.

— Vers l'est, lui dis-je. Vers l'est, jusqu'au bout de la terre. » Et quelque part, je crois que c'est exactement là où je vais me retrouver. Je me dirige vers la moto, suivie de Passion. Je jette un coup d'œil à la sacoche retenue à côté du siège par des clous argentés qui étincellent sous la lune. À l'intérieur, une cuillère brûlée et une liasse d'environ dix mille dollars, à vue de nez. *Merde*. Je referme le sac avant que Passion ne la voie.

« Pour moi, le monde s'arrête à Sallins Street », tente-t-elle de plaisanter. Je sors une cigarette de mon soutif. Passion l'allume pour moi. L'étincelle éclaire les ténèbres autour de nous, illumine les démons dans nos pupilles. Et puis j'entends un pick-up arriver en dérapant sur le parking derrière Passion. *Merde, qui c'est ?* Le véhicule est pratiquement encore en marche quand Mattley bondit à l'extérieur. Il a l'air furax. J'attrape Passion par le bras et me poste devant elle. Je plonge la main dans ma culotte, agrippe la chose glacée qu'est l'arme de Mattley et la braque sur sa tête.

Il s'arrête net, lève les mains en l'air. Et je déteste avoir à faire ça, vraiment. Mais je ne vois pas d'autre solution. Comme je viens de le dire, il faut que je reste en mouvement. Je continuerai d'avancer. Personne ne m'arrêtera. « Alors c'est ça, Freedom ? crache-t-il sur un ton que je n'aurais jamais cru possible de la part de cet homme placide. Tu vas tuer un autre flic ? »

Et dire que je commençais à avoir des remords. Mais ça ? Cette accusation minable, cette putain de supposition, ce sujet dont il ne sait absolument rien ? Mais pour qui il se prend ? Gumm et Howe doivent traîner dans les parages, parce que je ne lui ai parlé que du meurtre de mon mari, pas du fait qu'il était flic. L'incendie aurait sûrement attiré ces deux pauvres types dans le coin, de toute façon. « Seulement si tu essaies de jouer au con et de m'arrêter, James. » C'est la première fois que j'utilise son prénom, et la sensation me paraît très étrange. Je tire, mais sans vraiment viser Mattley. Je rate sa tête de quelques centimètres, histoire de lui montrer que je ne plaisante pas.

Passion pousse un cri perçant et m'attrape par le dos du tee-shirt. « Mais qu'est-ce que tu fous ?

— T'es complètement cinglée ! rugit Mattley de tous ses poumons.

— C'est pas nouveau, James. C'est pas nouveau. » Je fais un pas de côté vers la moto. « Maintenant, il va falloir que tu dégages. »

« Freedom », gémit sa silhouette. Une larme coule sur ma joue. Ça pourrait être de la colère, ça pourrait être de la tristesse, je ne sais pas trop. En tout cas, ça me transperce le ventre. J'ai l'impression que des fragments de mon cœur me bloquent la gorge, mais je les ravale. Je ne peux laisser voir à personne que je n'ai qu'une envie, lui dire que je l'aime. À quoi bon ? Je ne le ferai pas, parce que en bonne maso que je suis, je refuse d'accepter qu'une belle chose comme Mattley puisse m'arriver. Il n'y a pas de *happy end*, pas dans mes histoires, pas dans la vraie vie. La vie ne veut pas voir deux êtres comme nous tomber dans les bras l'un de l'autre. Elle ne le voudra jamais. C'est comme ça qu'elle est faite.

« Je suis désolée. » Je pointe le flingue vers son pick-up et tire sur le pneu. Puis je sors les clés de la voiture de police de ma poche, avant de les lui jeter. « Comme ça, tu ne pourras pas traverser la frontière de l'État. Pas avec une voiture de flics, ni une camionnette à plat. Ramène Passion chez elle. » Je me retourne, saute sur la Harley de Pétard et mets le contact.

Et juste au moment où je m'apprête à partir, Mattley s'approche de moi. « Prends ça, au moins. » Il s'extirpe de son blouson d'aviateur noir, qu'il pose sur le guidon. Je lève les yeux vers lui ; il détourne la tête. Mon regard lui fait mal. Son mouvement de recul me fait mal. Et en saluant Passion d'un hochement de tête, je pars.

Dos tourné à Painter, ville de l'Oregon, je m'éloigne vers l'est dans la nuit.

« *J'arrive, Rebekah. J'arrive.* »

24

Freedom et les chemins de traverse

Je m'appelle Freedom, et ça fait huit heures que j'ai quitté Painter, dans la partie la plus noire précédant l'aube. J'ai l'impression d'être passée devant Hells Canyon, à la frontière entre l'Oregon et l'Idaho, ce qui doit me situer quelque part au milieu de la plaine de la Snake River, j'imagine. À moins que j'aie viré vers le sud, auquel cas je serais plutôt dans le Grand Bassin, vers les Sierras, par exemple, du côté du Nevada ou de l'Utah… tout me va tant que j'évite la Vallée de la Mort, pour l'amour du Ciel. Huit heures à rouler sur cette moto, et je n'ai plus aucune sensation dans le clito à cause des vibrations. Les jointures de mes doigts sont crispées par le froid. Mes jambes me font l'effet d'un os à souhait qu'on écartèle. Entre les larmes et le vent, on croirait qu'on m'a arraché les yeux et qu'on les a plongés dans du sel avant de les remettre dans mes orbites. Je n'ai jamais eu aussi soif de ma vie, au point que je me sens faible et que ma langue reste collée à mon palais. Peut-être que j'aurais dû mieux prévoir mon coup, parce que ça fait quatre heures que je n'ai pas croisé de signe de vie, depuis l'épicerie de la station-service – si on considère le péquenaud édenté en train de descendre une bouteille d'antigel comme un signe de vie ; je suis pas sûre. Je passe trop rapidement devant les panneaux pour savoir où je vais. Impossible de faire demi-tour : il n'y a rien derrière. Juste des cailloux et des cactus, des cactus et des cailloux. Et Rebekah n'y est pas.

Filer sur une route dégagée vous donne tout loisir de réfléchir ; en fait, la route impose la réflexion aux hommes… ou aux femmes, en ce qui me concerne. Et elles sont terrifiantes, mes réflexions. À chaque pensée, chaque idée, chaque regret qui me glace le sang, j'accélère. Je roule suffisamment vite pour que mes démons ne me rattrapent pas, mais ils semblent toujours avoir un temps d'avance, toujours être là pour alimenter mon péché.

J'arrête la moto au sommet de cette colline, une parmi les mille que j'ai franchies jusqu'à présent. J'allume une cigarette en guise de coupe-faim et fais craquer mon dos et mon cou pour les assouplir un peu. Je reste immobile dans une obscurité insondable, rien que du noir sur du noir. Mais là-bas, pas si loin, se profile un orage électrique, très dangereux quand on est dans le désert. J'ai l'impression de me tenir au cœur du néant, cette chose qui précède la vie et suit la mort, dans mon imagination. Et si Dieu existe, c'est ce qu'il y avait avant qu'il crée la Terre et la vie. Le noir. Le néant. J'essaie de me représenter le concept d'un monde sans temps, sans sensations à éprouver, rien que le néant… C'est une chose ahurissante à imaginer, si on a le cœur à ça. Et les voyages dans le néant comme celui-ci poussent justement à essayer d'appréhender ce concept.

Au pied des collines, les nuages palpitent d'une électricité violette, blanche et orange qui déchire le ciel. Les grondements lointains de l'orage m'évoquent un phénomène d'ampleur biblique. Mais où aller ? Que faire ? Je ne vais pas pouvoir m'en sortir seule très longtemps dans le désert. Oui, c'est un risque, mais un risque que je vais devoir prendre, parce que de l'autre côté, la fille que je n'ai jamais connue attend qu'on la retrouve. De l'autre côté, j'échapperai aux autorités qui me recherchent à coup sûr. De l'autre côté, je survivrai. Je dévale les routes droites et resserrées. J'essaie de forcer ces putains de démons à me foutre la paix. J'essaie de survivre.

Ce serait un mensonge de prétendre que je ne suis pas terrifiée. Plus j'approche de l'orage électrique, plus il semble se précipiter vers moi, et sans même que je m'en rende compte je me retrouve en plein milieu, dans le ventre de la bête. Je compte. *Un. Deux. Cinq. Putain de merde.* Et je hurle quand je vois la foudre frapper à quelques pas de moi. Je continue à hurler, mais je ne panique pas. *Tire-toi de là, et tout le reste sera une promenade de santé. Fais-le pour Rebekah. Fais-le pour tes péchés, pour tes fautes. Fais-le parce que tu mérites cette terreur après toutes les choses atroces que tu as faites dans ta vie, Freedom.* Chaque éclair illumine la terre autour de moi plus vivement que le soleil, mais la lumière m'aveugle. Le paysage m'apparaît par flashs violets qui me donnent l'impression d'avoir des yeux tout neufs, comme ceux d'un animal qui peut tout voir. Grâce à eux, je distingue les horizons du désert au milieu de la nuit, au milieu du néant. Je vois le monde comme aucun être humain ne devrait pouvoir le faire. Quarante frappes par minute. Je vais mourir.

Le tonnerre est assourdissant et je me demande si je n'ai pas les tympans perforés, parce que je ne m'entends plus hurler. L'électricité traverse ma colonne vertébrale, mon sang, et brusquement, on ne peut plus m'arrêter. Je suis insatiable. Immortelle. Je me couche sur la moto et accélère encore et encore. Je suis la foudre. Et puis...

Ma moto cale au milieu de l'orage. Je suis une femme morte.

J'essaie de la redémarrer ; je la supplie de repartir, comme si elle pouvait m'écouter. Je commence à brailler quelque chose de violent, quelque chose de hargneux. Au milieu du désert, où personne ne peut m'entendre, je hurle et hurle encore. Mon cœur se brise. Parce que je ne suis même pas capable de faire un seul putain de truc pour la fille que je ne connaîtrai jamais. Au milieu de mes hurlements, j'aperçois une lumière jaune, diffuse, à environ huit cents mètres sur la plaine aride. Je tourne ma moto face à la maison et agite la main devant le phare. En réponse, quelqu'un allume puis éteint la lumière de la terrasse. Et avec le peu d'énergie qui me reste, j'abandonne la moto et tente de traverser le désert en courant.

J'ai l'impression d'avancer au rythme de la foudre qui m'entoure, cette chanson, cette danse. Je cours à l'aveuglette ; aveugle dans le noir lorsque la foudre s'interrompt, aveugle dans son éclat lorsqu'elle s'abat sur la terre sèche que je foule. Je me dis que l'enfer se trouve peut-être au-dessus de nos têtes, après tout. Mais je n'ai aucun moyen de savoir vers quoi je me dirige. Je pourrais aussi bien me précipiter chez le psychopathe de *Massacre à la tronçonneuse*, qui rêve de fabriquer des carillons pour sa terrasse avec mes membres découpés et d'avaler ma peau au petit déjeuner.

Et puis la foudre jaillit du sol.

On m'a tiré sur la jambe. Je m'effondre, en proie à une douleur inimaginable. Je ne sais pas si j'ai été suivie, par les marshals, la police d'État ou les Delaney. Je ne sais pas si j'ai été abattue par la personne à qui appartient cette maison dans le désert. Je ne sais pas si je vais m'en sortir vivante. Je n'arrive pas à me relever. Je me retourne et commence à repartir en rampant, mais vers quoi est-ce que je repars, bon Dieu ? Mobilisant toutes mes forces, je tire sur mes bras pour traîner mes jambes derrière moi en direction de la route. Je grogne et gémis à chaque centimètre, chaque traction de mon corps. Il se met à pleuvoir des trombes d'eau. Je retombe sur le dos, la bouche ouverte pour boire. Je suis désespérée et je meurs de soif. Et puis on me tire encore une fois dans le bras, à travers le blouson que Mattley m'a donné. « Arrêtez, je vous en supplie ! » je hurle.

Quand la foudre frappe, j'aperçois un mouvement du coin de l'œil. Quelqu'un marche vers moi. Mais quand j'essaie de me remettre à ramper, je n'arrive plus à respirer. Mon cœur bat à tout rompre. J'ai l'impression que quelque chose a explosé en moi et que mes globules rouges se sont mués en flammes et en lames de rasoir qui tentent de déchirer ma peau pour sortir de mon corps. Je sens ma gorge se contracter. Tout devient flou, je ne peux plus bouger le moindre muscle.

La silhouette se tient au-dessus de moi, mais mon cerveau ne fonctionne plus comme il devrait. Je ne comprends rien. Je délire, je suis perdue. À travers les éclairs, je vois un homme. Il baisse les yeux vers moi, un regard oblique. Il secoue quelque chose au-dessus de ma tête, un objet que je ne vois pas. « Hy-ya, Hy-ya, aboie-t-il, mais sa voix est douce et calme. Hy-ya, Hy-ya. » On dirait qu'il chante. Dans son autre main, une lanterne qui grince, lumière jaune baignant le côté droit de mon corps.

« S'il vous plaît, j'essaie de lui dire, mais je ne crois pas que les mots franchissent mes lèvres. Ne me tuez pas. » Et maintenant, je prie. Et je ne suis pas le genre de fille à prier, loin de là. Je n'arrive pas à bouger un seul muscle, malgré tous mes efforts. Pas un putain de doigt. Je suis paralysée. « Aidez-moi », j'essaie de supplier. Il me répond quelque chose, mais je ne comprends pas. Il parle une langue que je n'ai jamais entendue. Ce n'est pas de l'anglais, ce n'est pas de l'espagnol, ce n'est rien que je connaisse.

L'homme saisit ma cheville et entreprend de me traîner vers sa maison. Je siffle au lieu de respirer, mon dos racle le sol tandis que je continue à essayer d'attraper de l'eau de pluie dans ma bouche, mais je ne peux même pas l'ouvrir entièrement. L'homme avance lentement, et il reste une bonne distance à parcourir. J'ai peur de mourir avant d'atteindre sa maison, et peut-être serait-ce une bonne chose.

Je commence à paniquer. Mes entrailles ont beau se tordre en tous sens par manque d'air, je le montre à peine à l'extérieur. Je sens l'homme lâcher ma jambe, là, en plein milieu du désert. Est-ce qu'il va m'abandonner ? Est-ce qu'il va me tirer une balle dans la tête et me laisser aux charognards ? Il s'agenouille à côté de moi. À la lueur de la foudre, je distingue deux longues tresses argentées.

Il enlève mon blouson. Il va me dépouiller.

Il enlève mon pantalon. Il va me violer.

Il se remet à secouer l'objet au-dessus de ma tête. Il l'agite au-dessus de mon corps en parlant dans une langue mélodique, comme s'il me chantait une douce berceuse pendant que j'agonise. Cet homme est complètement cinglé. Il sort un couteau de sa poche et m'entaille la jambe. La douleur est si forte que tous mes muscles se contractent. Je me retrouve à supplier un dieu en qui je crois à peine. Il porte la plaie à sa bouche. J'ai l'impression qu'il boit mon sang. Je veux le supplier d'arrêter, de ne pas me faire ça. Mais je suis impuissante. Je suis plus morte que vive. Je suis vaincue.

Pardon de ne pas avoir pu te sauver, Rebekah, me dis-je avant de sombrer dans l'inconscience. *Pardon pour tout ce que j'ai fait et tout ce que je n'ai pas fait.*

25

Jeu de ficelle

Les rayons du soleil réchauffent la grande chambre remplie de courtepointes cousues main et de napperons en dentelle. Une odeur de cake à la banane embaume la maison, un parfum qui pour tous les gens du Sud évoque l'enfance. Dans un coin de la pièce, Carol Paul est assise dans un fauteuil à bascule, attendant que Michelle Campbell se réveille. Elle fredonne *God Bless America* en tricotant un bonnet rose à double épaisseur de laine pour le nouveau-né. *Ça paraît difficile d'imaginer une époque où Magdalene était aussi petite,* pense-t-elle. Elle jette un œil à l'horloge sur l'étagère, pour s'assurer d'avoir préparé les chaussons aux pommes et la citronnade fraîchement pressée de Virgil quand il reviendra avec les hommes chargés de nettoyer les débris laissés par la tempête sur le domaine.

Michelle remue dans son sommeil, les paupières lourdes et le cœur agité. La lumière qui transforme en or cette pièce de la maison des Paul semble lui donner la nausée. Les ombres s'allongent dans la chambre à mesure que l'après-midi passe. Michelle a la gorge et la poitrine en feu, sa vision est floue. Carol quitte son fauteuil à bascule pour récupérer la bassine en céramique posée à côté du lit, dans laquelle Michelle vomit. Elle pose la bassine sur ses genoux et lui relève les cheveux. « Vas-y, fais tout sortir, c'est bien.

— Combien de temps ça va durer ? sanglote Michelle.

— Ce sera bientôt fini, dit Carol de sa voix la plus réconfortante, en inspectant l'incision de la césarienne juste au-dessus de son pubis. Ça arrive souvent après un accouchement. Surtout un accouchement difficile comme le tien.

— À chaque fois que je vomis, j'ai l'impression que la blessure se rouvre.

— Non, mais elle te fera encore mal un moment. Elle guérit bien.

— Je peux voir mon bébé maintenant ?

— Laisse-la dormir, répond Carol en aidant Michelle à se recoucher sur les oreillers. Ces derniers jours ont été longs pour elle aussi.

— Elle s'appelle Rebekah. » Les paroles de Michelle sont faibles, fatiguées.

« Qu'est-ce que tu dis ?

— Je veux l'appeler Rebekah, souffle Michelle. Rebekah était ma meilleure amie. »

Carol ne commente pas. Elle rajuste les couvertures de chaque côté de Michelle. « Je vais te faire de la soupe. Tu as besoin de reprendre des forces.

— Non, s'il te plaît, tente-t-elle de protester. Je ne peux même pas penser à manger en ce moment, sœur Carol. » Mais Carol s'en va quand même.

Tandis que Michelle écoute ses pas qui s'éloignent vers la cuisine et la brise fraîche qui s'engouffre par la fenêtre, la petite Magdalene se faufile dans la chambre, bavarde, comme elle l'a toujours été, en quête d'une amie. Elle se juche au pied du lit, jambes pendant dans le vide.

« Theresa est vraiment jolie, sœur Michelle. » Magdalene s'entraîne à former un berceau avec un bout de ficelle noire enroulé autour de ses doigts. « On dirait une poupée de porcelaine, sauf qu'elle est vraie, tu vois ?

— Theresa ? » Michelle est presque trop faible pour parler.

Magdalene lui jette un regard de travers. « Ton nouveau bébé, patate ! »

Des larmes de dépit et de confusion s'échappent des yeux de Michelle, et roulent sur ses tempes. « Elle s'appelle Rebekah.

— Comme ma grande sœur ? » s'exclame Magdalene, qui ne se rend pas compte de sa détresse.

Michelle se met à pleurer. « Je veux rentrer à la maison.

— Pas la peine de pleurer, ta maison est juste là, derrière la fenêtre. » Magdalene file vers la vitre pour ouvrir les rideaux en dentelle. « Regarde ! On la voit d'ici. Tu n'as qu'à lever la tête ! » La déception la gagne quand elle constate que Michelle n'essaie même pas. « Tu es malade ou quoi, sœur Michelle ?

— Magdalene, je ne t'avais pas dit de laisser sœur Michelle tranquille ? intervient Carol, de retour dans la pièce.

— Désolée, maman. Je voulais juste lui montrer mon jeu de ficelle.

— Peut-être plus tard, ma chérie. » Carol apporte un plateau contenant de la soupe et de l'eau. « Tu pourras m'aider à donner à manger au bébé dans une minute. J'arrive tout de suite. »

Magdalene s'apprête à sortir, mais s'arrête à la porte. « Je peux faire une imposition des mains sur sœur Michelle et dire une prière pour elle d'abord, maman ?

— Vite, alors, mais après tu devras partir.

— Très vite, promis. » Magdalene se dépêche de retourner près de Michelle et pose les deux mains sur son front moite.

« Cher Jésus, je t'adresse une prière spéciale pour sœur Michelle pendant ces épreuves envoyées par Satan. S'il te plaît, fais qu'elle se sente mieux pour que je lui montre mon jeu de ficelle et qu'elle puisse revoir son bébé. Et fais qu'elle mange toute sa soupe pour ne pas avoir faim plus tard. Au nom de Jésus, Amen. » Magdalene trottine vers la sortie ; mais à mi-chemin, elle se retourne et reprend sa posture de prière. « Aussi, Jésus… J'aimerais que tu ramènes ma sœur Rebekah à la maison, parce qu'elle me manque beaucoup, beaucoup. »

Carol suit Magdalene, et referme doucement la porte derrière elle. Puis elle regarde Michelle. « Bon, on va essayer de te faire manger autant de soupe que possible pour te remettre sur pied, d'accord ? »

Mais Michelle ne répond pas.

Carol s'approche d'elle pour lui palper le cou. Son pouls est faible. Elle est plus morte que vive. Carol regarde sa mallette de secours ; envisage d'aider Michelle. Mais finalement, elle se remet à chantonner son hymne. Et attend qu'elle meure.

26

La fin de l'automne

L'odeur de désinfectant est assez forte pour brûler les yeux de Mattley. Pendant qu'il inscrit son nom dans le registre des visiteurs, un homme assis dans un coin gobe des jetons de Scrabble en bois. « Il pense que les voyelles sont riches en nutriments », explique l'infirmière à l'accueil. L'agent James Mattley n'arrive pas à imaginer d'endroit plus déprimant. Patientant près d'une fenêtre, il observe la cour où des infirmières aspirent de la nicotine entre leurs lèvres ridées et rongent leur téléphone. Aucune n'a l'air gênée par la neige fondue qui tombe avec la pluie en cette matinée lugubre, tant qu'elles ont droit à leur shoot de caféine quotidien.

Les yeux de Mattley larmoient sous l'effet combiné du désinfectant qui reste incrusté au fond de sa gorge et de bâillements répétés, le corps ramolli par le surmenage et une nuit quasiment blanche. Il se pince les paumes, en quête du moindre stimulant qui puisse le maintenir éveillé. Un cortège de patients âgés en couches-culottes débarque à pas traînants dans la salle commune, émergeant de transes sous sédatifs et d'un abus de somnifères et de bonbons anxiolytiques. *On se croirait dans un putain d'asile de fous.* Mattley les observe, sans pour autant les fixer. Il les regarde faire la queue devant un aide-soignant, prendre une pilule, puis se rassembler peu à peu autour de la *Roue de la Fortune* en avalant leur pot-pourri de médicaments.

« Elle est chambre douze, juste là, indique l'infirmière. Je serai à côté, si vous avez besoin de moi. »

Mattley s'avance sur la pointe des pieds, entrant avec prudence dans cette chambre de femme.

« Je te connais ! exulte Mimi. Tu es mon fils !

— Non, non, la calme-t-il. Je suis l'agent James Mattley. On s'est vus l'autre soir après l'incendie. » La chambre est peinte en jaune fluo, un véritable supplice pour les visiteurs qui n'ont pas la chance d'être drogués comme ces braves gens.

« L'incendie ? demande Mimi en regardant autour d'elle. Quel incendie ?

— L'autre soir, vous vous rappelez ? Un incendie s'est déclaré chez vous. On vous a emmenée en ambulance. Ça vous dit quelque chose ?

— L'incendie n'a pas commencé chez moi. » Mimi sort de son lit, rajuste sa robe de chambre en polaire rose. « Il a commencé chez Freedom, à cause de ces hommes qui la cherchaient.

— Quels hommes ? » Mattley se réveille brusquement. « Qui cherchait Freedom ?

— Des gens avec des yeux fous, dit Mimi, qui s'observe dans un petit miroir fixé au mur, comme si elle ne reconnaissait pas son propre visage. Ils étaient trois. Ils m'ont frappée. C'est eux qui ont déclenché l'incendie.

— Pourquoi ne l'avez-vous pas dit à la police ?

— Je l'ai dit à Freedom dans l'ambulance. Je pensais qu'elle le ferait. »

Mattley sort son téléphone et parcourt ses contacts jusqu'à trouver le numéro du bleu, à qui il envoie un message :

`Demande le rapport du capitaine des pompiers, il devrait être prêt. Quelle était la cause de l'incendie ? N'en parle pas au chef.`

« Que pouvez-vous me dire sur ces hommes ? demande-t-il à Mimi.

— Quels hommes ? réplique-t-elle, oubliant déjà leur conversation. Où est Freedom ? Où suis-je ? » Elle commence à paniquer.

« Ne vous en faites pas, Mimi. » Mattley tente de la rassurer, la ramène vers son lit. « Freedom n'est pas loin. Vous êtes en sécurité.

— Je ne veux pas rester ici ! crie-t-elle. Je veux rentrer à la maison ! Je veux rentrer à la maison ! » La scène est déchirante ; Mimi se recroqueville à la tête du lit et sanglote entre ses mains. Une infirmière déboule dans la pièce, seringue brandie, comme tout droit sortie d'un dessin animé avec ses mocassins en cuir blanc et son afro rousse.

« Attendez une minute », s'interpose Mattley. Il attrape Mimi par les bras et plante son regard dans le sien, parlant très bas pour que l'infirmière n'entende pas. « Maman, dit-il. Maman, c'est moi. » Et il s'en veut énormément d'être obligé de faire ça, d'avoir recours à une ruse aussi cruelle.

« Mon fils ?

— Oui, maman, c'est moi. »

Mimi sourit à travers ses larmes, lui tombe dans les bras. « Il était temps que tu viennes me voir.

— Je sais, maman. Je suis désolé. » Mattley fait signe à l'infirmière de repartir. La femme soupire, dépitée. Tenant la tête de Mimi contre sa poitrine tandis qu'il la berce, Mattley observe des lettres éparpillées au pied du lit. Une des enveloppes est adressée à Nessa Delaney. Il s'écarte doucement de Mimi, qui se calme peu à peu, et ramasse l'enveloppe. « Nessa Delaney ? demande-t-il.

— Jamais entendu parler. »

Mattley remarque que le courrier est adressé à l'appartement de Freedom. Il l'ouvre.

Chère Nessa, ou devrais-je t'appeler maman ?

Il y a tellement de choses à dire ; tellement de choses à assimiler. J'ai tellement de choses à te raconter, mais si peu de temps pour le faire, cachée ici dans la remise de cette église. Je repense à ma vie. Je me demande comment j'ai fait pour ne rien comprendre jusqu'à maintenant, et en regardant ta photo, je comprends, je comprends tout.

Cela fait une éternité que je prie pour trouver un moyen de m'échapper. Que je prie Dieu de m'emmener loin d'ici. Mais pendant tout ce temps, je n'avais nulle part où aller. Il y a bien Mason, mais il faut que je parte plus loin. Il faut que je m'en aille ; je ne peux pas te dire pourquoi. S'il te plaît, aie confiance en moi. Aie confiance en Dieu. Parce qu'il a guidé ta lettre jusqu'à moi.

Je te contacterai dans quelques jours, quand j'arriverai en Oregon.

Rebekah

Au cachet de la poste, Mattley voit que la lettre a été envoyée de Goshen, dans le Kentucky. Il ronge son frein en attendant qu'une infirmière emmène Mimi dans la salle commune.

Cinq minutes plus tard, la neige glacée lui brûle les joues, le vent cinglant siffle comme de l'acier qu'on aiguise. En Oregon, bien qu'arrivé en avance, l'automne semble avoir pris fin. Mattley laisse son pick-up se réchauffer ; le givre est en train de craquer sur le pare-brise quand son portable vibre dans la poche arrière de son pantalon.

Il lit le texto du bleu :

```
Rapport arrivé hier. L'incendie a démarré
dans l'appart de Freedom. Criminel.
```

Tandis qu'un bulletin météo passe à bas volume sur la radio, Mattley chuchote : « Je ne devrais pas faire ça. » Il pense à son fils, resté chez sa mère cette semaine, se demande quelles sont les chances pour qu'il ressorte quoi que ce soit de bon de tout ça. Mais qui d'autre va s'occuper de Freedom, hein ? Mattley frissonne dans sa chemise en flanelle rouge. Il se frotte les mains, contemple son propre souffle. À sa droite, sur le siège passager, se trouve un sac en toile contenant ses affaires. Son arme personnelle est posée dessus.

Mattley roule jusqu'à la gare ferroviaire pour s'épargner quinze bonnes heures de voyage. Destination : le Kentucky.

27

Glorieuse Amérique

Après avoir attendu quarante-cinq minutes l'arrivée d'un taxi adapté aux personnes handicapées, ayant dû renvoyer deux voitures normales, Peter s'installe enfin dans un motel de Louisville. Il lui faut deux heures pour se laver et se changer du mieux qu'il peut. Il remarque que ses spasmes musculaires sont plus violents que d'habitude, quand il tente cinq ou six fois d'appeler Freedom. Le téléphone n'arrête pas de lui sauter des mains. Ça ne répond pas, de toute façon.

Peter allume son ordinateur portable et se connecte au Wi-Fi du motel. Ses facultés motrices défaillantes sont compensées par ses talents en informatique, la seule chose qui l'occupe quand il reste terré dans sa chambre à la maison. Jouer les débiles mentaux lui permet de s'en tirer à bien meilleur compte qu'il ne devrait.

Il lui faut plus de temps que d'habitude pour forcer ses mains à manipuler l'ordinateur, mais il parvient à ouvrir plusieurs fenêtres et à entamer ses recherches. Il commence par les Paul.

On peut compiler quasiment toutes les traces numériques laissées par une personne lorsque celle-ci possède un compte sur un réseau social. C'est le cas de Mason et Rebekah Paul. Et Peter n'a qu'à effectuer une brève recherche sur Google pour apprendre que Mason est une étoile montante du barreau et que Rebekah a disparu depuis près d'une semaine.

Puis il passe à Virgil. Il se renseigne sur sa formation au séminaire, explore le site et les podcasts de son Église. Il regarde même un de ses anciens sermons, qui lui ferait hausser les sourcils s'il maîtrisait aussi bien ses expressions faciales. Enfin, il se penche sur le cas de Carol Paul, autrefois connue sous le nom de Carol Custis.

Carol Custis, contrairement au reste des Paul, a une histoire mouvementée. Peter découvre sa sœur jumelle, Clare, dont le nom est apparu dans les médias lorsque cette fille de pasteur s'est pendue chez elle un matin de 2009.

« Clare Custis », dit-il à voix haute avant de lancer une recherche sur Internet. De fil en aiguille, il arrive à Adelaide Custis, mère de Carol et Clare, disparue depuis quatre ans. « Pas étonnant que cette grognasse se soit tournée vers Jésus », marmonne-t-il, rapport à Carol et sa famille déglinguée.

D'après M. Gerald Custis, alias « Ger », le père des jumelles, cité dans toutes les archives des médias d'information locaux, son épouse est sortie pour aller à la poste un après-midi et n'a plus jamais reparu depuis. On a retrouvé sa voiture une semaine plus tard dans la rivière Ohio.

Peter continue de cliquer, stocke toutes ces informations sur une clé USB qu'il garde dans une des poches en cuir cousues à l'intérieur du bras de son fauteuil roulant. Des miettes du gâteau de bienvenue de son frère tombent sur le clavier. Les occupants de la chambre d'à côté s'engueulent pour une raison ou une autre. La lumière du jour réchauffe la pièce ; il fait plus chaud dans le Kentucky qu'à New York.

Peter essaie d'allumer la télévision avec la télécommande, mais ses mains refusent tout simplement de fonctionner. Il lui faut un quart d'heure pour arriver à ses fins. Forcément, il tombe sur les infos locales. Virgil et Carol Paul implorent quiconque aurait des informations sur leur fille de se manifester. Et quand la photo de Rebekah s'affiche à l'écran, Peter est stupéfait de voir à quel point elle ressemble à Nessa.

« C'est très aimable de votre part, dit Peter à une bonne âme qui se propose de l'aider à attraper quelques produits dans le supermarché du coin.

— Pas de souci », répond la femme obèse juchée sur un quadriporteur. Ça a toujours énervé Peter, les gros tas comme sa mère qui s'approprient les places de parking pour handicapés et les fauteuils motorisés parce qu'ils ont la flemme de bouger leurs fesses. Pendant ce temps, c'est lui qui se coltine un véritable handicap, une maladie congénitale dont il rêverait de se débarrasser. Mais ces gens-là ? Ils ne peuvent s'en prendre qu'à eux-mêmes ; et qui paie des impôts, à votre avis, pour que ces sacs de lard restent sur leur canapé à regarder *Jerry Springer* au lieu de travailler, tout ça parce qu'ils se gavent de friture par tonneaux entiers ?

« Je compatis : je sais ce que ça fait », dit la femme en tapotant les roues de son quadriporteur avec sa canne. *Non mais tu te fous de ma gueule ?* « J'ai du diabète et un pied qui marche plus. » Son bon Samaritain se sert d'une pince attrape-tout pour descendre une bouteille de Coca Light d'une étagère. Sa robe hawaïenne dévoile une tonne de graisse qui se balance sous ses bras au rythme de sa respiration sifflante. Peter a envie de vomir. *Oh, nom de Dieu.* Mais il se tient bien, fait semblant de ne rien avoir remarqué.

Après avoir payé une grande bouteille d'eau, des barres de céréales, des pommes et une barquette de steak haché à la sauce brune, Peter patiente près de l'entrée, à côté des distributeurs de chewing-gum et des étalages de produits pour Halloween. De là, il voit la femme acheter une cartouche de cigarettes Pall Mall et payer sa bouffe de merde avec des bons alimentaires. Il y a des jours comme ça où Peter regrette d'être américain.

En attendant, il examine le mur : des prospectus pour des baby-sitters, des installateurs d'autoradios, des églises, du bois de chauffe, tout et n'importe quoi. Et au-dessus, une rangée de portraits en noir et blanc de personnes disparues.

Il reconnaît immédiatement Adelaide Custis, la mère de Carol Paul et Clare Custis.

À sa droite se trouve une photo qui ne lui dit rien, mais qu'il étudie quand même. On y voit une jeune fille de quinze ans, disparue depuis deux mois.

Elle s'appelle Michelle Campbell.

28

Enchanté

Mason est de retour au cabinet avec Violet, et les murmures de ses collègues qui discutent de la disparition de sa sœur derrière la porte lui arrachent les boyaux pour en faire des nœuds. *J'ai une vie de rêve*, pense-t-il en contemplant son vaste bureau, carafes en cristal et théières en argent scintillant sous le soleil automnal. Un homme brillant, dont les entrailles se tordent de rage sous son costume de créateur. *Je suis le salopard le plus imbuvable de la Terre.* Mais pour la première fois de sa vie, Mason craque un peu. Il sort sa bouteille de secours de Maker's Mark du dernier tiroir de son bureau et en prend une grande lampée, serrant le goulot si fort qu'il pourrait le briser.

« Il peut bien déjeuner à Guam, j'en ai rien à foutre ! crie Violet qui fait les cent pas autour de son bureau, son portable à la main. Passez-moi ce foutu shérif ! » Elle hausse un sourcil à l'intention de Mason et fait mine de balancer le téléphone à travers la pièce. Puis elle tend le bras pour réclamer la bouteille, après avoir vérifié que les stores sont bien tirés. « Donne-moi ça », chuchote-t-elle. La main sur le combiné, elle ajoute : « Quel commissariat de péquenauds. Je m'attends à ce qu'il y en ait un qui me propose d'aller rouler dans le foin d'une minute à l'autre.

— Ça ne m'étonnerait même pas », dit Mason, qui fixe l'écran de son ordinateur, la tête entre les mains. Il tire sur ses cheveux, gagné par la frustration.

« Adieu les vacances », marmonne Violet. La bouteille tinte contre ses dents.

Mason fait semblant de ne rien avoir entendu. Il se tourne vers Violet pendant qu'un téléchargement se termine sur son ordinateur. « Tu ne veux pas rentrer à la maison, au cas où Rebekah y serait ? »

Jetant un dernier regard exaspéré à son portable, Violet raccroche. « Oui, d'accord.

— Écoute, chérie… », commence Mason. Il lui prend les mains, prêt à s'excuser.

Violet devine ce qu'il va dire. « Ne t'en fais pas, coupe-t-elle avant de lâcher un soupir, incapable de cacher sa déception. Essaie de retrouver ta sœur. » Elle embrasse Mason sur le front puis s'approche de son bureau pour ranger le bourbon.

« Je m'en occupe. » Mason lui enlève la bouteille des mains et attrape son blazer, posé derrière lui sur le dossier de la chaise. « Fais attention quand tu rentres à la maison. Je t'appellerai tout à l'heure.

— Tiens-moi au courant. » Violet se dirige vers la sortie. « Et ne bois pas trop, tu vas avoir besoin de ton cerveau. »

Mason sourit tandis qu'elle referme la porte derrière elle. Une fois certain qu'elle est partie, il prend deux ou trois bonnes rasades d'alcool. Puis il ouvre le dernier tiroir de son bureau, celui auquel il a empêché Violet d'accéder. À l'intérieur se trouve une boîte en velours contenant une bague de fiançailles.

Une fenêtre de dialogue s'ouvre avec un léger bruit, annonçant la fin d'un téléchargement : les CD que Mason a volés au Bluegrass. Mason saisit la souris pour ouvrir le dossier, son visage le brûle lorsqu'il découvre que les fichiers sont cryptés. Il ne tient pas en place, ne supporte pas l'idée de continuer à vivre dans sa propre peau une seconde de plus.

« Mason, tu as de la visite, annonce sa secrétaire par l'interphone.

— Une minute. » Devant le miroir, Mason rentre sa chemise dans son pantalon et s'aperçoit que le bout de verre qui lui a coupé l'oreille au Bluegrass a laissé une entaille parfaite. Il cherche un paquet de chewing-gum dans les poches intérieures de sa veste pour dissimuler son haleine alcoolisée. « C'est bon », déclare-t-il.

« J'espère que je ne vous dérange pas. » Un homme en fauteuil roulant pénètre dans son bureau. Mason observe l'étranger, ses cheveux noirs bouclés, ses lèvres épaisses.

Il éteint la télévision et referme son ordinateur portable. « Excusez-moi, je suis en vacances, en fait. Que puis-je faire pour vous ?

— C'est à propos de votre sœur, Rebekah. C'est mon amie qui m'envoie. » Plissant les yeux face au soleil qui traverse les stores, Peter étudie Mason. *C'est fou ce qu'il ressemble à Mark*, pense-t-il.

Mason fronce les sourcils. « Comment ça ? »

Sans un mot, Peter incline la tête vers la bouteille de Maker's Mark posée sur le bureau. D'abord, Mason ne sait pas trop quoi en penser, de cet inconnu, de cet homme qui prétend avoir des informations sur Rebekah, venu de la part de quelqu'un qu'il ne connaît pas. Mais il ne voit pas vraiment ce qui pourrait le mettre sur la piste de sa sœur à part ça. Il approche le goulot de la bouteille en direction de la bouche de l'homme. « Comment vous appelez-vous ?

— Peter, répond l'autre, en recrachant du feu.

— Et vous dites que vous venez à propos de Rebekah ? » Mason s'assoit derrière son bureau et croise les bras.

« C'est ça. » Peter déglutit. « Je pense savoir qui l'a enlevée. »

Mason émerge brusquement de sa torpeur. Ne sachant toujours pas s'il peut se fier à cet homme, il fait rouler la bouteille entre ses genoux. « Dites-moi, alors. Qui a enlevé ma sœur ?

— Enfin, je devrais reformuler. » Peter sort une clé USB d'une poche de son fauteuil. « Je croyais savoir qui l'avait enlevée. Mais il se peut qu'il y ait plusieurs personnes qui s'intéressent à elle, et pas que pour son bien. » Mason lui oppose un sourire aromatisé au whisky, pas encore convaincu ; il attend qu'il poursuive. « Que savez-vous de votre grand-mère maternelle, la mère de Carol ?

— Mon grand-père et elle sont morts quand j'étais adolescent », dit Mason, avant de se demander s'il a bien fait de gratifier cet inconnu d'une réponse ; mais il est trop tard pour revenir dessus. « Qu'est-ce qu'elle vient faire dans tout ça ?

— Sous mon fauteuil, répond Peter avec un mouvement sec de la tête. Prenez mon ordinateur. »

Au départ, Mason n'arrive pas à croire ce qu'il voit dans les archives des médias locaux compilées sur l'ordinateur, persuadé que l'alcool lui joue un tour. « Bon. » Il se met à arpenter la pièce, l'ordinateur sous le bras. « Disons qu'il s'agit bien de la mère de ma mère, ma grand-mère. Manifestement ni mon grand-père ni elle ne sont décédés. » Il fait couler les dernières gouttes de bourbon sur sa langue. « Je ne vois toujours pas le rapport avec Rebekah.

— Allez jeter un œil à la galerie de photos sur la page web des Adventistes du Troisième Jour. » Peter guide Mason jusqu'à une photo du groupe des ados de l'Église, réuni dans le salon d'une maison, le genre de cliché pas très flatteur : appareils dentaires, acné, la totale.

« On dirait le club Mickey, et alors ?

— Regardez les deux filles au fond. »

Mason reconnaît Rebekah, tout sourire, qui enlace une jeune fille tournée dans l'autre direction. « Et ?

— La fille que Rebekah tient dans ses bras…

— Je ne vois pas son visage.

— Il y a un miroir sur le mur, il se reflète dedans. »

Mason doit se concentrer pour déchiffrer les pixels à l'écran. « La vache ! Comment vous avez remarqué ça ?

— Je suis observateur. » Peter se cale dans son fauteuil, et ses os se raidissent sous sa peau. « La fille du miroir est Michelle Campbell, une adolescente qui a disparu il y a deux mois. »

Mason se rappelle avoir vu son visage aux informations ; mais pour confirmer cette idée insensée, il ouvre un nouvel onglet et tape son nom dans Google. À sa stupéfaction, les faits sont indéniables. La fille qui tourne le dos à l'appareil photo et dont le visage se reflète dans le miroir n'est autre que Michelle Campbell. L'ordinateur toujours en main, Mason regagne lentement son siège, sans prêter attention aux ronronnements du fauteuil électrique qui le suit.

« Ça fait trois personnes disparues qui ont un lien avec l'Église de votre famille : Adelaide Custis, Michelle Campbell, et…

— Ma sœur, termine Mason. Comment avez-vous compris tout ça ? Je veux dire, pourquoi vous intéressez-vous à la disparition de Rebekah ? Et aux autres ?

— Parce que avant d'assembler les pièces du puzzle, je penchais pour un autre coupable. » Le bégaiement de Peter s'atténue un peu. « En fait, on ne peut pas totalement écarter cette possibilité. Il faut étudier les deux options.

— Qui sont ?

— Ma famille ou la vôtre.

— Votre famille. » Mason se redresse. « Qu'est-ce que vous entendez par là ?

— Mes frères : Matthew, Luke et John. » Peter jette un œil à une photo d'enfance de Mason et Rebekah, posée sur une bibliothèque derrière le bureau. Il doit se faire violence pour ne pas tout révéler à Mason au sujet de ses frères, lui expliquer qui ils sont par rapport à lui, pourquoi ils ont peut-être joué un rôle dans la disparition de Rebekah. Il ne peut pas lui dire que la mère de son père, cette foldingue, traque ses petits-enfants. Il ne peut pas lui dire que sa mère biologique en fait autant. « Je n'ai découvert ce lien avec l'Église qu'après mon arrivée ici. Mais vous devez compter mes frères parmi les suspects. »

Mason redoute de poser d'autres questions, taraudé par un millier de pensées atroces : est-ce que ses frères attendent en bas dans le parking ? Est-ce que Peter a été envoyé pour faire diversion ? « Où vous situez-vous, par rapport à eux ? »

Redressant la tête, Peter le transperce du regard. « Dans un fauteuil roulant. » Mason ne peut s'empêcher de rire. « Je ne me range pas du côté des monstres », reprend Peter d'un ton sérieux.

Mason déglutit avec peine. « Et qu'est-ce que vos frères veulent à ma sœur, au juste ? »

Peter avance sur son fauteuil pour rapprocher son visage de celui de son neveu. « Mason, il y a deux sortes d'individus dans le monde. Il y a des gens ordinaires, et des monstres bien trop ordinaires. Vous et moi, nous faisons partie des gens ordinaires. Et puis il y a les hommes qui ont soif de carnage, qui dévorent les âmes de tous ceux qu'ils croisent. Ce sont les monstres bien trop ordinaires, beaucoup trop nombreux sur cette terre. Mes frères, eux, appartiennent à cette seconde catégorie.

— Et cet ami qui vous a envoyé ? Dans quel camp se range-t-il ?

— Elle. Elle s'appelle Freedom. » Peter se cale dans son fauteuil. « Freedom se situe plus ou moins entre les deux. Elle n'a que de bonnes intentions envers votre sœur. » Il tente à plusieurs reprises de relever la jambe de son pantalon. « Donnez-moi un coup de main : il y a une flasque dans ma chaussette. Vous voulez bien me l'attraper ? » demande-t-il, espérant changer de sujet.

Mason s'exécute ; l'alcool lui monte à la tête lorsqu'il se penche. « Et pourquoi devrais-je vous croire, quand vous me dites que vous allez m'aider ?

— Parce qu'il y a quelqu'un d'autre pour le faire ? » La réponse flotte dans l'atmosphère accablante, si lourde, que Mason pourrait presque la toucher. Et même si ses paroles le blessent, il sait que Peter a raison. Ses réflexions sont interrompues lorsque celui-ci avale une gorgée d'alcool avec sa paille.

« Et vous ne voulez pas me dire qui est Freedom ? Pourquoi elle est impliquée ?

— C'est à elle de vous l'expliquer, pas à moi. Mais disons qu'elle connaît votre sœur. » Peter laisse échapper un filet de bave en relâchant la paille. « Vous la rencontrerez bientôt, ne vous en faites pas.

— Vos frères ne seraient pas des skinheads, par hasard ?

— Non, pourquoi ?

— Hmm... » Mason se rappelle les enregistrements volés au Bluegrass. « J'ai récupéré des CD, mais les fichiers sont cryptés, impossible de les lire. Ça pourrait être des images de surveillance de la nuit où on l'a enlevée.

— Pourquoi êtes-vous tellement persuadé qu'on l'a enlevée, d'ailleurs ? Qu'est-ce qui vous dit qu'elle n'a pas simplement fugué ?

— C'est ce qu'elle a fait. » Mason se lève, commence à arpenter la pièce. « Mais on l'a enlevée avant qu'elle puisse atteindre sa destination, quelle qu'elle soit. Un témoin se trouvait avec elle ce soir-là. On l'a tabassé à mort. J'ai reçu un message disant qu'il n'avait pas survécu.

— Sortez les CD, ordonne Peter. On va coincer ces salauds. »

Vingt minutes plus tard, Mason est assis dans un coin de la pièce, en train d'écrire un texto à Violet pour lui dire qu'il l'aime. Profitant de sa distraction, Peter fouille dans un dossier intitulé « Factures » sur le bureau de son ordinateur et mémorise son adresse.

Il l'enverra à Freedom plus tard. « J'ai quelque chose », déclare-t-il.

Mason le rejoint d'un bond. « Qu'est-ce que c'est ?

— Intéressant, c'est le moins qu'on puisse dire. » Peter se frotte les yeux, fatigués par l'écran, avec le dos de ses poignets. Mason et lui voient une femme blonde entrer dans le bar, vêtue d'un tee-shirt Jack Daniel's et d'un jean moulant. Ils voient une espèce de cul-terreux se frotter contre elle. Ils voient le cuisinier venir à sa rescousse. « Vous reconnaissez quelqu'un ?

— Difficile à dire. » Mason étudie les images, nettes malgré l'absence de couleur. « Gabriel pourrait être n'importe lequel ; il ne ressemblait plus à rien quand je l'ai vu.

— Et la blonde paumée ?

— Rebekah a de longs cheveux roux.

— Elle aurait pu les couper et les teindre, surtout si elle faisait une fugue. »

Peter n'a pas tort, et Mason le sait. « On peut zoomer ? »

Clic. Flou. Pixels. Retour au net. Nouvelle manœuvre. C'est clair comme de l'eau de roche, Rebekah figure dans la vidéo ; déguisée, certes, mais il n'y a aucun doute. C'est bien elle. Mason reconnaît son collier.

« Qui c'est, ce connard qui se frotte contre elle ? demande-t-il dans un souffle.

— Il n'y a qu'un moyen de le savoir, répond Peter. On va imprimer sa photo et aller la montrer au Bluegrass. »

29

La légende de Freedom

Je m'appelle Freedom, et je ne sais pas où je suis. Je me réveille étendue sur le dos dans un grand lit, avec ce qui ressemble à la pire gueule de bois qu'on puisse imaginer. Les vagues de douleur migrent vers mon front quand je me redresse. C'est l'après-midi. Je suis nue, enveloppée dans une de ces couvertures blanches à franges qui d'habitude moisissent au fond de toutes les armoires à linge d'Amérique. *Mais où est-ce que je suis, putain ?* J'essaie de me remémorer les événements de la veille.

Le bruit de friture dans mon crâne cède place au martèlement d'une forte averse sur le toit en aluminium. À ma gauche, une cheminée crépite ; des attrape-rêves ornés de plumes rouges décorent mon champ de vision brumeux. J'observe l'intérieur de la cabane en bois ; il n'y a personne. La fenêtre donne sur une terrasse avec fauteuils à bascule et carillons en bois, que des moustiquaires protègent du désert qui s'étend bien plus loin que ce que ma migraine et la pluie battante ne me permettent de voir.

Je m'emmitoufle dans la couverture blanche et sors du lit le plus discrètement possible ; mais à peine me suis-je appuyée sur ma jambe droite que je m'effondre comme un cerf abattu d'une balle – c'est comme ça que j'ai dû tomber la veille, je crois. Ça commence à me revenir. Tout le sang de mon corps semble affluer vers mon mollet, la douleur me donne l'impression d'avoir la jambe empalée sur un tisonnier chauffé à blanc. J'entends des pas approcher depuis l'autre côté de la maison. *Il faut que je me tire d'ici.* Tant pis si je suis nue ; j'abandonne la couverture et me dirige vers la fenêtre.

Mais je ne suis pas assez rapide.

D'un seul mouvement qui m'impressionne, un homme me soulève comme si j'étais une enfant et me repose sur le lit. « Vous allez vous faire mal, miss. Vous feriez mieux de rester couchée. »

Je me débats, essaie de le mordre. « Lâchez-moi ! » Ses longs cheveux noirs effleurent mon visage. Ses épaules musclées s'échappent d'un maillot de corps, sa peau est ferme et bronzée. *Merde ! Mon flingue. Mon argent. Ma moto volée.* « Il faut que je m'en aille. Vous devez me laisser partir. Vous ne pouvez pas me faire ça.

— Madame, j'aimerais que vous vous calmiez.

— Ne me dites pas de me calmer, putain ! j'aboie depuis le lit, avant de resserrer la couverture autour de moi. Qu'est-ce que c'est que ce bordel ? »

L'homme tient un flacon de médicaments orange à la main. Il se rapproche de moi et me fourre un cachet dans la paume. « Prenez ça. C'est de l'amoxicilline, pour l'infection.

— L'infection ? » Je renifle la pilule, reconnais l'odeur infecte d'un antibiotique. « Attendez une minute », dis-je, tandis que des images de la nuit dernière se forment peu à peu dans mon esprit, comme les morceaux d'une statue brisée qu'on recollerait. La moto qui cale, l'orage électrique, le vieil homme aux tresses grises qui secoue quelque chose au-dessus de ma tête en chantant d'une voix de velours, comme dans un rituel. « On m'a tiré dessus.

— Restez là, je vais vous chercher à boire. » En son absence, l'harmonie du feu et de la pluie crée une ambiance envoûtante. Une voix venue de l'extérieur me tire de la somnolence où m'ont plongée les flammes qui lèchent les murs de la cheminée, noircie par des années de sable et de suie. C'est la voix de la nuit dernière. Le bois de la terrasse gémit de vieillesse sous le fauteuil à bascule ; le son me fait penser à une platine qui continuerait de tourner après que la musique s'est arrêtée. Et tout à coup, je comprends chez quel genre de personnes j'ai atterri.

« Vous êtes des Indiens, dis-je à l'homme qui revient avec une tasse fumante.

— On préfère dire Amérindiens, répond-il en posant la tasse sur la table de nuit.

— Des Indiens politiquement corrects, alors ? »

Il esquisse un demi-sourire, à la fois enfantin et innocent. J'ai rarement vu un homme aussi beau de ma vie. Un menton carré, des yeux noirs et doux. Le feu l'éclaire comme une sculpture, dessinant ses muscles sous son tee-shirt. « Buvez.

— Qu'est-ce que c'est que cette merde, une potion indienne avec des racines et des baies empoisonnées ?

— Du café de chez Starbucks. » L'homme attache ses longs cheveux en queue-de-cheval avec un élastique qu'il retire de son poignet. Des lunettes à montures noires glissent de sa tête et atterrissent sur son nez.

« Et on peut savoir pourquoi j'ai le cul à l'air ? je crache.

— On vous a déjà dit que vous juriez comme un charretier ?

— Je t'emmerde, Danse avec les loups. »

L'homme s'assoit au pied du lit, relève le drap qui couvre ma jambe et jette un œil sous mon pansement. « Mon père a été obligé de vous déshabiller. Votre corps commençait à enfler. » Il examine ma jambe pendant que j'attrape le café et souffle dessus. « Il a pratiqué comme autrefois en tranchant directement dans la chair. Les antibiotiques guériront l'infection. Ça vous a sauvé la vie, remarquez.

— Je ne comprends pas...

— Morsure de serpent à sonnette. Il vous a eue deux fois, à la jambe et au bras.

— Alors on ne m'a pas tiré dessus ?

— Parce que vous vous attendiez à vous faire tirer dessus ? réplique l'homme en haussant les sourcils.

— Je ne m'attendais pas à me faire attaquer par un serpent à sonnette et à me faire traîner dans le désert par un vieil Indien, en tout cas.

— Amérindien, me corrige-t-il, comme si je n'avais pas compris la différence. Shoshone. On nous appelait les Gens du Serpent, il y a bien des années. » Ses mains sont chaudes. Il replace mes chevilles l'une à côté de l'autre. « Je nettoierai ça tout à l'heure. » Il se rapproche de moi sur le lit, se penche près de mon visage pour inspecter la morsure sur mon bras droit. Son odeur me rappelle le savon antibactérien orange vif que les pédiatres utilisaient dans mon enfance. Il a une cicatrice légèrement effacée sur la lèvre supérieure.

« Vous avez trouvé mon arme et mon argent ?

— Mm-hmm. » Son souffle effleure le haut de mon bras. « On vous les rendra.

— Et vous ne direz rien ? »

Il replace le pansement. « Qu'est-ce que je dirais, et à qui ? »

Je me racle la gorge. Ça doit être un des meilleurs cafés que j'ai bus de ma vie. « Vous êtes médecin ?

— Chirurgien à Saint-Michael.

— Et votre père, c'est le sorcier qui charcute les gens dans l'arrière-cour ?

— Il est chaman. » Je vois à son nez qu'il a envie de rire. « Vous êtes une vraie enragée, hein ? Mon père m'a toujours mis en garde contre les femmes blanches toquées.

— Ça vous a arrêté ?

— Demandez à mon ex-femme. » L'homme se dirige vers la porte. « J'ai préparé le petit déjeuner.

— C'est quoi, votre nom ? »

Il s'arrête. « Chuck.

— Vous avez pas une tête de Chuck, dis-je, le regard fixé sur les flammes à l'autre bout de la pièce.

— Chanteyukan, précise-t-il, s'appuyant d'une épaule à l'encadrement de la porte. Ça veut dire "bienveillance".

— Pendant un instant, j'ai cru que vous alliez me dire Danse avec les loups.

— Et vous ?

— Freedom.

— C'est un mensonge, hein ?

— Un tout petit. »

Il sourit. « Je vais vous chercher votre petit déjeuner. Vous en aurez besoin. Restez ici. » Mais s'il y a bien une chose que tous les médecins qui se sont occupés de moi pourront vous dire, c'est que je ne tiens pas en place. Ça m'est arrivé plus d'une fois de rouvrir des points de suture, et même de trouver que ça en valait la peine, juste pour éviter de rester immobile. Rien ne m'arrêtera, je vous dis. Je me lève.

Chanteyukan ne me voit pas, il prépare le petit déjeuner, le dos tourné. Il n'y a qu'une seule pièce, partagée entre salon, cuisine et salle à manger. Des dizaines de fils blancs sont tendus d'un côté à l'autre de l'espace. Et sur chaque fil, des pinces à linge retiennent des billets de cent dollars, une centaine environ, qui sèchent dans la chaleur du poêle à bois. Au-dessus du poêle, le petit percolateur argenté dont Chuck s'est servi pour faire le café.

« Vous devriez vous reposer », dit-il sans se retourner.

Je ne l'écoute pas. Il faut croire qu'il y a encore des gens bien, dans ce monde. Je ne peux pas dire que j'en aurais fait autant : organiser le sauvetage de dix mille dollars appartenant à une inconnue, quand les empocher semblerait la chose la plus logique à faire. La vie aime vous prendre de court, parfois. « Ça sent très bon.

— Steak de venaison et œufs de caille. Vos habits sont accrochés là, dit Chuck en tendant le doigt.

— Et donc, vous vivez ici ?

— Non. J'ai un appartement en ville, à environ une heure d'ici. » Il commence à mettre le couvert sur la table, faite d'écorce de bois tordue. « Je passe le voir tous les deux à trois jours. Il ne devrait pas vivre seul, mais c'est l'homme le plus têtu de la planète. » Là, il me cherche. Toujours enveloppée dans ma couverture, je m'avance vers la porte à moustiquaire au fond de la pièce, et découvre pour la première fois à la lumière du jour l'homme qui m'a sauvée. Je sors sur la terrasse, faisant mine d'ignorer Chanteyukan. « On peut manger dehors, aussi... », marmonne-t-il derrière moi.

Le vieil homme ne me jette qu'un bref regard depuis son fauteuil à bascule avant de se remettre à fixer le vaste paysage, une vue dégagée du désert et de la prairie. Des arbres isolés jaillissent de terre, semblables à des pinceaux retournés, teintés de rouge, de jaune et d'orange. La pluie tombe en cascade du bord du toit. L'air a un goût plus propre dans cette partie du monde. Chanteyukan me suit avec mon petit déjeuner sur une assiette et une trousse à pharmacie.

« Bonjour », dis-je au vieil homme. Il ne répond pas. Je suis en train de m'asseoir quand je remarque un loup couché au pied de son fauteuil. « Un loup ? Sérieux ?

— Un coyote. Elle s'appelle Aleshanee. C'est une vieille dame, me dit Chuck. Sourde et aveugle.

— Votre père parle anglais ? »

Chanteyukan s'apprête à poser l'assiette sur mes genoux, mais je la lui prends des mains. « Oui. » Il s'accroupit, attrape ma jambe et l'installe sur ses genoux. « Simplement, il refuse de le faire. » Le vieil homme dit quelque chose dans sa langue natale, celle des Shoshones, en s'adressant à la pluie. Il est vêtu d'une chemise grise et d'un jean noir ; des plumes sont accrochées à ses deux tresses. Chanteyukan traduit : « Il dit que la semaine dernière, il a rêvé d'une femme blanche aux cheveux de cardinal rouge. » Chuck sort de la gaze, du sparadrap et de la pommade antibiotique. Le vieil homme rit, dévoilant deux belles rangées de dents ternies par le tabac. Son fils répète : « Toutes des toquées, ces Blanches.

— Il n'a pas dit ça ! » Je souris à Chuck, mais son père rigole. Effectivement, il a compris sans traduction. La voix du père est rocailleuse comme celle d'un vieux fumeur. Son rire s'éteint, et il reprend avec gravité ce qu'il a à dire.

« La veille, j'étais certain que vous étiez la femme de mon rêve. Mais ce n'était pas vous. » Tandis que Chuck défait mes bandages, j'ai l'impression que mon muscle est en train de pourrir de l'intérieur.

Pour ne pas interrompre les paroles du chaman, je chuchote : « Vous n'auriez pas un petit verre, ou autre chose pour la douleur ?

— Pas d'alcool sous antibiotiques.

— Allez, quoi..., je proteste.

— Non, c'est non. » Il coupe un bout de gaze. « Et puis, quelque chose me dit que c'est la dernière chose dont vous avez besoin.

— Mais ça fait un mal de chien ! » Chuck n'est pas stupide, il ne gobe pas l'excuse de la douleur. Alors que je pousse un soupir de dépit, son père dit quelque chose qui ressemble à « ta ta ka » et me tend une pipe. « Qu'est-ce que c'est ?

— Rien de très légal, j'en ai peur », répond Chuck. Le vieil homme hausse les sourcils, hoche la tête vers la pipe. La fumée est sucrée, dégage une odeur de fleurs qu'on cuirait dans un wok. Elle commence par me réchauffer les orteils puis s'élève. L'espace d'un instant, je crois que je me suis fait pipi dessus. Et puis la chaleur atteint ma tête, une sensation qu'on ne peut comparer qu'à un orgasme de l'âme. La douleur a disparu. L'angoisse s'étiole. Je suis en paix. En paix, comme je ne l'ai jamais été. À ce moment-là, je jurerais pouvoir sentir la présence de Dieu. Où qu'il soit.

Chanteyukan vide une petite fiole d'antiseptique en plastique au-dessus de la croix que le vieillard a gravée au couteau sur mon mollet. Il continue à traduire pour son père, qui ne se doute pas qu'il vient de devenir mon meilleur ami. « La fille de mon rêve était jeune. Elle comprend les esprits. Elle est innocente. Elle ne vous ressemble pas, sur ce plan-là. Mais, comme vous, c'est une âme torturée.

— Ça se voit à ce point ? »

Chanteyukan me tapote doucement la jambe, et répond pour lui-même en anglais : « Oui. » Chaque gouttelette de pluie qui perle au bord du toit révèle une vue panoramique du paysage, comme si chaque fragment tombé du ciel contenait le monde entier. « Cette fille parcourt la terre, elle cherche quelqu'un qu'elle ne connaît pas. Mais où qu'elle aille, elle ne trouve personne.

— Qu'est-ce qui arrive à la fille ?

— Ce n'est pas à moi de raconter cette histoire. » Je me demande s'il parle de Rebekah. Je me demande s'il parle d'une version plus jeune de moi-même.

« Où suis-je, au fait ? dis-je à Chanteyukan.

— À votre avis ?

— Dans le Nevada ?

— Vous êtes à environ cinq heures de la frontière du Nevada. » Après avoir pansé la jambe, il passe à la morsure sur mon bras. « Dans l'Idaho, juste à côté de la frontière du Wyoming et de l'Utah, dans la plaine de la Snake River. »

Je rends la pipe en bois au goût de cerise au vieil homme. « Je suis plus loin que je le pensais.

— Où est-ce que vous allez ?

— Dans le Kentucky.

— Kentucky, répète le vieil homme, englobant la terre d'un mouvement circulaire du bras.

— En shoshoni, Kentucky veut dire "la terre de demain" », m'explique Chuck.

C'est bien trouvé.

« Comment vous appelez-vous ? » je demande au chaman.

Pour la première fois, il me regarde. « Descronto. » Ses yeux sont atteints d'un strabisme.

« Ça veut dire "la foudre a frappé" », dit Chanteyukan, qui termine de nettoyer la blessure sur mon bras. C'est bien trouvé aussi, je pense. « Essayez de manger votre steak et vos œufs. »

J'arrache un bout de cerf et l'agite devant moi pour que le coyote le repère et vienne le manger.

« Qu'est-ce que ça veut dire, Alesh ou je sais pas quoi ?

— Celle qui joue. »

Deseronto dit quelque chose en shoshoni, que Chuck traduit par : « Mon père veut vous raconter une histoire. »

« Ce n'était pas loin d'ici, pendant la guerre des Serpents de 1864, que l'homme blanc est venu envahir nos tribus. Il a assassiné nos enfants, violé nos femmes. Cette guerre a sombré dans l'oubli depuis, bien qu'elle ait causé plus de morts que la grande bataille de Little Bighorn, devenue tristement célèbre. Près de deux mille Shoshones furent massacrés par le démon blanc. Peu après, les Européens s'installèrent sur la terre qu'ils nous avaient volée. Or à cet endroit vivait un homme appelé Freedom, qui avait été le plus puissant guerrier de la région avant que la grippe ne le rende aveugle. Depuis le massacre de sa famille par les Européens, il restait seul, le cœur brisé.

« Bien avant que l'homme blanc ne s'empare de sa maison et ne tue sa femme et ses enfants, Freedom était connu de tout le village grâce à l'arbre qui poussait derrière chez lui. C'était un arbre noueux, un arbre qui se trouvait déjà là mille ans avant lui. Il était grand et beau et différent de tous les arbres de son espèce. Les gens qui passaient devant disaient : "Je n'ai jamais vu d'arbre aussi fort et beau de toute ma vie." Ils disaient : "Cet arbre connaît le cœur des hommes, il a vu des générations passer avant nous."

« Quand les maisons du village furent démolies, Freedom se retrouva démuni, seul survivant de sa tribu. Il se retira dans les bois, où sa femme et ses enfants étaient enterrés, pendant qu'on construisait de grandes demeures là où il avait vécu, des clôtures, des routes. Et parce qu'ils croyaient que la forêt était hantée, aucun des Blancs n'osa s'établir au-delà du vieil arbre de Freedom.

« Freedom aimait cet arbre depuis toujours. Enfant, il lui confiait ses pensées, ses rêves et ses inquiétudes. Il le chérissait plus qu'aucun autre arbre, plus qu'aucune autre plante. Mais depuis qu'il s'était installé dans les bois, l'arbre appartenait à un homme blanc appelé le colonel Woolworth, qui avait bâti sa maison de telle sorte que l'arbre se retrouvait au centre de son jardin. Le colonel Woolworth haïssait cet arbre, et plus d'une fois il avait essayé de l'abattre ; il le trouvait laid, ses branches lui bouchaient la vue. Mais l'arbre était trop grand, trop puissant pour Woolworth et sa hache. Woolworth enrageait, car l'arbre semblait croître même à la saison froide ; les branches continuaient de pousser, atteignant presque sa maison. Et c'est pourquoi chaque matin, Woolworth sortait armé de haches et de scies pour tailler les branches. Il essayait d'arracher l'arbre de la terre, mais les racines étaient trop profondes. La nuit, craignant la forêt et fatigué d'essayer de détruire l'arbre, il battait en retraite.

« Tout cela brisait le cœur de Freedom. Bien qu'aveugle, il entendait ce que faisait Woolworth, et sentait qu'on abattait les branches. La nuit, quand les Blancs étaient rentrés chez eux et que personne ne risquait de le voir, Freedom sortait dis-

crètement de la forêt pour apporter un seau d'eau à l'arbre. Il l'arrosait, lui chantait des chansons et priait avec lui. Et même s'il ne le voyait pas, il l'aimait et prenait soin de lui, malgré les efforts de Woolworth pour l'anéantir. »

Je m'appelle Freedom, et j'écoute cette histoire avec beaucoup d'attention. Chanteyukan finit de me soigner. Aleshanee pose la tête sur mes genoux, en quête d'un autre morceau de steak. Je vois ce récit comme un symbole, une métaphore de mes enfants et moi, où je serais ce guerrier aveugle qui veille sur une chose qu'il ne peut pas voir tandis que le monde essaie de la détruire.

« Qu'est-ce qui arrive à Freedom, à l'arbre et au colonel Woolworth ? » dis-je.

Chanteyukan se remet à traduire : « La danse entre Freedom et Woolworth dura des années, jusqu'à ce qu'ils fussent vieux tous les deux. La défaite du colonel contre l'arbre l'avait rendu encore plus amer. Mais l'arbre que Freedom avait protégé de toutes ses forces lui avait donné une raison de vivre, quelque chose à aimer.

« Parce qu'il n'avait pas cessé d'aimer, malgré tout ce qu'il avait déjà perdu, Freedom avait remporté un combat qu'il ignorait mener. Mais faut-il en conclure que Freedom avait gagné parce que l'homme avait baissé les bras et sombré dans l'amertume ? La réponse est non.

— Pourquoi avait-il gagné, alors ?

— Parce que Freedom, avec son bon cœur et ses bonnes intentions, avait aidé l'arbre à croître et rester fort. Et grâce à cela, les racines de l'arbre s'étendirent sous la maison de Woolworth, à l'endroit où le guerrier et sa famille avaient vécu autrefois. Elles soulevèrent la maison et la détruisirent. Woolworth fut forcé de plier bagage et d'aller s'installer ailleurs. Et non contentes d'avoir chassé Woolworth, les racines s'étendirent sous le village entier et forcèrent tous les habitants à quitter les demeures qu'ils avaient construites sur la terre violée des Shoshones.

« Cela, dans votre langue, pourrait s'appeler le karma. Mais pour nous, il ne s'agit que du cycle de la vie. Et Freedom avait achevé ce cycle, puisque tout, dans la vie, évolue de manière cyclique. » Du doigt, le vieillard trace un cercle sur le ciel. Le fauteuil à bascule continue à grincer sous son poids. « Et aujourd'hui encore, l'arbre continue de grandir. »

Je me lave et m'habille dans la salle de bains. La pluie se calme peu à peu, la douleur s'apaise. Je rattache mes liasses de billets avec des élastiques et m'asperge le visage d'eau froide pour dissiper les contours flous du moment que je viens de passer à planer avant de reprendre la route. Des magazines sont posés sur le rebord de la fenêtre : un journal amérindien, un *Reader's Digest*, un programme télé. Dépassant du journal, sûrement cachée, à côté d'une grille de mots croisés shoshone, j'aperçois le coin d'une enveloppe adressée à Deseronto. Fouineuse comme je suis, je l'ouvre pour la lire. À l'intérieur, une lettre du comté : Margefield Properties lui rappelle une dernière fois que, à la suite de la modification des frontières de 2011, sa propriété ne fait plus partie d'une réserve indienne fédérale. Il doit régler quasiment vingt mille dollars d'arriérés à l'État, faute de quoi il sera contraint de quitter les lieux. J'ai comme l'impression que son fils n'est pas au courant.

Je me regarde dans le miroir et prends une décision.

Dehors, je démarre ma moto fraîchement réparée et m'apprête à partir. Je gobe un nouvel antibiotique à sec, puis range le flacon dans mon blouson. Deseronto et Chanteyukan viennent me dire au revoir. À côté de la maison, je repère une vieille moto abandonnée avec une plaque d'immatriculation de l'Utah.

« Combien pour la plaque ? » dis-je. À tous les coups, on a lancé un avis de recherche sur la mienne. Le père et le fils échangent un regard.

Chanteyukan se dirige vers la vieille moto, dévisse la plaque à mains nues et me la tend. « Je ne sais pas ce qui vous poursuit, mais j'espère que vous y échapperez. » Je lui souris puis, sans répondre, m'éloigne vers la route.

Je roule dix-huit heures d'affilée, avec des pauses de cinq minutes toutes les heures pour me ravitailler en nicotine, Red Bull et un donut enrobé de glaçage ici ou là, histoire de garder assez de sucre dans le sang pour combattre les symptômes du manque d'alcool. Ça rend le voyage très long ; j'ai l'impression d'être partie depuis des semaines. J'ai du mal à dire où finissent mes tremblements et où commencent les tressautements de la moto. Le vent ne m'empêche pas de transpirer. Et je dois dire que je suis assez étonnée de ne pas finir par m'arrêter pour vomir sur le bord de l'autoroute. Mes tendons semblent faits de plomb, ma peau de verre. Mais il faut que j'aille chercher Rebekah. Il faut que je la récupère. Parce que, comme dans l'histoire du guerrier Freedom, quelle autre raison de vivre voulez-vous que je me trouve, hein ?

Je me demande combien de temps Deseronto et Chanteyukan mettront à découvrir les billets que je leur ai laissés, séchés et soigneusement enroulés sous le lavabo de la salle de bains. Deseronto en a plus besoin que moi, alors je lui ai tout donné, à part le strict minimum nécessaire à mon voyage. Y a pas d'quoi, les Peaux-Rouges.

J'arrive maintenant à Louisville, dans le Kentucky.

30

Coucou

« Je ne veux pas de ça à la table du dîner, compris ?

— Oui, maman. » Magdalene récupère son jeu de ficelle et le cache sous ses fesses.

Les jambes de Carol Paul tremblent. Un plat de poulet cuit au four attend au centre de la table. Elle aperçoit un bout de peau, l'enlève pour que Virgil ne le voie pas en arrivant. Un coucou jaillit du trou de la pendule et chante neuf fois pour vingt et une heures. Magdalene pose la tête sur son bras de l'autre côté de la table. « J'ai trop faim, et je suis fatiguée, pleurniche-t-elle.

— Tu connais la règle. On ne mange pas tant que ton père n'est pas à table.

— Mais il est tard !

— Je sais, chérie. » Carol entortille une mèche de cheveux sur son doigt, un tic nerveux qu'elle a développé au fil des ans. Magdalene l'imite. Carol lui adresse un petit sourire pour lui remonter le moral.

« Elles sont où, Michelle et bébé Theresa ?

— Eh bien…, commence Carol en enfonçant ses mains jointes entre ses cuisses. Theresa dort à l'étage. Et Michelle se repose chez elle. Elle va dormir un long moment. »

Toutes deux se redressent lorsque Virgil franchit la porte d'entrée. Le poulet, la purée de pommes de terre, les petits pains à tremper dans la sauce et les pois mange-tout ont tellement refroidi qu'ils ressemblent à des modèles en cire présentés sur la table. Carol essuie la condensation sur les pichets de citronnade maison pour avoir l'air occupée quand Virgil entre dans la pièce.

« Youpi, papa ! Tu es là ! » s'écrie Magdalene, dont l'estomac gronde comme un monstre. Mais alors que Virgil lui tapoterait la tête ou l'embrasserait sur la joue en temps normal, il la repousse d'un geste. Et même à cinq ans, la fillette est capable de se rendre compte que l'atmosphère devient pesante.

Virgil s'assoit sans se laver les mains. Il a les jointures des doigts éraflées et sanguinolentes, les paumes durcies par les cals. Magdalene reconnaît l'expression sur le visage de sa mère, une expression signifiant qu'il vaut mieux ne pas parler ni même jeter un regard à Virgil. Elle sent les mains de son père trembler quand il les pose sur les siennes pour dire les grâces.

Carol et elle essaient de ne pas avoir l'air trop impatientes de manger. La seule fois où Magdalene s'y est risquée, Virgil l'a privée de glace à la fraise, et elle ne voudrait pas que ça se reproduise, n'est-ce pas ?

« J'imagine que ce dîner froid est ma punition pour être arrivé en retard, dit Virgil en jetant un regard glacial à Carol, une boule de colère dans la gorge, qu'il ravale pour que sa fille ne remarque rien.

— Je peux le réchauffer si tu veux, chéri », s'empresse de dire Carol.

Il lève la main. « Non, non. J'ai bien trop faim pour attendre une seconde de plus. »

Carol évite le regard de Virgil, les yeux toujours fuyants, dissimulant ses demi-sourires comme s'ils justifiaient à eux seuls qu'on la punisse. Et pour ce dîner froid, elle sait qu'elle souffrira. Les châtiments n'ont cessé d'empirer au fil des années, mais qui est-elle pour critiquer son mari, choisi par Jésus lui-même pour les guider ? Elle envisage brièvement de lui signaler qu'il aurait pu la prévenir par téléphone qu'il aurait quatre heures de retard, afin qu'elle s'arrange un peu mieux pour le repas, mais ça ne ferait qu'aggraver son cas. Après tout, il ne rentre jamais plus tard que dix-sept heures d'habitude. Et pour cela, quel châtiment leur Dieu jugera-t-il bon ? Dormir dans le placard ? Dans le jardin, sans couverture dans la nuit froide ? Rester agenouillée sur du riz cru avec des seaux d'eau sur les épaules ? Des coups de ceinture seraient plus simples, mais elle sait que Virgil ne se montrera pas aussi conciliant, pas cette fois-ci. Plus Dieu lui parle et l'utilise comme soldat dans son armée, plus il a la main lourde.

Et pourtant, il n'a jamais ne serait-ce que haussé le ton en présence de Magdalene ; c'est la prunelle de ses yeux, la joie de leur foyer, l'innocente. Dieu lui a confié en rêve que Magdalene était divine comme lui, mais Virgil doit garder le secret jusqu'à ce que le Seigneur accepte que ce statut divin soit révélé.

Magdalene enfourne de la purée dans sa bouche. Elle observe la chemise rose de son père, tachée de sang. Carol se racle la gorge pour attirer son attention, lui indiquant son assiette des yeux pour qu'elle arrête de le fixer.

Mais Virgil la surprend. « J'ai percuté un cerf en rentrant à la maison ce soir, dit-il en avalant d'un trait son premier verre de citronnade, que Carol remplit avant même qu'il le repose.

— Oh, non… Est-ce que le cerf est mort, papa ?

— Malheureusement, oui. Alors j'ai dû l'enterrer dans les bois, d'où le sang sur ma chemise. Mais j'ai dit une prière pour lui. Il est au paradis, avec tous les autres cerfs qui sont morts. »

Virgil dévore une cuisse de poulet à même l'os avec ses doigts ensanglantés et son visage crasseux, ce qui lui donne un air primitif, viril. Carol le remarque. Elle sait aussi que l'histoire du cerf est un mensonge. Mais c'est un mensonge pieux, un mensonge vertueux. Après tout, qui pourrait révéler une vérité aussi cruelle à une enfant de cinq ans incapable de la comprendre ?

À ses yeux, Virgil a fait ce qu'il fallait.

31

Coucher de soleil

Les moustiques semblent attirés par l'odeur de Mattley. Et même si rien ne lui ferait plus plaisir qu'une douche chaude après les quinze heures de train depuis l'Oregon, il ne peut rester tranquille en sachant que Freedom pourrait être en danger. Qu'il s'agisse des frères Delaney ou de la police de Painter, il espère la retrouver avant que quelqu'un d'autre ne le fasse. Quant à ce qu'il fera à ce moment-là, il n'en a aucune idée.

Pendant ses patrouilles de nuit, lorsqu'il devait quasiment porter Freedom jusqu'à son appartement, toutes ses divagations avinées sur ses enfants, ses rappels incessants au sujet des lettres qu'elle lui avait montrées… Mattley savait déjà qui était Mason, et il n'a eu qu'à se renseigner rapidement pour obtenir son adresse personnelle, puisque les lettres de Freedom étaient adressées à une église de Goshen.

La lampe jaune de la terrasse émet un bourdonnement quand il appuie sur la sonnette. Son estomac gargouille, il a mal aux reins à force d'être resté assis dans le train puis la voiture de location. Il jurerait avoir perdu cinq kilos entre

Painter et Louisville. Le soleil se couche dans les arbres derrière lui, dégageant juste assez de lumière pour que son ombre s'étire sur le perron. Une femme ouvre la porte.

« Excusez-moi de vous déranger, madame, dit Mattley en s'efforçant de ne pas trop ouvrir la bouche, étant donné que ça fait plus d'un jour qu'il ne s'est pas brossé les dents. Mason Paul est là ?

— Non, désolée, répond la femme. Je peux vous aider ?

— Je m'appelle James Mattley. Excusez-moi de débarquer comme ça, je viens de loin. » Il fouille dans le sac en toile qu'il porte sur l'épaule et en sort une photo, prise au commissariat. « Je me demandais si vous auriez vu cette femme ? »

Violet, déconcertée par cette visite impromptue, examine la photo de Freedom. « Non, désolée. » Elle la lui rend.

Mattley soupire, dépité qu'aucune réponse ne l'attende au bout de son long voyage. « Bon. Pardon de vous avoir dérangée, mademoiselle », dit-il avant de tourner les talons.

Violet le rappelle : « C'est à propos de la disparition de Rebekah ? »

Mattley s'immobilise. « La disparition de Rebekah ? » C'est la première fois qu'il en entend parler, et il se dit que Gumm et Howe ne tarderont sûrement pas à l'apprendre.

« Mais oui. » Violet croise les bras, s'appuie contre l'encadrement de la porte. « La sœur de Mason. Il est dans tous ses états à cause de ça.

— À Louisville ?

— Goshen. » Violet éteint la lumière et sort sur le perron, avant d'activer le système d'alarme et de verrouiller la porte. « Vous ne discutez pas entre vous, ou quoi ? Il y a déjà deux autres flics qui sont passés ces dernières heures.

— C'est vrai, ment-il. En fait, je suis en route pour Goshen. » *Et si je ne mange pas un morceau très vite, je vais m'évanouir.*

« Prévenez-nous si vous trouvez quelque chose, dit Violet, qui se dirige vers sa voiture. Je vais voir si mes amis de la police locale ont du nouveau.

— Je vous raccompagne. » Mattley contemple le soleil mourant en se disant qu'il aimerait surtout reprendre la route le plus vite possible pour voir ce qu'il peut apprendre au sujet de la disparition de Rebekah. *Mais garde ton calme. N'inquiète pas cette femme. Retiens-toi de pulvériser un nain de jardin à coups de pied.*

Freedom ne peut pas être responsable… si ? Ou bien les Delaney ? Ces types qui sont aux trousses de Freedom ? Les hypothèses se bousculent dans sa tête.

« Mince, j'ai oublié mon téléphone », dit Violet, qui se dépêche de retourner chez elle.

Mattley agite la main en se précipitant vers sa voiture de location. « Passez une bonne soirée », dit-il.

32

Cours, Rebekah, cours

Deux femmes hurlent à l'extérieur du bar entre les bras de videurs gonflés à bloc, engueulades d'ivrognes à propos de ménages brisés et de bébés dans le dos. Le froid glacial de la soirée ne les empêche pas de porter des jupes qui boudinent leurs jambes pleines de cellulite et des sandales à talons aiguilles qui compriment leurs vieux orteils jusqu'à ce que mort s'ensuive. Trop de rouge à lèvres, trop de fond de teint. Mason ne peut retenir un sourire tandis qu'ils traversent le parking en terre jusqu'à l'entrée du bar. Le Bluegrass n'a pas été beaucoup retapé depuis la tempête, à part un peu de gros scotch et de carton sur les fenêtres, déjà recouvertes de ces graffitis en forme de « S » tribaux que les collégiens dessinent sur leurs cahiers. Ah, les vandales de douze ans.

Mason tient la porte à Peter, et tous les regards se braquent sur eux. Bedaines de buveurs de bière retenues par des bretelles, odeur de poulet dans l'air. Mason souffle dans ses mains pour chasser le froid d'octobre pendant que *Lay Down Sally* résonne parmi les bottes en peau de croco, les jeans et la laine.

Ils repèrent l'homme immédiatement, celui des vidéos de surveillance, qui se frottait à Rebekah le soir de sa disparition. Il porte la même casquette noire des New Orleans Saints, avec une fleur de lys dorée, et est appuyé contre une table de billard. Il enduit l'embout de sa queue avec de la craie, une chique de tabac au creux de la joue. C'est Peter qui l'aperçoit en premier et qui le pointe du doigt. L'homme croise le regard de Mason quand il s'approche avec Peter. Il attrape une conserve vide sur une étagère de fortune accrochée au pilier à côté de lui, et recrache son tabac à l'intérieur. Une fois la partie terminée, il repose sa queue avant de sortir une boîte de tabac au menthol de son jean. « Qu'est-ce que vous avez à me reluquer ? dit-il en récupérant des brins de tabac frais qu'il fourre sous sa lèvre, sans les regarder.

— En fait… » Pour la première fois depuis qu'il est entré dans le bar, Mason se sent tout à coup hors de son élément. « J'espérais que vous pourriez m'aider.

— Ben, je sais pas ce que vous cherchez, mais j'aide jamais gratis. » L'homme lève les yeux de sa boîte en fer, dévisage Peter comme s'il n'avait jamais vu personne en fauteuil roulant.

« Je cherche une jeune femme appelée Rebekah Paul. Vous la connaissez ?

— La petite bombe rousse qui passe tout le temps aux infos ? réplique l'homme en souriant. Je l'ai jamais vue. Et pourquoi ça vous regarderait, de toute façon ?

— Elle est venue ici il y a quelques jours, mais on pense qu'elle s'était coupé les cheveux et qu'elle les avait teints en blond. » Mason s'avance d'un pas. « Mon petit doigt me dit que vous l'avez peut-être vue. »

L'homme fait remonter un paquet de flegme du fond de sa gorge et l'avale. « Ouais, je l'ai vue, et alors ? »

Mason l'empoigne par le tee-shirt. « Écoute, espèce d'enculeur de vache dégénéré, je plaisante pas. Cette fille est ma sœur et je jure devant Dieu que si tu ne me files pas un coup de main, je te traîne dehors et je t'enfonce cette jolie queue brillante dans… » Peter agrippe le bras de Mason. Tout le monde les regarde. Mason lisse sa chemise blanche, se racle la gorge.

« Pas la peine de vous énerver, merde ! » L'homme lève les bras pour indiquer aux témoins qu'il maîtrise la situation. « Venez, je vous emmène à mon camion ; on pourra discuter là-bas, si vous y tenez.

— On n'ira nulle part. Si t'as un truc à dire, tu peux le dire ici. »

Mais l'homme se penche vers l'oreille de Mason. Sa voix se fait plus grave d'une octave. Son accent du Sud a disparu. Sa façon de parler n'est plus celle d'un péquenaud demeuré. « Pas ici. Taisez-vous et suivez-moi. »

Ils passent devant les videurs puis traversent le parking, jusqu'à l'endroit où des dizaines de camions de marchandises refroidissent à la lumière de la pleine lune. Suivant l'inconnu, Mason pose la main sur la poitrine de Peter pour l'arrêter quand l'homme s'enfonce dans une longue allée entre les camions, seul dans le noir. Ils échangent un regard : *C'est peut-être pas une si bonne idée.* L'homme se retourne en les entendant hésiter. « Je ne vais pas vous faire de coup tordu. Vous voulez avoir des infos sur votre sœur, oui ou non ? » Ses pas résonnent entre les semi-remorques, donnant au parking une atmosphère hantée.

La colonne vertébrale de Mason se mue en barre de glace, envoyant des éclats de givre à chacune de ses terminaisons nerveuses. Toutes les cellules de son corps lui disent de faire demi-tour, mais il n'a jamais été si près de retrouver Rebekah. L'idée que cet homme ait pu tabasser Gabriel et enlever sa sœur lui apparaît soudain comme une possibilité terrifiante. Mais il reste concentré sur la nuque de l'inconnu pour empêcher la peur de le dévorer. Le fauteuil électrique de Peter ronronne à ses côtés tandis que l'homme tripatouille ses clés pour débloquer une serrure à l'arrière d'un camion « Produits Redindelly », immatriculé en Virginie.

« Vous n'avez rien vu, compris ? » dit-il, sur quoi Mason acquiesce. La porte du poids lourd coulisse avec fracas, une mince bande de lumière s'échappe de l'ouverture. Peter doit se redresser autant que possible pour voir à l'intérieur, tandis que Mason avance la tête, la lumière venant frapper ses yeux. Au fond du camion se trouvent des écrans diffusant des images en noir et blanc, trop éloignées pour qu'on les distingue de l'extérieur. Il y a plusieurs hommes à l'intérieur, dont un skinhead avec une grande croix gammée tatouée sur le bras qui se tond le crâne avec un rasoir électrique en arpentant le camion, pendant que les autres fixent Mason et Peter, casques audio sur la tête. « Je vais avoir du mal à le faire entrer, dit Mason avec un geste vers Peter.

— Je peux rester là », lui assure-t-il.

Le claquement de la porte qui se referme derrière Mason remonte le long de sa moelle épinière.

« Qu'est-ce que c'est que ce bordel ? demande le skinhead, qui lève un miroir de poche pour examiner sa tête rasée.

— Il cherche sa sœur », explique l'homme que Mason a suivi. Le dos tourné, le skinhead se sert du miroir pour lui jeter un regard froid. Dans le reflet, la lumière donne à sa peau une teinte bleu métallique ; ses yeux ressemblent à des billes noires.

« Alors ça, lâche-t-il sans se retourner, faisant pivoter le miroir pour observer Mason. Le grand frère de la Vierge Marie.

— Pardon ? » Mason ne comprend toujours rien.

Le skinhead lui adresse un sourire narquois. « Ouais, j'en sais long sur vous, monsieur l'avocat de génie.

— On se connaît ? » Mason aimerait être encore un peu soûl, il voudrait qu'un torrent de whisky inonde ses entrailles et emporte la peur qui fait trembler sa voix. Le skinhead éteint son rasoir et appelle un des hommes : « Sammy, tu as celui pour la poitrine ? » Un type posté près d'un ordinateur au fond du camion sort une longue bande de papier d'un tiroir, puis rejoint le skinhead avec une bouteille d'eau. « J'ai failli l'oublier, celui-là. » Il récupère un torchon par terre, qu'il humidifie avant de poser le faux tatouage sur la clavicule du skinhead. Il regarde Mason droit dans les yeux. « On a été aussi choqués que vous quand on a appris ce qui était arrivé à votre sœur.

— Vous êtes qui, des fédéraux ?

— ATF[1], ministère de la Justice, répond l'inconnu qui a guidé Mason.

— Comment est-ce que vous me connaissez, alors ?

— Monsieur Paul, vous ne nous prendriez pas pour une bande d'enculeurs de vache dégénérés qui ne se renseignent même pas sur la famille proche de leur cible, si ? »

Mason laisse échapper un semblant de rire. « Rebekah ? Il n'y a aucune chance qu'elle soit ciblée dans vos affaires. Elle n'a jamais dit un gros mot de sa vie, encore moins… Mais attendez, de quoi on parle, là ? D'une opération contre les néonazis ? »

Le skinhead ricane. « Pas tout à fait. » Sammy retire la bande de papier, révélant un faux tatouage humide de symboles à la gloire de la race aryenne.

« Quelqu'un ferait mieux de me dire ce qui se passe, ou je vous jure sur la tête du Christ que je retourne dans ce bar pour expliquer à tous vos potes fascistes que vous êtes des sales taupes. Où est Rebekah ?

— Malheureusement, on n'a rien à voir avec ça, répond l'inconnu qui avait tenté de la ramener chez lui. Personne n'a compris qu'il y avait un

1. Sigle désignant le *Bureau of Alcohol, Tobacco and Firearms*, organisme fédéral chargé de lutter contre le trafic d'alcool, de tabac et d'armes à feu. (*N.d.T.*)

problème avant qu'il ne soit trop tard. C'est là que j'ai trouvé ce gamin, Gabriel, derrière le bar.

— Allez, dites-moi un truc qui peut m'aider, supplie Mason. Sans vouloir vous vexer, Rebekah n'est pas du genre à se couper et à se teindre les cheveux du jour au lendemain pour échouer dans un bouge comme ça.

— C'est ça ! aboie le skinhead. La Vierge Marie passait ici tous les dimanches, réglée comme un coucou suisse.

— Vous allez arrêter de l'appeler comme ça ? s'énerve Mason. Dites-moi juste pourquoi vous l'avez en ligne de mire. »

Les épaules du skinhead se redressent. Sa mâchoire remue à peine quand il déclare : « La Vierge Marie est l'une des trafiquantes d'armes les plus efficaces du Sud bigot. »

S'ensuit le genre de silence qu'on laisse s'installer quand l'atmosphère devient trop pesante. Le sourire de Mason tressaille nerveusement. « Bon, me voilà soulagé. Il y a erreur sur la personne.

— La fille du révérend Virgil Paul des Adventistes du Troisième Jour, dont le visage passe en boucle sur toutes les chaînes d'info du Kentucky ? réplique l'inconnu. Non, Mason. Il n'y a pas erreur.

— D'accord, je ne sais pas si vous avez déjà rencontré Rebekah en chair et en os…, commence Mason, qui déteste ce qu'il s'apprête à dire. Mais elle a plus ou moins un quotient intellectuel de handicapée mentale. Je ne crois vraiment pas qu'elle soit capable de faire du trafic d'armes.

— Comment pensez-vous que votre Église se procure toute cette artillerie, alors ? demande l'inconnu.

— Quelle Église ? » Mason est de plus en plus convaincu qu'on lui parle de quelqu'un d'autre.

« À quand remonte votre dernière visite chez vos parents ? » Mason ne répond pas. « Oh, j'imagine que leur terrain de dix hectares n'était encore que vertes collines et herbe bleue quand vous êtes parti. » L'inconnu enfonce les mains dans ses poches et parle à voix basse, les yeux fixés sur un écran à l'autre bout du camion. « C'était avant que Papa révérend ne pousse les membres de l'Église à y construire leur petite communauté et à se couper du reste du monde.

— Vous parlez d'une secte, dit Mason, qui ne se rend compte de la gravité de la chose qu'au moment où il prononce ces mots.

— Et ils ne reçoivent pas leurs armes de Jésus.

— Une minute, une minute. » Mason se prend la tête entre les mains. « Des armes pour quoi faire ? »

Le skinhead semble impatient de répondre, mais l'inconnu le coupe. « Nous soupçonnons votre père de diriger un mouvement radical, un mouvement qui se prépare peut-être à des actions antigouvernementales.

— Du terrorisme intérieur, vous voulez dire ? » L'inconnu baisse les yeux et hoche la tête. « Pourquoi me racontez-vous tout ça ? Qu'est-ce qui vous dit que je ne suis pas dans le coup ?

— On vous a surveillé, dit le skinhead en enfilant son blouson d'aviateur.

— Je suis sur écoute, c'est ça ?

— On sait que vous n'êtes pas impliqué, c'est le plus important.

— Je vous crois, quand vous dites que vous voulez juste retrouver votre sœur, dit l'inconnu. Et j'aimerais vraiment avoir plus d'informations à vous donner.

— Où étiez-vous quand elle a disparu ? » Mason se met à arpenter la pièce, un nœud d'appréhension se formant entre ses omoplates.

« On n'a pas de caméra de surveillance à l'arrière du bâtiment. Comme je vous l'ai dit, on est arrivés trop tard. Elle avait déjà disparu quand on s'est rendu compte que quelque chose clochait.

— Bon, et qui lui vend ces armes, alors ?

— Moi et mes gars, dit le skinhead. C'est un peu compliqué, mais on avait réussi à monter un dossier solide sur votre père et ses activités à l'époque où Rebekah se fournissait auprès d'un autre flic infiltré. Sauf que ce flic a terminé dans une clinique privée pour abus de meth, alors rien de ce qu'il dit n'est plus recevable. Il était tellement déglingué qu'il n'a même pas réussi à établir un simple profil de Rebekah. Tout a foiré. » Il se dirige à pas lourds vers la porte du camion. « On a dû recommencer de zéro la semaine dernière. Ça devait être mon premier rendez-vous avec elle. Mais elle a disparu avant même que je puisse la voir.

— Vous ne pensez pas que c'est un des skinheads qui l'a enlevée ?

— Ça paraîtrait logique, mais ils ont tous un alibi. Ils étaient avec moi dans la cave, où ils fabriquent les armes. On est en train de monter un dossier contre eux aussi, mais je peux vous le jurer la main sur le cœur : ce ne sont pas eux qui ont enlevé votre sœur et qui ont agressé le cuistot.

— On a transmis l'information au shérif de Goshen dès qu'on s'est rendu compte qu'elle avait disparu, termine l'inconnu. Mais vous connaissez les flics des petits patelins...

— Vous vous souvenez de son nom ? » demande Mason, même s'il le connaît déjà.

Le skinhead et l'inconnu se tournent vers Sammy, qui consulte son ordinateur avant de répondre : « Don Mannix. On attend toujours de ses nouvelles. Ce type nous ignore complètement.

— J'ai bien peur que ce soit tout ce qu'on sache sur votre sœur. » L'inconnu recrache sa chique dans la boîte en fer. « Merde, c'est vraiment dégueulasse.

— Et personne n'a idée de ce qu'ils vont faire des armes ? Je veux dire, ils en ont beaucoup ?

— On ne sait pas trop. » Le skinhead remonte la fermeture Éclair de son blouson, fait craquer son cou. « Ils pourraient viser une mosquée, une synagogue. Peut-être organiser quelque chose d'aussi sanglant que ce qui s'est passé à Oklahoma City. On parle de plusieurs centaines d'armes à feu, rien que cette année.

— Vous devez les arrêter, ordonne Mason.

— Légalement, on ne peut pas. » L'inconnu enlève sa casquette pour secouer ses cheveux. « On aurait plus de chances de s'infiltrer dans la culotte de Mère Teresa que chez les Adventistes du Troisième Jour. Rebekah était notre seul espoir, en fait. Ils ne veulent même pas avoir affaire à vous, leur fils, alors nous... Ils ont arrêté de recruter l'année dernière, pile au moment où on a eu vent du trafic d'armes. »

Mason pousse un soupir de dépit. Il retourne à pas lents vers la sortie, venant seulement de se rappeler que Peter l'attend dehors. « S'il vous plaît... Prévenez-moi si vous avez du nouveau. Je vous en supplie. »

Pour la première fois, l'inconnu semble sincèrement compatir. « Pareil pour vous. Écoutez, nous savons quel genre de personne est Rebekah ; nous ne pensons pas qu'un tribunal puisse retenir quoi que ce soit contre elle. Mais quelqu'un la manipule, et tout ce qui nous intéresse, c'est de découvrir qui. Voici ma carte de visite. Appelez-moi au besoin. Je m'appelle Joe, au fait. » Il échange une poignée de main avec Mason avant que celui-ci ne parte. Mason sait déjà que c'est de son père, Virgil, qu' il s'agit.

Il rejoint Peter d'un bond tandis que le skinhead claque la porte coulissante derrière lui. Puis il s'éloigne à toute vitesse, Peter s'efforçant de le suivre vers le Bluegrass.

« Tu-tu as appris qu-quelque chose ? bégaie-t-il.

— Je t'expliquerai en route.

— En route vers où ?

— Vers Goshen. » Mason s'arrête pour allumer une cigarette. « On va rendre une petite visite au shérif. »

33

Quand on parle du diable

À Goshen, l'agent James Mattley insère une pièce dans le vieux juke-box en bout de table et appuie sur F11 pour entendre une version grésillante de *Crazy* de Patsy Cline s'élever dans le restau routier. S'il ne s'était pas arrêté pour manger, il n'aurait rien pu faire. Il a l'intention d'avaler son repas le plus vite possible avant de reprendre son enquête. Il souffle sur sa troisième tasse de café noir, sur cette substance épaisse comme du goudron qu'on trouve au fond de la cafetière, et triture sa tarte au chocolat. « Fait maison », lui a déclaré la serveuse. Sauf que le dessert a pris un goût de plastique prononcé à force d'attendre dans son emballage industriel ; mais Mattley ne le fait pas remarquer.

Entre sa découverte de la lettre de Rebekah Paul à Freedom dans la maison de retraite de Mimi et sa brève visite chez Violet, la disparition de Rebekah lui apparaît désormais comme l'élément clé, l'énigme qui relie toutes les pièces du puzzle. Mais Freedom était encore dans l'Oregon le jour où c'est arrivé. Et Mattley n'a pas tardé à découvrir la réputation des Adventistes du

Troisième Jour. Le capitaine Banks a beau l'avoir suspendu, il ne peut pas se contenter de fermer les yeux sur cette affaire étrange. Il ne peut pas non plus ne pas aider cette femme, oublier qu'elle est poursuivie par des hommes qui ont réduit son immeuble entier en cendres.

« Zut, j'ai failli oublier. » La serveuse, âgée d'une vingtaine d'années, vide une bombe de chantilly sur sa tarte. « Vous êtes de passage ? J'vous ai jamais vu dans le coin.

— On peut dire ça », répond Mattley, qui fait semblant d'apprécier son dessert. Il doit bien admettre qu'elle est mignonne comme un cœur, avec sa longue queue-de-cheval brune, ses yeux bleus brillants, ses lèvres pleines. Dans le restaurant désert à l'exception des cuistots derrière leur vitre, la serveuse s'assoit face à Mattley et se déchausse à moitié.

« C'est mort de chez mort, cette semaine.

— On dirait bien. » Le côté flic de Mattley se réveille. « Je suis passé devant une propriété cet après-midi, avec un énorme portail noir recouvert de panneaux qui disaient "L'enfer vous attend" et un tas d'autres trucs bizarres. J'ai essayé de jeter un œil derrière les grilles et les arbres, et j'ai aperçu plein de petites maisons blanches. Qu'est-ce que c'est que cet endroit ? »

La serveuse émet un petit rire tout en se remettant du rouge à lèvres face à son reflet dans le juke-box ; la teinte est un peu trop vive pour son visage. « C'est la vieille ferme des Paul, l'Église des Adventistes du Troisième Jour. » Elle lève les yeux en même temps que Mattley lorsque le shérif Don Mannix entre dans le restaurant, faisant tinter la clochette de la porte. « Quand on parle du diable…

— Salut, Shirley, dit le shérif en ôtant son Stetson avant de s'installer à une table en face de Mattley. Une part de tarte à la citrouille et du café, ma belle. » Quand la serveuse se lève, il s'empare d'un journal derrière lui. Puis il secoue la tête avec un sifflement réprobateur.

« Les nouvelles ont de quoi déprimer n'importe qui, de nos jours », déclare-t-il, ce qui ne l'empêche pas de tourner les pages. Il y a quelque chose chez cet homme qui ne revient pas à Mattley, même s'il n'arrive pas à mettre le doigt dessus.

« Et donc, dit-il, changeant de sujet, Shirley était en train de me parler de cette église que j'ai croisée en arrivant tout à l'heure.

— Je vois, répond le shérif en haussant un sourcil.

— Puisque je risque de passer quelques jours en ville, je me disais que je pourrais aller à la messe là-bas.

— Elle est pas ouverte au public, malheureusement, dit le shérif, qui fait tout à coup mine d'être profondément absorbé par sa lecture.

— Depuis quand est-ce que les églises ne sont pas ouvertes au public ? »

Le shérif abat son journal sur la table. « Merde, vous êtes journaliste ou quoi ? »

Mattley lève les mains. La chanson se termine. On pourrait entendre les cafards copuler dans le silence. « Je suis curieux, c'est tout.

— On n'a pas besoin que des étrangers viennent rameuter leur curiosité chez nous. » Shirley apporte la part de tarte et le jus de chaussette du shérif. « Merci, ma jolie, dit-il avant de se replonger dans les nouvelles du jour.

— Voilà l'addition… » La serveuse tapote la note devant Mattley. « Monsieur.

— Ça va, j'ai compris le message. » Mattley jette un billet de dix dollars sur la table et quitte le restaurant.

Un semi-remorque à l'enseigne des « Produits Redindelly », immatriculé en Virginie, passe en trombe sur l'autoroute pendant que Mattley regagne sa voiture et déchiffre la note :

Shérif véreux, membre d'une secte. Si vous êtes là pour Rebekah, commencez par Michelle Campbell. Bises, Shirley.

Mais Mattley reste dans sa voiture, attendant la réaction du shérif.

Un véhicule s'arrête à côté de lui sur le parking en terre battue. Mattley reconnaît le conducteur pour l'avoir vu sur Internet quand il se renseignait sur les Adventistes du Troisième Jour. Virgil le salue d'un hochement de tête en souriant, et Mattley l'imite. Un instant plus tard, le shérif sort du restaurant et monte dans la voiture de Virgil, prenant bien soin de fusiller Mattley du regard avant qu'ils ne démarrent.

Mattley leur laissera un temps d'avance. Il n'est pas bête au point de les filer sur ces routes de campagne ; il se ferait repérer en moins de deux.

Il tape « Michelle Campbell » sur son téléphone, pour voir ce qu'Internet lui dénichera. Et pendant la demi-heure qui suit, Mattley s'enfonce de plus en plus dans l'histoire étrange de Goshen : la ferme des Paul, les jeunes filles disparues…

34

Le pilori

Environ quarante minutes après avoir quitté le Bluegrass, Mason et Peter pénètrent dans le commissariat de police de Goshen, une prison d'une seule pièce remontant aux années mille huit cent et flanquée d'un carré d'herbe avec pilori et poteau de torture, une manière de rappeler que la ville tenait fermement à une forme de zèle d'un autre âge et à châtier sans pitié les criminels comme les pécheurs, dans la mesure où la loi moderne le permettait.

Ils se trouvent face à une estrade, un long bureau situé directement à l'entrée, derrière lequel se tient un agent en uniforme : visage rouge betterave, gouttes de sueur sur les tempes. L'homme se redresse, range fiévreusement des papiers sur son bureau, donne un coup de poing sur la table et appelle son collègue, dissimulé derrière une demi-cloison du côté droit de la pièce, où l'on enferme les rares criminels du coin dans l'une ou l'autre cellule de la prison en fonction de leur sexe.

Le second agent émerge d'une des geôles. Mason le reconnaît immédiatement : c'est Darian Cooke.

Au lycée, Darian Cooke était ce footballeur crétin de deux mètres de haut qui riait à s'en crever la panse au dernier rang de la classe de bio, tout en chuchotant des invitations à l'exploration sexuelle à toutes les filles qui osaient lever la main. Dieu, que Mason le détestait. Le bourrin populaire de base, affublé d'un blouson de l'équipe sportive, qui s'amusait à le torturer pour la seule raison que son père était révérend. Toujours à lui piquer les oreilles avec la pointe d'un crayon, à lui jeter des boulettes de papier dans le cou. Et le voilà devenu flic. *Évidemment. Comme s'il n'avait pas assez le melon il y a sept ans.*

« Tiens, tiens, tiens… Mason Paul. Merde alors ! s'exclame Darian en rentrant sa chemise bleu clair dans son pantalon. Qu'est-ce qui amène la star des avocats chez nous ?

— Salut, Darian. Ça fait un bail. » Mason s'efforce de digérer sa présence, de feindre d'apprécier le type. Il lui tend la main ; Darian essuie la sienne sur la raie de son pantalon avant de la serrer.

Ses cheveux blonds se dégarnissent déjà, ses taches de rousseur se sont muées en marbrures rouges. « Désolé pour ta sœur. C'était une chouette fille.

— Vous en parlez comme si elle était morte », remarque Peter.

Darian Cooke lui jette ce que les gens du Sud appelleraient « un regard puant », une expression qui reflète bien son arrogance. Tout en fixant le fauteuil roulant, il demande à Mason : « Bref, qu'est-ce que je peux faire pour toi ?

— J'essaie juste de retrouver ma sœur, répond-il avec un sourire forcé. J'espérais que vous pourriez me filer un coup de main par ici, me donner tout ce que vous avez sur l'enquête. Le rapport de police, de préférence.

— Bah, tu ferais mieux de demander ça chez toi. C'est eux qui ont récupéré le dossier.

— Je sais, je sais, ment-il. Je voulais juste jeter un œil moi-même.

— Quoi, tu insinues qu'on sait pas faire notre boulot dans les petits patelins ? réplique Darian, brusquement sur la défensive.

— Non, pas du tout. C'est juste histoire de couvrir mes arrières, tu vois.

— Non, je vois pas, rétorque l'autre, haussant le ton. Maintenant, je vous conseille de prendre vos cliques et vos claques et de ne pas revenir à moins d'avoir un mandat, compris ? Un grand avocat devrait savoir ça.

— Allez, Darian..., supplie Mason. On se connaît depuis longtemps, toi et moi. Tu ne peux pas faire un petit geste ?

— Non, désolé. Et je sais que le shérif Mannix t'aime pas beaucoup non plus, alors t'as intérêt à dégager en vitesse », déclare Darian avant de rejoindre l'autre agent derrière le bureau.

Mason s'éloigne à pas rageurs, pestant dans sa barbe contre les abrutis consanguins de Goshen. Il enchaîne les jurons, furieux de se retrouver là après des années passées à se convaincre qu'il ne retournerait plus jamais dans le trou paumé qui lui sert de ville natale. Plus vite il retrouvera Rebekah, plus vite il se tirera de cet endroit. Un endroit dont les champs de blé à perte de vue symbolisent la distance qui le sépare du grand méchant monde, ce monde qui attendait Mason à bras ouverts quand il était enfant. Un endroit si arriéré que la recherche de la justice y est devenue une injustice en elle-même, illustrée par les foules hystériques qui surgissent de temps à autre pour régler leurs propres comptes à travers des expéditions punitives, passages à tabac ou expulsions forcées de la ville. Un endroit où la grâce divine est devenue une arme de répression et d'asservissement manipulée par les hommes en position d'autorité, grosses légumes dans un petit potager qui n'ont rien de mieux à faire que rester chez eux à gonfler leurs egos et s'astiquer la trique dans leurs délires de grandeur. Darian Cooke n'a rien d'une exception.

Mason s'arrête à la porte quand il se rend compte que Peter ne le suit pas. Il se retourne, mais l'autre refuse de bouger. « Peter, qu'est-ce que tu fous ? » siffle-t-il. Peter garde le silence jusqu'à ce qu'il le rejoigne.

« Ça sent la chatte ! crie-t-il soudain.

— Qu'est-ce que tu viens de dire ? » demande Darian en plissant le front, avant de descendre de l'estrade pour planter son regard dans celui de Peter.

Peter redresse la tête dans un spasme, histoire de lui montrer qu'il ne reculera pas. « J'ai dit : Ça. Sent. La. Chatte.

— Il a raison, intervient Mason, volant à son secours. C'est pour ça que tu transpirais quand tu es sorti de la cellule ? » Il se précipite vers le cachot dissimulé par la cloison, pour découvrir une jeune femme affalée contre le mur, chemise déboutonnée et jupe de travers, visiblement ivre morte ; et Peter a raison. Ça sent le sexe. « Oh, attends un peu que j'appelle mon copain, le procureur général. Il va se régaler. » Cette façon de se venger emplit Mason de satisfaction.

« Darian, donne-lui ce qu'il demande, s'inquiète l'autre flic, qui porte un badge au nom de Dix.

— Retourne-toi, ordonne Darian à Mason.

— Sinon quoi ? Tu vas me descendre, Darian ? » Mason rapproche son visage de celui du flic, refrénant l'envie de se mettre sur la pointe des pieds pour mieux y arriver. « Vas-y alors, descends-moi, caïd. »

Darian l'agrippe violemment par le haut du bras et le force à se retourner ; Peter essaie de lui donner un coup de pied dans les tibias depuis son fauteuil, mais rate sa cible. Les quatre hommes se mettent à se hurler dessus, la scène dégénère. Peter crache au visage de Dix. Darian referme des menottes sur les poignets de Mason. Dix pousse le fauteuil de Peter jusqu'à la sortie. « Dégage, dit-il en l'expulsant. Tu me remercieras.

— Quoi, pas de cadeau d'adieu ? » lui crie Peter.

Dix décroche un Taser de sa ceinture. « Tu veux un cadeau d'adieu ?

— Je réfléchirais deux minutes avant de donner un coup de Taser à un débile mental dans un fauteuil métallique », rétorque Peter.

Dix prend un moment pour méditer la chose. Se sentant idiot de ne pas y avoir pensé tout seul, il crache au visage de Peter. « Voilà ton cadeau d'adieu, attardé. »

Peter file se poster au coin de la rue pavée, sous un bec de gaz à l'ancienne, et appelle Freedom.

« Où t'es ? demande-t-elle.

— Coincé à Goshen. Mason vient de se faire arrêter par des flics agressifs pour avoir trop fouiné.

— Nom de…, commence-t-elle au bout du fil. Fouiné où ça ?

— On essaie de retrouver Rebekah. Ça nous a fait atterrir en plein milieu d'une enquête de l'ATF sur des skinheads et un trafic d'armes. On dirait que les Paul sont embarqués dans un truc vraiment sérieux.

— Comme quoi ?

— Je t'expliquerai quand on se verra. Il faut que je m'occupe d'autre chose pour le moment. Où es-tu ?

— Dans un motel à Louisville. Je vais réfléchir à un moyen de tirer Mason de là. Et toi ? Tu veux que je vienne te chercher ?

— Non, je vais prendre le taxi pour aller voir quelqu'un qui pourra peut-être nous aider. Il s'appelle comment, ton motel ?

— C'est un Motel 6, dans le quartier des Highlands. »

Peter entend une moto vrombir au bout du fil. « Il y a un club juste à côté, le Phénix. On se retrouve là-bas à minuit ?

— Ça marche. Tire Mason de là.

— Je vais faire de mon mieux.

— Les flics du coin sont complètement cinglés. Ne leur fais pas confiance.

— C'était pas mon intention. » Ils raccrochent tous les deux.

Peter, qui frissonne dans le froid, consulte l'annuaire local sur son téléphone. Il commence par appeler un taxi. « C'est pour aller où ?

— Je le saurai quand vous serez là », dit-il au standard. Après avoir coupé la communication, il cherche le numéro de téléphone et l'adresse de

Ger Custis, le père de Carol Paul. L'horloge affiche vingt et une heures trente, il devrait y être avant vingt-deux heures, à condition que la centrale des taxis prenne en compte ses demandes répétées pour qu'on lui envoie un véhicule adapté aux personnes handicapées, cette fois-ci. Il envoie un texto à Mason, espérant envers et contre tout qu'il le recevra :

`Rendez-vous au Phénix à minuit. Je continue le boulot de mon côté. On la retrouvera ensemble.`

À l'intérieur du commissariat de Goshen, Dix aide Darian Cooke à traîner un Mason déjà ensanglanté dans la cellule de la fille ivre morte. Darian le menotte aux barreaux de la cage et l'empoigne par les cheveux pour lui faire redresser la tête.

« Tu ne vas pas t'en tirer comme ça, Darian. Tu peux me croire », lui dit Mason avec un sourire plein de sang.

Les deux agents lui vident les poches. Ils se moquent de Mason, avec ses boutons de manchette luxueux gravés à ses initiales et ses stylos-plume, éparpillent ses cartes de visite sur le sol. Puis Darian et Dix se relaient pour le frapper. Les jointures de leurs doigts s'éraflent peu à peu ; leurs glandes surrénales explosent. Mason entend une ou deux côtes craquer, les coups qui l'atteignent au ventre lui coupent le souffle. Mais il ne les supplie pas d'arrêter. Il ne lâche pas un seul cri de douleur. Il ne leur donnera pas la satisfaction de le voir souffrir, ils peuvent faire un trait là-dessus. Et après un petit moment d'acharnement, qui pour Mason semble avoir duré des heures, les agents s'arrêtent lorsque le shérif Don Mannix entre dans le commissariat. À ses côtés se tient Virgil Paul.

« Mais qu'est-ce qui se passe, ici ? » demande Virgil d'un ton sec.

Dieu merci, pense Mason en levant des yeux brouillés de larmes. Il arrive à peine à distinguer son père. « Papa, tu ne peux pas laisser ces animaux me faire ça. » Les hommes lui enlèvent ses menottes, et Mason s'effondre par terre. Couché sur le flanc, il s'agrippe aux barreaux pour se redresser vers le shérif Mannix, qui s'accroupit face à lui.

« Mes gars n'auraient jamais fait ça si tu leur avais pas donné une sacrée bonne raison de le faire.

— Don, tu me connais.

— Je te connais pas. » Les paroles du shérif planent dans l'air un instant, tandis que Mason tente de reprendre son souffle. Le shérif se relève pendant que Darian Cooke et Dix quittent la cellule. « On l'inculpe pour quoi, au fait ?

— Chantage, répond Darian. C'est illégal, hein ?

— Je ne sais pas, Cooke, dit le shérif. À ton avis ? » Mais Cooke ne répond pas. « On pourra le garder quelques jours s'il le faut. Retournez à votre paperasse. » Don et les agents s'éloignent.

Virgil contemple son fils, affalé sur le sol. « C'est Dieu qui t'inflige ça, pour l'avoir défié ouvertement. »

Même à travers les rideaux de larmes qui voilent ses yeux, Mason remarque que les rides se sont creusées sur le visage de son père ces six dernières années. Une étincelle d'espoir s'éveille en lui, l'espoir qu'après tout ce temps son père change d'avis, qu'il l'aide, qu'il le voie comme le fils qu'il a toujours voulu être. Mais il ne lui faut pas plus de trois secondes pour comprendre que ça n'arrivera pas. Il le voit à la torsion de ses lèvres, aux ténèbres grandissant dans son regard qui représentent son âme, si tant est qu'il en ait encore une : Virgil est encore plus campé sur ses convictions, encore plus ancré dans ses illusions perverses de martyr qu'il ne l'a jamais été. L'étincelle d'espoir de Mason se change en bloc de rage. « Je veux seulement retrouver ma sœur, dit-il, écumant intérieurement. Je veux savoir dans quel genre de merde tu l'avais fourrée avec ces histoires d'armes. Qu'est-ce qu'elle foutait ? »

Virgil verrouille la porte de la cellule avec un rictus. « Allons, d'où tires-tu ces idées saugrenues, mon garçon ?

— De l'ATF, figure-toi. » Une vague d'inquiétude traverse le visage de Virgil, qui tente de la réprimer. Mason regrette déjà d'avoir ouvert la bouche.

« Laisse Dieu s'occuper des affaires de cette famille », dit son père. Il lance les clés en l'air puis les rattrape avant de s'éloigner. « En attendant, tu n'as qu'à rester ici et méditer. » Il quitte le commissariat en compagnie de Don Mannix.

Mason essaie de ne pas imaginer le sperme de Darian Cooke sur le sol où il est assis. Respirer lui fait mal ; chaque fois que ses poumons se dilatent, il a l'impression que ses côtes se tendent, prêtes à se briser comme des brindilles qu'on écrase. Il doit faire un effort surhumain pour récupérer ses affaires sur le sol.

Il les fourre dans son manteau, et retrouve son portable dans sa poche arrière. *Ces crétins l'ont oublié.* Il lit le texto de Peter qui lui demande de le rejoindre au Phénix. *J'aimerais bien, mon pote.* Il s'assoit sur le banc fixé au mur, à côté de la fille toujours évanouie. Il prend un stylo pour écrire quelques mots sur une carte de visite :

Contactez-moi. Je vous aiderai.

Puis il glisse la carte dans la poche de sa chemise.

35

Découverte

Je m'appelle Freedom, et j'erre dans le noir à l'intérieur de la maison de mon fils, ce fils que je n'ai pas vu depuis vingt ans. *Merci, Peter, la seule personne sur qui je pouvais compter pour me dégotter l'adresse de Mason.* J'ai constaté une ou deux fois par le passé, moi qui n'arrêtais pas de perdre mes clés pendant mes cuites, qu'une bonne paire de boucles d'oreilles suffisait à crocheter n'importe quelle serrure quand on savait s'y prendre. Le système d'alarme ne m'a posé aucun problème : des boutons en caoutchouc blanc avec des chiffres noirs estompés à force d'être enfoncés. Les chiffres étaient 1, 6, 9 et 0. L'anniversaire de Mason tombant le 19 juin, j'ai essayé 1906. Ça n'a pas marché. J'ai tapé la date à l'envers : 6091. *Bingo.*

Dans la cuisine, j'allume une lampe suspendue au-dessus de l'îlot central. Au milieu, un verre de merlot. Sa copine Violet, que je vois tout le temps sur sa page Facebook, doit être passée par là ; il y a du rouge à lèvres au bord du verre. La lumière qui traverse le merlot décore le plan de travail de rayons rouges, et je me demande si l'inventeur du laser n'était pas juste un type avec un verre de vin et une ampoule. Je m'avance dans le noir.

J'aperçois les valises pleines de vêtements sur le lit. *Vacances ?* Je trouve un sac à dos. Je le vide. J'aurai sûrement besoin de vêtements de rechange si on se retrouve dans un club ce soir. *Désolée, Violet.* Les oreillers de Mason sentent le shampoing Head & Shoulders. De retour devant le frigo, je vois qu'il aime l'houmous et les trucs sains à grignoter. Et la Heineken, comme son bon à rien de père. Sur la porte, un mot de Violet :

`Je suis au commissariat, à toute. Biz, V.`

J'en ai appris plus sur mon fils en cinq minutes de promenade dans sa maison que pendant toutes les années qui séparent cet instant de mes derniers moments avec lui.

Mon pauvre Mason. Comme il avait hurlé quand on m'avait arrêtée… La façon qu'il avait de crier « Maman, me laisse pas » élargit encore la cavité noire abandonnée dans ma poitrine par le cœur qu'on m'a arraché. Ça me tord le ventre, cette voix douce qu'il avait, tellement jeune et pourtant tellement désespérée. Les sentiments de ce genre ne connaissent pas de limite d'âge. Les enfants éprouvent du désespoir, de la douleur, de la tristesse, exactement comme les adultes. Et je lui avais dit que je reviendrais tout de suite, que ça ne serait pas long. Et ça m'avait broyé les entrailles, d'essayer de ne pas pleurer devant lui, d'essayer de garder le sourire. J'avais l'impression de me noyer dans les larmes au fond de moi. Je ne supporte toujours pas d'y penser, vingt ans plus tard. J'attrape le merlot sur le comptoir et le descends d'un trait.

Mais qu'est-ce que je fous ? Je ne veux pas que la première impression que mon enfant ait de moi soit celle d'une horrible épave avinée. *Coucou, c'est ta maman. Regarde-moi me pisser dessus et coller des beignes à des passants innocents et te cracher toute ma haine au visage parce que je n'ai pas la moindre idée de ce que je raconte quand je suis pintée au dernier degré ! Mais quelles retrouvailles formidables, putain !* Je me précipite vers l'évier et m'enfonce les doigts aussi profondément que possible dans la gorge pour me faire vomir. Mes ongles me griffent la peau, mes boyaux se contractent sous les haut-le-cœur. Il faut que je me tire d'ici. Il faut que je sorte Mason de prison. Il faut que je retrouve ma fille. Il faut que je bouge.

Mais mon téléphone se met à vibrer dans ma poche. Est-ce que je dois répondre ? Le laisser sonner ? Le numéro appelant est un portable, indicatif téléphonique 631. Celui du comté de Suffolk, à Long Island, dans l'État de New York. Mastic Beach. Les Delaney. Ce n'est pas le numéro de Peter, en tout cas.

« Allô ? » dis-je. J'ai l'impression que mon cœur va me pulvériser le sternum.

« Salut, mon amour. »

Ma première conversation avec les Delaney. J'ai beaucoup réfléchi à ça, ces deux dernières décennies, à ce que je leur dirais. Mais les mots me manquent ; je me fige.

Mon cœur s'arrête quand il poursuit : « Qu'est-ce qu'il y a ? Ça devenait un peu trop chaud pour toi dans l'Oregon ? »

Du calme, Freedom. Du calme. « En fait, mon petit doigt m'a dit qu'une bande de délinquants demeurés parcourait le pays pour retrouver mes enfants. » Il y a un bref silence. « Délinquants. D-e-l…

— Je t'emmerde.

— Charmant.

— Tu sais, Nessa… en dix-huit ans, j'ai eu beaucoup de temps pour réfléchir. Beaucoup de temps pour peindre des images dans ma tête.

— Tiens, on vous laisse faire de la patouille en prison ? » Je sors le flingue de Mattley de ma botte et le pose sur le plan de travail, au cas où Matthew essaierait de me garder au bout du fil pour me freiner, me prendre au piège. Bon, je sais qu'il n'est pas très futé, mais n'importe quel crétin pourrait penser à ça.

Matthew poursuit sans tenir compte de ma remarque, la voix toujours aussi suave : « On peut se sentir affreusement seul dans un endroit comme ça. Et une petite chose aussi mignonne et innocente que Rebekah… Vu comme on s'est amusés à l'époque, quand on a fait l'amour, j'imagine que ta fille ne serait pas trop mal non plus.

— Quand tu m'as violée, raclure ?

— Chacun son point de vue. En tout cas, tu te souviens du moment où on a fait l'amour. C'était le soir où tu as tué mon frère.

— Deux ans à Sing Sing, ça faisait pas cher à payer pour tuer ce connard. Et laisse-moi te promettre une chose, Matthew. Si tu touches ne serait-ce qu'à un seul cheveu de ma fille, je suis prête à me coller l'aiguille dans le bras toute seule pour faire économiser quelques dollars à l'État si ça veut dire que je peux te voir crever de mes propres yeux.

— Mais, Nessa, elle te ressemble, en plus ! Tu ne trouves pas ça romantique ? Que j'aie toujours envie de toi après toutes ces années ?

— C'est vraiment dégueulasse, ce que t'arrives à penser sur ta propre famille.

— C'est vrai que c'est un peu bizarre. Peut-être même illégal dans certains États, même si je ne sais pas ce qu'ils en disent dans le Kentucky, ricane Matthew. Mais ça fait vingt ans que j'ai la trique pour toi, Nessa.

— Relâche-la, Matthew. » Je fais bien en sorte qu'il entende la rage qui brûle mes cordes vocales. « On baisera jusqu'à la fin des temps si c'est ce que tu veux. Mais relâche-la !

— Tu sais quoi ? s'empresse de dire Matthew. En voilà une bonne idée : et si tu te joignais à nous ?

— J'ai une autre idée, salopard. Elle contre moi. Un marché équitable. Tu la relâches, et tu pourras faire tout ce que tu veux de moi, compris ?

— Ça me va. Rendez-vous à La Grange. Il y a un entrepôt abandonné sur un parking, après la centrale électrique fermée.

— Laisse-moi lui parler.

— Elle est pas vraiment libre pour le moment.

— Alors le marché tombe à l'eau. »

Matthew grogne. « Tiens, pour toi. »

Un bref silence, puis une toux, une toux de femme. « Où est-ce que je suis ? » crie-t-elle.

Et pour la première fois depuis qu'elle s'est extirpée de mon ventre il y a vingt ans, j'entends

Rebekah. J'enfouis le téléphone au creux de ma main pour dissimuler les émotions qui explosent de manière incontrôlable, un cri de soulagement, de douleur, de rage, de manque. Sa voix change tout. Les Delaney ne comptent pas. Il faut que je la récupère. Rebekah n'est pas qu'un concept, un objectif vers lequel avancer. Elle est bien réelle, et je jurerais sentir sa présence, comme si elle se tenait à côté de moi.

Ce n'est que lorsque je tente de parler que je me rends compte que toutes ces émotions se sont emparées de ma voix. *Ressaisis-toi. Sois forte. Va la chercher.* « Et qu'est-ce qui te dit que je ne vais pas appeler les flics ?

— Parce que tu es une fugitive, maintenant. » Matthew prend une inspiration. « Et parce que tu veux que je garde ma jolie nièce Rebekah en vie jusqu'à ce que tu arrives.

— Ce n'est pas ta... », je commence. Mais Matthew me raccroche au nez avant que je puisse finir ma phrase. Je donne un coup de poing dans un placard, lâche un rugissement.

Garde ton calme. Ne pète pas les plombs, Freedom. Arrête de regarder cette bouteille. Vide-la dans l'évier. C'est bien. Maintenant, repère le trajet sur ton GPS. L'entrepôt n'est qu'à vingt minutes d'ici. N'oublie pas le flingue de Mattley. Et maintenant, bouge. Bouge, putain. Va chercher Rebekah.

36

Retraité

Un des avantages d'être cloué dans un fauteuil roulant, c'est qu'on inspire facilement confiance aux gens. « Je vous remercie v-v-vraiment de m-me recevoir, surtout aussi t-t-tard, bégaie Peter.

— Vous savez, je suis content de constater que quelqu'un fait des pieds et des mains pour aider Rebekah. Je suis particulièrement bien placé pour savoir à quel point la police est corrompue ici », dit Ger Custis, qui verse du thé dans la tasse de Peter avant d'y ajouter une paille en disant : « Voilà, comme vous me l'avez demandé.

— C'est vrai ?

— Bien sûr. » Ger s'empare d'une télécommande pour couper le son de la télévision. Ils sont assis autour d'une table-plateau pliante avec leur tasse de thé. Le système de chauffage ronronne au plafond, dans le salon rempli de tapisseries anciennes de cette vieille maison coloniale à un étage. Quelques emballages vides de plats cuisinés gisent dans une petite poubelle à côté du fauteuil inclinable de Ger. « Ma femme a disparu il y a quatre ans. La police du coin n'a même pas mis une semaine avant d'arrêter l'enquête », dit-il, levant la main en un geste d'impuissance.

Peter tourne les yeux vers une plaque fixée au mur, qui proclame : « Moi et ma maison, nous servirons l'Éternel[1]. » « La police ne s'intéresse pas à ces affaires, malheureusement. Mais je me demande s'il n'y aurait pas un lien entre les deux. C'est pour ça que je suis venu vous voir. J'espérais que vous accepteriez de me parler de la disparition de votre femme.

— Vous voulez vraiment savoir ce que je pense ? » Ger aide Peter à attraper sa paille et pousse une petite assiette de biscuits bon marché vers lui. « Virgil Paul. Il est passé aux informations avec ma petite Carol. Ça faisait douze ans que je ne l'avais pas vue. J'ai failli faire un infarctus, quand elle est apparue. Et, bonté divine, c'est fou ce que Rebekah avait grandi, sur les photos qu'ils ont montrées. La dernière fois que je l'ai vue, elle était toute petite.

— Et qu'est-ce qui vous fait penser que Virgil a joué un rôle dans la disparition de votre femme ?

— Ma femme n'a pas disparu, on l'a assassinée. » Ger se cale dans son fauteuil, avec son pyjama à carreaux rouges et ses épais cheveux blancs. « J'en suis sûr. Après cinquante ans de mariage, je connaissais assez bien ma femme pour savoir qu'elle n'allait pas se volatiliser comme ça. »

Le chant d'un oiseau en bois mécanique les interrompt à la demi-heure. « C'est une très belle horloge que vous avez là, commente Peter.

---

1. Josué 24, 15. (*N.d.T.*)

— Merci. » L'homme croise les mains sur sa poitrine. « C'était un de mes passe-temps, il y a encore quelques années.

— Et donc, que disiez-vous sur le révérend Paul, monsieur Custis ? reprend Peter en mâchonnant un biscuit rassis.

— Tsss ! Quand je pense que cet homme a l'audace de se faire appeler révérend !

— C'est vrai, vous étiez pasteur aussi, je crois ?

— Oui, méthodiste. » Ger extrait une cigarette d'un paquet de tabac souple. « Je suis à la retraite, j'ai le droit de fumer. Mais bref, dit-il en se redressant, j'ai rencontré Virgil à l'époque de sa jeunesse fougueuse au séminaire. C'était un bon gars. Je l'ai eu pour élève quand j'enseignais l'histoire. Un sacré orateur, aussi. Mais, comme ça arrive de temps en temps chez les prédicateurs, il a perdu Dieu de vue pour se concentrer sur autre chose. L'argent, lui-même. J'imagine que les gens finissent par oublier qu'on est humains aussi. » Ger fait tomber ses cendres dans une tasse vide, puis continue : « Pendant longtemps, Virgil et Carol ont paru heureux. Après avoir adopté Mason et Rebekah, surtout, ils formaient la famille la plus comblée du monde ; du moins c'est ce qu'on pensait. » Peter tire sur sa paille, tout ouïe. « Ils ont commencé à s'isoler, à mesure que les idées de Virgil s'éloignaient des principes d'amour et d'humilité de la Bible. Il s'est mis à croire que Dieu lui parlait, qu'il lui avait annoncé l'heure exacte de son retour. Il s'arrangeait pour sortir les Saintes Écritures de leur contexte, les manipuler à son avantage. Et quasiment du jour au lendemain, les grilles sont apparues, et c'était fini.

Croyez-moi, on a tout essayé pour reprendre contact avec eux. On a appelé la police, et ainsi de suite. Mais il n'y avait rien à faire. Virgil avait envoûté Carol, en même temps qu'un nombre important de fidèles qui l'avaient suivi pendant cette transition. Beaucoup étaient partis ; on entendait des histoires ici ou là sur ce qui se passait chez les Adventistes du Troisième Jour. Mais vous connaissez les rumeurs dans les villages, ça ne vaut pas mieux que le téléphone arabe. Et voilà. » Ger se frotte le front. « Vous croyez en Dieu, Peter ?

— Non, mais je comprends le concept, répondit-il sincèrement. En tant que croyant, que pensez-vous des rêves que Virgil prétendait avoir ?

— Je dirais qu'il y a deux explications. Soit Virgil est un psychotique, soit il est diabolique.

— Il y a une différence ?

— Les psychotiques font de mauvaises choses parce qu'ils ne peuvent pas s'en empêcher ; ils ne comprennent pas que c'est mal. Les hommes diaboliques font de mauvaises choses précisément parce qu'ils savent que c'est mal, alors qu'ils pourraient s'en empêcher.

— Vous pensez qu'il aurait été capable de tuer votre femme et votre petite-fille ?

— Je ne pourrais même pas prétendre le connaître assez bien pour répondre. Mais je peux vous parler d'Adelaide, ma femme. » Ger ouvre une cannette de bière. « Je suis à la retraite, j'ai le droit d'en boire une par jour, se justifie-t-il. Adelaide était la plus sévère de nous deux. J'étais le papa gâteau, celui avec qui les filles discutaient de leurs problèmes personnels. Mais Adelaide était une femme forte, de corps et d'esprit. En tant que chrétienne, elle n'a jamais douté de Dieu quand Carol s'est coupée du monde. Elle n'a jamais douté de Dieu quand Clare s'est pendue quelques années plus tard. Je ne peux pas en dire autant, mais c'est Adelaide qui m'a aidé à surmonter cette épreuve.

« Pourtant, je pense que par bien des côtés, la force d'Adelaide n'était qu'une façade. Entre Carol et Clare... Je crois que quelque chose est mort en elle après ça. Mais elle est restée forte, ne serait-ce que pour moi. » Ger prend une gorgée de Budweiser. « Et il y a quatre ans, je ne sais pas ce qui lui a pris, mais elle a décidé qu'elle s'introduirait chez les Adventistes du Troisième Jour coûte que coûte. » Il sourit à ce souvenir. « Elle était prête à monter sa tente devant les grilles, croyez-moi. Et j'ai bataillé pour l'accompagner. Mais elle a refusé. Elle m'a dit qu'elle avait besoin de faire le trajet seule, pour réfléchir. Elle aimait ça, réfléchir en conduisant, prier au volant d'une voiture, je ne sais pas pourquoi. » Ger commence à s'égarer. « Mon Dieu, c'était la femme la plus sublime du monde, une vraie beauté.

— C'est à ce moment-là qu'elle a disparu ?

— Quand j'ai vu qu'elle ne revenait pas, ce soir-là, j'ai compris qu'il s'était passé quelque chose. J'ai prévenu la police, mais ils m'ont dit que je devais attendre vingt-quatre heures, alors j'ai attendu. Les vingt-quatre heures les plus longues de ma vie.

— Et c'est tout ?

— C'est tout. Sauf qu'ils ont retrouvé sa voiture une semaine plus tard dans la rivière Ohio. Mais il n'y avait aucun signe d'Adelaide. La police m'a dit qu'elle avait dû se noyer à l'extérieur du véhicule. » Ger essuie une larme avec sa manche. « Carol et ces enfants sont la seule famille qui me reste. Et Virgil me l'a volée.

— Je suis vraiment désolé.

— Pas autant que moi, dit Ger avec un toussotement. Toutes ces âmes gâchées par cet homme diabolique et sa secte… »

Essayant de détourner les pensées du vieil homme de sa femme et de ses filles, Peter reprend : « Vous savez, je ne me suis jamais intéressé à l'Histoire, personnellement. Ça m'a toujours ennuyé. »

Ger lui sourit. « Pensez à votre film préféré, ou votre livre préféré… » Le sujet semble rallumer une flamme dans son regard. « Maintenant, imaginez que vous n'ayez vu que la dernière scène, ou lu que le dernier chapitre. Vous n'auriez pas la moindre idée de ce qui se passe, hein ?

— Je vois.

— C'est la même chose aujourd'hui. On ne peut rien comprendre au monde sans savoir ce qui nous a menés là où on en est, ce qui s'est produit avant notre arrivée. »

Peter trouve l'image juste ; mais il a un autre sujet à aborder. « Monsieur Custis, vous saviez que Mason ne faisait plus partie de cette secte ? »

Tout à coup, le chagrin cède place à ce qui pourrait être de l'espoir dans le regard de Ger. « C'est vrai ?

— Oui, et je suis désolé de vous le dire, mais il croyait que vous étiez mort. » Peter se dirige vers la sortie. « Et je sais qu'il serait ravi de vous voir. C'est devenu quelqu'un de bien.

— Mais... ce serait merveilleux ! » Ger s'embrouille, semble avoir du mal à rattraper tous les mots qui tentent de s'échapper de sa bouche. « Vous voulez bien lui dire de ma part ? Rien au monde ne me ferait plus plaisir. » Il ouvre la porte puis retient le battant pour Peter, secouant toujours la tête, éberlué.

« Au fait, pourquoi avez-vous arrêté de fabriquer ces horloges ? Elles sont incroyables, dit Peter en montrant le coucou sur le mur.

— La dernière que j'ai fabriquée, ma femme l'a emportée pour l'offrir à Carol, en espérant qu'elle la verrait. Après ça, elles ne faisaient que me rappeler mon épouse morte. »

Peter baisse les yeux vers le portable qu'il a volé à sa mère. Onze appels manqués. Et un texto :

`Souris ! On a enfin coincé cette connasse ! : D`

37
Reddition

Je m'appelle Freedom, et j'arrête la moto à côté d'une voiture immatriculée à New York. Quand je coupe le moteur, le silence est assourdissant. J'entends presque les étoiles brûler au-dessus de ma tête. Face à moi, un bâtiment au revêtement disloqué, pourrissant dans un coin. Derrière, une silhouette dessinée par la lumière de la lune, l'acier d'une vieille centrale électrique qui se découpe sur un ciel glacial, long et lointain rideau de métal et de déchets toxiques. J'envisage de crever les pneus des Delaney ; c'est ce que mon instinct me dit de faire. Mais il faudra peut-être qu'ils me conduisent jusqu'à Rebekah. Ça pourrait mal tourner, dans ce cas-là. En fait, je pense que ça va mal tourner de toute façon.

Je me tiens debout devant leur voiture et ma moto. Je m'oblige à redresser les épaules, me déleste de ma peur. Je raffermis ma rage, ma détermination à sortir ma fille d'ici. Tout se concentre en une boule au creux de mes poumons, qui monte dans ma gorge.

« Matthew ! je hurle de toute la puissance de ma voix. Je suis là ! » Un animal détale dans les hautes herbes à côté du hangar. Aucune réponse, à part les cris aigus des chauves-souris qui s'échappent de quelques arbres. « Matthew ! »

J'inspire. La nuit. Le froid. Les ténèbres. Que Dieu vienne en aide à la personne qui s'interposera entre ma fille et moi. Rappelle-toi, tu n'es plus pitoyable, tu n'es plus Nessa Delaney. Et pas question de redevenir Nessa face à eux. Tu es Freedom. Tu es forte, indestructible. Tu es le monstre qu'ils craignent, leur putain de pire cauchemar.

Mais on ne me répond toujours pas.

Mon portable vibre, un texto :

`Entre.`

Je dois pousser de toutes mes forces pour ouvrir la porte coulissante en bois ; je grogne sous l'effort. Des balles de foin et des machines agricoles décorent l'endroit abandonné, une odeur de gasoil vieux de plusieurs années imprègne le sol. Le fracas de la porte qui s'ouvre se répercute dans l'entrepôt, une bourrasque lui répond. Rien ne bouge.

Mes pas font grincer le plancher ; la lumière de la lune passe à travers les interstices des lattes de bois qui constituent les murs. Je tends l'oreille en quête d'un signe de vie, mais ne rencontre que le vent qui siffle dans la pièce. Pourtant, d'une manière ou d'une autre, je perçois la présence de Rebekah, comme un souffle de fraîcheur se détachant de cet endroit lugubre. Je viens de détecter un relent de cigarette quand j'entends les pas au-dessus de moi. Une mezzanine, et Matthew planté au milieu, qui me regarde.

« Nessa, Nessa, Nessa », dit-il calmement.

Je lève les yeux vers lui. Surtout, ne pas le laisser voir que je transpire, que je tremble. « Je suis là. »

Son sourire transperce l'ombre ; je le sens dans les racines de mes cheveux. « Je vois ça.

— Et Rebekah ?

— Tout de suite, ma chérie. » Il jette un œil par-dessus son épaule. Luke et John le rejoignent au bord de la mezzanine, un simple palier sans balustrade. Les deux frères tirent Rebekah par les coudes, elle a les mains liées derrière le dos, un sac sur le visage. Elle hurle, mais il doit y avoir quelque chose dans sa bouche. J'ai l'impression que mon cœur s'arrête de battre. C'est ma fille. C'est elle, en chair et en os, aux mains des pires psychopathes que la terre ait jamais portés.

« Marché conclu ? dis-je. Je suis venue sans arme, seule. Rends-la-moi et je suis toute à toi. Tu as ma parole.

— Ta parole ? ricane Matthew. Pas de problème.

— Ne... » Je commence à crier, mais sans même m'en laisser le temps, les hommes poussent Rebekah du haut de la mezzanine. Elle hurle. Je cours. C'est un réflexe naturel, peut-être ma première manifestation d'instinct maternel. Comme une tonne de briques, Rebekah atterrit sur moi, mais j'amortis sa chute. L'impact me coupe le souffle ; le bruit des hommes qui dévalent les escaliers se charge de me le rendre.

Je relève Rebekah en la soulevant par le fond du pantalon. « Il faut que tu te remettes debout, mon cœur », je lui chuchote. Les hommes déferlent vers nous comme un mur, ombres de plus en plus distinctes à mesure qu'ils approchent. Je pousse Rebekah devant moi, mais elle s'effondre ; une de ses jambes ne la porte plus. Je tends la main vers mon flingue. Il n'est pas là. *Où il est, bordel !*

Je n'ai rien pour me défendre : pas de bout de bois, de barre de fer, rien qui tombe à pic comme dans les films. *Réfléchis, Freedom.* Mais je n'ai pas le temps de réfléchir. Je me place devant Rebekah, essaie de la pousser doucement un peu plus loin.

Je défais ma ceinture et l'arrache des passants de mon jean. Une ligne de feu me brûle les hanches. Dès que Matthew s'approche suffisamment pour que je distingue son visage, je me sers de l'extrémité terminée par la boucle pour le fouetter en pleine figure. Je sens sa douleur d'ici. Luke et John tentent de se jeter sur moi, mais je déchire les ténèbres avec mon ruban de cuir, visant si juste que je m'impressionne moi-même. « Vous approchez pas d'elle ! » Je racle le sol de ma botte, espérant trouver le pistolet sous mon pied. Du coin de l'œil, je vois Rebekah chercher la porte avec ses épaules, la tête couverte et les mains toujours liées. Elle parvient à sortir.

Matthew lève les mains. « C'est ma vengeance, les gars, dit-il, avant de se tâter le visage. Allez chercher notre nièce. » Ils s'élancent à sa suite.

Nous nous retrouvons seuls. Quand Matthew me regarde, je ne sens rien d'autre que l'abîme qui remplace son âme. Mon talon heurte le flingue par terre. J'ai juste mis une éternité à le trouver. Je fouette à nouveau Matthew, si fort que des échardes de douleur me remontent jusqu'au coude ; je vise la poitrine, cette fois, juste pour le faire reculer une seconde, le temps de ramasser le pistolet. Il gémit, mais je ne sais pas si c'est de douleur ou de plaisir.

« Nous voilà enfin seuls, halète-t-il.

— Tu ne pouvais pas lui foutre la paix ? » Le doigt sur la détente, je dois me faire violence pour ne pas appuyer.

« Ce n'était pas elle que je voulais. C'était toi. » Dans l'ombre, je vois son sourire s'agrandir. « Tout ça, ce n'était qu'un moyen de t'atteindre.

— Eh ben, me voilà.

— Te voilà. » La scène aurait pu être romantique, dans n'importe quel autre endroit. À n'importe quel autre moment. Avec n'importe quelle autre personne. Dans n'importe quelles autres circonstances. Je sens déjà les cloques commencer à enfler sur ma peau. En lieu et place de mots, nos pensées remontent vingt ans en arrière, souvenirs similaires mais expériences différentes, points de vue différents. Le silence me ronge les nerfs, je ne le supporte plus. Je ne veux pas seulement le rompre, je veux le pulvériser, qu'on ne puisse plus jamais le réparer.

« Rebekah n'est pas ta nièce. » Je baisse le flingue et me rapproche d'un pas vers lui. « C'est ta fille. » Je coince le pistolet dans mon jean pour lui montrer que je n'ai pas l'intention de tirer. Je lui prends la main. La mienne s'emboîte parfaitement dans la sienne. Mes paroles semblent lui avoir coupé le souffle.

« Cette nuit-là... » Sa voix est rauque, il s'étrangle en essayant de chuchoter.

« Oui, cette nuit-là. » J'appuie la main sur sa poitrine, sens son cœur s'emballer. J'imagine que je lui arrache les entrailles et que je lui presse le cœur pour le vider de son sang jusqu'à ce qu'il arrête de battre. J'embrasse sa clavicule, me serre contre lui. Je pense aux fluides de sa peau qui souillent mes lèvres, et ça me donne envie de gerber. *Vas-y lentement. Ne sois pas trop nerveuse. Gagne sa confiance, même si ce n'est qu'une seconde. Peu importe à quel point tu hais ce salaud, gagne sa confiance.*

« Quand on a fait l'amour... », dit-il d'une voix monocorde.

Je trace un chemin de baisers de son épaule jusqu'à son dos, lutte contre l'envie de lui arracher la colonne vertébrale d'un coup de dent depuis la nuque. *Passe derrière lui, voilà. Garde-le sous ton charme. C'est toi qui as les cartes en main. Séduis-le. Reste calme.* « Je pense sans arrêt à cette nuit-là », dis-je. Pour le coup, c'est la vérité. Je lui caresse le torse, debout derrière lui.

Il n'arrive pas à terminer ses phrases, qu'il laisse se perdre dans l'espace vide. « Notre fille...

— Ma fille. » D'un mouvement rapide, je passe la ceinture autour de son cou et la tire d'un coup si sec que nous basculons tous les deux en arrière. Je me retrouve étalée sur le sol pendant qu'il se tord au-dessus de moi, dos contre ma poitrine. Je referme les jambes autour de lui et continue à tirer jusqu'à ce que ses coups de pied et ses battements de bras se changent en spasmes et tressaillements involontaires. Quand je relâche la ceinture, je sens la vie regagner peu à peu mon visage, mes poumons.

Tout ça m'épuise ; je m'efforce faiblement de repousser Matthew. Il n'est pas mort, pour la simple raison que je n'avais pas l'intention de le tuer. Il ne le mérite pas ; il ne vaut même pas un pet de lapin. Je palpe sa jugulaire du bout des doigts pour vérifier qu'il est en vie. Son pouls est faible, mais bien présent. C'est tout ce qui compte.

Je m'assure que le flingue est toujours coincé à l'arrière de mon pantalon. Je ne remettrai pas la ceinture. *Non, Matthew peut la garder autour du cou, comme le sale chien qu'il est. Je ne vais pas le laisser ici. Il me servira de munition, d'appât. En route.*

Ses fesses frottent sur la sciure et le foin. Ce n'est pas aussi simple que de le traîner sur le sol ; je dois le tirer à coups secs pour le faire avancer. Un poids mort. Je me rappelle avoir éprouvé la même sensation en remorquant le cadavre de son propre frère, mon mari, à travers notre maison. Quand j'émerge de l'entrepôt, le froid de l'automne sèche la sueur sur mon front. Luke et John ne peuvent pas encore me voir, postés devant le coffre de la voiture des Delaney. Je m'arrête un instant pour reprendre mon souffle. La distance qui nous sépare n'est pas grande, mais il fait nuit noire. Ils se moquent de Rebekah, se la renvoient de l'un à l'autre comme des chiens qui se battraient pour des restes. Deux mots prennent le pas sur les milliers de pensées qui se bousculent dans ma tête : *Récupère Rebekah.*

Ça devient une idée fixe, on ne peut plus m'arrêter. Je m'aperçois que je suis incapable de prévoir ma prochaine action, que je n'y pense pas vraiment. Je suis passée en mode pilote automatique, comme si mon esprit n'arrivait pas à décider quoi faire, mais mon corps si. Je vais devoir le laisser prendre l'initiative. Parce que tout ce que j'arrive à me dire, c'est qu'il faut que je tire Rebekah de ce putain d'endroit.

« Tiens, tiens ! » s'exclament Luke et John en me voyant arriver, m'accablant de sifflets et de cris goguenards. Mais ce qu'ils ne voient pas, c'est le corps inanimé de leur frère qui traîne derrière moi, le cou serré par la ceinture. Lorsqu'ils le remarquent, ils se figent ; Rebekah tombe à genoux, en pleurs.

« Ouvrez le coffre », dis-je. Appuyant la pointe de ma botte sur la boucle de la ceinture pour la maintenir sur le cou de Matthew, je tire fermement dessus de la main droite. De la gauche, je vise la tête des Delaney et crie : « Ouvrez ce putain de coffre, j'ai dit ! »

Ils échangent un regard. Mais bien sûr, comme s'il y en avait un qui sache quoi faire dans une situation pareille. C'est Luke qui ouvre le coffre. « Montez. » Ils n'ont pas l'air en colère. Ils n'ont pas l'air d'avoir peur. Ils ont juste l'air de me prendre au sérieux. Ils grimpent dans la voiture, s'installent avec raideur en position fœtale. Je récupère leurs clés. « Et vos téléphones.

— Tu vas pas t'en tirer comme ça, pauvre c... »

J'interromps la phrase de John en rabattant le coffre. Puis je tire sur les pneus et jette les clés dans les hautes herbes, le plus loin possible. Rebekah s'appuie contre la voiture, ses sanglots sont étouffés par un sac en toile de jute. « Rebekah. » Je l'aide à se relever. Pas le temps pour les présentations ; Matthew commence à se réveiller, et les autres font un boucan d'enfer.

« Guide-toi à ma voix. » Je grimpe sur la moto et allume le moteur avant d'aider Rebekah à me rejoindre, gardant un bras près d'elle pour qu'elle sente le bout de mes doigts sur sa poitrine. « Il faut qu'on se magne. Appuie-toi sur ta jambe valide, et monte sur la moto. Je vais te sortir d'ici. » Une fois qu'elle est assise, je la rapproche de moi en la tirant par les vêtements.

Et puis je mets les voiles. Les mains toujours attachées dans le dos, Rebekah referme les cuisses sur ma taille pour garder l'équilibre quand je démarre en trombe. Elle hurle de douleur à travers le bandana noué sur sa bouche. « Tiens-toi bien ! »

Ce n'est qu'après avoir quitté La Grange que je reprends mon souffle, une grande goulée d'air qui me fait me sentir plus vivante que jamais. Mais je ne suis pas encore à l'abri. Il faudra que je m'arrête bientôt.

Je tourne quand je repère un chemin recouvert d'herbe qui s'enfonce dans la forêt, à sept ou huit kilomètres de l'entrepôt. J'avance aussi loin qu'il me mène, jusqu'à être certaine d'être en sécurité. Une fois le moteur coupé, je tends l'oreille pour vérifier que personne ne nous a suivies. Pour l'instant, on s'en sort bien. Je débloque la béquille d'un coup de talon avant d'aider Rebekah à descendre. Elle ne peut plus marcher depuis sa chute. Je la prends dans mes bras pour l'installer contre un arbre. « Ça va aller. Tu es à l'abri, maintenant. »

Je m'assois à ses côtés dans la nuit noire, adossée au même arbre. Je ne vois même pas mes mains. Je débarrasse Rebekah de son capuchon, puis fouille dans mes poches à la recherche d'un briquet, dont je me sers pour défaire les nœuds autour de ses poignets. Et nous y voilà. Ma première rencontre avec ma fille. Ma fille. Même si les circonstances sont loin d'être idéales pour des retrouvailles, Dieu merci, elle n'a rien. Elle n'est pas blessée. Elle se libère de ses liens, arrache le bandana qui lui bloque la bouche. Haletante, elle avale l'air frais, toussant pour mieux reprendre son souffle. Il fait trop sombre pour que je distingue son visage.

« Détends-toi. Tout va bien », lui dis-je.

Elle se force à respirer plus lentement, chaque inspiration chargée de bave et de morve. « Mais vous êtes qui ? demande-t-elle.

— Je m'appelle Freedom. » Je ne sais pas encore quoi lui dire. Ce n'est pas comme ça que j'avais prévu la scène. Mais ça ne me dérange pas. Tout ce qui compte, c'est qu'elle ait échappé aux Delaney. Je dois me retenir de toutes mes forces pour ne pas la prendre dans mes bras, la serrer contre moi, passer la main dans ses cheveux. Je dois me retenir de toutes mes forces pour ne pas me mettre à sangloter dans son cou comme un bébé, inspirer son odeur.

« Ils m'ont prise pour Rebekah. »

On peut savoir pourquoi tu parles de toi à la troisième personne ?

Je n'ai pas encore bien regardé son visage. Je lève la flamme du briquet entre nous. Mon cœur se serre. Si je n'étais pas déjà assise, mes jambes flancheraient peut-être. « Tu n'es pas Rebekah.

— Non, dit-elle d'une voix sifflante. Je suis la petite amie de son frère. Violet. »

Merde. Tout le sang de mon cœur se vide dans mon estomac. J'essaie d'avaler ma salive, mais n'y arrive pas. J'ai l'impression que mes côtes se sont effilées comme des poignards, et réduisent mon cœur en lambeaux sanguinolents. Encore et encore, j'entends mon cerveau répéter : *Tu n'es pas Rebekah, tu n'es pas Rebekah, tu n'es pas...*

« Je vous reconnais, dit-elle. Un homme est venu me voir aujourd'hui, il vous cherchait. »

J'appuie la tête contre l'écorce. Un sanglot crispe mon visage, mais je le dissimule dans le noir et m'efforce de sortir quelques mots, des mots que je pourrais prononcer si je n'étais pas anéantie. « Ça ne m'étonne pas.

— Mason vous connaît ? »

Je soupire, pousse un grognement forcé. « Il me connaissait. »

Je m'appelle Freedom, et j'aide Violet à traîner son corps brisé dans la salle d'attente de l'hôpital. J'imagine que c'est parce qu'elle s'habille comme une gosse de riches qu'on la fait passer avant les pochetrons et les clochards qui cherchent un endroit chaud où passer la nuit. Ça me convient.

Je tire le rideau autour de nous quand les infirmières partent s'occuper ailleurs. J'examine les bleus que les liens ont laissés sur ses poignets ; même sous sa jupe, on voit que sa jambe a enflé.

« Il y a un flic qui est venu me voir au moment où je sortais de chez moi, commence-t-elle. Je suis retournée dans la maison après son départ. Et quand je suis ressortie, ils étaient là. Ils m'ont demandé si j'étais Rebekah. Ils ne devaient pas savoir qu'elle avait disparu. Et c'est la dernière chose dont je me souviens. » Violet passe la main sous ses cheveux, grimace quand elle rencontre un nœud.

« Ça va aller, maintenant. » J'essaie de la rassurer. Mais je pense qu'elle perçoit ma déception, malgré mes efforts pour la cacher. Profitant de l'absence des infirmières, je sors les vêtements que j'ai volés à Violet du sac à dos récupéré chez Mason, et les enfile. Je suis sûre qu'elle les reconnaît. Peu importe. Il faut que j'aille au club. Je garderai mes bottes pour le trajet et les troquerai contre ses escarpins une fois là-bas. Ostensiblement, je laisse l'arme de Mattley dans le sac. Ouaip. Je vois à son visage qu'elle a compris ce que c'était. Elle hoche la tête. Croyant qu'elle protesterait un peu plus, je me préparais à lui ordonner de prendre le flingue et de la fermer.

« J'ai entendu ce que ces hommes disaient. Vous êtes la mère de Mason et Rebekah... »

Qu'est-ce que je suis censée répondre à ça ? Je me contente de la regarder sans rien dire. À quoi bon ?

Une infirmière ouvre le rideau. « Madame, vous êtes de la famille ?

— J'allais partir. » Et c'est ce que je fais. Je ne peux pas me laisser distraire. Je dois me rappeler que Rebekah est toujours là, dehors. Quelque part. Je me retrouve dans un entre-deux : à la fois abattue par le fait que Violet ne soit pas ma fille et impatiente de retrouver Rebekah pour de bon. Pendant ce bref intervalle, je dois reprendre mon souffle. Réfléchir. Digérer ce qui s'est passé.

Sur le parking de l'hôpital, je parcours les contacts de John jusqu'à trouver « Maman ».

« Vous êtes bien sur le portable de Lynn. Laissez-moi un message, je vous rappellerai.

— Salut, Lynn. Pas la peine de me présenter, je pense, tu sauras qui c'est. Tes fils ont raté leur coup. Tu ne me retrouveras jamais. Tu ne retrouveras jamais mes enfants. C'est trop con. Pitoyable, vraiment. Pendant toutes ces années, c'est ta haine envers moi qui t'a motivée. Et je n'ai aucun scrupule à me dire que sans faire aucun effort, j'ai pu t'empêcher d'être heureuse, te laisser mariner dans l'amertume. » Je déglutis, sachant à quel point la réciproque est vraie. « Tu resteras malheureuse. Tu resteras amère. Et moi ? Je resterai libre. »

Pendant ce temps, Peter, qui a gardé le portable volé à Lynn la veille de son départ de New York, écoute le message de Freedom. Un sourire lui échappe.

Maintenant que je n'ai plus à m'occuper des Delaney, je peux me concentrer. La récré est finie. Allez : va chercher Rebekah.

À Mastic Beach, Lynn Delaney n'arrive toujours pas à se relever. Elle a dû mobiliser toutes ses forces pour avancer un genou, puis passer un bras devant. On pourrait appeler ça ramper. Mais pour Lynn, c'est tout un programme. Au bout de plusieurs heures, elle a enfin réussi à progresser sur la moquette. Et alors qu'elle avait la possibilité de se traîner jusqu'à l'entrée pour appeler au secours, une décision qui pourrait bien lui sauver la vie, elle a dépassé la porte pour pénétrer dans la cuisine adjacente.

Le cubi de vin glacé entreposé en bas du frigo calmera sa détresse. Après, l'eau fera l'affaire. *Mais quand est-ce qu'ils vont rentrer, bordel ? Même pas un visiteur pour m'aider !*

Lynn enroule des poignées de jambon Boar's Head pour les plonger dans le bocal de mayonnaise, avant de se les fourrer dans la bouche. *J'ai élevé une bande de crétins inutiles.* Dans le dernier tiroir du frigo, une cartouche de Newport, mise au frais pour éviter que le tabac ne vieillisse. Lynn ouvre un paquet, en sort une cigarette. Puis elle parvient à tendre la main au-dessus de sa tête pour tirer sur le fil du grille-pain. Elle le fait tomber par terre, allume sa clope sur les zigzags rouges qui flamboient à l'intérieur. *Bande de crétins inutiles.*

38

Freedom McFly

Je suis un petit garçon, de retour entre les bras de cette inconnue rousse dans l'océan. Les gens sur la plage sont minuscules, sans visage. De la main, j'écarte les cheveux collés sur sa figure ; son sourire est plus éclatant que le soleil qui réchauffe mes épaules. Un ciel, plus clair que du verre, est interrompu par une banderole accrochée à un petit avion jaune qui vrombit dans l'été. « Regarde, un avion avec un drapeau ! » je m'écrie.

L'inconnue rousse lève la tête, la main en visière pour abriter ses yeux du soleil. « Tu vois, Ethan…, me dit-elle à l'oreille – mais je ne sais pas pourquoi elle m'appelle Ethan. C'est un avion super-héros, avec une cape.

— Waouh ! Un avion super-héros ? Qu'est-ce qu'il y a marqué sur son drapeau ? »

La femme pointe la banderole du doigt et répond : « Freedom.

— C'est le nom de l'avion super-héros ?

— C'est ça, sourit-elle. On pourrait l'appeler Freedom McFly.

— Go, go, Freedom McFly ! dis-je en levant les mains, tandis que l'avion prend son essor au-dessus de nos têtes.

— Bon, reprend la femme, le visage tout près du mien. Où est ta sœur ? »

Mason est réveillé en sursaut par un homme qui hurle : « Sortez-le d'ici, et tout de suite ! » Sa courte sieste lui a donné la migraine. Le passage à tabac qu'il vient d'endurer n'aide pas. Un inconnu se dirige vers lui de l'autre côté des barreaux. Il n'a pas l'accent du coin.

« Vous aurez des nouvelles du procureur général très vite, croyez-moi ! dit l'homme, qui rejoint Mason pour examiner ses blessures. Allez, Mason. Il faut qu'on te sorte de là.

— Qui êtes-vous ? »

Sans répondre à sa question, Mattley s'adresse à Darian Cooke et Dix. « Je ne sais pas quelle accusation bidon vous avez inventée pour le coffrer, mais elle a intérêt à disparaître, compris ? Et dites à votre shérif qu'il peut commencer à se chercher un nouveau boulot, quand il reviendra. » L'homme aide Mason à se relever puis à quitter la cellule, s'arrêtant devant les agents au passage. « Ça vaut pour vous aussi. »

Après avoir entendu parler des étranges circonstances de la disparition de Rebekah au restau routier, Mattley avait décidé de passer au commissariat de Goshen pour tenter de mettre les choses au clair. Il avait eu beaucoup de mal à dissimuler sa surprise en y découvrant Mason, dont le visage lui était familier depuis ses recherches sur Internet. Et à présent que le garçon se tient devant lui, le regard embrumé, émergeant d'un rêve, Mattley envisage Freedom sous un autre angle. Ce n'est qu'en voyant Mason qu'il se rend compte que Freedom est bien plus que la femme dont il s'est entiché en Oregon, bien plus qu'une femme gravement alcoolique, bien plus que la barmaid du Whammy Bar, bien plus qu'une femme vivant dans un appart miteux. Ce n'est qu'en voyant Mason en chair et en os qu'il comprend que Freedom a un passé plus complexe que quiconque aurait pu l'imaginer. C'est une mère blessée. Une femme qui ne reculera devant rien pour retrouver les enfants qu'elle n'a jamais connus, une femme qui a tout sacrifié, au risque d'endurer des souffrances que Mattley ne peut même pas envisager. *Qui pense aux parents biologiques des enfants adoptés ?* se demande-t-il brusquement. *On voit partout des enfants adoptés, des parents adoptifs, même chez les célébrités. Mais qui pense à ce qu'il y a en coulisses, hein ? Aux circonstances de départ ? Qui pense à la souffrance de l'autre côté, quand on ne voit jamais qu'un seul aspect de l'histoire, le résultat apparent ?*

À travers les barreaux, Mattley étudie Mason, observant ce que Freedom a sacrifié, exactement. Sa chair et son sang. Sa propre chair, son propre sang, étirés d'un bout à l'autre du pays. Et Mattley comprend enfin précisément pour quoi elle se bat, ce qu'elle s'efforce d'atteindre, vers quoi elle court. Tout prend son sens au moment où il découvre Mason. Et il ne voit pas d'autre choix que celui d'aider Freedom, quand bien même elle n'en saurait rien.

Les deux hommes quittent le commissariat sans rien dire.

Mattley aide Mason à monter dans sa voiture, les grognements du jeune homme résonnant dans la nuit calme, leur souffle apparent dans l'air froid. « Où est Peter ? gémit Mason en s'installant au volant de sa Mercedes avec l'aide de Mattley. Et vous êtes qui, vous ? »

Mattley referme la portière ; Mason baisse la vitre du côté conducteur. « Je suis policier dans l'Oregon. Je participe à l'enquête sur la disparition de votre sœur, répond-il.

— L'Oregon... » La voix de Mason s'éteint. « On m'a dit que Rebekah essayait d'atteindre la côte Ouest », reprend-il, se rappelant les paroles de Gabriel à l'hôpital. Il pose la tête sur le volant, les nerfs en pelote. Brusquement, il se souvient qu'il est censé retrouver Peter au Phénix, à Louisville. « Bon, désolé, mais je n'ai pas le temps de discuter, dit-il avant d'allumer le moteur. Pour la caution, envoyez-moi une facture au cabinet. Je vous promets de vous rembourser.

— Ce n'est pas une question de..., commence Mattley.

— Écoutez, si vous voulez vraiment m'aider... » Mason sort une carte de visite de sa poche, tellement fébrile qu'il a du mal à contrôler ses membres. « Trouvez Joe. Au Bluegrass. Il bosse pour l'ATF. Il vous sera sacrément plus utile que moi. Racontez-lui ce qui se passe, que le shérif trame quelque chose. » Mason lui tend la carte, puis démarre en trombe. Mattley s'empourpre, frustré de ne pas avoir réussi à caser un mot. Il y a tellement à dire, tellement à expliquer...

Mais en voyant l'affolement de Mason, il comprend soudain que la résolution du mystère de la disparition de Rebekah n'est pas seulement une priorité ; c'est une course contre la montre. Il regarde la carte de visite, et l'empoche.

Mason abandonne Mattley sur le parking, et tandis que la voiture du policier disparaît derrière lui, il s'élance sur des routes où les lampadaires ne brillent plus. Il se sent plus seul que jamais. Un vide comme il n'en a jamais connu. Il s'arrête sur le bas-côté et pleure.

« Dieu, si Tu es là, et si Tu en as quelque chose à foutre de moi, aide-moi. Aide-moi, Seigneur. Entends ma prière en cette heure de besoin. » Il se met à réciter le vingt-troisième psaume de David : « Quand je marche dans la vallée de l'ombre de la mort, je ne crains aucun mal, car Tu es avec moi… » Le désespoir est une sensation nouvelle pour Mason, et c'est presque avec regret qu'il implore Dieu, lui qui avait quasiment réussi à se convaincre qu'il n'existait pas. Mais dans l'état de vulnérabilité où il se trouve, une prière… Il ne sait pas quoi faire d'autre.

Du nerf, Mason. Il ravale sa crainte de ce que l'avenir lui réserve, traversé d'une nouvelle vague de détermination, comme s'il était prêt à s'attaquer au monde entier et allait peut-être même le faire. Il essuie ses larmes, presque gêné, bien qu'il n'y ait personne face à qui éprouver de la gêne. *Allons-y.*

Quarante minutes plus tard, Mason pénètre dans les Highlands, un quartier animé de Louisville peuplé de bâtiments néo-Tudor et de vieilles demeures victoriennes reconverties en appartements. Un grand panneau domine le cœur de la zone, entièrement noir à l'exception de caractères blancs de style machine à écrire proclamant : « Keep Louisville weird[1] ».

---

1. Slogan de la ville : « Conservons notre étrangeté. » *(N.d.T)*

Les trottoirs fourmillent de femmes au crâne rasé, aux cheveux teints de toutes les couleurs, du métal plein la figure. Beaucoup de hippies, beaucoup de gothiques. À chaque coin de rue, des musiciens locaux avec des boîtes en fer-blanc et des étuis d'instruments ouverts, pas mal de groupes de rock alternatif. Mason regarde l'heure après s'être arrêté dans une ruelle. 23 h 45. Les effluves du restaurant vietnamien du quartier montent à ses narines encroûtées de sang séché. Garé derrière une benne à ordures, il attrape ses habits de rechange sur la banquette arrière, des vêtements qu'il garde là pour les soirs où il a envie d'aller jouer au billard avec les collègues directement après le boulot sans passer par chez lui. Il pousse la porte de service d'un salon de tatouage, mais tombe sur un écriteau : « Toilettes réservées aux clients ».

Mason sort un billet de cent dollars, le montre au tatoueur qui travaille seul sur le mollet d'un type. « C'est au fond, dit l'homme avec un signe de tête. Lavez-vous les mains, vous êtes dans un local stérile. » Mason laisse le billet sur le comptoir en verre.

Du death metal passe dans le salon, on croirait entendre James Earl Jones en train de roter sous l'eau.

En dessous du lavabo de l'étroite salle de bains peinte en noire, Mason récupère un des petits sacs plastique destinés à la poubelle des toilettes. Il ôte ses vêtements trempés de sueur et de sang, les fourre dans le sac. Puis il se lave rapidement devant l'évier, faisant disparaître la crasse et le sang séché dans le siphon. Il tire un paquet de serviettes en papier du distributeur pour s'essuyer avant d'enfiler un jean bleu clair, un maillot de corps blanc propre et une veste en cuir marron.

En sortant, comme le tatoueur regarde ailleurs, Mason reprend son billet de cent dollars et se dirige vers le Phénix, quelques rues plus loin. Là-bas, il espère trouver Peter. Des réponses. Des explications. Si quelqu'un a la possibilité d'éclairer sa lanterne, ce pourrait bien être lui, à condition qu'il réussisse à le convaincre. Et s'il part maintenant, il arrivera tout juste à l'heure.

39

Les ombres du Phénix

Je m'appelle Freedom, et je suis contente d'avoir choisi ce genre d'endroit pour retrouver Peter, un lieu où on puisse facilement se planquer et boire quelques verres. Je dois me raccrocher à l'espoir que Rebekah est encore en vie. L'espoir... Sans espoir, c'est comme si on était mort.

Les visages des clients sont des ombres dans les lumières rouges qui s'agitent à travers le Phénix. Les basses de la trance me secouent le corps. Les boissons scintillent au contact des lèvres des gens qui m'entourent. Les stroboscopes flamboient, et me ramènent à ma jeunesse, quand mes seins étaient plus fringants, mon cul plus ferme, mes tatouages plus vifs. Rien ne vous vieillit plus vite que le chagrin.

Dans ma tête, la musique s'estompe. Les gens disparaissent en marge de ma perception. Les basses de la trance cèdent place au tambourinement de mon cœur, comme si quelqu'un frappait au marteau sur ma cage thoracique pour pulvériser mon squelette de l'intérieur. Mes genoux se changent en caoutchouc, ma bouche se remplit de sable. Tout ça quand Mason entre dans le club.

Et à cet instant, il n'y a plus que lui dans la salle. Il n'y a plus que nous deux sur cette planète.

Je suis trop sidérée pour me dire que je pourrais tordre le cou à Peter pour avoir manigancé ça. Je n'étais pas prête à rencontrer Rebekah, même si ce n'était pas elle, au bout du compte. Et je ne suis certainement pas prête à rencontrer Mason. Je me replie dans les ombres du Phénix, rideaux d'obscurité derrière lesquels je peux me cacher. Mais je suis incapable de détacher les yeux de mon fils. Mon fils. Le mot me fait l'effet d'un rêve ; me laisse une sensation étrange sur la langue quand je le prononce à voix haute.

Mes doigts glissent sur une rampe dorée tandis que je marche au bord de la piste. Ce n'est que lorsque je commence à avoir la tête qui tourne que je me rends compte que j'ai arrêté de respirer depuis plusieurs minutes. Mais il faut que je sorte, je ne peux pas laisser Mason me voir. Il ne doit pas savoir que je suis ici. Non, je ne peux pas jouer le jeu de la confrontation, je ne peux pas bouleverser sa vie davantage. C'était déjà assez terrible d'avoir laissé une lettre à Rebekah me filer entre les doigts. C'est encore pire d'avoir été forcée de tomber le masque face à Violet. Mais pour me tirer de ce putain d'endroit, il faut que je passe devant Mason.

Je joue des coudes parmi les clubbeurs, que personne n'entend crier de toute façon. Je pique une casquette des Cardinals à une fille en uniforme de baseball sexy avec de la peinture phosphorescente dans les cheveux et une paire de bâtons fluo, passant le bras au milieu d'un groupe compact pour qu'elle s'en prenne à quelqu'un d'autre. Mais une crise d'angoisse commence à pointer sa tête hideuse, et tout à coup, je sombre parmi des centaines de jeunes qui hurlent sous les lumières colorées et tournoient les uns contre les autres. Je me perds, asphyxiée par le désir corrompu de gamins qui n'ont même plus les yeux en face des trous, mais je suis mal placée pour juger, non ?

Je tombe, entourée de jambes qui gigotent sur la piste, et personne ne me voit. S'il y a une place en enfer pour les danseurs, ça doit être là. Des orteils glissent sur le sol noir ; au-dessus de moi, ce qui me fait l'effet d'un million de bâtons fluorescents façonne un ciel d'accro à l'ecstasy. J'essaie de me relever, de ne pas me laisser piétiner sur ce sol crasseux, mais les danseurs, joyeusement inconscients, m'empêchent de me remettre debout. Je griffe les genoux des gens, m'agrippe à leur tee-shirt, hurle pour que quelqu'un, n'importe qui, me donne un coup de main, bordel.

J'essaie de m'échapper à quatre pattes quand je sens qu'on me passe un bras sous le ventre pour me remettre debout. Je me retrouve face à un million de masques, anges, démons, vampires, morts vivants. Mon cœur s'emballe, tout tangue autour de moi. Et quand je me retourne pour voir qui m'a aidée, Mason est devant moi. Mais ce n'est pas Mason que je vois. C'est Mark. Son père. Mon mari mort.

Il fait la même taille que Mark, un bon mètre quatre-vingts ; son regard est tout aussi intense, comme s'il se prolongeait indéfiniment à l'intérieur. Mais où sont les feux d'artifice ? Où sont les vastes champs de fleurs où l'on court au ralenti l'un vers l'autre ? Où est le moment où on reprend tout depuis le début, et où je sais miraculeusement tout ce que j'ai raté dans la vie de mon fils depuis vingt ans ? Alors je comprends, malgré le fait que cet enfant ait nagé dans mon propre sang pendant neuf mois, que j'observe un inconnu. Sa bouche émet des sons, mais je n'entends pas ce qu'il dit. Et qu'est-ce que je fais ?

Je tourne les talons et je m'en vais. *Tu me remercieras, Mason.*

Mais Mason me suit. J'accélère. Il accélère aussi. Je referme violemment la porte de service derrière moi en quittant le club. Mason la rouvre d'un coup. La musique se mue en compositions ensevelies, étouffées par les murs, et le crissement de nos chaussures sur l'herbe se fait plus fort à mesure que mes tintements d'oreille diminuent. « Attends une minute ! » crie Mason dans mon dos.

Ce n'est pas comme ça que ça devrait se passer ; tu ne devrais pas me reconnaître. Retourne à tes bondieuseries et fiche-moi la paix. Si j'avais voulu que tu saches qui j'étais, j'aurais fait en sorte que tu le saches. Tu ne veux pas me rencontrer ; tu mérites mieux pour mère. Tu mérites de continuer à vivre dans ton ignorance béate. Enfin, ça, c'est ce que je veux dire. Mais ce n'est pas tout à fait ce qui sort de ma bouche. « T'approche pas de moi, Mason, t'as compris ? Tu me connais pas. » Je m'élance vers les lumières de la ville, le brouhaha des artistes de rue.

« Tu peux pas attendre deux secondes, putain ! » crie-t-il derrière moi.

Et on dira ce qu'on voudra des femmes de mon âge, mais je suis capable de me magner le train. Je me débarrasse de mes escarpins, qui jaillissent en l'air pour atterrir quelque part sur l'herbe mouillée. Je me mets à courir, ventre à terre. Mais il ne va jamais abandonner, merde ! L'éclat des instruments à vent, les lumières qui s'échappent des marchés aux puces embrumés, les phares et les tapineuses de Bardstown Road. On est partis pour de sacrées retrouvailles, dites donc.

J'enfonce mes coudes dans la porte vitrée d'un magasin qu'un homme s'apprête à fermer pour la nuit. Je me dis qu'il fera sombre à l'intérieur. Je me dis que ce sera calme. Je me dis que je peux toujours verrouiller la porte derrière moi et raconter au proprio qu'un type me court après.

« Mais qu'est-ce que vous foutez ? crie le vendeur à la peau mate et à l'accent oriental en bloquant la porte de son corps.

— Laissez-moi entrer ! dis-je en la poussant de l'épaule. J'ai un fou furieux aux trousses. Laissez-moi entrer, bordel ! » Je frappe la vitre jusqu'à en avoir mal aux mains. Et pendant que le vendeur et moi menons une lutte acharnée pour le contrôle de la porte en hurlant des obscénités, l'impact de Mason qui déboule dans mon dos force le battant à s'ouvrir et fait tomber le vendeur à la renverse. Sous cette impulsion soudaine, on est à deux doigts de s'étaler dans le magasin à sa suite. Et voilà. Les retrouvailles que j'ai imaginées mille fois dans ma tête tournent à la merde intégrale. Vingt ans d'espoir et de chagrin finissent par s'écraser sur du verre de pacotille.

En jetant un œil aux alentours, je m'aperçois qu'on a atterri dans un restaurant oriental et bar à chicha vide. J'évite de croiser le regard de Mason, mais je sens qu'il me dévisage. « On va prendre une assiette de falafels et une de baklava », dis-je. Aucune idée de ce qui me fait sortir un truc aussi con – la panique, peut-être.

« Espèce de cinglée, on est fermés ! Sortez ! Sortez ou j'appelle la police ! crie l'homme depuis le sol.

— C'est moi, la police, répond Mason en tirant une carte au faux air de badge de sa poche. Vous pouvez appeler le commissariat de Goshen pour vérifier, si ça vous amuse. Je suis le shérif adjoint Darian Cooke ; vous voulez que je vous l'épelle ? » L'Arabe nous regarde avec de grands yeux. « Bon, il me semble que la dame a demandé des flaflafla et un bac de je ne sais quoi. » Le vendeur tourne les talons et s'éloigne à pas rapides vers l'arrière-boutique. « Quant à toi, m'ordonne Mason, tu peux poser tes fesses là-bas. »

Dans le restaurant plongé dans l'ombre, une vitrine réfrigérée éclaire des plateaux enveloppés de cellophane contenant des feuilles de vigne et des olives, du fromage et du pain. Son bourdonnement électrique se réverbère sur le lino ; une odeur de résidu de tabac à la vanille dans des chichas froides et d'agneau grillé nous enveloppe. Le cuir de la banquette bordeaux se gondole quand je me glisse dessus. Mason s'assoit en face de moi.

« Tu as bien conscience que le proprio est en train d'appeler les flics, dis-je.

— Oui.

— Et tu ne t'appelles pas Darian Cooke. »

Il glisse son badge sur la table. « Je sais. »

Je sors le badge de Mattley de ma poche et fais de même. « Qui se ressemble s'assemble. »

Mason attrape mon paquet de cigarettes, le soulève, hausse un sourcil. « J'en déduis que tu n'es pas James Mattley ?

— Tu sais qui je suis ?

— Freedom McFly, répond-il d'une voix douce, encore rauque, comme lorsqu'il était enfant.

— C'est le marché que j'ai passé avec les pauvres types. Je n'accepterais le programme de protection qu'à condition de prendre ce nom. Freedom McFly, même s'ils n'ont jamais voulu que je garde le McFly. Ça faisait trop Burger King, d'après eux. Trop années quatre-vingt. Putains de pauvres types.

— Quels pauvres types ? » Comme je ne réponds pas, Mason incline la tête d'un air perplexe et change de sujet. « Je me souviens de la plage, de l'océan. Je me souviens de Freedom McFly, l'avion.

— Je suis étonnée que tu te souviennes d'autant de choses. » Je m'efforce de lui cacher mes mains, pour qu'il ne les voie pas trembler. Mes lèvres frémissent de nervosité. *Respire un bon coup. Ne rends pas la situation encore plus merdique qu'elle l'est.*

« C'est logique. » Mason souffle de la fumée, fait tomber ses cendres sur le sol. Les lumières de la rue dessinent des marques rouges sur son visage quand il se tourne vers la fenêtre. « En fait, je me demande pourquoi je ne l'ai pas compris plus tôt, dit-il, d'une voix étonnamment calme.

— Se rendre compte des choses après coup, ça fait chier. » Je me racle la gorge. « Je suis bien placée pour le savoir. »

Mason parle à son reflet, comme s'il ne m'écoutait pas. « Tu m'appelais Ethan, et tu me demandais où était ma sœur.

— Avant, tu t'appelais Ethan Delaney. » Je frotte mes paumes entre mes cuisses. « Et ta sœur s'appelait Layla Delaney, dis-je avec un sourire fugace. C'était ma chanson préférée… » Ma voix se perd dans le vide.

« Juste pour qu'on soit bien d'accord… tu es ma mère, hein ? »

Je soupire. « Je l'étais. » J'entends les rouages de son cerveau mouliner d'ici. Il inspecte la pièce, comme si quelque part dans ce bar à chicha oriental en plein milieu de Louisville se trouvaient les réponses à un millier de questions, des questions qu'il ne semble pas bien arriver à saisir. Je brise une partie de la glace qui retient ses émotions, gelées. « Tu avais une tache de naissance sur le genou gauche. Tes premiers mots étaient "Va chercher", à force de m'avoir entendue le dire à un labrador chocolat appelé Chance, qu'on avait à l'époque. Ton plat préféré, c'étaient les pâtes au fromage, et tu avais une couverture avec des dinosaures et un coussin brun clair dont tu ne te séparais jamais. Tu ne voulais même pas que je les lave, j'étais obligée de le faire quand tu dormais. » Mason m'écoute, pendant que j'écrase ma cigarette sur le rebord de la fenêtre avant de continuer : « Tu as des yeux marron comme ton père, avec une petite tache dorée en haut de l'iris droit. Tu es né le 19 juin à vingt-trois heures quarante-trois, mais les médecins ont noté vingt-trois heures quarante-cinq parce que la sage-femme qui t'a mis au monde était une demeurée avec un rouge à lèvres hideux et de la moustache.

— Et Peter ?

— Ton oncle.

— Où est-ce que je suis né ? » me demande-t-il, et je ne sais pas si ça l'intéresse vraiment, ou s'il se contente de me tester. C'est mon fils, après tout, alors la seconde option me paraît probable.

« Au Stony Brook University Hospital, à Long Island. »

Mason tourne le regard vers un coin de la pièce. Je vois des vagues d'émotions successives passer sur son visage, le va-et-vient de la colère, de la confusion, du dépit, de la compréhension, et ainsi de suite. « Et Rebekah ?

— J'aimerais en savoir plus sur elle. » Le bruit des antibiotiques qui s'entrechoquent dans ma poche me rappelle de prendre mes médocs. « On n'est restées ensemble que deux minutes et dix-sept secondes. Oui, j'ai compté. » J'observe la moitié du visage de Mason qui n'est pas plongée dans l'ombre. Il a des cernes sous les yeux, la peau marbrée de coupures et de bleus.

« Mais maintenant ? Qu'est-ce que tu sais d'elle maintenant ?

— On a pensé un moment que tes oncles avaient joué un rôle dans sa disparition, comme Peter te l'a sûrement expliqué. Mais je sais maintenant que c'est faux.

— Comment ça ? » Il appuie les paumes sur la table pour se pencher vers moi, ouvrant grand son œil non boursouflé.

« Ils l'ont confondue avec ta petite amie. » Je baisse les yeux. « Mais elle va bien, je te le promets. Je viens de la voir.

— Qu... » Il se relève d'un bond, se dépêchant d'extirper son portable de sa poche. « Elle n'a rien ? Elle est blessée ? Je veux dire... Merde ! » hurle-t-il alors que la batterie de son téléphone agonise dans un bip.

J'adorerais rester là pour tout lui expliquer. Vraiment, j'adorerais. Mais le vendeur ressort de l'arrière-boutique, le menton levé et les yeux fixés sur la porte, l'air d'attendre quelqu'un. Je me penche pour chuchoter à Mason : « Il faut qu'on se taille. Du genre, maintenant. » Il referme son téléphone avec un grommellement exaspéré.

En sortant du restaurant, nous tombons sur Peter. *La vache, Peter... Ça fait vraiment un bail, mon salaud.* Prenant appui sur les bras de son fauteuil, je lui donne un long baiser sur les lèvres. Mais Peter et moi savons que ce geste est on ne peut plus platonique. C'est comme ça, là d'où on vient ; tout le monde s'embrasse sur la bouche.

« Content que vous ayez réglé vos affaires, dit-il. J'avais pas l'intention de continuer à vous courser dans toute la ville.

— Mason, je te présente la seule personne convenable dans la famille de ton père. »

Mason regarde Peter d'un autre œil, sachant désormais que cet homme qui est venu l'aider dans son enquête est son oncle biologique.

« Bon, qu'est-ce qu'on fait ? » demande Peter.

Non loin de là, des sirènes de police se rapprochent. « On se casse d'ici, déjà », dis-je en ouvrant la marche, peu importe dans quelle direction, tant qu'on s'éloigne. Quand Mason m'emboîte le pas, je m'arrête net et me retourne vers lui devant une vitrine pleine d'écrans plats. « Je veux que tu saches que quoi qu'il arrive, je la retrouverai. »

Il plisse les yeux, curieux. « Comment ?

— Demain, à la première heure, je pars chez les Adventistes du Troisième Jour.

— Mais ils ne laissent entrer personne. Même l'ATF a essayé, rétorque Mason.

— Fais-moi confiance : j'ai ma méthode. Virgil m'attend déjà.

— Ça fera toujours un bon endroit où te cacher », remarque Peter derrière Mason. Quand je jette un œil par-dessus son épaule, je découvre mon visage dans la vitrine du magasin d'électronique, relayé sur plusieurs écrans.

Je ramasse mes cheveux sous la casquette volée au club, m'approche si près de la vitre que mon souffle la couvre de buée et contemple une ancienne photo de moi, prise lors d'une vieille affaire d'ivresse sur la voie publique. « Y a plus qu'à espérer qu'ils aient pas le câble. »

Nous traversons le brouillard dans le noir, dos tourné à cette créature vivante qu'on appelle Louisville. Peter nous suit, mais à distance, une manière de montrer qu'il respecte l'intimité à laquelle j'aspire tant. Chaque pas qui nous éloigne de l'éclairage urbain est un pas de plus dans le silence, jusqu'à ce que l'on repère une brèche au pied du grillage hermétique entourant un terrain de baseball, à l'intérieur duquel Peter s'arrête près des gradins et tend la main vers sa chaussette. Je me souviens que c'est là qu'il garde sa flasque.

Certaines choses ne changeront jamais, chez cet homme.

Ayant vécu dans la banlieue pourrie de Mastic Beach, je sais que l'odeur de pâtée pour chien qui plane dans l'air provient d'un crématorium. Les moteurs des fours semblent rugir dans la purée de pois, mais ça n'a pas l'air de déranger Mason. Ça ne me dérange pas non plus.

Malgré mes protestations répétées, il m'oblige à enfiler sa veste en cuir marron. Je me demande s'il a remarqué que je portais les vêtements de sa copine. Je resserre la veste autour de mes épaules, sans trop savoir où me mettre. *Est-ce que je suis trop près ? Trop loin ? Est-ce que mon expression reflète assez bien la culpabilité que je ressens ? La tristesse ? La haine que j'éprouve envers moi-même, aussi ? Ma douleur, ma souffrance, mes regrets, mes failles, ma colère, ma peur… Est-ce que tu me vois, Mason ? Est-ce que tu me vois, mon fils ?* Dans un silence qu'il trouve sûrement gênant, Mason s'avance vers le marbre tandis que je m'éloigne vers le centre du diamant.

« Les derniers mois que j'ai passés avec toi, tu avais décidé dans ta petite tête que tu intégrerais une des grandes ligues de baseball et que tu jouerais pour les Yankees de New York », dis-je.

Pour la première fois de la soirée, Mason sourit ; il enfonce les mains dans ses poches et balaie la terre sur le marbre. « J'ai continué à rêver d'aller en ligue majeure jusqu'à dix-sept ans, dit-il, le regard perdu dans le sol. J'ai même joué à l'université. »

Je me place sur le monticule du lanceur, à environ six mètres du marbre, et dis : « J'ai toujours su que tu le ferais.

— Tu vas vraiment m'obliger à poser la question ? crie-t-il en se mettant en position de batteur.

— Quelle question ? » Je lui lance une balle imaginaire.

Mason la frappe de sa batte invisible, puis met la main en visière pour regarder la balle s'envoler en dehors du terrain, suivant sa trajectoire du doigt. « Pourquoi tu as fait ça ? Pourquoi tu nous as fait adopter, Rebekah et moi ?

— Ça dépend. » Je fais semblant de jeter la balle encore et encore dans mon gant. « Tu veux quelle version ?

— J'ai le choix ?

— Oui. Il y a celle où je te raconte un tas de conneries pour amortir le choc, ce que j'appelle la version édulcorée. » Je lance la balle, et Mason frappe. Je vois à ses yeux qu'il a raté son coup. « Et puis il y a la vérité, qui va sûrement te rendre furax et t'ôter l'envie de me parler pour le reste de ta vie.

— Ça fait vingt ans qu'on ne s'est pas parlé, dit-il, frappant sa batte sur le marbre. Je pense que tu n'as rien à perdre à me dire la vérité. »

Mais je ne sais toujours pas quelle version lui donner. J'ai beau avoir passé ces vingt dernières années à les préparer, il n'y en a pas une qui paraisse plus crédible que l'autre. Mason s'approche de moi. « Si je promets de continuer à te parler, tu me diras la vérité ? »

Il s'assoit à mes pieds, pose les avant-bras sur ses genoux, fesses dans la terre. Il tend la main pour extirper une flasque de la poche de la veste en cuir que je porte, et m'en propose une gorgée.

« J'ai arrêté, dis-je en me laissant tomber à côté de lui. Mais bois, toi. On n'a pas beaucoup de temps avant le lever du soleil. Après, on devra partir chercher Rebekah. »

40

La peau des ailes de papillon

Autrefois, je m'appelais Nessa Delaney, et je savais quel goût avait le bonheur, quelle sensation il donnait, quelle apparence il avait. Enfin, disons que j'avais une idée de ce à quoi il était censé ressembler, au moins. Mais j'avais une famille. J'avais une maison. J'avais de grands espoirs et beaucoup d'ambition. J'étais l'incarnation du rêve américain.

C'était l'hiver 1994. Le verglas recouvrait Mastic Beach, transformant l'asphalte des rues en onyx poli où passait parfois un amas de détritus poussé par le vent. Les robinets gouttaient en permanence afin d'éviter que les tuyaux ne gèlent, le genre de bruit qui vous tape sur le système s'il n'y a rien d'autre pour le couvrir.

Il était dix heures du soir, un Black Friday, le lendemain de Thanksgiving. La maison sentait encore la dinde et la tarte à la citrouille, entre le repas de la veille et les restes. Mason... C'est le nom que tes parents adoptifs t'ont donné. Mais on t'avait baptisé Ethan à ta naissance. Bref, tu étais pelotonné près de moi, contre le dossier du canapé. Tes paupières qui frémissaient comme la peau des ailes de papillon au rythme de tes ronflements faisaient de toi plus qu'un simple être vivant, quelque chose de plus précieux encore. Je t'ai regardé dormir en te caressant les cheveux pendant ce qui m'a semblé être une éternité entre deux chapitres du Magicien d'Oz *de L. Frank Baum ; tu avais sombré dans le sommeil au moment où Dorothy et l'épouvantail huilaient les articulations du bûcheron en fer-blanc. Je comptais les taches de rousseur sur l'arête de ton petit nez, caressais la paume de ta main moite avec la pulpe de mon pouce. Et si j'ai cru en Dieu un jour, c'est grâce à toi. Grâce à des moments comme celui-là.*

Soixante-douze. Tu avais soixante-douze taches de rousseur.

Arrivée en haut de chaque page, je plissais les yeux, éblouie par les lumières du sapin de Noël que nous avions passé toute la journée à décorer avec ton oncle Peter pendant que ton père, Mark, travaillait. Les rouges, les verts et les jaunes flous ressemblaient à des paillettes sur un rideau d'obscurité.

« Je prendrais bien un petit verre de lait de poule maintenant », a déclaré Peter, assis au milieu du salon. À Mastic Beach, ton père et moi avions une des plus jolies maisons du quartier : un pavillon de plain-pied bien entretenu, fraîchement rénové et meublé de tout ce qu'on pouvait trouver de mieux chez Flanagan's, la boutique de King Kullen Plaza. Dans le salon, des canapés en cuir crème et une moquette assortie, décorés de rubans rouges et de fausse verdure pour les fêtes.

« Attends, je vais le coucher. » Je t'ai emmené dans ta chambre, t'ai embrassé sur la joue et ai refermé la porte derrière moi.

À l'époque, je ne buvais que les jours de fête, juste un cocktail ici ou là pour marquer le coup. J'ai ajouté une pincée de muscade et de cannelle à nos tasses sur le plan de travail de la cuisine qui donnait sur le salon. Et tout ce à quoi j'arrivais à penser, c'était que ton père aurait déjà dû être rentré depuis des heures, que j'en avais par-dessus la tête de ses « patrouilles de nuit », de me réveiller tous les matins dans un lit froid, de sentir du parfum sur ses vêtements quand je faisais sa lessive. Parfois, je flairais même l'odeur de la chatte d'une autre femme quand il se déshabillait avant de se coucher.

« Tu sais, Nessa..., a commencé Peter en tournant son fauteuil vers moi, le sapin clignotant derrière lui. Moi aussi, j'aime bien me faire passer pour plus bête que je ne le suis.

— Tu veux bien arrêter de lire dans mes pensées ? » Avec un sourire, j'ai ajouté un filet de Southern Comfort dans nos tasses et suis retournée dans le salon. « Je préfère qu'il rentre tard. Comme ça, j'ai la paix. » Mais l'infidélité de Mark me détruisait, m'empêchait de dormir, de manger. J'avais beau ne pas le montrer, Peter était trop malin pour être dupe de ma pauvre petite comédie.

« Tu aurais mieux fait de m'épouser et de partir sur mon beau cheval blanc », a-t-il plaisanté, le nez dans son lait de poule. Qu'est-ce que j'étais censée répondre à ce genre de remarque, hein ? Je veux dire, je savais que Peter avait un faible pour moi, et je l'aimais beaucoup aussi, bien sûr. C'était mon meilleur ami, à cette période. Mais je mettais un point d'honneur à ne jamais l'encourager.

« J'irai jeter ton fauteuil du haut d'une falaise si tu ne fermes pas ton clapet. » J'ai rajusté le plaid du canapé en souriant. Creep *de Radiohead passait en fond sonore, une pause bienvenue après les chants de Noël qui commençaient déjà à m'écœurer alors qu'on n'était qu'en novembre. « Bon, avant que je m'installe trop confortablement... », ai-je dit, filant aux toilettes.*

La tasse de lait de poule réchauffait le haut de mes cuisses sur le siège des WC. Défi accepté : est-ce que j'arriverais à terminer mon verre avant d'arrêter de faire pipi ? C'est fou ce que je m'ennuyais vite, à l'époque. Pendant que je pressais le bord de la tasse contre mon visage, les courants d'air froids de l'hiver entraient en chuchotant par les interstices de la fenêtre. J'avais posé ma tasse sur le rebord pour prendre du papier-toilette quand j'ai entendu des pas lourds bien trop familiers approcher sur la terrasse. Merde, ai-je pesté en me dépêchant de m'essuyer, pour aller accueillir Mark dans le salon. Et tandis que la chaleur de l'alcool montait dans ma poitrine, la tasse s'est écrasée sur le sol, éclatant en un million de fragments de céramique blanche. Merde de merde. Je suis sortie dans le salon, sans me rendre compte que je laissais une traînée de sang derrière mon talon.

« Oh, c'est toi, ai-je dit en voyant Matthew passer la tête par l'embrasure de la porte d'entrée.

— C'est comme ça qu'on accueille les invités, Ness ? »

Il attendait que je lui propose d'entrer. Non, ça ne le dérangeait absolument pas d'ouvrir la porte, mais il fallait toujours qu'on l'invite à franchir le seuil, comme cet enfoiré de Dracula ou je ne sais quoi. « Entre », ai-je dit en levant le pied pour le poser sur le plan de travail, avant de récupérer un torchon décoré d'un bonhomme de neige brodé.

« Laisse, je vais t'aider. » Matthew m'a rejointe, une cigarette entre les dents. Il avançait avec prudence, comme s'il s'approchait d'un animal blessé. Il m'a observée de la tête aux pieds avec un sourire.

« Ça va, je m'en sors », ai-je dit, évitant soigneusement de le regarder en face. Personne ne regardait jamais Matthew en face parce qu'il émanait de lui une aura dérangeante, un nuage qui le suivait partout où il allait. Je détestais la façon dont il me déshabillait du regard, je détestais son odeur permanente de plancher de bar, un mélange de tabac froid et de cuite à la vodka. Mais plus j'essayais de retirer l'éclat de céramique, plus je semblais l'enfoncer dans mon pied.

« La vache ! » s'est exclamé Peter, qui avait roulé jusqu'à nous pour regarder le sang. Il y en avait plus que je le pensais.

« Je m'en occupe. » Matthew m'a attrapé la cheville avec autant de délicatesse que possible pour un homme de sa force.

« Une minute. » J'ai tendu la main par-dessus le plan de travail pour m'emparer de la bouteille de Southern Comfort et en ai pris une longue gorgée, directement au goulot. « C'est bon, vas-y.

— Je crois que c'est la première fois que je te vois boire, Ness », a dit Matthew à voix basse, s'adressant à mon pied. Le surnom m'a fait grimacer.

« J'ai horreur du sang. »

La vérité, c'est que Matthew était particulièrement beau ; un vrai régal pour les yeux. C'était sa personnalité qui me retournait l'estomac. Je le soupçonnais d'être bipolaire ou un truc du genre, comme sa mère. Quand il était sympa, il l'était vraiment, aussi doux qu'à cet instant où il m'aidait à sortir le bout de céramique de mon pied. Mais quand il était vache, c'était le pire fils de pute de l'univers. Il avait des mains puissantes et calleuses, tachées de nicotine et d'essence. Et même si je n'autorisais personne à fumer dans la maison, à cause de toi et parce que je ne fumais pas moi-même à l'époque, suggérer à Matthew d'éteindre sa cigarette aurait pu entraîner une saute d'humeur. Côtoyer Matthew, c'était comme marcher sur du verre. Ou plutôt de la céramique, dans le cas présent.

« Il est bien enfoncé, a-t-il dit en se penchant sur le plan de travail. Accroche-toi. » J'aurais voulu l'assommer quand il a commencé à aspirer l'éclat enfoncé dans mon talon. C'était dégueulasse, mon beau-frère en train de me sucer le sang.

Tout en suçant l'entaille sur mon talon, Matthew a levé les yeux, faisant en sorte de croiser mon regard. Je pense qu'il voulait me faire imaginer la façon dont il me regarderait s'il me léchait là en bas. J'ai noté sa tentative de séduction, et ce serait un mensonge de dire que l'idée ne m'a pas effleuré l'esprit, parce qu'elle l'a fait. Ça aurait même pu m'exciter autrefois, mais je ne pouvais pas oublier que c'était à Matthew que j'avais affaire, le frère de Mark, psychopathe obsessionnel. Et puis c'était mon pied crasseux qu'il était en train de sucer, bordel.

Pendant que je me tenais là, jambe posée sur le plan de travail, il a passé un bras sous ma cuisse et l'autre dans mon dos. Puis il m'a portée jusqu'à l'évier, a ouvert le robinet et recraché un long éclat de verre ensanglanté. J'ai vu Peter hausser les sourcils par-dessus l'épaule de Matthew, un signe auquel j'ai répondu en levant les yeux au ciel, une manière de confirmer que je n'étais pas dupe de ses manigances sournoises.

« Respire un grand coup, Ness », a dit Matthew en versant du Southern Comfort sur ma blessure, avant de porter la bouteille à ses lèvres.

J'ai hurlé. « Et qu'est-ce que tu fais à la maison, on peut savoir ? ai-je demandé alors que l'alcool me brûlait le talon.

— Mark ne t'a rien dit ? » Matthew a mis la bouche sous le jet d'eau pour se débarrasser de mon sang. Non, de toute évidence, on ne m'avait rien dit. « Je vais passer quelques jours ici. Le canapé m'ira très bien. »

Ça aurait été sympa de me prévenir, merde.

Peter est reparti chez lui pour la nuit. Mon pied m'élançait. Je me tournais et me retournais dans le lit, attendant que Mark rentre du travail. J'entendais Matthew fourrager dans le salon, titubant sous l'effet de l'alcool. Non, il n'y a pas de médocs dans le tiroir à couverts, alors arrête ton bordel. Si je me suis endormie, ce n'était pas plus d'une minute, je crois. Je me suis frotté les yeux, mais je n'ai même pas eu le temps de bâiller. J'ai senti son odeur avant de voir sa silhouette pénétrer dans la pièce, et sans même avoir compris ce qui se passait, j'étouffais sous le poids de son corps.

Je voulais hurler, vraiment. Mais tu dormais dans la pièce d'à côté, et quel genre de mère voudrait que son fils la trouve en train de se faire violer ?

Je voulais respirer, vraiment. Mais il serrait ma gorge de plus en plus fort ; j'aurais juré que la peau de mon cou était en train de se déchirer.

Je voulais le repousser, vraiment. Mais son poids chassait la vie de mes poumons.

Ses ahanements chargés de vapeurs de vodka frelatée résonnaient dans mes oreilles, sa ceinture tintait contre le cadre du lit. Sa sueur tombait droit sur mes lèvres. Et à chaque grognement, à chaque coup de boutoir, à chaque douleur sèche entre mes jambes, je sentais mon âme s'échapper un peu plus de mon corps. Et malgré tous les efforts que je ferais pour les rattraper, ces fragments resteraient perdus à jamais.

Les secondes se sont changées en heures, les minutes en journées. J'ai laissé mon corps se relâcher ; j'ai abandonné. Je fixais une marque au plafond, une tache d'enduit. Des larmes s'échappaient de mes paupières et coulaient sur mes tempes, jusqu'à mes oreilles. Et quand il a eu plus ou moins fini, il m'a lâché la gorge. Mais je ne respirais toujours pas. Matthew a remonté son pantalon, chacun de ses soupirs de contentement après l'orgasme changeant mon sang en bile, comme si sa semence était constituée d'un poison qui allait me rendre telle que je serais plus tard, me rendre amère, me rendre égarée, me rendre froide. Je n'ai pas bougé un muscle, je n'ai pas émis un son quand il s'est penché vers moi et m'a pris doucement le menton, rapprochant son visage du mien. « Tu as été super. » Il a embrassé mes lèvres figées et a quitté la pièce.

Quelques minutes plus tard, il ronflait sur le canapé.

Je suis entrée dans ta chambre, où tu dormais toujours à poings fermés dans ton lit d'enfant. Mes pas ne faisaient pas de bruit sur le tapis, j'avais du mal à marcher à cause de mon entrejambe endolori.

Lorsque je t'ai regardé, tu arrondissais la bouche comme pour tirer sur une paille dans un rêve. J'ai eu l'impression d'avoir les coudes et les épaules rouillés en te soulevant dans mes bras, sentant la chaleur de ton corps à travers ton pyjama en polyester.

Mason, tu aurais pu dormir quoi qu'il arrive, je te jure, même quand je me suis assise maladroitement sur le sol et que j'ai heurté un robot en plastique, déclenchant des sirènes qui ont retenti dans toute la maison. J'ai eu peur que Matthew se réveille. J'ai refermé la main sur une de tes oreilles et appuyé l'autre contre mon sein, assise en tailleur par terre, et je t'ai bercé.

J'ai enfoui mon visage dans tes cheveux pour respirer l'odeur de ton shampoing. J'ai posé la main sur ta poitrine.

J'ai pleuré, mais je ne suis pas sûre d'avoir pleuré à cause du viol. Parce que en cet instant où je te regardais, jamais je n'avais ressenti un tel débordement d'amour et d'adoration. Et à ce moment-là, rien ne me semblait plus réel que ta poitrine qui se dilatait à chaque inspiration, ton cœur qui battait, le rythme délicat de chacun de tes ronflements. J'ai réprimé chaque gémissement derrière mes lèvres, ravalé chaque éclat de douleur. À ce moment-là, j'ai su que je ne chérirais jamais aucun autre moment tout à fait comme celui-là.

Le temps a cessé de s'écouler pendant les jours qui ont suivi. Les matins restaient sombres et les nuits drainaient un soleil insoutenable. Je n'étais qu'une enveloppe meurtrie à l'intérieur de laquelle aucun organe ne fonctionnait, ni aucune émotion. L'apathie, l'apathie dans sa forme la plus pure, est un concept terrifiant. Parce que toutes les émotions que l'on s'attend à voir surgir, la douleur, la tristesse, le dégoût, la fureur... ne sont tout simplement pas là. Et au bout d'un moment, on ferait n'importe quoi pour éprouver quelque chose, quoi que ce soit, ne serait-ce que les décombres, les vestiges d'une âme brisée.

Le poids du corps excité de Matthew pesait sur mes épaules. Quand je me regardais dans le miroir, le bleu de mes yeux semblait s'estomper. Quelques semaines avaient passé. Je ne m'en étais même pas aperçue.

Sur la terrasse, j'ai remercié Lynn plusieurs fois, en lui tendant le sac de couches et le livre du Magicien d'Oz. *J'étais désespérée, et je n'avais personne d'autre à appeler dans cette foutue ville. « Je resterai au chaud un jour ou deux, je ne veux juste pas qu'il tombe malade aussi.*

— Bien sûr. » Lynn t'a pincé la joue, pendant que Peter remontait la rampe de notre maison. « Prends du rhum blanc, ça requinque à tous les coups », a-t-elle ajouté, même si je savais qu'elle n'en avait rien à secouer de ma prétendue grippe.

Elle est partie. Elle est partie en t'emmenant, Mason, et nous voilà arrivés au moment où je vous regarde disparaître tous les deux dans le soleil couchant.

Mais à partir de là, tout n'est que ténèbres.

Ça devait être quelques semaines plus tard ; tout était tellement flou. Le temps, je veux dire. « S'il te plaît, Peter, ne pleure pas », ai-je supplié, posant les mains sur les siennes. J'avais besoin de normalité, pas de ses larmes.

« Je vais le tuer, a-t-il déclaré, lèvre inférieure tremblotante. Je vais t-t-tuer ce fils de p-p-pute de mes p-p-propres mains. » Et nous nous sommes mis à sangloter ensemble comme des enfants, au milieu de la cuisine. Matthew était parti travailler sur un chantier quelque part dans l'Est, et je m'étais arrangée pour éviter de sortir de ma chambre tant qu'il restait à la maison. Mark était rentré puis reparti ; il ne faisait jamais attention à moi, de toute façon. Je préparais son dîner. Je le gardais au chaud. J'avais même réussi à maintenir la maison suffisamment propre à son goût. Ne me demandez pas comment. Les automatismes sont une chose puissante, sûrement.

« Il faut que j'en parle à Mark », ai-je chuchoté, le nez coulant à flots. J'ai chassé les larmes du visage de Peter avec ma manche.

« Mais tu sais comment il est, Nessa.

— Oui. » J'ai posé le bras sur l'îlot de la cuisine, où seulement quelque temps auparavant, Matthew avait enlevé un bout de verre de mon pied en le suçant. « Et c'est pour ça que s'il m'arrive quelque chose...

— Arrête de dire ça, a sangloté Peter.

— Je suis obligée, bon sang ! ai-je rétorqué, et Peter savait que je n'avais peut-être pas tort.

— Tu n'es pas obligée de parler comme ça. » Il a fait pivoter son fauteuil pour me tourner le dos. « Tu n'es pas obligée d'en parler à Mark. »

C'était peut-être lui qui avait raison. L'idée d'annoncer la nouvelle à mon mari me donnait la nausée ; faisait suinter un liquide affreusement aigre de mes joues. J'ai pris une grande inspiration par le nez, tentant de réprimer mon envie de vomir.

Je me suis précipitée à la salle de bains et ai agrippé la cuvette en porcelaine, tellement fort que j'ai lâché quelques gouttes dans ma culotte.

Quand j'ai eu terminé, j'ai essuyé mes larmes et recraché le reste de ma bile. Les talons à côté de la douche, j'ai remarqué un morceau de la tasse que j'avais fait tomber l'autre soir, posé contre les carreaux qui bordaient la porte de la cabine. Essuyant la sueur de mon front d'un bras, j'ai tendu l'autre pour jeter l'éclat dans la poubelle de la salle de bains. Et quand ma main a glissé sur le sol, j'ai accidentellement heurté un des carreaux à la base de la douche, déjà descellé. Je l'ai poussé, céramique froide sous mes doigts, et l'ai rattrapé au moment où il basculait, découvrant une petite cavité à la base du mur. À l'intérieur, il n'y avait rien.

Et de nouveau, ces pas lourds sur la terrasse. La voix de Mark qui saluait Peter. « Qu'est-ce que t'as, toi ? » J'ai vomi encore une fois. Il a frappé à la porte. « T'as bientôt fini, Nessa ? Il faut que je pisse un coup.

— Une minute ! » ai-je crié. J'ai remis le carreau à sa place avant de quitter la salle de bains, passant devant Mark.

« Et alors, on n'embrasse même plus son mari qui revient d'une longue journée de travail ? » Je me suis dressée sur la pointe des pieds pour lui faire la bise, l'haleine encore chargée d'un relent de vomi. « Où est le dîner, bébé ? » a-t-il demandé en ouvrant sa braguette pour pisser devant moi. Je l'ai observé longuement, dans son uniforme bleu du NYPD. Je flairais le parfum d'une pute, envahissant et bon marché. Comme la pute, sûrement. J'ai remarqué que Mark avait les paupières lourdes, une

expression qu'il affichait toujours après l'orgasme à l'époque où on couchait encore ensemble.

« Je vais le faire réchauffer. »

Peter attendait à l'autre bout de la pièce. Si les regards pouvaient tuer… « Où est Ethan ? a crié Mark depuis la salle de bains.

— Il passe la nuit chez ta mère, ai-je dit, gardant les yeux fixés sur ceux de Peter. Le temps que je me débarrasse de cette fichue grippe.

— Tu veux dire qu'on va enfin avoir la paix ? »

J'ai répondu à voix basse, pour que Peter soit le seul à m'entendre. « Quelque chose comme ça. » Mais par habitude, peut-être, j'ai allumé le four, même si ce devait être la première fois depuis notre mariage que je n'avais pas préparé le dîner. Et je ne m'attendais pas non plus à avoir la paix.

« Tu as des nausées ? » a chuchoté Peter depuis le canapé, sur le bras duquel Mark avait abandonné son ceinturon de policier.

J'ai penché la tête, soutenant son regard. Tu vas vraiment m'obliger à le dire ?

Il a soupiré, et j'ai deviné ses pensées : C'est pour ça que tu veux lui en parler…

« Où il est, ce dîner ? a demandé Mark, déboutonnant sa chemise pour se retrouver en maillot de corps, avant d'explorer le frigo à la recherche d'une bière. Et y a plus de Heineken ?

— Matthew a tout bu, ai-je répondu en m'asseyant sur un tabouret. Mark, il faut qu'on parle.

— Du calme, ça fait même pas cinq secondes que j'ai passé la porte.

— On n'a pas le choix. Je veux juste discuter ; arrête de faire l'enfant. »

Il a ouvert le petit placard au-dessus de la cuisinière pour en tirer sa bouteille de secours de Maker's Mark. Il a pris une longue et bruyante gorgée au goulot enveloppé de cire rouge. Puis il s'est assis sur le tabouret en face de moi ; l'alcool lui empourprait les joues. À l'exception de ses cheveux blond foncé, il ressemblait comme deux gouttes d'eau à Matthew ; ou plutôt c'était Matthew qui lui ressemblait. « Bon, crache le morceau, tu veux ? » a-t-il demandé, parlant avec les mains. Et je me suis exécutée.

« Je suis enceinte. »

Mark a incliné la tête avec un rictus, le même rictus que celui de Matthew, le rictus de leur mère. Pas étonnant, vu qu'ils étaient tous les deux sortis de ce cloaque qu'elle avait pour vagin. Je crois que j'ai dû retenir mon souffle pendant tout le silence qui a séparé mon aveu de sa réaction.

Mark m'avait à peine touchée depuis la naissance de notre fils ; la dernière fois remontait à six bons mois. Voilà ce qu'était devenu notre couple : Mark allait tirer son coup partout ailleurs pendant que je restais à la maison, honteuse que tout le monde sache mais fasse comme si c'était un grand secret pour moi. Et il avait toujours eu un sale tempérament, même avant notre mariage – ce fameux tempérament de la famille Delaney, et en toute honnêteté, je crois que c'était une des raisons pour lesquelles je le trouvais si séduisant au début : le caïd du quartier, le flic respectable, celui que toutes les autres femmes voulaient… et qu'elles avaient eu, en fin de compte.

Nos tabourets ont volé quand il m'a attrapée par les cheveux. Et je ne pouvais pas dire que ça me surprenait ; plus d'une fois, il avait réagi avec ses poings. Une gifle par-ci, un coup dans le ventre par-là, beaucoup de meubles brisés entre les deux. Ça paraît difficile à croire que j'aie été cette femme il y a toutes ces années. Faible. Incapable de se défendre. Toujours dans le rôle de la victime. Il m'a clouée au sol de la cuisine, pesant de son genou, et de tous les autres muscles derrière, sur mon ventre. J'ai supplié, je l'ai imploré. Son regard s'était assombri, il avait le visage écarlate. Il hurlait, mais j'étais incapable d'entendre quoi que ce soit avec toute ma vie qui pulsait dans ma tête et mes oreilles. Du coin de l'œil, j'ai vu les lumières du sapin de Noël sombrer dans le noir, mon champ de vision se rétrécissant autour de ce monstre. Ça va être la dernière chose que je verrai de ce monde, sa putain de gueule.

Il m'a traînée par terre en direction de la cuisinière, comme une poupée de chiffon. Dieu, ce que j'ai pu hurler quand il a ouvert la porte du four et m'a tirée par les cheveux. Mark allait me mettre la tête dans le four.

Et puis il y a eu un coup de feu.

Je me suis appuyée à l'intérieur de la porte, juste assez vite pour ne pas me brûler. La pièce tournoyait autour de moi ; mes oreilles sifflaient. Mark s'est effondré à mes côtés. Le sang. Mon Dieu, le sang. Rien à voir avec ce qu'Hollywood nous montre. On aurait dit qu'il avait repeint les murs en jaillissant de l'endroit où la blessure était sortie, sur le côté du crâne. Et quand enfin j'ai recommencé à respirer, j'ai passé la tête de l'autre côté du plan de travail.

Peter, l'arme du crime encore fumante au poing, pour ainsi dire.

J'ai levé la main, la paume tendue vers lui, tremblant dans l'air. « Repose ça doucement, Peter », ai-je murmuré. Ses yeux tressaillaient et son cou se tordait violemment, comme à chaque fois qu'il était angoissé. Il a relâché les doigts pour laisser l'arme de service de Mark tomber sur ses genoux.

Ne me demandez pas de vous expliquer. Jusqu'à ce jour, je n'ai aucune idée de comment Peter a réussi un tir pareil dans ces conditions. C'était le hasard. Le putain de hasard, dans toute sa splendeur.

Je me suis avancée vers lui et ai attiré sa tête contre mon ventre en lui caressant les cheveux. « Ça va aller. Tout va bien se passer. » Mais j'ai eu l'impression qu'il savait aussi bien que moi que c'étaient des conneries. Les soubresauts de sa tête me faisaient mal à l'estomac après le genou de Mark. J'ai récupéré le Glock sur ses cuisses. Tout à coup, le rugissement du pick-up de Matthew qui arrivait dans l'allée. Je l'ai entendu heurter la porte du garage, preuve qu'il était déjà soûl, Dieu merci. Il fallait réfléchir vite. J'ai enfoncé le flingue à l'arrière de mon pantalon avant de prendre le ceinturon de Mark sur mon épaule. « On n'est pas obligés d'aggraver encore la situation, Peter. »

Et avec absolument toutes les émotions qui m'avaient désertée les jours précédents, je suis passée à l'acte. Sans avoir le temps de penser, je me suis contentée d'agir, à une vitesse qui m'a étonnée moi-même. Je me suis précipitée dans la cuisine, où le sang de Mark formait une flaque devant l'évier. Le plan de travail : la seule chose qui blo-

querait la vue de Matthew depuis la porte d'entrée. Des pas lourds sur la terrasse, le raclement de ses chaussures de chantier. « Retiens-le dans le salon deux minutes ; invente n'importe quoi. »

J'ai attrapé Mark par les poignets et l'ai fait passer dans le couloir au moment même où Matthew entrait en titubant. Mue par la seule force de l'adrénaline, j'ai remorqué quatre-vingt-cinq kilos de viande morte jusqu'à la salle de bains, laissant une traînée de sang dans mon sillage. J'ai verrouillé la porte derrière moi. J'entendais la voix de Peter : « Tu es au c-c-courant de la d-d-dernière escapade de John chez Herkimer's ? » Un membre après l'autre, j'ai réussi à pousser Mark dans la douche, puis ai jeté le ceinturon à sa suite.

Avant même d'arriver au bout du couloir, je voyais Peter transpirer à un kilomètre. C'était la première fois que Matthew me retrouvait depuis le viol. Il était assis sur le canapé, en train de prendre la télécommande pour allumer la télé, coudes sur les genoux, son pantalon militaire répandant des copeaux de peinture sèche partout sur la moquette. « Bon Dieu, il faut absolument que j'aille pisser », a-t-il dit en se relevant. Il se comportait comme si le viol n'avait jamais eu lieu, comme si ce n'était jamais arrivé.

Peter a essayé de parler, mais les mots n'arrivaient pas à faire surface.

Je suis passée en trombe devant la cuisine, récupérant le Maker's Mark sur le plan de travail avant de regagner le salon où j'ai percuté Matthew de plein fouet. « Hé ben, pourquoi t'es si pressée, ma belle ? » a-t-il demandé.

Ne le laisse pas regarder à gauche. Ne le laisse pas voir le sang.

J'ai agité la bouteille sous son nez, tentant n'importe quoi pour l'empêcher de voir la cervelle de son frère étalée dans la cuisine. Mais Matthew savait que je ne buvais presque jamais, alors il fallait que je joue la fille bourrée. « Ch'prends juste une petite goutte. » J'ai essayé de l'entraîner vers le salon. Mais il m'a repoussée si fort que j'ai dû reculer de quelques pas pour éviter de tomber.

« D'accord, mais j'ai une envie pressante à soulager d'abord, Ness. »

Matthew m'avait refoulée plus loin que je le pensais, et sans même que j'aie pu réagir, on se retrouvait devant la porte de la salle de bains. Il a tendu la main dans mon dos pour tourner la poignée. De toutes mes forces, je l'ai collé contre le mur du couloir, empoignant son entrejambe « Laisse-moi faire. »

Je l'ai embrassé, l'ai attrapé par la ceinture pour le tirer derrière moi. « Tu me tues », a-t-il marmonné d'une voix pâteuse. Si tu savais.

Je me suis arrêtée devant lui, frottant mes fesses contre son érection. « Dis-moi que t'as envie de moi, salaud », ai-je ordonné en prenant une de ses mains pour la remonter sous mon tee-shirt. De l'autre, j'ai guidé ses doigts en moi. Tout pourvu que ce connard reste excité. J'ai repris ses doigts, les ai sucés. « Dis-moi que tu me veux.

— Je t'aime, putain, Ness, a-t-il gémi en m'embrassant dans le cou, encore endolori par les mains de son frère. Je t'aime depuis la première fois que je t'ai vue et je te veux de toutes les façons possibles. »

Sur le chemin, j'ai évité le regard de Peter. Il avait assez souffert ; je ne l'obligerais pas à voir mon visage pendant que j'emmenais son frère dans ma chambre pour le laisser faire ce qu'il voulait de moi encore une fois.

Derrière la porte fermée, j'ai feint l'extase. On a bu du Maker's Mark. Et j'ai attendu que Matthew s'endorme après l'avoir noyé dans l'équivalent d'une bouteille de whisky, de quoi le rendre trop mou pour continuer à baiser et le faire sombrer dans un coma éthylique.

Ça a été une arrestation facile pour les flics. J'avais les ecchymoses. J'avais les vêtements ensanglantés. J'avais confié mon enfant à ma belle-mère « parce que c'était prémédité ». Et tout le monde sait que lorsqu'un policier se fait tuer, surtout quand c'est un meurtre, ses collègues ne reculent devant rien pour que justice soit faite. Même si ce n'est pas la bonne.

« Ce n'est pas moi que vous devriez arrêter, bordel ! ai-je hurlé aux flics. Celui qui l'a tué est en train de cuver son whisky dans la chambre ! »

Peter a imploré les policiers : « C'est moi qui lui ai tiré dessus ! C'est moi qui ai descendu ce fils de pute. »

Mais les flics ne l'écoutaient pas. Ils voulaient coincer la personne qui avait tué leur frère d'armes, même si c'était moi, même s'ils se trompaient de cible.

Et je refusais qu'on inculpe Peter pour ce crime. En toute honnêteté, je ne pensais pas qu'on m'inculperait non plus. « Ah ouais ? ai-je rétorqué à Peter, devant les flics. Où est le flingue alors, gros malin ? » Mais Peter n'avait pas la réponse.

41

Lever de soleil

Je m'appelle Freedom, et je regarde le soleil se lever sur le lac. Derrière moi, une rangée de cabanes en rondins, presque toutes vides à cette période où la saison touristique s'achève avec l'arrivée de l'hiver. Au bord de l'eau, les chaises Adirondack ont l'air perdues sans empreintes de corps mouillés. Des parasols forment un cimetière en face de moi. Le ciel est spectaculaire. Mais je me demande s'il éclaire aussi Rebekah, si elle est morte ou vive. Je ne peux pas m'empêcher d'imaginer ce même soleil éclairant son cadavre putréfié quelque part. Je ne le fais pas exprès.

Je déteste cette eau si calme, ce ciel si beau. C'est comme si Dieu remuait le couteau dans la plaie en me rappelant à quel point tout est merdique, chaotique. *Pourquoi a-t-il fallu que ça m'arrive à moi ? Pourquoi a-t-il fallu qu'on me punisse pour mon viol, pour la mort de mon mari ? Et surtout, pourquoi a-t-il fallu qu'on me sépare de mes enfants ?* J'arrache de pleines poignées de cailloux et de terre ; il faut que je détruise ce paysage d'eau qui dort. Je veux arracher le soleil de son ciel. Je hurle à chaque morceau de terre que je balance dans le lac, effrayant les colverts. J'essaie de réduire une chaise longue en charpie, mais ne réussis qu'à m'enfoncer des échardes dans les mains.

La lumière s'allume dans la cabane. Le chien du réceptionniste aboie. Mes hurlements déchirent le silence.

Les hommes qui occupent notre cabane sortent sur la terrasse ; je le sens même le dos tourné. Mason. Peter. L'équipe de l'ATF, composée de Joe et d'un skinhead d'allure sinistre. Alors que je poignarde l'eau peu profonde avec un pied de parasol rouillé, Mason s'élance vers moi. Il m'attrape par-derrière et me serre dans ses bras. Il ne m'appelle pas Freedom. Il ne m'appelle pas Nessa. Il ne m'appelle pas maman. Il me dit seulement que ça va aller, que je n'ai pas à m'excuser. Et je me rends compte qu'au milieu de mes hurlements, au milieu de mes pleurs, je n'ai cessé de répéter : « Pardon. »

Mes gémissements s'apaisent tandis qu'il m'étreint pour m'empêcher de m'effondrer. Appuyée contre sa poitrine, entre ses bras, je regarde avec lui le lever de soleil que j'ai échoué à détruire de mes seules mains. Et comme je l'ai fait il y a vingt ans, la dernière fois que j'ai été heureuse, il enfouit son visage dans mes cheveux et me serre contre lui. « Tu es plus forte que tu ne le penses, me dit-il, pendant que les autres hommes retournent dans la maison de location.

— On verra ça. »

La cabane vibre de détermination ; la concentration se transforme en électricité statique autour de moi. Je me sens reposée, revigorée, raffermie et résolue.

« Regarde ailleurs, espèce d'obsédé », dis-je à Peter avec un sourire narquois, alors que je m'apprête à enlever mon tee-shirt.

Il me rend mon sourire. « Je ne suis pas obsédé. Juste humain, rétorque-t-il en faisant pivoter son fauteuil dans la cabane étroite pour rejoindre Mason face au mur.

— Une question me démange, intervient le skinhead, qui reluque un peu trop joyeusement mon soutien-gorge. Comment vous êtes-vous débrouillée pour avoir accès au camp ?

— FreedomInJesus, dis-je. Ça fait une éternité que je suis abonnée aux prêches de Virgil.

— Je connais ce nom, remarque Joe. On pensait juste que vous étiez une illuminée. C'est ingénieux, je dois dire. Très ingénieux. »

Un silence. « Je voulais juste voir mes enfants. »

Dans mon dos, Joe parle avec un fil électrique entre les dents pendant qu'il accroche un émetteur derrière mon jean. « Vous vous souvenez du mot de passe ?

— Je veux l'immunité. Si je fais ça pour vous, je veux qu'on tire un trait sur tout : le vol de l'arme du flic, la voiture, la moto, tout.

— Je vous ai déjà dit que c'était bon. » Joe passe devant moi, appuie sur ma poitrine pour bien fixer le scotch qui retient le micro. « Alors, ce mot de passe ? »

J'avale les dernières gouttes de mon café de station-service. « Magnez-vous le cul et sauvez-moi de ces fous furieux.

— Freedom…

— Bon, bon, dis-je en remettant mon tee-shirt. On dirait qu'une tempête se lève. »

TROISIÈME PARTIE

42

Sur des œufs

Je m'appelle Freedom, et je me prépare à fouler les débris de coquillages blancs qui recouvrent les routes étroites de ce coin de Goshen, dans le Kentucky. Le portail en métal noir de la ferme des Paul est enduit de givre. Les ficelles qui retiennent les affiches et les pancartes sur la clôture frissonnent dans le vent, le genre de vent évoquant le bruit de meule à aiguiser qui pourrait résonner dans un enfer polaire, le genre de vent à donner des engelures qui me brûle les joues et me fait monter les larmes aux yeux.

Plus loin, une foule d'à peu près trois pelés et deux tondus manifeste contre la secte, en une psalmodie qui retentit sur les collines : « Vous brûlerez en enfer, vous brûlerez en enfer ! » Leurs grandes pancartes montent et descendent en l'air, comme s'ils piquaient les cieux avec un bâton dans l'espoir que leur dieu réagisse. En face de notre voiture, un poster aussi grand que moi énumère quatre noms en caractères blancs, tous barrés d'un trait :

~~*Manson*~~. ~~Koresh~~. ~~Jones~~. ~~Applewhite~~.[1]

1. Noms des dirigeants de plusieurs sectes américaines, morts ou incarcérés. (*N.d.T.*)

Et un dernier, en grosses lettres rouges :

Paul.

« Tu es sûre que tu es prête ? me demande Mason, assis du côté passager de la camionnette de surveillance de l'ATF, garée au bord de la route, hors de vue des manifestants.

— Je suis la seule à pouvoir tenter le coup. » J'étudie mon reflet dans le rétroviseur extérieur. « C'est quoi, cette foule en délire ?

— Ne vous en faites pas, répond Joe en tapotant le micro sous mon tee-shirt. C'est juste une bande de fanas de la Bible. Cinglés, mais inoffensifs. »

La sueur irrite mes aisselles ; elle forme un lac de chaque côté de mon entrejambe. Derrière ce portail se trouve ma seule chance de rédemption, ma seule chance de redonner ne serait-ce qu'un semblant de but à ma vie, ma seule chance de retrouver la fille que je n'ai côtoyée que deux minutes et dix-sept secondes. « Impossible de revenir en arrière, dis-je à voix basse.

— Il faut juste que tu gardes la foi, maman », dit Mason – et c'est la première fois que j'entends ce mot sortir de sa bouche depuis son enfance. Mais je suis obligée de me demander s'il ne le dit pas simplement pour m'encourager, alors que je m'apprête à pénétrer sur les terres étrangères de Jésus-Christ et à braver une pseudo-religion.

« La foi… » Ma voix s'éteint. « Je n'ai pas besoin de béquille. » J'appuie sur le ruban adhésif pour fixer le micro sous mon tee-shirt et me tourne vers Joe. « S'ils me forcent à vendre ma voiture et à traire des vaches ou je ne sais pas quoi encore, promettez-moi que vous me sortirez de cet enfer.

— Tout se passera bien. Souvenez-vous juste de ce dont on a parlé : “On dirait qu’une tempête se lève.” »

Ouais, ouais, je sais. Je dois me jeter dans la gueule du loup, ouvrir grandes les oreilles, découvrir quelle action terroriste ces gens préparent pour canaliser leur ferveur et leurs illusions vertueuses de martyre. Je te reçois cinq sur cinq, péquenaud. Motus et bouche cousue.

« Prête ? me demande Joe, et je vois à ses yeux qu’il s’attend à des adieux larmoyants, style “dites à mes enfants que je les aime”. Prenez ça avec vous, ajoute-t-il en me tendant une bible.

— Ah, voilà qui sera parfait pour rouler mes cigarettes, dis-je avant de descendre du van.

— Ouais, bonne chance là-dessus. »

Un arrière-goût d’antibiotiques parfume la salive à l’intérieur de mes joues, ma lèvre supérieure est imprégnée d’une odeur de Pall Mall froide. Et tandis que je franchis en retenant mon souffle les huit cents mètres qui me séparent du portail, j’aperçois un coyote, un coyote qui ressemble en tout point à l’animal sourd et apprivoisé du nom d’Aleshanee que j’ai croisé sur les plaines de la Snake River, dans l’Idaho. Il avance en louvoyant dans le bois, en une danse avec les bouleaux qui le peuplent. Il m’accompagne de loin.

Le thème des slogans passe des flammes de l’enfer à l’Enlèvement, la seconde venue du Christ et je ne sais quoi encore.

Une douleur à la joue, exacerbée par le froid. Je porte la main à ma pommette droite, sous mon œil, retire des dégoulinures d'œuf de mon visage. Les voix des gens se muent en bruit de fond lorsque la foule m'encercle comme une troupe de chasseurs entourant une bête blessée. Je vois leurs crocs, leurs bouches qui vocifèrent des paroles en rapport avec Jésus-Christ, en rapport avec l'amour. En première ligne, j'aperçois une espèce d'hommasse aux cheveux blond foncé avec une seule dent en bas et une seule dent en haut, une boîte d'œufs au creux des bras. Et malgré ma position d'infériorité, je continue à agir d'instinct. Je me dirige vers la femme. Au moment où elle découvre ses deux dents restantes en un rictus moqueur, je concentre toute ma rage dans un coup de pied qui lui fracasse la rotule. J'entends un craquement ; une vague de nausée me soulève l'estomac lorsqu'elle s'effondre sur le sol. Mes pieds raclent sur les éclats de coquillage quand je la chevauche, brisant les œufs un par un, même ceux qui le sont déjà, sur son visage.

« Putain de pauvre connasse ! » Tous ces mots me viennent aux lèvres, et je ne sais même pas s'ils ont un sens. Je suis trop occupée à abattre des œufs sur cette femme pour entendre mes propres paroles, chaque syllabe proférée au moment où je lui écrase un œuf sur la figure avec la force d'un coup de poing.

Horreur, stupeur, dégoût, réagit la foule. *C'est ça, faites-moi passer pour la méchante, maintenant. Vous trouviez pas ça si terrible quand c'est vous qui m'attaquiez, hein ?* Bande d'hypocrites. Je revois brusquement la bouteille de Corona et le nez de la Vipère au Whammy Bar. Dans mon dos, un hurlement transperce l'air, et quand je me retourne une femme s'écroule vers moi. Un homme se tient la tête entre les mains à côté d'elle, accroupi. Et comme au Whammy Bar, on peut compter sur un flic pour me sauver la mise.

« Éloignez-vous de cette femme ! » L'homme en uniforme bleu clair abat sa matraque sur un autre manifestant, qui s'effondre. « Foutez-lui la paix ! » crie-t-il. Il me tire sur le bras pour me remettre debout, m'arrachant au laideron. Je sens la chaleur de son corps lorsqu'il m'enserre la taille et se fraie un chemin parmi les manifestants à coups de matraque, vers le portail. Je jette un regard par-dessus mon épaule, au-delà de la foule, en direction de Mason et Joe. Ils sont en train de retourner dans la camionnette. J'imagine qu'ils s'apprêtaient à me sauver, mes héros sans cape ni épée. À la place, je me coltine ce péquenaud dégarni. J'ai du mal à comprendre ce qu'il baragouine avec son accent, quelque chose sur le révérend, comme quoi il m'attendait, comme quoi il vaut mieux que ce petit incident reste entre nous. À chaque mot que je fais semblant de comprendre, une odeur de tabac s'échappe de la chique fourrée sous sa lèvre inférieure.

Il se sert d'une clé Master Lock pour ouvrir le grand portail, de la rouille s'écaillant des gonds qui grincent. Les slogans s'évanouissent peu à peu tandis que le flic et moi nous engageons sur une longue route en terre qui disparaît au sommet d'une colline. Il m'indique un vieux tacot garé sur le bas-côté, à la lisière des bois. Je grimpe sur le siège du conducteur puis me glisse du côté passager. Le flic me tend un bandana bleu marine sorti de sa poche. J'essuie les dégoulinures d'œuf sur mon visage et mes cheveux. Dans le rétroviseur, une marque de coup se dessine ; ma peau commence à devenir rouge vif sous mes yeux.

Un autocollant représentant le drapeau confédéré sur le tableau de bord, un fusil de chasse en évidence juste derrière ma tête. *Bienvenue dans l'Amérique profonde*. Tandis que nous passons en brinquebalant devant une rangée de petites maisons blanches semblables à des morceaux de sucre, l'homme, qui s'est présenté comme le shérif, je crois, recrache sa chique dans une vieille boîte de café coincée à l'intérieur de sa portière.

« Ça, c'est la vieille ferme des Paul. » Il se gare à côté d'une voiture de police, sûrement la sienne. Lorsque je lève les yeux vers la terrasse depuis le pick-up, Carol et le révérend Virgil Paul sortent de la maison, suivis par une petite fille qui se dépêche de se cacher dans les jupes de Carol. J'ai l'impression que mon cœur s'arrête de battre.

Me voilà devant la maison où mes enfants ont grandi, un endroit que je n'ai jamais vu qu'en rêve. Et l'espace d'une seconde, je jurerais sentir leur présence, comme s'ils étaient juste là, debout à côté de moi au pied de la terrasse.

Les Paul tentent de m'accueillir avec chaleur. Mais ils m'étreignent maladroitement, comme s'ils n'avaient fait ce geste qu'une ou deux fois dans leur vie. Leur tenue est stricte, col roulé blanc et chaussures en toile crasseuses, contrastant avec mon jean déchiré et mes rangers, mes cheveux fous et emmêlés qui empestent la cigarette. Ils essaient de sourire, d'avoir l'air heureux de me voir ; ils découvrent leurs dents, mais leurs joues bougent à peine. Ne sachant pas quoi dire, je me concentre sur la petite fille.

« Et qui est cette jeune princesse ? » J'entends la fillette glousser à travers le coton.

« Coucou ! » crie-t-elle avant de retourner se cacher. De toutes les personnes réunies ici, c'est la seule à avoir l'air vraiment heureuse. Et je ne peux qu'espérer que Mason et Rebekah l'étaient aussi, en grandissant à cet endroit.

« Voilà notre fille, Magdalene.

— Bonjour, Magdalene, dis-je avec un sourire. Je m'appelle Freedom.

— Quel est votre vrai nom, au fait ? » me demande le révérend, comme s'il menait un interrogatoire.

Je hausse les épaules. « Le même. Freedom Oliver. »

Virgil retrousse les lèvres, me dévisage comme si j'avais trois têtes. « Alors vos parents étaient de ce genre-là… » Il ne développe pas. Ça ne fait même pas trois minutes que je suis arrivée, et je sais déjà que je risque de me trancher la langue à force de faux sourires qui me crispent les joues.

Virgil échange une poignée de main avec le shérif avant qu'il ne reparte dans sa voiture. Le révérend se tient tout près de moi, comme pour mieux me rappeler qu'il me domine de plus d'une tête. « Pas de bagages, à ce que je vois ? » Je resserre ma veste, au cas où il apercevrait le micro sous mon tee-shirt.

« Justement, c'est une drôle d'histoire… », dis-je, sans trop savoir où je vais avec ma réponse. Et je suis soulagée de ne plus avoir à y penser quand l'apparition d'une vieille femme sur la terrasse accapare l'attention générale. Ses sandales en cuir traînent sur les écailles du plancher blanchi à la chaux. Deux billes grises nous scrutent sous un foulard noir qui descend jusqu'à ses épaules tombantes, deux yeux qui semblent avoir un millier d'histoires à raconter mais préférer les cantonner à leurs décennies respectives. Elle nous ouvre la porte.

La maison sent le citron et le cake à la banane. Une trotteuse égrène les secondes dans le salon douillet. Les canapés anciens donnent l'impression de ne jamais avoir été utilisés ; des pelotes de laine rose et une paire d'aiguilles à tricoter sont posées sur un fauteuil à bascule dans un coin de la pièce, près d'une petite fenêtre avec vue sur l'allée du garage.

La maison semble tout droit sortie de l'époque coloniale : de larges poutres soutenant le plafond, un poêle à bois, des planches grinçantes de noyer blanc pour parquet, une bonne dizaine de broderies encadrées du genre « Home sweet home », « Rien ne vaut la douceur du foyer », bla-bla-bla.

« Bon, on va vous installer, d'accord ? »

Je sursaute à l'irruption d'un coucou. L'oiseau chante, un peu faux. En fait, il reflète exactement ce que je pense de ces gens : ce sont des détraqués. *Mais reste polie, Freedom. Comporte-toi comme si tu étais des leurs. Comme un être humain.* « Je rêverais surtout d'une bonne douche, révérend Paul.

— Vous aurez tout le temps pour ça. » Il ouvre la porte d'entrée, me fait signe de le suivre. D'un claquement de doigts, il ordonne à la vieille femme : « Venez avec nous, Amalécite. » Elle lui obéit comme un gentil toutou. D'instinct, j'ai envie d'envoyer paître ce type. Il continue à mon intention, d'un ton détaché : « Dans cette communauté, un homme n'a pas le droit de rester seul avec une femme sans qu'une autre femme soit présente. Vous comprendrez, j'en suis sûr. » Je n'ai pas la moindre idée de ce qu'il raconte.

Si les humains étaient équipés d'un appareil à mesurer le niveau de malaise, le mien entrerait en surchauffe : ces femmes marchent sur des œufs, ont des œufs sur la langue, comme si elles redoutaient de dire ou faire quoi que ce soit tant qu'il ne s'agit pas d'acquiescer ou d'obéir aux ordres du révérend. Magdalene se laisser tomber à plat ventre sur le parquet du salon pour reprendre son coloriage de la résurrection du Christ avec un unique crayon violet. « Je vais préparer le déjeuner, déclare Carol avant de disparaître dans la cuisine – sûrement une excuse pour s'extirper de cette situation gênante. Magdalene, viens avec maman. »

Magdalene se précipite à sa suite, mais s'arrête devant moi, tendant le cou pour mieux me voir. « Tu es drôlement jolie pour une adulte, sœur Freedom. »

Et pour la première fois depuis Dieu sait combien de temps, ce compliment me touche. « Eh bien, merci beaucoup, miss Magdalene. »

Elle me sourit de toutes ses dents. « Mais sœur Freedom, c'est quand même un drôle de nom. » Carol essaie d'entraîner la fillette, avec un petit rire d'excuse.

« Je ne te le fais pas dire. »

43

L'épicerie

Un gros homme donnant l'impression de ne pas s'être lavé depuis des semaines s'étale dans un fauteuil en cuir complètement incongru dans cette épicerie. De la musique country étouffée par les parasites ronronne en fond sonore, des bonbons Laffy Taffy périmés depuis des années prennent la poussière sur les étagères, et à l'extérieur, on aperçoit des pompes à essence antiques et un panneau d'affichage jauni reprenant des citations de la Bible. Dans un présentoir en verre fissuré, une tête de cochon, des pattes de poulet, des langues de bœuf et autres abats typiques de la cuisine du Sud attirent les mouches.

« Eh ben, c'est arrivé quand elle rentrait de l'école. Et personne l'a jamais revue, explique l'homme, qui transpire devant un ventilateur en bout de course pendant que Mattley roule son nouveau blouson en boule.

— Et c'est ici que Michelle Campbell a été vue pour la dernière fois, c'est bien ça ?

— Il paraît. Elle est passée avec son frère, Clayton. Ils avaient l'habitude de rentrer de l'école ensemble ; ils vivaient juste là dans cette rue, la maison jaune tout au bout. Y a plus que Clayton qui habite là maintenant. On le voit plus trop, il reste dans son coin. Je crois qu'il est devenu alcoolique ou un truc comme ça.

— Et vous n'avez rien remarqué d'insolite chez elle ce jour-là, par hasard ?

— D'insolite ? » L'homme ne connaît pas le mot.

« Vous savez, quelque chose de bizarre, d'étrange.

— Ben... » Le propriétaire de l'épicerie réfléchit. « On aurait dit qu'elle se disputait avec Clayton. Je saurais pas vous dire pourquoi, par contre. »

Une espèce d'hommasse aux cheveux blond foncé franchit la porte d'entrée en ahanant. Elle se dirige vers l'arrière du présentoir et attrape un steak épais qu'elle porte à son visage contusionné. L'homme lève la tête, mais ne bouge pas de son fauteuil. « Ben qu'est-ce qui t'est arrivé, Sue ?

— La ferme des Paul, voilà ce qui m'est arrivé », gronde-t-elle en traversant le magasin pour aller chercher une bouteille de Colt 45 dans un frigo aux néons grillés. Elle se sert des deux dents qui lui restent pour la décapsuler. « Y avait une nouvelle, pas quelqu'un d'ici. Rousse, avec des tatouages, un accent de Yankee. On était juste là à manifester tranquillement, et v'la qu'l'autre pète les plombs et m'agresse sans aucune raison ! »

Mattley se rend compte qu'elle est certainement en train de parler de Freedom.

« Tu veux dire que tu lui as pas servi ton fameux crochet du gauche ? ricane l'homme.

— J'allais le faire, mais le shérif a débarqué. L'a dispersé tout le monde et embarqué l'autre derrière les grilles. » Les gencives de la femme produisent des bruits mouillés ; ses bajoues ondulent à chaque mot.

« Pourquoi est-ce que vous manifestez devant la ferme des Paul, au fait ? demande Mattley.

— Parce que ces gens iront tous en enfer, voilà pourquoi, aboie Sue. Ils disent qu'y a qu'eux qui iront au paradis, ils essaient de recruter, piquent des fidèles à nos Églises pour qu'ils partent vivre chez eux. Complètement barjos. Une fois qu'on entre là-bas… on en ressort jamais. »

La maison jaune au bout de la rue, foyer des Campbell. Un dépotoir pour pièces de tracteurs et de voitures éparpillées sur de l'herbe sèche comme de la paille, des bouteilles de bière vides et des vieux pneus, une odeur diffuse d'essence. Les volets s'accrochent à leurs derniers gonds rouillés, des résidus de peinture jaune et de contreplaqué recouvrent les fenêtres du rez-de-chaussée. Les voisins les plus proches sont à un bon kilomètre et demi. Un pitbull enragé est retenu par une rallonge électrique orange à un chêne massif constellé de centaines de boules de chewing-gum durcies. La terrasse grince, jonchée de dizaines de bandes de papier tue-mouches et d'un million de mégots.

« Il y a quelqu'un ? » La voix de Mattley traverse la porte à moustiquaire pour se réverbérer dans la maison, au fond de laquelle résonne du heavy metal. Mais Mattley sait qu'il n'a pas le temps de faire le pied de grue si la femme que la camionneuse a vue au camp est bien Freedom. Il entre sur la pointe des pieds en appelant : « Clayton Campbell ? »

Derrière la porte du salon, un film porno passe sans le son sur la télé ; de la fumée et une odeur nauséabonde de produits chimiques envahissent la maison. Dans une autre pièce, un labo de fortune. Les machines sont froides, l'odeur artificielle émane de là, fenêtres condamnées par des planches et pentagrammes tracés à la bombe sur les murs. Sur le sol, un corps inanimé portant un masque à gaz.

Mattley arrache le masque du jeune homme, une pipe en verre brisée à ses côtés.

Le garçon n'est pas mort depuis longtemps ; son visage enflé présente tous les signes d'une overdose, il n'a que la peau sur les os, avec ces croûtes caractéristiques des toxicos qui se grattent jusqu'au sang pendant leurs trips.

Mattley ne sait pas s'il devrait prévenir la police locale immédiatement, au vu de ses soupçons sur l'implication du shérif dans cette histoire de secte et ses liens probables avec Michelle Campbell. Il se faufile à l'étage, jetant un œil par une fenêtre ici ou là pour s'assurer qu'on ne l'a pas suivi. Dans la chambre de Michelle, il ne trouve rien d'utile. Des piles de vêtements et de vieilles poupées, d'anciennes copies d'examens rongées par l'humidité dans une pièce qui sent le renfermé, comme si personne n'y était entré depuis la disparition de Michelle. Tout paraît spongieux dans cette chambre.

Mattley s'assoit sur le lit moisi au milieu de sacs-poubelle remplis d'habits et de vieilles chaussures, se prend la tête entre les mains face à cette impasse. Il ne trouve rien d'important, évacue sa colère en balançant des livres et des sacs de linge à travers la pièce. Il se lève pour partir, trébuche sur une paire de Converse qui émet un tintement.

Reprenant l'équilibre, il fouille dans une basket, où il découvre un flacon de vitamines prénatales. *Michelle Campbell était enceinte.* Il ouvre le flacon, qui dégage une odeur crayeuse. À l'intérieur, il repère ce qui ressemble à un bout de papier plié. Il le sort.

C'est une brochure des Adventistes du Troisième Jour, dont l'en-tête proclame : « Venez à moi, vous qui peinez sous un lourd fardeau. » Il ne fait plus aucun doute dans l'esprit de Mattley que toutes les pistes remontent à cette église dans les collines du Kentucky. Mais il décide d'abord de se rendre au Bluegrass, où Mason lui a dit d'aller la veille, et de chercher un homme appelé Joe.

44

Non-lieu

Chers Mason et Rebekah, même si autrefois vous vous appeliez Ethan et Layla,

Je m'appelais Nessa Delaney, et j'ai passé deux ans en prison pour un crime que je n'avais pas commis. Je me souviens de cette femme avec laquelle je partageais ma cellule. Je dormais très mal à cause de ses gémissements, l'air était immobile, piégé autour de nous, brisé par ses sanglots. Elle se recroquevillait sur sa couchette sans draps et jouait avec les larmes qu'elle avait versées sur le matelas en les promenant du bout de ses cheveux. « Il faut que je rentre à la maison », se répétait-elle. Elle se rongeait les ongles et arpentait la cellule comme si ses pas avaient une chance de la sortir de là.

Oh, mais attendez. Cette femme, c'était moi.

Encore un plan, encore une idée que je n'avais pas suffisamment préparés. Pas d'arme, pas d'inculpation, non ? Le sixième amendement garantit que tout citoyen puisse jouir du droit à un procès rapide. Nos pères fondateurs étaient des crétins finis s'ils pensaient qu'il y avait quoi que ce soit de jouissif dans un procès. Mais ce à quoi la plupart des Américains n'ont pas droit, c'est à un délai de traitement rapide, cette période qui sépare l'arrestation dudit procès.

Il faut croire que j'avais regardé trop de rediffusions de New York, Police judiciaire *pour avoir une idée de ce qui m'attendait. Vous savez, ces épisodes où les flics sont juste à côté des techniciens de labo quand ils identifient les empreintes, ou ces scènes de procès où le suspect porte encore des marques de coups quand il passe à la barre… Sauf que non. Il n'y a rien de rapide dans le fonctionnement de la justice. Rien de simple. Rien de facile. Rien de jouissif non plus.*

Entre le viol et la mort brutale de Mark, mon cerveau avait cessé de fonctionner. L'avocat de la défense affirmerait que j'étais en « état de choc » quand j'ai appelé la police. C'était le soir de la mort de Mark, quelques heures plus tard.

Opérateur : 911, quel est le motif de votre appel ?

Nessa : Mon mari (dis-je d'une voix calme).

Opérateur : Oui, madame, quel est le problème avec votre mari ?

Nessa : Mon mari est policier et il est dans la douche.

Opérateur : Madame, pouvez-vous me dire si vous ou votre mari avez besoin d'aide ?

Nessa : Non. Il est déjà mort. (Je raccroche.)

Cette transcription a fait la une des journaux dans tout le pays. Du jour au lendemain, je suis passée de Nessa Delaney la femme au foyer à Nessa Delaney la tueuse de policier. Quand les flics ont débarqué, ils ont reniflé l'odeur du sang à un kilomètre. Même moi je la sentais, chargée de fer, et je n'avais même pas essayé de nettoyer le sol ni le plafond. C'était du travail bâclé. Ils ont vu mes bleus ; ils ont vu le sang de Mark dans mes cheveux, que je n'avais pas remarqué.

Je m'attendais à voir arriver la police du comté de Suffolk, où on habitait. Mais parce que Mark travaillait à New York, on m'a envoyé des gens de là-bas aussi. Et des journalistes. Et des chiens policiers. Et une équipe de démineurs. (Pourquoi ? Je ne le saurai jamais.) L'arme était cachée en dessous du corps, dans cette cavité que j'avais découverte au pied de la douche le soir de la mort de Mark. Les chiens ne pouvaient pas la détecter, vu que son propriétaire légitime reposait en paix juste au-dessus. Et je ne pouvais pas en parler aux flics – comment j'aurais su où mon beau-frère avait planqué l'arme du crime après avoir tué mon mari dans une crise de rage avinée provoquée par sa passion pour moi, hein ?

Quand ils m'ont passé les menottes et fait sortir de la maison, mon cœur s'est brisé en mille morceaux en t'apercevant dans les bras de Lynn Delaney, Mason. Mon fils. Tu m'as vue, et mon esprit s'est emballé à l'idée que ton dernier souvenir de moi se résume à cet instant où les flics m'arrêtaient pour avoir tué ton père. Comme tu as hurlé mon nom. Comme tu as hurlé…

Pendant le trajet du panier à salade au palais de justice, les flashs me brûlaient la rétine. Je me disais : Allez, je n'aurai qu'à passer quelques jours en taule jusqu'à ce qu'un appel anonyme aide les flics à retrouver l'arme, non ? *Alors ils découvriraient les empreintes de Matthew, que j'avais laissées dessus après l'avoir soûlé, et le tour serait joué. Je vivrais heureuse jusqu'à la fin des temps avec mon fils et l'enfant qui grandissait dans mon ventre. Mon joli petit conte de fées de Mastic Beach, j'appellerais ça.*

Il a fallu un an pour qu'on retrouve l'arme. Un an ! Un an, même après que j'ai forcé mon avocat à passer un appel aux flics pour leur révéler la cachette du flingue. J'aurais bien demandé à Peter de le faire, mais son bégaiement l'aurait trahi illico.

Il a fallu encore six mois pour que l'examen balistique, les empreintes et tout le toutim fassent porter les soupçons sur Matthew.

Il a fallu encore six mois pour que le juge prononce un non-lieu.

Mes avocats avaient renoncé à un procès anticipé pour avoir le temps de bâtir une stratégie de défense correcte, ce qu'on m'avait fortement incitée à accepter, sans quoi ils menaçaient de se retirer de l'affaire et de déposer une demande de désistement qui pouvait prendre des mois (des années, même, paraît-il) à être traitée.

Quand enfin il m'a libérée, le juge s'est excusé pour l'imbroglio et m'a remerciée d'avoir fait mon devoir de citoyenne. Sérieusement ? Deux ans de prison, et je ne récolte qu'un vague « désolé ». Je suis censée en tirer une certaine gratification, parce que ma patience dans l'affaire est précisément ce qui fait de moi une bonne citoyenne, respectueuse de la loi. Et en attendant, on me force la main pour renoncer à mes droits parentaux parce qu'on m'a persuadée que je passerais ma vie entière en prison et que je n'ai personne (à part les Delaney) pour s'occuper de mes enfants pendant ma détention. Bordel de Dieu.

Je n'ai pas conseillé directement au juge d'aller se faire mettre. Par contre, je lui ai exprimé mes craintes concernant les Delaney.

On avait déjà rapporté aux infos que ma maison avait été vandalisée, que j'avais reçu des menaces de mort de leur part. Les gens savaient à quel point les Delaney voulaient me voir crever. Vous le croiriez, si je vous disais que Lynn et ses fils (tous sauf Peter) sont passés au Montel Williams Show[1] *? Après ça, le monde entier savait qu'ils voulaient ma mort, même s'ils n'ont réussi qu'à se faire passer pour des crétins. Pas trop dur, vous me direz. Lynn est allée jusqu'à recruter un gardien de prison appelé Jimmy Doyle pour me briser les rotules ; mais on ne pouvait pas monter un dossier d'accusation sur des rumeurs. Heureusement, ces menaces sont restées sans suite.*

Des années plus tard, j'imagine que c'est ce même Jimmy Doyle qui a renseigné Matthew sur mes enfants et moi pendant son incarcération. Et donc, on m'a proposé de devenir un témoin protégé. Rien de mieux qu'une famille de criminels sanguinaires déterminés à vous tuer et/ou vous briser les rotules pour recevoir une offre de prise en charge du PTI-PTE. Sans rire, ils proposaient le programme à quasiment tout le monde dans les années quatre-vingt-dix. C'était presque une mode.

Quand ils sont allés arrêter Matthew pour le meurtre de Mark, ils ont trouvé des mèches de mes cheveux attachées par des rubans. Ils ont trouvé

1. Talk-show poubelle diffusé aux États-Unis de 1991 à 2008. (*N.d.T.*)

des dizaines de photos de moi suspendues à des mobiles en fil de fer au-dessus de son lit. Il possédait des carnets où mon nom était écrit un millier de fois sur chaque page, une bonne vingtaine de carnets entièrement remplis. L'obsession que Matthew nourrissait pour moi lui a coûté très cher. Et ce n'est que justice.

45
Dénudée

Je m'appelle Freedom, et dans ma paranoïa, je me demande s'ils se doutent que je ne suis pas la bigote que je prétends être. « La tempête qui est passée la semaine dernière nous a laissé une vague de froid », commente Virgil sans s'adresser à personne, tandis que nous gravissons une colline, dans l'odeur de la terre fraîche et le bruit des cloches d'une église voisine qui sonnent à travers le brouillard. Comme Virgil marche devant nous, j'essaie de croiser le regard de la vieille femme à ma droite. Mais à chacune de mes tentatives, elle baisse les yeux, resserre ses mains nouées. Au sommet de la colline, juste en face de l'église, nous suivons Virgil vers une remise fermée par une lourde porte d'écurie, entourée d'une profusion de fleurs sauvages.

« L'église est impressionnante, dis-je, ne serait-ce que pour que Mason et l'agent de l'ATF m'entendent dans leur camionnette de surveillance. Vous m'emmenez dans cette remise à côté, c'est ça ? » Jouer les imbéciles, toujours une bonne stratégie. L'endroit ne serait pas mal choisi pour entreposer des armes.

« C'est là que vous serez préparée pour votre baptême », me dit Virgil.

Mon estomac qui se soulève, l'incapacité de la vieille femme à me regarder dans les yeux, le fait qu'on m'emmène dans un lieu encore plus isolé que celui où on se trouve déjà... Ma détermination à retrouver ma fille cède place à la peur.

Dans la remise, des étagères remplies d'aliments impérissables en boîte de conserve, de linge, de tas de livres de cantiques et de bibles usés. Le centre de la pièce est vide, à l'exception d'un tabouret en bois. Pas d'armes. Virgil attrape des vêtements pliés sur une des étagères. « Vous devrez vous dénuder pour revêtir ces habits. » Le regard qu'il fixe sur moi est froid. « Cela fait partie du processus de purification. »

Je déglutis avec peine. « N'ayez crainte, lui dis-je, même si je m'adresse plutôt aux personnes à l'autre bout de mon mouchard. Je peux accomplir toutes sortes de choses... » C'est le genre de truc qu'une grenouille de bénitier pourrait sortir, non ?

Virgil sourit. « Allez-y. » D'un mouvement de tête, il me fait signe de me déshabiller.

« Révérend, avec tout le respect que je vous dois... » Je retiens mon souffle, espérant que ça me donnera l'air de rougir. « Je ne pourrais jamais me déshabiller devant un homme. » Un bobard monumental, évidemment, mais c'est ce que Virgil attend de moi.

Il hausse un sourcil lorsque la vieille femme m'enlève ma veste, découvrant mes tatouages. « Ça n'a pas toujours été un problème, à ce qu'il me semble. » Il me détaille de la tête aux pieds.

« C'était avant que le Christ ne me transforme. »

Il hoche la tête avec approbation. « J'attendrai là, alors. » Il marche lentement jusqu'à la porte, s'appuie sur le battant inférieur et contemple l'église, nous tournant le dos.

« Comment vous appelez-vous ? dis-je à la vieille femme.

— Vous l'appellerez l'Amalécite, lance Virgil par-dessus son épaule, comme un claquement de fouet dans la pièce. Et elle ne parle pas. »

C'est ce qu'on appelle être baisé. Je ne peux pas dissimuler le micro, et je ne peux pas éviter de me déshabiller devant la muette. *Et merde.* Pourquoi est-ce que les fédéraux du coin ne pouvaient pas être un peu plus calés question technologie, et me filer une oreillette ou une caméra à tête d'épingle, comme on en vend partout pour espionner les nounous ? Je tourne le dos à Virgil. Je m'extirpe de mes bottes, les antibiotiques s'entrechoquant dans leur flacon. Croyant que Virgil est resté à l'entrée, je sursaute quand il passe à côté de moi pour les récupérer. « Les médicaments n'ont pas leur place chez nous, dit-il d'un ton sévère. Nous nous en remettons au pouvoir de Dieu pour guérir, pas celui des hommes. Compris ?

— Oui, révérend. » *Pourquoi est-ce que Dieu nous a donné des médecins, alors ? L'apôtre Luc n'en était pas un, d'ailleurs ? Saleté de charlatan.* Une fois que Virgil a regagné son poste à l'entrée, l'Amalécite m'aide à enlever mon jean. Je grimace quand le tissu frotte sur la morsure de serpent. L'Amalécite le remarque et ralentit, manœuvrant avec prudence autour des bandages. Elle déplie une épaisse jupe en coton blanc puis s'accroupit avec difficulté. Elle me prend la main et la pose sur son épaule pour que je m'y appuie quand elle me passe la jupe et une culotte de grand-mère assortie. Ses os semblent déformés par l'arthrite sous mes doigts, ses épaules noueuses, ses mains froides tandis qu'elle m'habille. Il ne lui reste plus qu'à m'enlever le haut. Mon tee-shirt noir uni qui recouvre le micro.

Je la laisse tirer sur mes avant-bras pour se redresser, mais j'ai l'intuition que je ne suis pas autorisée à l'aider. Elle veut passer le tee-shirt au-dessus de ma tête ; je le retiens par l'ourlet. Et pour la première fois, nos regards se croisent. *Ne me force pas à faire ça, je t'en supplie, la vieille, ne me force pas à l'enlever*, hurlent mes yeux. Les siens sont aussi gris que des pierres un jour de grand froid.

« Papa, papa ! » J'entends Magdalene arriver en courant derrière moi.

« Pas maintenant, ma chérie, dit Virgil. Retourne aider ta mère à préparer le déjeuner. »

Comme il s'éloigne un bref instant, je saute sur l'occasion. Je m'apprête à ordonner à cette femme de fermer sa gueule. Bon, ça ne me fait pas plaisir de parler aussi crûment à une vieille dame, mais est-ce que j'ai le choix ? Sauf qu'avant que je puisse le lui souffler elle me prend de vitesse. « Je ne dirai rien à ce connard », chuchote-t-elle, le nez levé vers le mien pour observer Virgil par-dessus mon épaule. J'en reste comme deux ronds de flan ; je retiens ma respiration quand l'Amalécite glisse la main sous mon tee-shirt pour tirer sur le fil, qu'elle enroule et range dans sa poche, en se servant de mon corps comme écran. C'est douloureux, mais pas assez pour que je le manifeste à voix haute.

Et si elle peut lire mon regard, *Dans quoi est-ce que j'ai débarqué, putain ?* Elle baisse les yeux en ôtant mon tee-shirt ; je dégrafe mon soutien-gorge.

Virgil réapparaît à mes côtés. « Ça ne va pas du tout », dit-il, plissant les yeux. Il regarde autour de lui avant de dénicher une paire de gants blancs, qu'il jette à l'Amalécite. « Assurez-vous qu'aucune de ces horreurs blasphématoires ne dépasse, même sur les mains, dit-il, à propos de mes bras tatoués. Cousez-lui ça aux manches. »

Je ne dis rien. Je dois me rappeler de fermer mon clapet pour Rebekah… Rebekah. *Où es-tu, bon sang ?*

Il faut que je trouve des raisons de pleurer. Il faut que je donne l'illusion que ma conversion à l'église est la plus émouvante qu'on ait jamais connue. Il faut que je joue mon rôle comme si je méritais un putain d'oscar. On est en fin d'après-midi, il commence à faire froid. Les ombres s'étirent sur le sol. Toute la « communauté » s'est réunie pour mon baptême. Après être entrée par une porte secondaire avec Virgil et l'Amalécite, je m'agenouille sur l'estrade, où Virgil presse sa paume sur mon front.

« Jures-tu de renoncer à Satan en la présence de Jésus-Christ ? »

Revenons aux larmes. Je dois penser à l'adoption. Penser au moment où Matthew m'a violée. Penser à la trahison de Mark. Penser à l'arrestation. Penser aux pleurs de Mason ce jour-là. Penser aux deux minutes et dix-sept secondes pendant lesquelles j'ai senti la respiration de ma fille. Penser à mes retrouvailles avec Rebekah, pour un final de conte de fées dont je ne peux que rêver. Je verse toutes les larmes de mon corps. « Je le jure, au nom de Jésus-Christ.

— Jures-tu d'être prête à souffrir et à mourir pour ta foi ? »

À chaque « je le jure » que je prononce, la foule entonne un « amen ».

« Jures-tu de reconnaître le don d'omniscience que Dieu m'a accordé à moi, le révérend Virgil Paul ? De reconnaître que Dieu m'a choisi pour révéler à mon peuple l'heure exacte de notre délivrance ?

— Je le jure. » *Amen.*

« Jures-tu à cette congrégation de ne jamais renier ni abandonner le message que je te transmets, ma fidèle servante ?

— Je le jure. » *Amen.*

« Jures-tu de rejeter les coutumes du monde extérieur, de ne plus jamais fréquenter quiconque en dehors de cette famille de disciples ? De me donner ta vie, comme le Christ t'a donné la sienne ? De te soumettre à moi, car je suis l'élu du Christ, envoyé sur cette terre pour rassembler les seuls êtres saints qui demeurent ici-bas et les mener au paradis ?

— Je le jure. » *Amen.*

Son cri pousse l'assemblée à se lever : « Contemplez le nouveau soldat de Dieu, et la perfection des actions du Seigneur qui a choisi de la guider en ces lieux aujourd'hui même ! » Ovation générale, bafouillis en langues, amen, syncopes, convulsions, tambourins : c'est un zoo. Pas la peine d'être chrétienne pour savoir que quelque chose ne tourne pas rond ici. *Mais joue le jeu, Freedom, joue le jeu.* Parce que ce qui compte, ce n'est pas mes convictions. Ce n'est pas la religion.

Ce n'est pas ces gens-là. Ce n'est pas moi. Ce qui compte, c'est de retrouver la fille dont on m'a séparée.

Je ferai tout ce qu'il faudra, mais aide-moi à retrouver ma fille, dis-je, implorant un dieu qui ne m'écoute peut-être même pas. Ça ne peut pas faire de mal, au fond. *Dieu, si Tu existes, si Tu es là-haut, quelque part, entends cette prière silencieuse. Ces gens sont arriérés, ils se servent de Toi, déforment les textes sacrés. Je suis mal placée pour parler, c'est vrai. Mais si pour une fois Tu m'écoutes, donne-moi des réponses, je T'en prie. Peu importe ce qui est arrivé, aide-moi à retrouver Rebekah.*

Au centre de l'estrade, une grande croix blanche. Je m'assois dans une piscine pour enfants en plastique bleu avec l'aide de Virgil et de l'Amalécite. Je dois me coucher sur le dos pour être entièrement immergée. Sous l'eau, je fixe la croix des yeux jusqu'à ce que Virgil me relève, sans aucun effort. Mes oreilles sifflent dans le vacarme. Et parmi plusieurs centaines de spectateurs, c'est Magdalene qui attire mon regard.

Ses nattes rebondissent, elle sourit jusqu'aux oreilles. Ah, l'innocence de l'enfance étouffée par le lavage de cerveau des adultes, pervertie par des hommes malfaisants. Les gens vident leurs poches, abandonnent toutes leurs possessions et leurs économies, y compris des jouets d'enfants et des poupées en feuilles de maïs, dans des paniers de quête. Virgil se précipite vers les femmes enceintes, qui dénudent leur ventre. Et à chaque fois que je tente d'attirer l'attention de l'Amalécite ne serait-ce qu'une fraction de seconde, il y a toujours quelqu'un pour m'empêcher de la prendre à part.

Je reste debout dans la piscine, entourée de centaines de bras tendus vers moi. Je suis trempée ; mes vêtements pèsent une tonne une fois mouillés. Je frissonne. Je fais semblant de sourire, feins de prier. Je ne me suis jamais sentie aussi seule.

46

La dette est payée

« Il devrait y avoir le compte », dit Virgil avec une moue dédaigneuse en jetant le sac en toile rempli de billets au pied des skinheads dans la cave du Bluegrass. La dette de Rebekah est payée.

— Ben ça, pour une surprise ! dit Joe. On s'attendait à voir la Vierge Marie. Elle est vachement plus agréable à regarder. »

Virgil affiche un sourire sarcastique, sachant que tout le monde à l'intérieur et à l'extérieur de cette pièce a entendu parler de la disparition de sa fille. Il redoutait que l'absence de Rebekah à la prochaine livraison d'armes ne lui vaille une visite au camp. Et qui l'aurait compris ? Toutes ces racailles, qui violeraient votre femme, votre fille, saccageraient votre église… Il fallait qu'il les tienne à distance, qu'il prévienne la menace en respectant ce rituel hebdomadaire. Et à présent qu'il sait qu'on a peut-être monté une opération secrète contre lui, il est obligé de mentir. *Pardonne-moi, Seigneur.*

Un skinhead entreprend de lui rapporter des armes tirées de l'arsenal au fond de la cave. « Non, je n'ai pas besoin de ça, dit-il. Je suis juste venu régler la dette de Rebekah, quelles que soient les affaires dans lesquelles elle trempait avec vous autres vermines.

— Rebekah... » Joe s'interrompt.

« Oui, Rebekah. Je ne sais pas comment elle s'est retrouvée mêlée à tout ça, mais c'est fini. J'ai réglé sa dette. » Les skinheads échangent des regards. *Qu'est-ce qu'il raconte, celui-là ?* Mais Virgil sait qu'il pourrait être entouré de mouchards. Il doit continuer à jouer la comédie.

Joe reprend : « Vous voulez nous faire croire que cette jolie petite demeurée a décidé de son plein gré, par elle-même, sciemment, de débarquer dans un bar, d'aller chercher le premier skinhead qui passait par là et de lui demander de l'aider à faire sortir des centaines d'armes de contrebande sous sa jupe ?

— Et vous voulez me faire croire que vous avez décidé par vous-mêmes, sciemment, de votre plein gré, de débarquer dans un bar, d'aller chercher la première jolie petite demeurée qui passait par là et de l'aider à faire sortir des armes de contrebande sous sa jupe ? » Virgil attend une réponse, mais ne récolte que le silence.

« Vous venez payer sa dette, dit Joe, qui s'approche de lui en souriant, les mains sur les hanches. Et vous ne nous demandez pas une seule fois si on a quelque chose à voir avec sa disparition ?

— Vous savez où elle est ! » gronde Virgil.

Joe éclate de rire, regarde les autres. « Je crois qu'il avait besoin qu'on lui rafraîchisse la mémoire.

— Des agents infiltrés de l'ATF, hein ? » réplique Virgil avec un rictus. Mason lui a rendu un fier service en vendant la mèche au commissariat. Joe écarquille les yeux. *Merde, il est au courant.* « Non. Je ne crois pas que vous feriez du mal à une petite demeurée.

— L'ATF ? rétorque Joe avec un rire forcé. Ce serait la meilleure, ça. »

Virgil pousse le sac vers lui d'un coup de pied. « On n'a plus rien à se dire. » Il s'apprête à partir.

« Qu'est-ce que vous allez faire de toutes ces armes, hein ? le rappelle Joe. Qu'est-ce que vous visez ? Quand ? Quand est-ce qu'on verra aux infos qu'une Église de dégénérés du trou du cul du Kentucky a commis un acte terroriste ?

— Un acte terroriste ? » répète Virgil, le dos tourné. Il laisse échapper un infime éclat de rire. « Je suis sûr que vous avez déjà tout deviné, monsieur l'agent. »

Au rez-de-chaussée du Bluegrass, Mattley se renseigne, visant les clients qui ont l'air d'habitués, postérieurs incrustés sur les tabourets du bar, l'air constamment dans le brouillard. Mais aucun ne lui donne d'informations sur Rebekah. Après en avoir interrogé une bonne dizaine, Mattley jette l'éponge et commande une bière.

La barmaid le remarque, note son crâne rasé. Elle se penche par-dessus le comptoir. « Vos copains sont déjà à la cave. » Mattley redresse la tête. « Ça m'a l'air d'une réunion importante, en plus. »

Une petite lampe rouge se met à clignoter derrière le bar, près de la caisse. La barmaid s'accroupit, et Mattley se penche pour mieux voir, lorsque deux skinheads émergent d'une trappe. À leur suite apparaît Virgil.

Mattley se détourne, espérant que le pasteur ne se rappellera pas l'avoir croisé sur le parking du restaurant. Il dissimule son visage derrière sa pinte et attend que Virgil s'éloigne avec le groupe pour s'adresser à la barmaid. « Dites, m'dame, vous savez où je peux trouver un type appelé Joe ?

— C'est un des gars qui viennent de partir. Si vous faites vite, vous pouvez encore le rattraper. »

Mais il se rappelle que Joe travaille pour l'ATF, d'après ce que lui a dit Mason. Et le voilà qui s'éloigne avec le révérend Virgil Paul et un groupe de skinheads. Pour Mattley, ça ne fait aucun doute : c'est un agent infiltré jusqu'au cou qu'il vient de voir passer la porte. Et forcément, il ne peut pas risquer de faire capoter l'opération. Il se met en marche discrètement, suivant les hommes à l'extérieur du bar, où ils montent chacun dans leur voiture, le révérend dans la sienne et l'infiltré dans une autre. Mattley rejoint son véhicule à son tour, prêt à les filer.

Mais au moment de quitter le parking, les voitures prennent deux directions différentes. Mattley doit faire un choix : suivre le révérend, ou bien suivre Joe.

47

Citrons amers

L'Amalécite coud de nouveaux gants pour cacher les tatouages sur mes mains aux manches de mes vêtements secs, identiques aux précédents. J'ai terriblement besoin d'une cigarette. Et encore plus d'un verre. Mais surtout, j'ai besoin de savoir où se trouve ma fille. Je suis assise à côté de la vieille femme à la table de la salle à manger, en face de Carol, quand Magdalene vient dire bonne nuit à sa mère.

« Bienvenue dans notre famille, ajoute-t-elle en bondissant vers moi pour m'embrasser sur la joue. J'ai tout bien préparé ton lit, sœur Freedom. Pour quand tu viendras dormir.

— Merci, ma puce, dis-je avant qu'elle ne remonte à l'étage en courant.

— Vous pourrez partir dès que vous aurez fini, Amalécite », dit Carol à la vieille femme qui termine d'attacher les gants à mes manches. Non mais, franchement, je ne pourrais pas les enfiler par-dessus ? Il faut vraiment qu'ils soient cousus ? Tu parles d'une connerie.

Des bobines de fil blanc et un dé à coudre disparaissent en même temps que la vieille femme, qui s'éclipse sans un bruit. Je me retrouve seule avec Carol. Et sans bien savoir pourquoi, je la déteste déjà.

« Comment vous acclimatez-vous à la vie chez les Adventistes du Troisième Jour ? » demande-t-elle, enfonçant ses pouces dans l'écorce d'un citron sur la table. Le reste de la maison est plongé dans le noir, et Dieu seul sait où est passé Virgil, même si je n'en ai pas grand-chose à cirer.

« Oh, ça me plaît bien », je mens. Par-dessus le silence, le tic-tac du coucou résonne dans la pièce ; l'odeur des citrons me donne l'eau à la bouche. Carol dodeline du chef comme si elle avait une chanson dans la tête, ou qu'elle était trop habituée au fauteuil à bascule, peut-être. « Je peux vous aider, avec les citrons ? » Elle redresse la tête. Ma question est-elle si inhabituelle que ça ?

« Oui, merci », dit-elle d'une voix hésitante.

Je change de place, et attrape un citron dans un bol en porcelaine. « Vous en avez un paquet, en tout cas. Qu'est-ce que vous allez en faire ?

— C'est pour dimanche, répond-elle, dodelinant toujours de la tête. Je prépare de la citronnade fraîchement pressée pour tous les fidèles, en guise de petit cadeau à la fin de l'office.

— Pour tous les fidèles ?

— Eh oui. Les quatre cent cinquante-trois membres. Enfin, quatre cent cinquante-quatre, maintenant que vous êtes là.

— Désolée, dis-je tandis que je m'efforce de me dépatouiller avec un citron. Je ne pensais pas que je serais aussi empotée avec ces gants. » Il me semble la voir sourire. Mais en y regardant de plus près, je m'aperçois qu'elle pleure, le visage détourné pour me cacher ses larmes. « J'ai dit une bêtise ? »

Elle secoue la tête, couvre sa figure de son bras. « C'est ma fille. » Elle se mord les lèvres pour étouffer ses sanglots. « Ma fille me manque tellement, et j'ai l'impression d'être la seule ici à m'inquiéter pour elle. Virgil n'en parle pas ; personne n'en parle. On dirait que le seul fait de prononcer son nom est un péché, et je n'en peux plus. » Je ne dis rien, la laisse parler. Je passe un bras autour de ses épaules. « Excusez-moi, grogne-t-elle. Je ne voulais pas m'effondrer comme ça devant vous. »

N'ayons l'air de rien. « Comment s'appelle votre fille ?

— Rebekah, dit-elle, essuyant une larme. Rebekah Jane.

— Et où est-elle maintenant ? »

Les pleurs d'un nourrisson à l'étage brisent le lien qui s'est formé entre nous. « Un bébé ? dis-je.

— Oui, une fille. Elle s'appelle Theresa. » Carol se lève et récupère des bouts d'écorce de citron sur la table. « On vient de la prendre chez nous. Sa mère est morte en couches. Très triste.

— Rebekah, Magdalene et Theresa. Pas de fils ?

— Non, répond Carol avant d'éteindre la lumière de la cuisine. Merci d'avoir été là pour m'écouter. » Elle disparaît à l'étage, vers la chambre où pleure un nouveau-né.

Je baisse les yeux vers des centaines de fidèles dans l'église des Adventistes du Troisième Jour. Ils se bousculent et s'affalent les uns sur les autres, terrifiés, et je ne sais pas pourquoi. Je bouge la main. Quand je la tourne à droite, ils se précipitent vers la gauche, et vice versa. Je crie : « N'ayez pas peur, n'ayez pas peur ! » Je ne comprends pas pourquoi ils me regardent avec terreur, en hurlant. Je vois Carol. Je vois Virgil. Je vois Magdalene. Je vois l'Amalécite. Je vois Mason. Je vois Passion. Je vois tout le monde. J'agite la main de plus en plus vite, d'un côté puis de l'autre, et ils essaient de se cacher, mais ils ne peuvent pas quitter le sanctuaire. « N'ayez pas peur, je ne vais pas vous faire de mal. »

« Am, stram, gram, pic et pic et colégram », dis-je en riant. Je ne sais pas trop pourquoi je récite cette comptine. Et quand enfin ma main s'arrête, je la pointe vers le centre, en plein milieu de l'allée. Je la pointe vers Rebekah.

C'est à ce moment-là que je m'aperçois que dans ma main, se trouve un pistolet. Voilà pourquoi tout le monde est terrifié. Je vise, et tire. Rebekah tombe morte, sa tête a disparu. Et je continue à tirer, visant tout le monde à la fois, un vrai jeu d'enfant, et pourtant Rebekah est la seule que je parviens à tuer. Je continue à bouger la main ; clic-clic-clic, fait le pistolet déchargé. Mais le cliquetis dans mon rêve…

Je me réveille en sursaut. L'espace d'un instant, je ne sais plus où je suis. La pièce est presque entièrement plongée dans le noir, comme le reste de la maison, à l'exception d'une veilleuse au chevet du lit de Magdalene. Lorsque mes yeux s'accoutument à l'obscurité, je vois la fillette retourner d'un bond dans son lit et se cacher sous les draps.

Respire, Freedom. Ce n'était qu'un cauchemar. Je m'efforce de prendre une lente inspiration, et me redresse. Je suis entortillée dans les vêtements épais qu'on m'oblige à porter ; mes jambes n'arrivent pas à s'en extirper. Pas étonnant que je fasse des cauchemars, en dormant dans le lit de ma fille disparue. « Magdalene », je chuchote. Elle ne répond pas, mais je la vois remuer. Je sais ce que j'ai entendu. Je suis peut-être folle, mais je sais ce que j'ai entendu, nom d'un chien.

Je la rejoins sur la pointe des pieds, secoue la forme immobile sous les draps. « Magdalene, je sais que tu es réveillée », dis-je, d'une voix destinée à lui faire comprendre que je ne suis pas fâchée.

Elle sort la tête. « Tu disais de vilains gros mots dans ton sommeil, sœur Freedom, des gros mots vraiment affreux. »

Je ne sais pas trop quoi répondre ; je ne pense pas être très douée avec les enfants. Ils me mettent mal à l'aise, aujourd'hui. « Magdalene, qu'est-ce que c'était que ce bruit ?

— Quel bruit ? demande-t-elle ; mais c'est une piètre menteuse.

— Ma puce… » Elle se décale pour que je puisse m'asseoir au bord du lit. « Je te promets de n'en parler à personne, si tu faisais quelque chose que tu veux garder secret.

— Ce n'est pas un secret pour les gens d'ici. Juste pour toi.

— Qui t'a dit ça ?

— Maman et papa », répond Magdalene avant de pousser un petit cri quand elle se rend compte de sa bourde, couvrant sa bouche des deux mains.

Je lui souris. Elle a cinq ans, bon sang. Je peux y arriver. « Et si je te jure que je ne dirai rien, croix de bois croix de fer ?

— Tu le jures sur la Bible ?

— Je le jure sur dix bibles. »

Elle sourit. Je la prends dans mes bras pour la sortir du lit, avec ses cheveux fous qui rebiquent dans tous les sens, ses paupières encore collées par le sommeil. Quand je la repose, elle se met à genoux et récupère une boîte à chaussures. « On appelle ça ma boîte à secrets. » Elle me la tend. Sur le dessus de la boîte, un pistolet. Un authentique, un véritable pistolet.

« Mais où est-ce que tu as trouvé ça, ma puce ?

— Tout le monde en a reçu un. Pas toi ? Tu peux te servir du mien, si tu veux. »

Les mots me manquent. Et avant même de poser la question, j'ai peur de connaître la réponse. « Pourquoi est-ce que tout le monde en a un, mon ange ?

— Pour le Jour de la Libération, bébête. » Magdalene me reprend le pistolet et s'apprête à le braquer sur sa tête, comme pour un exposé scolaire qui aurait affreusement mal tourné. Je l'arrête. « Quand Jésus nous rappellera chez nous.

— Et si je le gardais pour le moment, jusqu'à ce qu'on m'en donne un ? Ça te va ?

— Tu veux que je te montre comment on met les confettis dedans ? » Elle sort une balle de la boîte. « On ne doit pas les mettre avant le Jour de la Libération, alors tu ne peux pas encore les voir... »

Un suicide collectif, ils préparent un suicide collectif ! Respire. Ne panique pas devant la petite.

« Pas la peine, je me débrouillerai. » Cinq ans. Elle n'a aucune idée de ce qu'elle fait. Elle n'a aucune idée des conséquences d'une arme chargée. Tout à coup, j'ai la nausée ; mon cœur s'emballe. Mais il ne faut pas que je le montre. « Retourne te coucher, ma chérie. »

Dans quel guêpier me suis-je fourrée, nom de Dieu ? Dans quel guêpier ai-je abandonné mes enfants ?

Je borde Magdalene, la bouche cotonneuse, la sueur chatouillant mes côtes sous les vêtements épais, les paumes transpirant à travers mes gants. Alors que je m'apprête à ranger la boîte à secrets sous le lit après avoir coincé le pistolet à l'arrière de ma culotte, j'aperçois une lettre, une lettre à laquelle je ne prêterais pas attention en temps normal. Mais celle-là est roussie sur les bords.

Elle sent encore les pétards.

Je la récupère discrètement et l'emporte vers la fenêtre, où je peux capter un peu de lumière entre la pleine lune et le lampadaire qui éclaire l'allée du garage en contrebas.

Ma très chère Rebekah,

Je n'arrive pas à imaginer une bonne manière de t'écrire ce qui va suivre. Je m'appelle Nessa Delaney, je t'ai rencontrée il y a vingt ans, et nous sommes restées ensemble deux minutes et dix-sept secondes au total. Je sais que ça ne paraît pas très long, mais même l'éternité peut ne durer qu'un instant.

Je t'ai observée, et je continue à t'observer de loin. Et tu as l'air si merveilleusement heureuse, ce qui a été mon seul scrupule en t'écrivant cette lettre. Si tu es heureuse et satisfaite de ta vie telle qu'elle est aujourd'hui, alors ne tiens pas compte de ces mots, je t'en prie. Mais si jamais tu cherches la vérité, la dure et pénible vérité, il y a une chose que tu dois savoir.

Avant ces deux minutes et dix-sept secondes, je t'ai sentie grandir dans mon corps et nager dans mon sang pendant neuf mois. J'ai senti tes premiers hoquets. J'ai senti tes coups de pied. Et je t'ai tenue dans mes bras pour ton premier cri, ton premier souffle sur cette terre. Je t'aimais avant de te connaître. Je t'ai aimée chaque seconde depuis. Et je t'aimerai demain aussi.

Je pense que ta famille t'a bien élevée, dans un foyer heureux et sûr que j'étais incapable de t'offrir il y a toutes ces années. Et j'aurais beau te demander pardon dès cet instant et jusqu'à mon dernier souffle, je ne pourrais jamais exprimer l'ampleur de mon chagrin. Si seulement tu pouvais voir à quel point j'ai souffert, en pénitence pour avoir pris cette décision. Mais si tu me demandais si je regrette mon choix, la réponse serait toujours non. Parce que grâce à ce choix, tu as grandi entourée d'amour, et quelle mère en demanderait plus ? Est-ce que je regrette, en revanche, les choix que j'ai faits ou n'ai pas faits qui ont mené à cette décision ? Eh bien, la réponse est oui, tous les jours. Et je continuerai à les regretter chaque jour qui viendra.

Si tu ne souhaites pas me voir ni entrer en contact avec moi, je comprendrai. Mais je veux que tu saches une chose, avant toute autre : je n'ai jamais aimé rien ni personne au cours de ma vie plus que ton frère et toi. Vous étiez la seule lumière que j'aie connue dans ce monde de ténèbres. Et je n'ai plus jamais aimé, pas après vous. Si seulement l'amour pouvait suffire.

Prends soin de toi,

Nessa Delaney

Je baisse les yeux vers l'allée du garage. Tout est silencieux, excepté les claquements du drapeau américain qui flotte dans le vent, les cordes qui heurtent le mât devant la maison. Je relis la lettre un millier de fois, peut-être plus, jusqu'aux premières lueurs du jour. Je ne quitte pas la fenêtre. J'ai trop peur de retourner me coucher, au risque de refaire un de ces horribles cauchemars. Je sens l'odeur du petit déjeuner. Le soleil se lève. La rosée scintille dans le matin ; des gens vêtus d'habits identiques aux miens commencent à s'affairer dans leur jardin.

J'ai entendu quelque part, il y a très longtemps, que le fait de tuer quelqu'un en rêve signifiait qu'on perdait le contrôle de soi-même.

J'ai rêvé que je tuais ma fille. Suis-je vraiment en train de perdre le contrôle de moi-même ? Ou l'ai-je déjà perdu ?

48

Les diacres

Le révérend Virgil Paul espère souffler un peu lorsque la porte de son bureau se referme derrière le shérif Mannix et lui.

« On est en train de s'enfoncer dans un vrai merdier. » Virgil secoue ses cheveux pour les débarrasser de la bruine en se regardant d'un œil inquiet dans le miroir du meuble de toilette. « Cette histoire absurde avec l'ATF… il faut qu'on fasse quelque chose.

— Je te le fais pas dire, répond le shérif, qui enlève son chapeau. On a eu de la chance que Mason crache le morceau quand tu l'as vu au commissariat. Mes gars n'avaient pas idée qu'on nous collait au train pour le trafic d'armes.

— Rebekah… » Virgil s'interrompt, se laissant tomber dans son fauteuil derrière le bureau. « Dommage pour eux, ils arrivent trop tard. On a déjà toutes les armes qu'il nous faut pour le Jour de la Libération. Elle a fait du bon boulot. » À ces mots, Virgil se tourne vers la fenêtre pour contempler les habitants occupés à leurs tâches quotidiennes : bâtir quelques maisons supplémentaires, tailler la vigne, couper et ramasser du bois pour la saison froide. Il sent cette électricité particulière dans l'air, celle qui avertit de l'arrivée prochaine de l'hiver. Ses pouces jouent l'un contre l'autre sur ses genoux.

« Comment tu t'en es sorti avec Michelle Campbell l'autre soir ? » demande le shérif, appuyant ses fesses de l'autre côté du bureau.

Les lèvres de Virgil se retroussent, découvrant ses dents. « Je crois que je me fais trop vieux pour ça.

— Tu ne l'as pas enterrée entière, quand même ?

— Bien sûr que non, Don. Pour qui tu me prends ? »

Virgil secoue violemment la tête à cette pensée : Whistler's Field, un pré voisin à l'extérieur du camp, où ses secrets gisent enterrés, en morceaux. Il y a eu Michelle Campbell, celle dont la disparition a suscité le plus d'intérêt dans les médias. Il y a eu Frannie Tish. Il y a eu Johanna Studebaker. Il y a eu Catherine Keller. Il y a eu Margot McDonald. Il y a eu Jenny Freemason. Il y en a eu beaucoup.

Le nombre de jeunes filles que le révérend et le shérif ont enterrées en secret à Whistler's Field est presque trop élevé pour qu'ils s'en souviennent. Virgil n'oubliera jamais leur peau, semblable à de la porcelaine par une chaude soirée. Leurs lèvres, aussi douces que les pêches qui poussent en Géorgie. Leurs cheveux qui retenaient tous ses murmures quand il les retrouvait au milieu de la nuit. Leurs parfums, frais et neufs, ces parfums de vierges.

Virgil a engendré un total de cinquante-huit enfants ces cinq dernières années. Les corps tendres de ces jeunes filles qui émergeaient à peine de l'enfance constituaient un terreau idéal pour sa semence, la semence sacrée, la seule semence sacrée qui demeure sur cette terre maudite, diabolique. Et Dieu estimait Virgil si digne de cette tâche que les jeunes filles le recevaient à bras ouverts, comme elles le devaient. Qui ne voudrait pas nourrir le sacré en son sein, après tout ?

Mais il y en a aussi eu quelques-unes qui se sont rebellées, qui ont laissé Satan atteindre cette semence en provoquant des fausses couches ou leur mort pendant le travail, et Dieu n'a que faire de ce genre de personnes sur terre. Avec l'aide du shérif, elles ont été bannies de l'Église, envoyées à Whistler's Field.

« Décide ce que tu veux, Virgil, tu pourras compter sur moi », dit le shérif. C'est son ami le plus dévoué ; ils ont grandi ensemble ici, à Goshen.

Le shérif Don Mannix fait partie de l'Église depuis ses débuts, et lui est resté fidèle tout au long de ses transformations. C'est un diacre des Adventistes du Troisième Jour, ce qui signifie qu'il est chargé d'une seule et unique mission : éliminer les survivants.

Le Jour de la Libération approche, ce jour où Virgil guidera leurs âmes jusqu'au paradis, les délivrera des péchés de ce monde, achèvera la transition. Mais Satan en poussera certains à la lâcheté, et ce sera aux diacres de s'assurer qu'ils entrent au paradis, pour que Satan ne l'emporte pas.

« D'où sors-tu ce blasphème ? hurla Virgil à Rebekah, mâchoires crispées, en lui jetant la lettre de Nessa à la figure.

— C'est mal ! Tout ça est mal ! » hurla-t-elle en retour, à un volume auquel ses poumons n'étaient pas habitués. Elle en avait la gorge à vif ; passait par des teintes écarlates qu'on ne lui avait jamais connues. L'Amalécite emmena Magdalene du salon jusqu'au premier étage, où Carol écoutait. « Pourquoi ne m'avez-vous jamais rien dit ? » cria Rebekah, si fort que certaines syllabes étaient entièrement dépourvues de son.

Virgil la gifla du revers de la main, la chair tendre de sa joue palpitant sous l'impact de ses doigts. Rebekah sentit un goût de ferraille, un sillon ouvert sur sa lèvre inférieure. « Cette désobéissance… Tu portes le même sang démoniaque que ta mère biologique. Toi, et Mason. Vous étiez les rejetons de Satan ! Et je regrette le jour où je vous ai laissés pénétrer dans cette demeure sacrée ! Alors pars ! Pars, si c'est ce que tu veux faire ! Va retrouver ce ventre immonde dont tu t'es extirpée ! »

Virgil quitta la maison, ne supportant plus les geignements de Carol pendant que leur fille bouclait sa valise. Rebekah ne prit quasiment pas la peine de dire au revoir, mais quand personne ne fut plus là pour les entendre, elle promit à Magdalene qu'elle reviendrait la chercher. Même si Magdalene ne comprenait pas, elle pleura en voyant sa grande sœur partir. Elle la suivit jusqu'au portail tandis que le reste de la famille restait à la maison. Elle pressa son visage contre les barreaux de métal, cria « Je t'aime » à Rebekah, et lui dit au revoir de la main.

Rebekah agita la main en retour, une dernière fois, avant de disparaître sur la route. « Je reviendrai te chercher. Je te le promets. »

Et ce fut la dernière fois qu'on la vit près de la ferme des Paul.

Ensemble, Virgil et Don remplissent la penderie de liasses de billets, l'équivalent d'un bon million de dollars : bien plus qu'il n'en faut à Virgil pour passer la frontière mexicaine avec Carol et Magdalene. C'est la dîme qu'il a prélevée auprès des résidents, à hauteur de quatre-vingt-dix pour cent ces dernières années. C'était leur sacrifice, leurs moyens de subsistance ; on pouvait donner bien des noms à ces revenus. Mais ils appartenaient à Virgil, au maître élu par Dieu. Il a rêvé de fonder une Église sur le sable blanc de la côte mexicaine. Dans quelques années, Magdalene sera en âge de procréer.

Le suicide collectif de la congrégation constitue une échappatoire infaillible, une manière de s'assurer que pendant que les autres prendront place à la droite de Dieu, Virgil pourra continuer son œuvre, répandre sa semence, étendre son influence vers le sud, peut-être même jusqu'en Amérique centrale et en Amérique du Sud. Il ne peut pas laisser les lois de la terre, les coutumes des hommes, contrecarrer ses projets. Bien sûr, on l'arrêterait, on l'accuserait d'avoir tué toutes ces jeunes filles. Mais Virgil n'obéit pas aux lois des hommes. Il suit celles de Dieu. Et au final, tout cela participe du plan de Dieu, les jeunes filles et le reste.

Évidemment, il fallait que la petite Magdalene croie au Jour de la Libération. Virgil aurait couru le risque de voir son projet d'évasion capoter, de perdre ses fidèles, si elle avait confié ne serait-ce qu'à une seule personne qu'elle n'entrerait pas au royaume de Dieu en même temps que les autres.

La pièce sent les billets de banque et l'huile d'onction. Virgil regarde par la fenêtre, son soupir embue la vitre. Au loin, il lui semble apercevoir Freedom, suivie de Magdalene. Il pensait avoir plus de temps. Entre les déclarations de Mason dans la cellule du commissariat concernant l'implication de l'ATF ; la rencontre avec les skinheads ; la disparition de Rebekah ; l'arrivée de leur dernier membre, FreedomInJesus… Virgil pensait avoir plus de temps devant lui avant de devoir prononcer ces mots : « Préparez-vous. Le Jour de la Libération est enfin là. »

49

Leur sang, vos mains

Je m'appelle Freedom, et le poids de ma jupe et de ma robe me ralentit. Les hommes qui travaillent sur les chantiers font vrombir leurs outils en périphérie de mon champ sonore tandis que je m'enfonce dans la forêt dense, fouettée par les branchages, l'odeur douce de la terre me montant aux narines. Malgré mon absence totale de sens de l'orientation, je cherche à rejoindre les manifestants ; je me fraie un passage parmi les branches qui s'accrochent au coton telles des griffes tendues pour m'arrêter. Je me débats, je rugis, je saigne, mais ça ne fait que me pousser à avancer plus vite.

Quelque part, je le sens au fond de moi : cette conviction d'avoir pris la bonne direction, de me rapprocher des routes en coquillages qu'empruntent ces illuminés. Mais je suis lente, pas assez en forme. J'essuie mon nez qui coule avec mes gants cousus. Et même si j'entends Magdalene me talonner, je fais mine de ne rien avoir remarqué. Mieux vaut qu'elle me suive plutôt que de rester chez elle avec cette bande de psychopathes, sûrement.

« Sœur Freedom, on est censées nettoyer le parquet ! Pourquoi est-ce qu'on court dans la forêt ? » glapit-elle.

J'aperçois les grilles noires ; j'aperçois les affiches accrochées dessus à travers les arbres. Les voix des manifestants prennent forme à mesure que j'avance, psalmodies passant d'un bourdonnement épais à une clarté de cristal. « Reste où tu es ! » dis-je à Magdalene, sans trop savoir si elle m'entend. Je parviens enfin au portail. En un geste désespéré, je m'y agrippe et me hisse sur le premier barreau.

« Il faut nous sortir d'ici ! je crie, suppliant les militants. Allez chercher de l'aide ! » Mais mes paroles semblent se noyer dans la clameur. « Vous allez m'écouter, bordel ? Écoutez-moi ! »

Je crache des mots dans le désordre : des mots comme « suicide », « collectif », « ATF », « bande de psychopathes ». Et ce sont des mots qui devraient attirer l'attention. Pourtant la leur est ailleurs, quelque part entre de faux dieux et un endoctrinement passionné. Plus je crie, plus ils m'imitent. Je hurle jusqu'à ce que mes côtes me fassent mal et que ma gorge menace de se mettre à saigner.

Et depuis le fond, parce qu'il ne manquait plus que ça, l'hommasse courtaude qui m'a jeté des œufs à la figure la veille se fraie un chemin vers les premiers rangs de la foule. Tendant les mains à travers le portail, je plante mon regard dans ses yeux boursouflés. « Il faut que vous préveniez l'ATF. Il va bientôt y avoir quatre cent cinquante cadavres derrière ces grilles. » La femme semble m'entendre. Ses épaules roulent d'un côté à l'autre tandis qu'elle s'approche de moi. Les battements de mon cœur reprennent un rythme plus stable en voyant son air préoccupé, en voyant qu'elle m'écoute. « Il faut que vous alliez chercher de l'aide. Il y a des enfants ici, pour l'amour du Ciel. »

Mais son expression compatissante se change en grimace, une étrange lueur apparaît dans ses yeux noirs et elle me balance un œuf dur. Je parviens de justesse à la rattraper par le bord de la capuche et à la tirer vers la grille. Je l'agrippe des deux poings, mes talons poussant sur les barreaux. Debout dans son dos, je lui passe un bras autour de la gorge et le resserre avec toute la terreur qui navigue dans mes muscles. Je lui hurle à l'oreille : « Alors vous aurez leur sang sur les mains ! Leur sang sur les mains ! »

Et puis les bras puissants d'une autre personne se referment sur ma gorge. Je lâche la camionneuse quand on me retourne comme une poupée de chiffon, tornade de coton ramenée par le cou vers le camp. C'est le révérend Virgil Paul, qui avance plus vite que mes pensées. Je ne vois pas Magdalene, mais je l'entends, suppliant son père de ne pas me faire de mal.

« Va retrouver ta mère ! » lui crie-t-il. À la sortie de la forêt, les travailleurs et les habitants nous fixent, les yeux froids et lointains, billes éteintes nous scrutant sous des couches de tissu. Seul signe de vie, leur souffle dans la vague de froid qui balaie cet endroit, ce putain d'endroit.

La remise se profile devant nous. C'est là qu'on va. Les gens, le paysage, tout semble disparaître, s'estomper. Il ne reste plus que Virgil et moi. La porte d'écurie claque derrière nous, le bruit change ma moelle épinière en eau glacée. Virgil m'attrape par les cheveux, et sans aucun effort, me jette à terre. Je me rappelle l'arme, toujours coincée dans ma jupe. C'est tentant. Sacrément tentant. Mais il faut que je découvre où est Rebekah.

Virgil s'empare d'un sac de deux kilos de riz cru et le vide autour de moi sur le sol. Je m'efforce de rester face à lui pour qu'il ne remarque pas l'arme. Je ne veux pas être obligée de tirer ; ça attirerait beaucoup trop l'attention.

« Agenouille-toi, ordonne-t-il. Agenouille-toi sur le riz. » C'est désagréable, au début, mais j'obéis sans broncher. Il m'assène un coup de pied en plein dans les reins, si violent que j'en ai le souffle coupé. Je suis partie pour pisser du sang plus tard. La douleur remonte jusque sous mon bras, m'empêche d'émettre un son. « Par tes iniquités, tu t'es rendue indigne du Jour de la Libération.

— Espèce d'assassin ! Le Jour de la Libération n'est qu'un mensonge. C'est un suicide collectif ! »

Il m'écrase son poing sur la figure ; j'ai l'impression d'entendre mon crâne se fendre en deux. Du sang inonde ma bouche presque aussitôt. Virgil semble reprendre son calme, penchant son visage vers le mien. « Qui es-tu, Freedom ? Qui es-tu vraiment ? » J'entends ses os grincer, sens sa sueur au-dessus de moi.

« Un agent de l'ATF, voilà qui je suis. » Je ne sais pas trop pourquoi c'est la première chose qui me vient ; j'ai rarement sorti un mensonge aussi curieux.

Mais Virgil ne prend pas de risques. « L'ATF, tiens donc. »

Je souris, la bouche pleine de sang. « Alors tu peux faire une croix sur l'idée de me tuer. Tout le monde sait que je suis là. Et il n'y a pas moyen qu'ils te laissent commettre ces horreurs. » Le riz commence à me brûler la peau des genoux.

S'approchant d'un robinet installé dans un coin de la remise, Virgil remplit deux seaux d'eau. « Je ne vais pas te tuer, Freedom. Parce que je ne suis pas l'assassin que tu imagines. » Sa voix est dangereusement calme. Il place l'anse d'un seau dans chacune de mes mains et me force à relever les bras. Puis il récupère ce qui ressemble à un manche à balai pour le fixer sur mes épaules, passant les extrémités dans les deux anses. Je pense au Christ crucifié, portant le poids du monde. Les grains de riz commencent à me faire l'effet d'éclats de verre, mes genoux saignent sous le poids de l'eau. Mais je ne pleurniche pas. Je ne gémis pas. Je refuse d'accorder à ce type la satisfaction qu'il désire tant. « Mais tu resteras ici, reprend-il. Tu écouteras ceux qui t'entourent monter au Ciel. Et c'est toi qui vivras le reste de ta vie avec leur sang sur les mains. »

La douleur me rend téméraire. « Où est Rebekah ?

— C'est pour ça que tu es là ? À propos de sa disparition ?

— Qu'est-ce que ça changera, si tu me dis la vérité maintenant ?

— J'aimais Rebekah. Qu'est-ce qui te fait penser que j'ai quelque chose à voir avec sa disparition ?

— On sait qu'elle trafiquait des armes pour le compte des Adventistes du Troisième Jour. »

Ses paroles se font sifflantes. « Rebekah a été la dernière personne de cette communauté à provoquer ma colère, à tourner le dos à l'Église, dit-il, arpentant la pièce autour de moi. Alors à ta place, je choisirais bien mes paroles.

— Sinon quoi ? »

Virgil regarde par la fenêtre. « Ce qui est arrivé à Rebekah ne devrait pas te préoccuper. » Il ouvre le battant supérieur de la porte et appelle un des hommes travaillant non loin de là, à qui il ordonne d'aller chercher l'Amalécite. « Ça n'avait rien à voir avec les armes.

— Dis-moi où elle est ! »

L'Amalécite revient avec l'ouvrier, tête basse, le coton de son tablier sale « Restez ici avec l'infidèle », demande Virgil. L'homme qui se tient à nos côtés est un type maigre, une espèce d'épouvantail croisé avec une victime de l'Holocauste.

« Réponds-moi, Virgil ! Où est-elle, bon Dieu ? »

D'abord, il ne dit rien. Il se contente de me fixer d'un regard froid et dur. Je tremble de rage. Il se penche vers moi, assez près pour que je sente son souffle. « Quel morceau ? »

Le sang me monte au cou, irradie mon visage ensanglanté. Je serre la mâchoire si fort que j'ai l'impression de me casser quelques dents. Les seaux d'eau tremblent dans mes mains, mon corps se brise sous leur poids, en même temps que mon cœur. Je veux me ruer sur Virgil quand il sort de la pièce ; je veux l'éventrer de mes propres mains. Nous l'écoutons verrouiller l'unique porte de la remise de l'extérieur.

« Amalécite. » J'ai du mal à respirer. « Amalécite, vous devez m'aider. Vous devez m'aider avant qu'il ne soit trop tard. » Sans bouger la tête, elle coule un regard vers l'épouvantail. « Vous ne pouvez pas laisser faire ça. Vous ne pouvez pas laisser tous ces gens mourir comme ça !

— Notre but est plus important, dit l'épouvantail. Nous allons monter au ciel pour trôner aux côtés du Seigneur.

— Mais enfin, vous ne comprenez pas que le but de Dieu n'a rien à voir avec un suicide collectif ? » Le riz entaille mes rotules. « Quel Dieu voudrait ça ? Ce n'est pas lui que vous vénérez, c'est un monstre qui n'en a rien à foutre de vous ! » L'épouvantail racle la pointe de ses chaussures sur le plancher en bois. Je reporte mon attention sur l'Amalécite. « Vous ne pouvez pas les laisser faire du mal à Magdalene. Je sais à quel point elle compte pour vous. Je le vois à chaque fois que vous la regardez. » Il y a de la tristesse dans son regard, le genre de tristesse qui supplie qu'on la laisse s'exprimer, mais qui redoute de le faire.

Soudain, les beuglements d'une sirène s'élèvent dans le camp. Tout le monde retient son souffle. Tout le monde se fige. Tout le monde ravale sa peur.

« Qu'est-ce que c'est que ce bordel ? dis-je à l'Amalécite.

— Le Jour de la Libération est arrivé. »

Je lâche les seaux. J'époussette les grains de riz sur ma peau. J'attrape l'Amalécite par les épaules. Mais l'épouvantail veut jouer les héros ; dommage pour lui. Il tente de m'arrêter. *Vraiment ? Tes soixante pauvres kilos contre une mère qui vient d'apprendre que sa fille est morte ? Tu peux rêver, mon pote.* Je suis insatiable, imbattable, et une soif irraisonnée de violence m'habite en cet instant.

Je sors le pistolet déchargé de mon jupon et cogne l'épouvantail à la tempe avec toute ma rage, toutes les cellules de ce sac de sang qu'on appelle le corps. Il s'affaisse sur le sol, inerte. *Tu me remercieras, gamin.*

« Vous savez où ils stockent les munitions ? » dis-je en m'approchant de la fenêtre en catimini. Dehors, les gens vêtus de blanc se dispersent vers leurs maisons ; ils s'interpellent les uns les autres. Ma rage se mue en énergie. Ma peine se mue en ambition. Tout devient vengeance.

« Je sais qui vous êtes. » La déclaration de l'Amalécite s'abat comme un couteau à beurre émoussé sur de la viande sèche. « Elle vous ressemblait comme deux gouttes d'eau.

— Il ne s'en tirera pas comme ça.

— On ne sortira jamais d'ici vivantes.

— Femme de peu de foi… » Je scrute la pièce, à la recherche d'une issue. « J'ai juste besoin de munitions.

— Je sais où elles sont.

— Combien de temps est-ce qu'il nous reste ?

— Ce n'est plus qu'une question de minutes. »

Je n'ai pas de plan. Je ne sais pas par où commencer. Je n'ai pas le temps de réfléchir. Juste assez de temps pour réagir. Je trouve une pile de vêtements de rechange dans la remise, abandonne ma tenue ensanglantée par terre. Les fenêtres sont bloquées par une couche de peinture sèche, mais personne n'a l'air de s'intéresser à nous dehors.

J'enroule les vêtements souillés autour de mon poing et fracasse la vitre donnant sur l'église. Je grimpe par la fenêtre, brisant à coups de pied les derniers éclats de verre sur l'encadrement. Puis j'aide l'Amalécite à passer derrière moi.

« Vous pouvez les récupérer rapidement ? dis-je.

— Elles sont dans la chambre de Rebekah. Sous son lit.

— Où seront les Paul ?

— À l'église, répond l'Amalécite. Tout le monde y sera pour le Jour de la Libération.

— Merde. » *Réagis, Freedom, réagis.* « Je vais chercher les munitions. Je vous retrouve ici. »

50

Lions en cage

Mason et Peter prennent le thé qu'un des agents de l'ATF a rapporté de la supérette. Par ce temps nuageux, dans la chambre de motel aux rideaux tirés, l'heure semble plus avancée qu'elle ne l'est. Sans demander la permission, Mason se penche vers la jambe de Peter pour sortir la flasque de sa chaussette. Une rasade dans chaque gobelet en carton. « Le bourbon est mon poison préféré aussi.

— Ça, c'est la preuve que tu as du sang Delaney.

— Je frissonne rien que d'y penser. » Mason s'approche des radios sorties du semi-remorque Redindelly, désormais installées dans l'unique pièce de la cabane, à seulement deux minutes de la ferme des Paul. Des images de vidéosurveillance montrent différentes parties du camp filmées au niveau des grilles, mais rien au-delà. À l'exception des manifestants, il n'y a pas eu de mouvement sur ces écrans depuis l'arrivée de Freedom la veille. Mason se poste à côté du skinhead au crâne rasé qu'il a rencontré dans le camion. « Toujours rien du côté de l'émetteur ?

— Pas depuis hier, quand elle s'est déshabillée avec l'Amalécite. »

Mason déglutit. « On va devoir attendre encore longtemps pour réagir ? » Il prend une rapide gorgée de thé. « Je ne sais pas combien de temps je vais tenir comme ça.

— On ne va pas compromettre le succès de l'opération parce que tu veux ta maman, rétorque le skinhead, qui continue à fixer les écrans. Calme-toi et reste assis. Laisse les adultes s'occuper de ça.

— Connard », marmonne Mason d'un air exaspéré en rejoignant Peter. Il s'assoit au pied du lit à côté de son oncle, et Joe lui verse une nouvelle rasade de bourbon. « Parlez-moi de Rebekah, demande-t-il en se frottant le front. Elle me manque. Et j'ai l'impression de ne pas du tout la connaître, vu ce que j'ai appris ces derniers jours.

— C'est quelqu'un de gentil. » Avec un grognement, Joe se laisse glisser contre le mur pour s'asseoir. « Elle venait tous les dimanches, à l'heure pile. Elle arrivait avec l'argent de son père, des centaines de dollars ; elle faisait le trajet en bus. »

Mason tente d'imaginer sa sœur dans un bus.

« Les gars lui ficelaient les armes autour des jambes avec du gros scotch. C'était facile. Il n'y a pas de sécurité dans les cars Greyhound, et sa tenue d'église cachait tout. Je vous jure, les bons jours, on arrivait à lui en coller seize dessus à la fois. Et puis elle rentrait à Goshen en bus. » En voyant l'expression de Mason, Joe se rend compte que ce n'est pas le genre de choses qu'il veut savoir. Il change de sujet. « Son plat préféré, c'était les petits pains en sauce, dit-il, le regard perdu dans le vide. Avant chaque transaction, la petite demandait toujours des petits pains en sauce et un Pepsi. »

Les têtes se tournent, les casques retombent sur les épaules. « C'est quoi, ce bordel ? » demande Peter.

La pièce se fige jusqu'à ce qu'un des agents se mette à hurler dans la radio : « On y va, il faut y aller tout de suite ! »

Mason sort de la cabane en courant pour scruter l'horizon en direction de la maison de sa famille, d'où montent les sirènes. Et brusquement, tout fait sens. Il retourne dans la chambre et empoigne le skinhead par son tee-shirt. « Vous m'avez parlé de terrorisme intérieur, bande de fils de putes ! lui hurle-t-il au visage. Ils vont se suicider, hein ? Ils préparent un putain de suicide ! Dites-le ! Mais dites-le, bordel ! »

Le skinhead ne sait pas quoi répondre. Joe blêmit, bouche bée.

« Joe, on a quelque chose ! » crie l'un des agents devant les radios. Pendant que le reste des hommes appelle des renforts et se précipite hors de la cabane, Joe augmente le volume.

« Il y a quelqu'un ? » La voix émane du mouchard dont ils ont équipé Freedom. Mais ce n'est pas la sienne. « Il y a des enfants avec nous, vous devez nous sortir de là ! Dieu, je vous en supplie… Que quelqu'un nous vienne en aide ! »

Alors qu'il s'apprête à suivre l'équipe de l'ATF avec Peter, Mason s'arrête à la dernière minute, lorsqu'il repère un mouvement sur l'une des caméras de surveillance. À l'écran, trois hommes escaladent les grilles pour pénétrer dans le camp des Adventistes du Troisième Jour.

51

Un défilé de blanc

Je m'appelle Freedom, et mon cerveau va trop vite pour mes mains. Elles tremblent, je lâche les balles, mais parviens à charger mon arme. L'arme de Magdalene. *J'aurai la peau de ces salauds, Rebekah. J'aurai leur peau à tous, c'est la seule chose que je te promets.*

La maison vacille quasiment sous mes pieds quand le bruit retentit. Un craquement traverse l'air froid, comme si le Dieu qu'ils adorent tant faisait craquer ses jointures dans le ciel. Quatre cents pistolets et des poussières qui font feu au même moment. C'est aussi rapide que ça.

Mes genoux se dérobent. Magdalene. Tous ces hommes perdus, toutes ces femmes, tous ces enfants. Magdalene.

Et puis, un silence bouleversant, tel que je n'en ai jamais connu. Un silence atroce, un silence qui empoisonnera tous mes rêves à venir. Je m'effondre sur le lit, mais ce n'est pas voulu. Je me surprends à renifler l'odeur de la taie d'oreiller de Rebekah. Je pleure la fille que je n'ai jamais connue, et plus encore, mon cœur se brise quand je pense à Magdalene. Elle est partie. Elles sont parties toutes les deux, maintenant.

Si une chose pouvait me ramener à la vie en cet instant, ce serait la voix de Magdalene. Et la voilà : aussi claire qu'un coup de sifflet, transperçant la maison, la voix de Magdalene qui pleure. Je l'entends hurler de terreur, mais ce n'est pas aussi terrible que de me rendre compte que Virgil et Carol Paul l'accompagnent. Soudain, des courants d'électricité remplacent mon sang et l'air s'engouffre dans mes voies respiratoires. Je ne me suis jamais sentie aussi vivante. Je ne me suis jamais sentie aussi alerte. Mais je ne fais pas de bruit. Je tends l'oreille. Même eux ne croyaient pas à leurs propres prêches. Ils n'ont jamais eu foi en leur propre version détraquée de Dieu.

« Tu n'aurais jamais dû rapporter la disparition de Rebekah, voilà ! aboie Carol.

— Je n'avais pas le choix ! rétorque Virgil. Magdalene, monte dans ta chambre.

— Est-ce que tu as récupéré la dîme, au moins ? L'argent ?

— On va y aller, mais prends tes affaires ! Il faut qu'on parte tout de suite, avant que quelqu'un nous découvre. » J'entends Carol pousser un cri, et Virgil, d'un ton plus rassurant, reprend : « Je me suis occupé des témoins ; ils sont tous morts. Les diacres se chargeront du reste. On n'a qu'à les éviter, et tout se passera bien. On partira au Mexique. Mais je ne plaisante pas, Carol : il faut y aller tout de suite ! »

Alors que Magdalene monte l'escalier en pleurant, je m'accroupis derrière la porte. Quand elle entre dans la pièce, je l'attire contre moi et lui couvre la bouche, chuchotant à son oreille : « N'aie pas peur. N'aie pas peur, je ne vais pas te faire de mal », les paroles que j'ai prononcées dans le rêve où j'ai abattu ma propre fille.

Elle se retourne, passe les bras autour de mon cou. « Essaie de ne pas faire de bruit », dis-je.

La conversation de ses parents se poursuit en dessous. « Tu crois que je voulais que ça se passe comme ça ? Tu crois que je voulais faire du mal à Rebekah ? crie son père.

— Tu as fait ce que tu avais à faire, Virgil », le rassure Carol.

Mais quelle putain de raclure ! Quand je pense qu'elle est venue pleurer dans mes jupes l'autre soir parce que Rebekah lui manquait… Elle savait depuis le début qu'elle était morte, depuis le début, bordel !

« Elle méritait mieux que les autres filles enterrées à Whistler's Field. Je n'ai pas pu m'en empêcher, dit Virgil. Je voulais seulement la récupérer au Bluegrass et la ramener à la maison. Mais ça a mal tourné. Oh, Carol, si seulement tu avais vu ce que j'ai vu quand je suis allé la chercher. Elle était habillée comme une putain, les cheveux décolorés, en train de monter dans la voiture d'une espèce de brute. C'était horrible, Carol, tout simplement atroce. »

« Reste là », dis-je dans un murmure à Magdalene en la portant jusqu'à son lit. Je jette un œil par la fenêtre, aperçois l'Amalécite qui fait les cent pas à côté de la remise. Un homme armé d'un fusil s'approche de l'autre côté du bâtiment, une couronne dorée sur la tête. Magdalene me tire par le bras, sanglotant en silence, me suppliant de ne pas la laisser seule.

Mais je n'ai pas le choix. Il n'y a pas d'autre issue. Je ne peux pas éviter ce que je m'apprête à faire.

Je peux seulement éviter qu'une fillette de cinq ans ne me regarde abattre ses parents. Ça s'arrête là.

Quand on y pense, c'est le scénario idéal pour assassiner deux personnes : un suicide collectif. Si j'arrive à garder le bon angle, c'est à ça qu'on attribuera leur mort. Pas d'empreintes. C'est presque parfait. Et à la pensée de cette perfection, un sourire naît sur mes lèvres. *Est-ce que ça fait de moi une mauvaise personne ? Une détraquée ?*

C'est peut-être naturel, pour une mère. Je ne connais pas les règles.

Mes mains sont étonnamment fermes. Ma ligne de mire soudain impeccable. Leurs visages se figent quand j'entre dans la cuisine, pistolet brandi.

« Qu'est-ce qui se passe, Virgil ? » demande Carol, l'odeur de sa peur emplissant la pièce, sur arrière-fond de citron. Ils ne sont pas armés.

Virgil lève les mains. « C'est un agent de l'ATF. » Et j'adorerais m'asseoir là pour leur tenir tout un discours, une belle scène de cinéma pendant laquelle je leur révélerais mon identité, tombant le masque. *Tu es la mère biologique de Rebekah et Mason !* Mais je ne fais rien de tout ça, parce que je n'ai pas le temps. Il faut que je rejoigne l'Amalécite avant l'homme à la couronne.

Je pointe le doigt vers la gauche, en direction de la fenêtre. « Regardez, c'est Rebekah ! »

J'abats d'abord Carol quand elle tourne la tête. Un seul tir, à la tempe. Je ne peux utiliser qu'une balle par personne si je veux faire croire au suicide. Les hurlements de Virgil sont interrompus par mon second tir. Il s'effondre sur elle. Ils saignent. Des bouts de leur visage et de leur crâne maculent un des « Home sweet home » au point de croix sur le mur. Et si j'espérais trouver un certain soulagement dans cet acte, rien ne vient.

Le spectacle me ramène au cadavre de Mark vingt ans plus tôt dans mon ancienne cuisine. Le coucou d'une horloge se met à pépier dans la maison, rompant le silence.

Mon cœur bat la chamade ; ma tête se remplit de boisson gazeuse chaude. Une crise de panique. Ça tombe à pic, putain. Les murs palpitent autour de moi. Mes oreilles sifflent, mais je ne sais pas si c'est à cause de la panique ou parce que j'ai tiré à deux reprises dans une pièce fermée. Je cherche un endroit où m'agripper, pour éviter de tomber de quelque chose qui n'existe pas. Mais je n'ai pas de temps à perdre, il faut que j'avance, que je continue à avancer.

Dans ma crise de panique, j'ai l'impression de nager plutôt que de remonter l'escalier. *J'arrive, Magdalene.* Et j'avais oublié. J'avais oublié, avant d'entendre les cris d'un nourrisson, que Theresa se trouvait dans la maison. « Va chercher le bébé ! je crie à la fillette. Reste avec elle ! » M'aidant de la rampe, j'atteins le sommet de l'escalier juste à temps pour voir Magdalene passer de sa chambre à une autre pièce où les pleurs du bébé enflent, tornade de coton et de nattes dévalant le couloir.

Entre deux sanglots, Magdalene console le bébé. « Ça va aller, sœur Theresa, là, là.

— Reste où tu es une minute », dis-je avant d'entrer dans la chambre de Rebekah et de Magdalene. Je m'assois sur le rebord de la fenêtre, appuyant mes côtes endolories contre les rideaux en dentelle rose. J'ouvre la fenêtre à guillotine ; des écailles de peinture blanche et des mouches mortes enveloppées de poussière tombent sur mes cuisses.

J'ai maintenant les mains qui tremblent à cause de la crise d'angoisse. Mais le diacre, par je ne sais quel miracle, n'a pas encore repéré l'Amalécite. Un rayon de soleil traverse les nuages et la bruine, scintille sur sa couronne dorée. Un fusil lui barre la poitrine comme une écharpe de reine de beauté. Il passera bientôt l'angle où se trouve l'Amalécite. Je vise ; j'inspire aussi lentement que possible, pour arrêter les tremblements. Je plisse les yeux face à un soleil impitoyable mais bas et froid, qui transperce l'épaisseur de plomb d'un automne sur le déclin.

Et puis, comme un cheveu sur la soupe, de la couleur surgit à la périphérie de mon champ de vision au moment où je m'apprête à appuyer sur la détente. Trois colonnes de couleur, traversant les bruns et les jaunes en décomposition d'un automne mourant. Je les reconnais aussitôt.

Les frères Delaney : Matthew, Luke et John.

Ils avancent d'un air perdu, errant comme des enfants qui ne trouveraient plus leur mère, des touristes qui auraient perdu de vue le bus en partance pour l'hôtel. Contrastant avec les figures blanches, comme une tache sur la lande du Kentucky.

« Reste où tu es, Magdalene », dis-je d'une voix suffisamment basse pour que personne ne m'entende dans le silence qui règne à l'extérieur, histoire de m'assurer qu'elle ne fasse rien de regrettable comme descendre dans la cuisine pour y trouver ses parents morts, écroulés l'un sur l'autre.

« D'accord, sœur Freedom », chuchote-t-elle.

L'espace d'un instant, je m'imagine assise là au premier étage, regardant le spectacle en contrebas avec un de ces vieux sachets de pop-corn à rayures rouges et blanches, en train de manger tranquillement et de me bidonner si fort devant une scène comique que j'en ai mal aux côtes. Mais dans la vraie vie, je garde le silence lorsque le diacre qui patrouille devant la remise repère les trois hommes qui s'approchent de lui sur la colline. Je dissimule mon sourire derrière mes lèvres. Il faut que je reste maîtresse de moi-même.

Je vais laisser le diacre me rendre ce service.

Un. Deux. Trois. Trois secondes pour décimer une famille entière, chaque coup retentissant comme les sirènes qui ont appelé les autres au paradis… ou ailleurs.

Comme des marionnettes dont on aurait coupé les fils, ils s'affaissent sur le sol. Et à cet instant, deux décennies de souffrances, de tourments aux mains de mes propres souvenirs, de haine de moi-même, semblent s'évanouir d'un seul coup. Pour la première fois depuis vingt ans, dirait-on, j'inspire une bouffée d'air frais. Les souvenirs du viol, cessant d'être des démons qui resurgissent quand je ne bois pas assez pour oublier, me font l'effet d'une épreuve surmontée, une épreuve dont j'ai réchappé. Le fardeau de la mort de mon mari ne me semble plus une défaite, mais une prouesse accomplie. La perte de mes enfants… bon. Je ne suis pas sûre qu'on puisse réparer ça. Même le fait de voir les hommes que je hais le plus au monde mourir sous mes yeux ne répare pas ça.

C'était sa première fois, au tireur ; il rend tripes et boyaux à côté de la remise, sa couronne atterrissant piteusement au milieu de son propre vomi sur les fleurs sauvages qui bordent le bâtiment, taches de couleur face aux murs blancs. Parfumées. Agréables à l'œil. Abondantes. Aspergées de vomi. C'est la vie.

L'Amalécite entend les coups de feu, entend les haut-le-cœur de l'homme. *Ne t'en fais pas, Amalécite. Je te couvre.*

J'ajuste mon tir, une ligne imaginaire, tremblante, qui vibre sur le côté du visage du diacre pendant qu'il essuie son vomi avec sa manche. *Je te couvre, Amalécite. Bang !* La cartouche fumante me brûle la joue, je sursaute. Je n'ai pas touché le type où je le voulais ; à la place, je crois que je l'ai atteint au flanc. Mais il ne bouge plus. Il n'ira nulle part.

Derrière lui, j'aperçois trois autres diacres, séparés mais travaillant de façon parfaitement coordonnée, passant de maison en maison. Parfois, le bruit d'un coup de feu résonne dans l'air, venu d'une des bâtisses en morceaux de sucre. Il faut qu'on se tire d'ici. Je me penche sous le lit de Rebekah pour récupérer deux grosses poignées de balles que je lâche dans mes grandes poches. Puis je passe la tête dans le couloir, et appelle Magdalene d'un sifflement. « Amène-moi le bébé ! » Je façonne une écharpe pour Theresa avec le devant de ma jupe, rassemblant des plis de coton que je coince entre mes dents. Portant Magdalene sur l'autre hanche, serrée contre mon coude, je descends l'escalier et pénètre dans la cuisine. « Il faut que tu fermes les yeux maintenant, Magdalene, dis-je, le nœud de tissu fourré dans un coin de la bouche, entre mes molaires.

Ferme-les très fort jusqu'à ce que je te dise de les rouvrir, d'accord ?

— D'accord, sœur Freedom. » Ses sanglots se sont taris, et la fillette fait preuve d'un courage que je ne peux que lui envier. En réalité, je suis morte de trouille. Je ne suis pas courageuse. Je ne suis pas forte. Tout ce que j'ai fait, c'est continuer d'avancer. C'est ce que j'ai toujours fait dans les moments de panique, quand la merde me tombe dessus : avancer, rien d'autre. Mais je ne peux pas le montrer. *Avance, nom de Dieu, avance. Réagis, Freedom. Réagis.* « Et pas un bruit, ma puce. »

J'emmène les fillettes jusqu'à la porte du jardin, enjambant le bras mort de Virgil au passage, la tête de Magdalene enfouie contre mon cou. Après être sortie de la maison et avoir jeté un œil au coin du bâtiment, je repose Magdalene, et déplace l'écharpe bricolée vers mon flanc pour tenir Theresa comme un ballon de rugby. « Tu peux ouvrir les yeux, Magdalene, mais ne lève pas la tête, d'accord ? Essaie de ne pas faire de bruit, tiens-toi bien à mon coude et cours aussi vite que moi ; ne t'arrête que quand je m'arrête. D'accord ? Et s'il m'arrive quelque chose, emmène Theresa et va rejoindre l'Amalécite derrière la remise, compris ? Tu as bien compris tout ce que je viens de te dire ? » Je prends le nœud de coton pour le remettre dans ma bouche, donnant un doigt à téter à l'enfant lorsqu'elle remue dans son sommeil, du même bras que Magdalene agrippe comme je le lui ai demandé.

« J'ai très peur, sœur Freedom.

— Moi aussi », dis-je à Magdalene. Mes paroles sont étouffées par le tissu coincé entre mes dents, qui s'enfonce dans ma joue. « Mais je crois en Dieu. La force de Dieu t'aidera à surmonter cette épreuve. Tu le crois ? » En ce qui me concerne, je ne suis pas sûre. Mais l'idée fait naître une expression décidée sur le visage de Magdalene, ce qui suffit à m'emplir de gratitude. Et par désespoir, j'essaie. J'implore ce Dieu en qui je crois à peine de me donner de la force, d'aider les petites à s'en sortir vivantes. Qu'Il prenne ma vie s'Il le veut, mais qu'Il sauve ces fillettes. Parce que si je mérite peut-être ce qui m'attend, ce n'est pas leur cas.

Nous courons à toutes jambes, détalant sur la pelouse comme des araignées pendant que le soleil retourne dans l'ombre. La pluie est froide, cruelle sur ma peau. J'ai le cœur au bord des lèvres ; il injecte plus de sang dans mon corps que celui-ci ne devrait en contenir. La terreur, autrefois mon ennemie, aujourd'hui une amie, me motive, m'aide à courir, courir, courir. Et quand j'atteins la remise, je me rends compte que je suis arrivée après la fillette de cinq ans, serrant mon pistolet si fort de ma main libre que je ne sens plus mes doigts.

L'Amalécite fait signe à Magdalene de se calmer lorsque la fillette saute de joie à sa vue. Nous nous appuyons au mur de la remise, du côté opposé à l'église. « Je n'ai pas de plan. » On dirait que je pleure. On dirait bien. Parce que encore une fois, il n'y a plus d'espoir ; j'ai échoué.

« On est arrivées jusqu'ici, tu ne peux pas baisser les bras maintenant. » L'Amalécite sort un objet de sa poche. « Je ne sais pas trop si ça fonctionne, mais j'ai parlé dedans quand même. J'ai dit aux gens au bout du fil de venir nous sauver. C'était il y a quelques minutes à peine. » Le mouchard que je portais à mon arrivée chez les Adventistes du Troisième Jour se déroule à nos pieds. Je tends le bébé à l'Amalécite.

« Prions », propose Magdalene, avec une innocence enfantine presque réconfortante.

Nous redressons la tête d'un coup ; des bruits éclatent dans la forêt, semblables à ceux de la foudre : craquements, rugissements, déchirures. Une dernière fois, je passe la tête au coin de la remise. Pas de diacres à l'horizon. Zigzaguant à travers les arbres, du rouge, du blanc, du bleu.

Rouge, blanc, bleu. Le foutu rêve américain.

Des sirènes, des mégaphones qui ordonnent aux diacres de se rendre. Des tanks de l'armée surmontés de drapeaux américains claquant à toute volée. Le soleil fait une nouvelle percée. Nous attendons en trépignant comme des gamines, avec des gamines qui s'impatientent. Je serre Magdalene dans mes bras pour qu'elle entende mon cœur palpiter. « Tout va bien se passer. C'est fini, maintenant. Tout est fini. » Je pleure.

Ça aurait facilement pu se terminer comme à Waco. Un siège de cinquante et un jours, l'histoire qui se répète. Ils auraient pu mettre le feu aux maisons en morceaux de sucre, les transformer en bonbons brûlés, avec les fidèles caramélisés à l'intérieur.

Nous attendons environ une heure avant de nous sentir suffisamment en sécurité pour quitter la remise. Les collines grouillent d'agents de l'ATF, du FBI et de militaires, même si je ne suis plus très sûre qu'il s'agisse bien de l'armée. Les journaux me le diront dans quelques jours. Nous regagnons la sortie, escortées par des hommes aux allures d'insecte avec des carapaces noires pour visage, armés jusqu'aux dents.

Un défilé de blanc. Magdalene, Theresa, l'Amalécite et moi. De retour vers les routes en coquillage.

Les manifestants ont disparu, mais nous sommes accueillies par des centaines de flics, de journalistes, de caméras. Au milieu de la foule, j'aperçois Mason et son oncle Peter. Je leur adresse un signe de tête. Et en plus du suicide, je me souviens de Rebekah. Mais j'étouffe mes pleurs. L'après-midi se rapproche doucement de la nuit. La populace réclame nos noms. Sur la gauche, à quelques bons mètres de moi, j'entends l'Amalécite. « Je m'appelle Adelaide. Je m'appelle Adelaide Custis. » La foule retient son souffle. J'imagine que le monde la connaît déjà.

« La femme de Ger Custis ? demande un journaliste.

— Oui, sanglote-t-elle. Carol Paul était ma fille. On m'a retenue ici contre mon gré. »

Les lumières et les flashs crépitent sur ma rétine. La libération des adeptes rescapés des Adventistes du Troisième Jour n'apporte qu'un soulagement fugace. Parce que après tout ce qui s'est passé, Rebekah est toujours morte. Elle était morte depuis le début.

Voilà vingt ans que je n'avais pas connu ça : l'apathie. Toutes les émotions que je devrais éprouver, toutes les émotions que n'importe qui d'autre éprouverait, ne sont tout simplement pas là. Je ne suis pas en colère. Je ne suis pas triste. Je ne suis rien. Juste apathique. Il faut que je parte, j'ai besoin d'air, j'ai besoin de respirer, nom d'un chien. Je tourne le dos à la foule pour m'éloigner discrètement.

« Quel est votre nom, madame ? » me demande une journaliste, une blonde maquillée comme une voiture volée, avec des talons trop hauts pour les coquillages.

C'est la seule question à laquelle je réponds. Et puis j'avance. J'avance, simplement.

« Je m'appelle Freedom. »

52

Whistler's Field

Je m'appelle Freedom Oliver, et j'ai tué ma fille. Peut-être pas de mes propres mains, mais je pense que je me le reprocherai toujours. C'est surréaliste, vraiment, et je ne sais pas ce qui me fait le plus l'effet d'un rêve : sa mort ou son existence. De bien des façons, et peut-être ne dois-je m'en prendre qu'à moi-même, je suis coupable des deux.

Je ne supportais pas l'idée de rester à faire le pied de grue devant le camp, avec Dieu seul sait combien de cadavres de l'autre côté des grilles, et encore moins celle de répondre aux journalistes. Après avoir confirmé à Mason et Peter que j'étais saine et sauve, je me suis éclipsée. Je restais obnubilée par le besoin d'avancer ; il fallait absolument que je me tire de là. Alors je suis partie au hasard sur la route, m'éloignant de la ville. Et puis j'ai aperçu le panneau indiquant Whistler's Field. Whistler's Field, où, comme Virgil l'avait dit à peine quelques heures plus tôt à sa femme dans la cuisine, Rebekah avait été démembrée. « Quel morceau ? »

J'essaie de me représenter l'endroit. Il n'y a pas si longtemps, ce champ ondoyait et murmurait encore dans la brise tiède, de l'or dansant sous les éclats du soleil de midi. Les pur-sang, figures emblématiques de Goshen, caracolaient à la lisière de Whistler's Field. En tendant l'oreille, on devine presque le rire des enfants de fermiers qui s'entremêle encore aux épis de blé, moisson regorgeant des secrets innocents d'une jeunesse qui cherchait à s'enfuir mais n'avait nulle part où aller. Comme ma Rebekah, ma fille. Mon Dieu, qu'elle devait être belle.

Mais quelques semaines, ça paraît long quand on est embarqué dans un périple comme le mien. On pourrait presque y voir quelque chose de magnifique. Presque.

Je retiens mon souffle quand je me souviens. Les morceaux de ma fille sont éparpillés dans ce champ.

Goshen, ainsi nommée d'après le pays de Goshen du Livre de la Genèse, quelque part au milieu des célèbres routes du bourbon du Kentucky, sur la ceinture évangélique de l'Amérique. Le galop des pur-sang qui hante ce pâturage mort cède place au martèlement dans ma cage thoracique. La boue craque sous mes pieds tandis que je traverse le champ gelé, mes pas déchirant la terre à chaque souvenir fugace. Le ciel a pris cette teinte argentée annonçant une tempête de neige ; désormais, la couleur de mon âme dégueulasse.

Mais quelqu'un m'a suivie. Du coin de l'œil, j'aperçois un diacre. J'aperçois le shérif Don Mannix derrière moi, le doigt chatouilleux sur la détente d'un Remington braqué entre mes omoplates. Lui aussi s'en est tiré. Je reprends conscience de mon propre poing crispé sur mon pistolet, le pistolet que je n'ai pas lâché depuis le camp, le poing isolé par le gant cousu sur ma manche. *Le diacre qui avait sauvé sa peau sans se faire capturer* : voilà qui ferait un parfait titre de western. Mais il est là pour achever le travail. Il est là pour me tuer.

Traitez-moi de ce que vous voudrez : meurtrière, tueuse de flic, fugitive, ivrogne... Vous croyez que ça me fait encore quelque chose ? À cet instant ? Le froid glacial me comprime les poumons comme si j'allais vomir. Mais non. Toujours hors d'haleine, je me sers de ma robe crasseuse pour essuyer le sang sur mon visage. Je ne sais même pas si c'est le mien. J'ai suffisamment d'adrénaline dans les veines pour ne pas le sentir, de toute façon.

« C'est fini, Freedom », annonce le shérif, avec son accent traînant du Sud. Les larmes tracent des sillons tièdes sur ma peau froide. Elles engourdissent mon visage, mes lèvres qui me brûlent. Une boule dans ma gorge m'empêche de respirer. *Mais qu'est-ce que j'ai foutu ? Comment est-ce que je me suis retrouvée là, bon sang ? Qu'est-ce que j'ai fait de si mal dans la vie pour que Dieu refuse de m'accorder un seul putain de truc bien ?* Je n'en sais rien. J'ai toujours été du genre à avoir beaucoup de questions, mais des réponses, jamais.

Ce sont peut-être les prières que j'ai faites il y a à peine une heure ou deux qui m'ont permis d'arriver jusque-là. Je n'en sais rien. Mais ce que je sais, c'est que je l'entends armer son pistolet. Et d'une certaine manière, je l'accepte. Quel autre choix me reste-t-il, de toute façon ? Pleurnicher comme une pauvre conne ? Non, j'ai vécu ma vie. J'ai même passé un marché avec Dieu, en lui proposant ma vie en échange de celle de ces fillettes. Une bonne affaire, dont le monde sortira sûrement grandi. Alors comment pourrais-je pleurer ? Pourquoi me lamenterais-je quand Dieu a rempli sa part du marché ?

Puis vient le coup de feu. C'est le bruit le plus effrayant que j'aie jamais entendu. C'est le bruit le plus merveilleux que j'aie jamais entendu, putain.

Le dos toujours tourné au shérif, je vois une volée de corbeaux s'échapper du champ en croassant, ruban noir barrant mon champ de vision.

Mais je ne tombe pas. Je ne ressens aucune douleur. Je ne suis pas touchée. Et ce n'est pas moi qui ai pressé la détente. J'entends le shérif Don Mannix s'écrouler, heurtant brutalement le sol en un tas de peau, d'os et d'acier Remington. Quand je me retourne, face à un vent violent, je tombe sur Mattley. Je tombe sur ce putain d'agent James Mattley.

Je suis lessivée ; je ne tiens même plus debout. Alors il vient à moi, cet ange gardien de la côte Ouest, l'air curieux, la tête penchée. De la poche arrière de son pantalon, il sort une lettre. Je l'entends à peine à cause du vent. « Je l'ai prise chez Mimi. C'est grâce à ça que je t'ai retrouvée. »

Au milieu de tant de douleur, est-il possible d'aimer ? L'envie me prend soudain de lui dire que oui, peut-être. Mais ce n'est pas le moment. Je ne trouve pas les mots pour lui dire à quel point je lui suis reconnaissante d'exister. Je ne trouve pas les mots pour lui dire que je n'ai tout simplement pas la force de dire ce genre de choses. C'est à peine si je suis capable de parler.

Je prends le papier qu'il me tend, comme si c'était de la poussière qui menaçait de s'envoler. « Tu peux me laisser seule un instant, s'il te plaît ? » Ma voix se brise. Mattley me serre l'épaule, et s'éloigne dans mon dos.

Chère Nessa, ou devrais-je t'appeler maman ?

Il y a tellement de choses à dire ; tellement de choses à assimiler. J'ai tellement de choses à te raconter, mais si peu de temps pour le faire, cachée ici dans la remise de cette église. Je repense à ma vie. Je me demande comment j'ai fait pour ne rien comprendre jusqu'à maintenant, et en regardant ta photo, je comprends, je comprends tout.

Cela fait une éternité que je prie pour trouver un moyen de m'échapper. Que je prie Dieu de m'emmener loin d'ici. Mais pendant tout ce temps, je n'avais nulle part où aller. Il y a bien Mason, mais il faut que je parte plus loin. Il faut que je m'en aille ; je ne peux pas te dire pourquoi. S'il te plaît, aie confiance en moi. Aie confiance en Dieu. Parce qu'il a guidé ta lettre jusqu'à moi.

Je te contacterai dans quelques jours, quand j'arriverai en Oregon.

Rebekah

Avez-vous déjà entendu votre âme se briser net ? Avez-vous déjà pleuré si longtemps que vous vous retrouvez au bord de l'évanouissement ? Avez-vous déjà griffé la terre gelée si violemment que vos ongles se cassent ? Avez-vous déjà hurlé si fort qu'aucun son ne sort, votre gorge abandonnant tout simplement sous la pression ? Voilà la réaction d'une femme agenouillée sur les multiples tombes de sa fille.

Je fais fuir les fantômes des pur-sang. Je fais fuir tout ce qui ose hanter ce champ. Et sans que je puisse tout à fait l'expliquer, je ne me suis jamais sentie aussi vivante. À travers la mort de ma propre fille, je ne me suis jamais sentie aussi vivante qu'à cet instant. Parce qu'à l'autre bout de cette tragédie, de ces bouleversements, de ce si long voyage, quelque chose m'attend.

53
Défilé de noir

Neuf mois plus tard

« Je m'appelle Freedom et je suis alcoolique. » Les membres du groupe me saluent. Dans la bibliothèque d'une église, devant des brioches au café bas de gamme et du gâteau au rhum rassis, et je suis quasiment certaine qu'une ou deux personnes ont levé les yeux au ciel en m'entendant, je viens de fêter mon neuvième mois d'abstinence. J'ai l'impression que ça fait des années. Mais le temps aime vous jouer ce genre de tours ; il vous fera croire que vous avez appris à vous maîtriser quand vous n'y êtes pas du tout.

J'ai même perdu du poids ces derniers mois. Ça pourrait être parce que j'ai arrêté de boire, ou parce que je n'ai plus trop d'appétit depuis ce jour terrible. Ce jour-là... J'ai essayé de me tenir à l'écart des infos et d'Internet dans la période qui a suivi, mais je ne pouvais pas éviter d'en entendre parler. J'ai entendu parler des photos qui avaient fuité, les clichés traumatisants d'enfants morts étendus le long des bancs de l'église. Les croix et les bibles éclaboussées de sang. Le défilé de petites housses mortuaires noires sortant des grilles pour remonter les routes en coquillages broyés. D'après les gros titres des journaux, ce jour-là, trois cent quarante-cinq hommes, femmes et enfants se sont suicidés au nom de Dieu. J'ai aussi appris que plusieurs rescapés s'étaient tués au cours des jours et des mois suivants. Ça a été le plus grand suicide collectif commis par une secte sur le sol américain.

Chez les Alcooliques Anonymes, on nous encourage à « trouver » une puissance supérieure, plus forte que nous-mêmes, capable de nous faire recouvrer la raison. Je ne suis pas sûre que « trouver » soit le bon mot ; j'ai du mal à imaginer Dieu en train de se cacher derrière un arbre. Je ne suis pas non plus certaine de savoir ce que c'est, aujourd'hui... Dieu. Mais à la différence de ce que je pensais avant mon court séjour chez les Adventistes du Troisième Jour, je crois qu'il y a quelque chose. Je sais que je n'étais pas seule, et je sais que quelque chose ou quelqu'un m'a entendue quand j'ai imploré Dieu dans le Kentucky. Alors je vais voir ce que donne la Bible. Ne vous emballez pas : je n'ai pas dit que j'avais trouvé la foi ou quoi que ce soit du genre ; juste que j'allais voir.

La nouvelle de la mort des frères Delaney le Jour de la Libération s'est vite retrouvée en une des journaux, et a fait sensation à New York : un conte de fées de Mastic Beach, version tragédie. On a même proposé à Peter d'écrire un livre sur eux. Il a poliment décliné l'offre. Et par « poliment », je veux dire qu'il a craché sur le sol avant de suggérer au journaliste à l'origine de l'idée d'aller se faire mettre.

Peter vit avec moi maintenant, et il n'est pas question que ça se passe autrement. Mason et lui se retrouvent même autour d'une bière par Skype tous les dimanches. Et je lui ai trouvé un job au Whammy Bar. Ils l'adorent, là-bas, ce qui n'a rien d'étonnant. Inutile de préciser que je ne suis jamais retournée à mon ancien boulot. Je dois changer de fréquentations, de lieux, d'objets, comme on nous l'apprend dans le groupe. *Parce que si rien ne change, rien ne changera jamais.* Clap clap. Mais je suis toujours proche de Carrie, mon ancienne patronne, et de Passion. La vie serait d'un ennui mortel sans ces deux-là.

D'après le peu que j'en sais, le gardien de prison Jimmy Doyle, que Lynn était censée avoir recruté pour me briser les rotules, s'est rendu chez elle après avoir appris la mort de ses fils. C'était le soir d'Halloween.

La porte devait être ouverte, et quand il est entré, un énorme tas de graisse grise gisait au milieu du salon. C'était Lynn Delaney, qui faisait littéralement fondre le plancher de la maison en pourrissant : trois cents kilos de charogne rance. Je parie que Jimmy a rendu son déjeuner devant l'odeur pestilentielle, une puanteur si atroce qu'elle a éveillé la curiosité des voisins et qu'elle a dû rester collée au fond de son crâne pendant des heures. Le médecin légiste estimerait que le décès s'était produit cinq jours plus tôt : le jour où Peter était parti pour le pays de Dieu. La terre de demain. L'esprit libéré. Le Kentucky.

Des voisins indiscrets ont accouru de toutes parts pour contempler la scène dans leurs costumes d'Halloween, pendant que les pompiers devaient se résoudre à abattre les murs faute de pouvoir sortir Lynn par la porte. À compter de ce jour-là, ce serait l'image que Lynn laisserait d'elle : la voisine qu'on avait dû transporter dans un camion de déménagement parce qu'elle ne tenait pas dans l'ambulance.

Elle était morte normalement. Enfin, aussi normalement que possible pour une personne d'un poids si anormal. Elle était tombée. Et elle n'avait jamais pu se relever.

54

Dimanche

Une fois terminée sa bière du dimanche avec Peter, quelques mois après le Jour de la Libération, Mason referme son ordinateur portable pour contempler son nouveau bureau. Du bout des doigts, il suit le contour de son nom sur une plaque : Mason P. Paul, procureur adjoint. Plus question de défendre des criminels. Sur son bureau, une boîte emballée dans du papier rouge et or pour sa mère. À l'intérieur, la croix de Rebekah, celle qu'il a trouvée au Bluegrass.

« Tiens, Mason, c'est pour toi. » Sa nouvelle assistante, une jeune brune appelée Bobby Jo, lui tend une enveloppe A4 portant un cachet de la poste de Frankfort, capitale du Kentucky.

« Chouette ! Le tout premier courrier que je reçois au bureau, sourit Mason, assis dans son fauteuil en cuir flambant neuf

— Tu devrais l'encadrer ! s'exclame-t-elle.

— Tu sais quoi ? Tu as raison, dit-il avant de déchirer le rabat, tout content, pour extraire le contenu de l'enveloppe.

— Alors ? demande Bobby Jo, les poings devant la bouche comme une gamine surexcitée. Qu'est-ce qu'on va encadrer ? » Mais Mason ne répond pas. « Qu'est-ce qu'il y a ?

— Rien, dit-il, s'enfonçant dans son fauteuil sous le regard de son assistante. Ce n'est rien. Dis, Bobby Jo, tu peux me laisser une minute ?

— Bien sûr. » Elle referme la porte derrière elle.

Mason se frotte la nuque, le cœur battant de plus en plus vite, en se demandant s'il doit lire le compte rendu de l'autopsie de sa sœur. Il ne vaut mieux pas, décide-t-il. Il ne veut pas que le dernier souvenir qu'il conserve d'elle se résume à ça. Il en sait déjà trop : la façon ignoble dont on a dispersé ses restes dans un champ, comme de la nourriture à bestiaux. C'est suffisant. Il jette les papiers derrière lui, avec la ferme intention de ne jamais les lire.

Il s'attaque à un nouveau carton d'affaires, continuant à consacrer son dimanche à la tâche de rendre son bureau plus personnel. Il sort une photo encadrée de Violet et lui, prise pendant leur voyage aux Turques-et-Caïques.

« Désolée de te déranger encore une fois, dit Billy Jo par l'interphone. Quelqu'un demande à te voir.

— Entendu. »

Mason étudie la jeune femme qui entre dans son bureau, une femme visiblement enceinte, vêtue d'un jean et d'un gilet violet, les yeux dissimulés par une grosse frange et des lunettes d'intello. « Je peux vous aider ? » demande-t-il.

En guise de réponse, la femme lui tend une carte de visite. Une de ses propres cartes, avec son écriture au dos :

Contactez-moi. Je vous aiderai.

C'est la fille du commissariat de Goshen, la jeune fille ivre morte. Darian Cooke l'a violée. Et une fois qu'elle aurait donné naissance à son enfant, ce serait impossible de le nier.

55

Painter

Je m'appelle Freedom, et je suis occupée à remplir une grille de mots croisés dans mon lit. J'aime bien faire ça quand j'ai des insomnies. Je suis trop excitée à l'idée que mon fils arrive demain. Douze horizontal : « Peintre, James McNeill... » La réponse est Whistler. Whistler, nom de Dieu. Goshen.

Les seules informations provenant de Goshen auxquelles je me suis vraiment intéressée dans les semaines qui ont suivi concernaient Ger et Adelaide Custis, l'Amalécite. On se parle souvent, au moins une fois par semaine. Et pendant ses quatre années d'enfermement, la foi d'Adelaide n'a jamais diminué, malgré l'utilisation perverse qu'en faisait ce groupe. Je crois que Ger et elle ont connu le dénouement le plus heureux possible, compte tenu des circonstances. Mason rend régulièrement visite à ses grands-parents.

Je n'ai jamais su ce qu'était devenue la petite Theresa. Ce dossier est scellé. Tout ce que j'espère, c'est qu'elle a été adoptée par une famille bien. Que son bref séjour chez les Adventistes du

Troisième Jour ne la hantera jamais. Qu'elle deviendra une belle jeune fille.

Les médias ont dressé un portrait terrible de Virgil et Carol après la découverte de douze cadavres de jeunes filles à Whistler's Field, combinée au fait que Virgil avait conçu près de soixante enfants dans la secte. L'une des filles enterrées dans le champ s'y trouvait depuis une décennie, les autres avaient été tuées au cours des quatre années écoulées. Elles n'étaient pas toutes de la région ; l'une venait de la Louisiane, une autre de l'Indiana, une autre encore du Tennessee. Mais la dernière était une fille du coin. Personne n'a jamais rapporté que Rebekah Jane Paul, autrefois connue sous le nom de Layla Delaney et plus tard sous celui de la Vierge Marie, était originaire d'une prison de l'État de New York. Mais c'était la vérité. Ma Layla. Ma Rebekah. Cela dit, je crois qu'elle n'a jamais vraiment été mon enfant.

Mais mon sang coulait dans ses veines, elle avait cette passion… et elle voulait avancer.

Quant à moi, que dire ? J'imagine que ça demandait trop de boulot, ou que personne ne se souciait des monstres, peut-être, mais l'assassinat des Paul n'a jamais été publiquement révélé. J'emporterai mon secret dans la tombe. Voilà un squelette que Mason ne découvrira jamais. Je crois que l'Amalécite s'en doute, mais elle n'a jamais rien dit. Comme Rebekah, c'était une victime.

« Tu pleures ? » Mattley émerge de la salle de bains, torse nu, sentant le dentifrice et la mousse à raser.

« On dirait. »

Il se rapproche, à genoux sur le lit, et se penche vers moi. « Ne pleure pas, Freedom. » Il remet mes cheveux derrière mes oreilles, chasse une larme.

« Je ne sais pas si je pleure de tristesse ou de joie.

— Je sais », murmure-t-il. Il sort mes médicaments du tiroir de la table de chevet, pose la pilule du lundi dans ma main. Plus de bocal. Plus de Gumm et Howe. « Freedom, j'ai un service à te demander. »

Je lève les yeux vers lui.

« J'aimerais que tu m'épouses. »

Je m'apprête à l'embrasser, mais on m'interrompt. « Papa, j'arrive pas à dormir, dit son fils, Richie.

— Moi non plus, se plaint Magdalene, qui passe la porte à sa suite. L'oncle Peter ronfle trop fort. »

Je souris. « Venez là, alors. » Mattley et moi nous asseyons en tailleur, face à face, Richie sur ses genoux et Magdalene sur les miens. Les enfants se lancent dans une bataille de pouces. Je regarde Mattley et hoche la tête.

Nous avons inscrit Magdalene à plusieurs groupes de soutien psychologique depuis qu'elle est venue vivre avec nous. Tous les thérapeutes affirment qu'elle a fait beaucoup de progrès et qu'elle n'a pas vu autant de choses qu'elle aurait pu chez les Adventistes du Troisième Jour ; au soulagement général, elle a échappé de quelques années aux attentions de son père. Tous les soirs, elle tient à prier avant de manger, et je n'ai aucune intention de l'en empêcher. La foi de cette enfant est admirable.

« Alors, dis-je. Il était une fois un Indien appelé Freedom… »

56

Sovereign Shore

Du sable entre les orteils de Mason, une bière sans alcool sortie de la glacière, par respect pour l'abstinence de sa mère. Sovereign Shore.

« Tu es vraiment obligé de travailler à la plage ? » lui demande Freedom, devant sa sacoche d'ordinateur à moitié enfoncée dans le sable. L'océan Pacifique, sur les rives rocailleuses de l'Oregon, est plus paisible qu'il ne l'avait imaginé.

« Je n'en ai pas pour longtemps, promis.

— Fais comme tu veux, chantonne Freedom. On est parties ! » Elle soulève Magdalene d'un geste gracieux et court vers l'océan. La fillette glapit de joie, ses cris sont renvoyés par la houle, de moins en moins fort à mesure que Freedom l'emporte dans l'eau.

Mason contemple sa mère et sa petite sœur. Soudain, ses visions lui reviennent en mémoire, ses rêves de Freedom, avant qu'il ne sache qui elle était. Plus il les observe aujourd'hui, plus ses souvenirs deviennent précis. Son parfum tropical, ses dents parfaites, ses tatouages et ses cheveux mêlés de sable et de sel. Il regarde, hypnotisé, Freedom faire sauter Magdalene en l'air, le soleil s'estompant derrière elles pour réchauffer d'autres nations, donnant au ciel des teintes d'or et de rose. Le soleil baigne le visage de Mason tandis que les ombres s'allongent autour d'eux, dans une soirée encore assez chaude pour que ses joues rougissent. Et dans sa tête, il imagine l'avion et la banderole de son enfance. Freedom McFly.

Il se tourne vers Violet pour articuler un « Je t'aime » silencieux, et il n'a jamais été aussi sincère. Il sourit quand elle lui répond la même chose. Il songe qu'il est incapable de comprendre ce que sa mère a dû sacrifier, n'ayant jamais su ce que c'était d'être un parent. Mais en regardant Violet, il se dit qu'il en aura peut-être bientôt une idée. Dans six à sept mois, environ. Et il meurt d'impatience d'annoncer la nouvelle au reste de la famille.

Avec un sourire, il se remet au travail, ses papiers désormais barbouillés d'huile bronzante à la noix de coco. Il les feuillette, un nœud dans la pomme d'Adam lorsqu'il découvre le compte rendu d'autopsie de Rebekah glissé là par accident. Il prend une brusque inspiration, mais ne laisse pas paraître l'appréhension sur son visage. Il parcourt rapidement le rapport en sachant qu'il le regrettera sûrement très vite. Ses yeux s'arrêtent sur certains mots : des mots comme *lame crantée, coups de matraque, chocs violents.* Mais un mot lui coupe le souffle. Un mot lui fait presque avaler sa langue. Un mot le pousse à se lever et à regarder sa mère et Magdalene : *césarienne.* La cicatrice était visible sur son cadavre, a pu être décelée par le médecin légiste. Même si Virgil avait coupé les bras, les jambes et la tête de Rebekah avant d'entasser les morceaux dans une seule tombe, son torse et son aine étaient toujours intacts.

Magdalene est la fille de Rebekah Jane Paul. C'est la petite-fille biologique de Freedom Oliver.

Mason regarde Freedom danser avec Magdalene là où les vagues lentes se brisent, sous l'un des soleils couchants les plus inoubliables qu'il ait jamais contemplés. Freedom s'immobilise pour se retourner droit vers son fils, serrant Magdalene contre elle comme la fille qu'elle n'a tenue qu'une seule fois dans ses bras. Elle la tient plus longtemps que deux minutes et dix-sept secondes. Et à cet instant, à la façon dont elle étreint la fillette, à la façon dont elle le regarde, à la façon dont elle a transformé sa vie pour cette enfant, Mason comprend. Il comprend d'instinct :

Freedom savait dès le début que Magdalene était sa petite-fille. Elle l'a su dès l'instant où elle est arrivée à Goshen, dans le Kentucky.

Je m'appelle Freedom, et je baisse les yeux vers le regard éclatant de joie de Magdalene, dans les vagues qui déferlent autour de nous. Magdalene lève la main pour me caresser la joue.

« Termine l'histoire, sœur Freedom », me demande-t-elle.

Et je me replonge dans mes souvenirs, ceux d'une terrasse donnant sur la plaine de la Snake River, tandis que je reprends le récit pour Magdalene.

« Cela, dans votre langue, pourrait s'appeler le karma. Mais pour nous, il ne s'agit que du cycle de la vie. Et Freedom avait achevé ce cycle, puisque

tout, dans la vie, évolue de manière cyclique. » Du doigt, le vieillard trace un cercle sur le ciel. Le fauteuil à bascule continue à grincer sous son poids. « Et aujourd'hui encore, l'arbre continue de grandir. »

J'étreins Magdalene si fort que je pourrais l'étouffer. Peu importe qu'elle soit le produit de la violence, de la brutalité et du mal. Parce que ce n'est pas un produit. C'est la chair de la chair de Rebekah. C'est la chair de ma chair. C'est mon enfant.

Remerciements

Je dois commencer par remercier mon mari, John, qui possède la juste dose de folie nécessaire pour nous supporter, mon travail et moi, au quotidien. Sans son soutien, il y a belle lurette que ce livre aurait fini en cendres et que les disques durs auraient sombré dans la mer… ou la baignoire (tu te rappelles, John ?). Blague à part, John a été l'une des rares personnes à miser sur moi et à croire en mon travail quand personne d'autre ne le faisait. Et pour ça, je lui serai éternellement reconnaissante.

Ensuite, ma chercheuse en chef, miss Sarah Cailean, ma flic préférée de Philadelphie, dont les conseils inestimables et les réponses éclairs m'ont souvent sauvée au cours de l'écriture de ce roman. Dans le cercle très restreint des amis avec lesquels je partage toujours mon travail, Sarah est mon experte numéro un, en particulier en ce qui concerne les procédures légales et judiciaires. Merci, Chica. T'es la meilleure.

Également membres de ce cercle, trois messieurs que je connais depuis des années. Jason Morano du Bronx, dont les encouragements et l'enthousiasme pour mes travaux ont servi à me botter les fesses bien des fois où je doutais de moi-même. Stephen Perry Quesada, mon psychologue favori à New York, dont la faculté à comprendre les gens incompréhensibles m'a été d'une grande aide pour ce livre, et continuera à m'être d'une grande aide pour le prochain. Dernier membre du cercle, mais certainement pas le moindre, James Cashman, qui est littéralement l'un des plus beaux écrivains que je connaisse. Merci pour votre patience, les gars. Et, bien sûr, Heather Jackson, ma part d'enfance de Long Island. Merci de n'avoir pas cessé de me rappeler pourquoi je devais écrire ce livre, et d'être une des amies les plus formidables dont on puisse rêver.

Jessica Bonati, ma sœur : la seule personne au monde qui me connaisse *vraiment*. Je t'aime de tout mon cœur. Tes harangues d'encouragement et les coups de fil auxquels tu répondais au milieu de la nuit se sont avérés absolument nécessaires pour me donner envie de faire quelque chose de ma vie, et en particulier ce livre.

À Vik Usack, mon père, un homme qui, allez savoir comment, avait deviné dès ma naissance que j'étais destinée à quelque chose. Merci d'avoir vu en moi ce que j'étais incapable de voir, et d'avoir gardé confiance quand je te donnais toutes les raisons de ne pas le faire. Si tu n'avais pas flairé mon potentiel, je n'aurais peut-être jamais écrit ce livre. Et à Dawn, ma mère, qui m'a transmis le gène de l'écriture, et qui est elle-même un sacré écrivain.

Maintenant, passons sur l'autre rive. L'une des personnes qui m'a le plus aidée dans l'écriture de ce livre est Helen Falconer, alias sainte Helen de Mayo, de la Inkwell Consulting Agency, à Dublin. Merci d'avoir révisé ce livre de fond en comble dès la première page du tout premier brouillon. Je n'aurais pas pu demander mieux. Vanessa O'Loughlin, figure de proue du mouvement littéraire en Irlande avec www.writing.ie et l'Inkwell Group : mille mercis d'avoir misé sur moi et mon travail. Merci à tous les membres de l'Irish Crime Group pour leurs critiques et leur aide quand j'apprenais à écrire. Ainsi qu'à Carousel Creates, pour m'avoir donné l'opportunité de travailler. Et à ma famille irlandaise, que j'aime de plus en plus, les O'Donnells, pour leur soutien constant ; en particulier Ber et Paddy, mes beaux-parents.

Et pour terminer en beauté, les personnes en coulisses… Oz, comme je les appelle. D'abord, mon agent littéraire chez WME, Simon Trewin. À toi seul, tu m'as fait passer d'écrivain à la maison à auteur pour de bon. Mille mercis, et je lève mon verre à la santé d'une très belle union littéraire. Mes éditeurs chez HarperCollins UK Killer Reads, Sarah Hodgson et Kate Elton, qui continuent à me faire évoluer en tant qu'écrivain et qui m'ont aidée à peaufiner des dons que j'ignorais avoir. Enfin, Zack Wagman, éditeur du groupe Crown Publishing chez Penguin Random House US, le dieu du génie littéraire avec des ailes et un chapeau haut de forme. Merci pour les pelletées d'aide que tu m'as apportées, d'un Yankee à une autre.

11259

Composition
FACOMPO

Achevé d'imprimer en Slovaquie
par NOVOPRINT SLK
le 5 septembre 2016

Dépôt légal octobre 2016
EAN 9782290120255
OTP L21EPNN000361N001

ÉDITIONS J'AI LU
87, quai Panhard-et-Levassor, 75013 Paris

Diffusion France et étranger : Flammarion